Ludwig Tieck
Dichterleben

Ludwig Tieck
Dichterleben

1.Aufl.
Taschenbuch – Literatur - Klassiker
Herausgeber Frank Weber, Marburg
Bibliografische Information der Deutschen Nationalbibliothek:
Die Deutsche Nationalbibliothek verzeichnet diese Publikation in der Deutschen
Nationalbibliografie; detaillierte bibliografische Daten sind im Internet abrufbar über
http://dnb.dnb.de
© 2022 Ludwig Tieck
ISBN: 9783756829644
Herstellung und Verlag: BoD – Books on Demand, Norderstedt

Inhalt

Einleitung des Herausgebers

Es ist bekannt, daß unsern Dichter sein ganzes Leben hindurch der Plan beschäftigt hat, in einem großen umfassenden Werke seine durch die vielseitigsten Studien erlangten Urteile über Shakespeare und seine Zeit niederzulegen, und ebenso bekannt ist es, daß er niemals dazu gekommen ist, diesen Plan auszuführen. Nur einige Entwürfe und kurze Fragmente konnte Köpke aus des Dichters Nachlaß veröffentlichen, und bei Lebzeiten hat Tieck die Resultate seiner wissenschaftlichen und ästhetischen Beschäftigung mit dem großen Dramatiker in einzelnen Aufsätzen, Vorreden ec. nur sehr teilweise bekannt gemacht. In unsrer allgemeinen Einleitung ist näher ausgeführt, inwiefern Tieck, trotzdem er uns das verheißene Shakespeare-Werk schuldig geblieben, durch Wort und Schrift für ein besseres Verständnis des englischen Dichters in Deutschland gewirkt hat. Bei weitem das Schönste und Bleibendste aber, das seiner Liebe zu Shakespeare entquoll, ist nicht ein wissenschaftliches, sondern ein poetisches Werk, die Novelle, welche die nachfolgenden Blätter unsern Lesern darbieten. Das »Dichterleben«, dem 1824 zwei andre Novellen: »Die Gesellschaft auf dem Lande« und »Pietro von Abano«, vorausgingen, ist noch 1824 begonnen, und am 20. August des folgenden Jahres konnte der Verfasser seinem Freunde Karl Förster die vollendete Dichtung vorlesen.[1] Sie erschien zuerst in »Urania, Taschenbuch auf das Jahr 1826«[2]. und ist bei Lebzeiten des Dichters noch dreimal gedruckt worden.[3]. Schon am 4. April 1809 hatte A. W. Schlegel, der auf Tieck wegen seiner Shakespeare-Kritik nicht ohne eine gewisse Eifersucht blicken mochte, dem Freunde geschrieben: »Auch über Shakespeare ... wolltest Du schreiben. Ich gestehe, ich bestellte mir von Dir lieber *etwas* als *über etwas.*«[4]. Sechzehn Jahre später kam Tieck diesem Wunsche gleichsam nach, indem er Shakespeare schrieb, nicht *über* Shakespeare, d. h. er faßte, wie Minor[5]. sagt, » *dichterisch* zusammen,

---

[1] Vgl. »Biographische und litterarische Skizzen aus dem Leben und der Zeit Karl Försters« (Dresden 1864), S. 319 f.
[2] Leipzig, bei Brockhaus, 1826 (Spätjahr 1825), S. 1-139
[3] 1828 im 6. Bande der »Novellen« (Berlin), 1844 im 18. Bande der »Schriften« und 1853 im 2. Bande der »Gesammelten Novellen«
[4] »Briefe an Tieck«, Bd. 3, S. 296
[5] In dem vortrefflichen Aufsatz »Tieck als Novellendichter« (»Akademische Blätter«, 1884, S. 150)

was er *kritisch* in seinem Buche nicht loswerden konnte und auch später niemals mehr losgeworden ist. Was er in jener Rezension des Correggio[6]. verlangt: daß der Künstler in seiner ganzen Eigenart, wie er sich in seinen Werken zeige, erscheine – das hat er auf Grund der Ansichten, welche er sich eigentümlich und nicht frei von subjektiven Einflüssen über Shakespeare gebildet hatte, in großem Stile ausgeführt. Und wie jenes kritische Werk auch das ganze Zeitalter der Elisabeth in demselben Lichte, in welchem er es einst dem Aufklärungszeitalter gegenübergestellt hatte, schildern sollte, so wird auch hier die Person des Dichters nicht isoliert, sondern auf dem breiten Hintergrund seines ganzen Zeitalters hingestellt.« Sehr richtig hatte der Dichter am 27. April 1818 an Solger[7] geschrieben: »Shakespeare ist nur der Mittelpunkt des englischen Theaters und der neuen Kunst; *kennt man nicht genau, was vor ihm war, so bleibt er ein Rätsel,* und man schreibt ihm am leichtesten das zu, was er mit allen gemein hat; *seine Zeit und Nachwelt muß man auch studieren,* um erst vollständig überzeugt zu sein, wie er uns der Schlüssel unsrer Welt und aller unsrer Zustände ist. Leider bleibt er so vielen immer nur noch eine Rarität.« Diese Überzeugung Tiecks gibt uns die Erklärung an die Hand, warum in der ersten und besten seiner Shakespeare-Novellen der große Dichter selbst »gleichsam nur im Hintergrund vorübergeht«[8], während im Vordergrund seine dichterischen Vorgänger und Mitstreber stehen: der geniale, aber maßlose Marlow und der weichliche, leichtsinnige und selbst-quälerische Green. Nur durch die Wirkung der Gegensätze konnte es ihm gelingen, »die innige Harmonie, die wahre Regel«, in welcher Shakespeare »uns ewig Muster bleiben« müsse, »diese tiefste Wahr-heit, die durch sich selbst Poesie« werde, die »große Vernunft, die den Shakespeare so himmlisch und echt human«[9] mache, dem Leser zu deutlicher Empfindung zu bringen. Die herrliche, tief ergreifende Erzählung machte auf die poetisch fühlenden Zeitgenossen des Verfassers einen mächtigen Eindruck. »Hinreißend« nannte sie A. W. Schlegel[10] und meinte, ins Englische übersetzt, müsse sie Furore machen; und viel später, als er mit Tieck nicht ohne

---

[6] Von Öhlenschläger, f. das chronologische Verzeichnis unter 1827
[7] Solgers »Nachgelassene Schriften und Briefwechsel«, Bd. 1, S. 623.
[8] Minor a. a. O.
[9] Tieck an Solger a. a. O.
[10] »Briefe an Tieck«, Bd. 3, S. 296.

Grund wegen dessen eigenmächtiger Behandlung der von ihm übersetzten Shakespeare- Stücke grollte, bezeichnete er in einem vertraulichen Briefe[11], der im übrigen voll Bitterkeit gegen den Jugendfreund ist, das »Dichterleben« als eine »unvergleichliche Darstellung« und rief aus: »Es sind Porträte, aus der Idee gemalt, aber von einer so individuellen Wahrheit, daß man schwören sollte, die Personen hätten ihm dazu gesessen.« Der geistvolle Immermann[12] erklärte in einem Briefe vom 18. Juli 1831, hier sei ihm »das geheimnisvolle Schaffen von Tiecks wunderthätiger Phantasie am klarsten geworden«, er könne den Eindruck, den sie auf ihn gemacht, nicht anders be-zeichnen, als indem er sage: wenn es nicht so zugegangen *ist*, hätte es doch notwendig so zugehen *müssen*. Die feinsinnige Tochter des Dichters, Dorothea, schrieb am 31. Mai 1832 an Üchtritz[13]:. »Ich muß gestehen, daß unter allen Novellen meines Vaters mir keine so hoch steht als der erste Teil des ›Dichterlebens‹[14]; so schön die andern auch sind, so kommt mir diese doch immer als einzig und unerreicht vor.« Hebbel[15],. der an der Charakterzeichnung Shakespeares (aber wohl mehr in Bezug auf die Fortsetzung der Novelle von 1829) zu tadeln fand, urteilte doch: »Die Situationen sind unvergleichlich ersonnen und dargestellt; Marlow ..., insonderheit aber Robert Green, dieser zum fliegenden Fisch degradierte Halbadler, sind meisterhaft gezeichnet.« Niemand aber hat den Sinn des Dichters und sein poetisches Verdienst klarer erkannt als die geniale Adelheid Reinbold, die in einem Briefe an Tieck vom 19. Juni 1829 unter anderm schreibt[16]: »Dieses Werk muß vor allen andern, die ich von Ihnen kenne, so recht aus Ihrem Innersten geflossen sein; denn so nah', so sichtbar möchte ich sagen, hat Sie noch keines vor meinen Geist gestellt. Wie herrlich zeichnen Sie den Kampf der wilden chaotischen Kraft mit dem Menschlichen, den Kampf der Götter mit den Titanen, wie lernen wir Ihren Dichter lieben und bewundern, wie trifft er so wahr und so entschieden immer das Rechte, und doch können wir dabei auch dem Titanen Marlow unsre Liebe und Bewunderung nicht

---

[11] An Georg Reimer; s. M. Bernays in den »Preußischen Jahrbüchern«, Bd. 68, S. 549.
[12] »Briefe an Tieck«, Bd. 2, S. 52 f.
[13] »Erinnerungen an Fr. von Üchtritz«, S. 164
[14] Die 1825 vollendete Novelle »Dichterleben«.
[15] »Tagebücher«, Bd. 1, S. 122
[16] »Briefe an Tieck«, Bd. 3, S. 125 f.

versagen, ja er reißt sie gewissermaßen noch mehr an sich als Shakespeare, den Sie mehr als die ruhige Kritik auftreten lassen, er erobert unsre Zuneigung, wie der Handelnde es immer thut, während der andre sie von Rechts wegen gewinnt. Ich finde in dieser Novelle den Stoff zu einem Trauerspiel, welches Sie Marlow nennen könnten, und über welches ich Goethes Motto schreiben möchte:

>*Auch ohne Parz' und Fatum, spricht mein Mund,*
Ging Agamemnon, ging Achill zu Grund<,[17]

und dem es nur noch an Handlung fehlte, denn den ganzen *innern* Gehalt eines Trauerspiels, die Gedanken, welche sich untereinander verklagen und nicht aufs reine kommen können, ja es ihrer Grundlage nach vielleicht nie können, hat Ihre Novelle schon[18]. Es ist eine Göttergestalt, dieser Marlow, der an nichts als an sich selbst hätte zu Grunde gehen können. Und wie schön ist nun wieder der Kontrast des sanften, weichen Green, der eben in der süßen Milde seines Gemütes uns doch wieder auf dem Sterbebett die poetische Beruhigung zeigt, die sein Leichtsinn ihm auf immer zu entreißen droht.« Auch dieser Novelle liegt eine sittliche Wahrheit zu Grunde, die für Tieck charakteristisch ist: sie zeigt, wie Kultus des Genies sowohl als Kultus der Empfindung in ihrer Einseitigkeit ihre Vertreter ins Verderben führen, und anderseits, wie der Mensch, vor allem aber der Dichter, nur des wahren innern Glückes teilhaft werden und das Höchste erreichen kann, wenn er sich die volle Harmonie aller Geistes- und Seelenkräfte zu eigen macht. Auf einzelne Schönheiten – wie auf die prächtige Einführung Shakespeares oder auf die milde Rührung, die das schreckliche Ende Marlows verklärt – kann hier nicht näher eingegangen werden. Wir verweisen auf die feine Würdigung der Meisternovelle, nebenbei bemerkt, der ältesten historischen Novelle Tiecks, durch Jakob Minor[19]. Am Schlusse seiner Betrachtung sagt Minor sehr treffend:»Alles ist darauf angelegt, zu zeigen, wie

---

[17] Aus dem Gedächtnis citiert. In Goethes »Prolog zur Eröffnung des Berliner Theaters im Mai 1821« sagt die Muse des Dramas: *»Und ohne Zeus und Fatum, spricht mein Mund, Ging Agamemnon, ging Achill zu Grund.«*

[18] *Ernst von Wildenbruch,* der hochbegabte Dramatiker, hat 1884 ein Trauerspiel, »Christoph Marlow«, veröffentlicht, das Tieck viel verdankt. So reich an einzelnen Schönheiten das Drama auch ist, so hat es der ältern Novelle die Palme der Meisterschaft doch nicht entwinden können.

[19] A. a. O., S. 150 ff.

Shakespeares Stern im Hintergrund aufgeht, während sich seine Vorgänger zu Grabe neigen. Es will uns als eine große Geschicklichkeit des Dichters erscheinen, daß er das dürftige Vorleben Shakespeares umgeht; auch was er als Schreiber war, wird nicht gesagt; er tritt nur mit seinen Gedanken in die Handlung ein und ist, während uns Green und Marlow im Vordergrund beschäftigt haben, bereits als großer Dichter aufgestanden ... In diesem Teile erscheint Shakespeare als eine halb mythische, heilige Person; wie Pallas springt er fertig aus dem Haupte Jupiters hervor. Seine Schwäche, Unwürdigkeit, Niedrigkeit wird uns erlassen; besonders die drückenden Verhältnisse seiner Kindheit und Jugend werden übergangen. Auch mit dem unausstehlichen Herkules in den Windeln werden wir verschont.« Man möchte fast bedauern, daß Tieck dieser »weisen Absicht« später untreu geworden ist. Im Jahre 1828 schrieb er einen »Prolog zum Dichterleben«: » *Das Fest zu Kenelworth*«[20] in welchem eine Episode aus Shakespeares Knabenjahren anmutend erzählt wird. Adelheid Reinbold spricht in dem oben angeführten Briefe nicht mit Unrecht von dem »heitern, kindlich-lieblichen Prolog mit seinen schlummernden Gefühlen und Blütenknospen«, wenn auch leider, wie Minor bemerkt, der Knabe »etwas altklug ausgefallen« ist und »zu oft und absichtlich den künftigen großen Dichter« verrät. Weit schwächer aber als dieser Prolog, der immerhin einen gefälligen Eindruck hinterläßt, ist eine im Jahre 1829 verfaßte Fortsetzung des »Dichterlebens«[21], als »zweiter Teil« bezeichnet, später auch unter dem Titel: » *Der Dichter und sein Freund*«[22] Adelheid Reinbold hatte als Aufgabe des Dichters sehr richtig erkannt, daß Tieck nun »seinen eigentlichen Helden und Liebling einmal im Kampfe mit sich selbst zeige, und wie er sich das Ungeheuere und die nach allen Seiten überströmende Kraft durch das Menschliche und in diesem Sinne Göttliche bändigt«[23]. Aber diesem gewaltigen Problem gegenüber erlahmte des Dichters Kraft; dieser »zweite Teil« ist nicht nur in Bezug auf Komposition weit schwächer als der erste, auch die Charakteristik Shakespeares entspricht nicht dem Bilde, das wir uns von dem fertigen

[20] Im 6. Bande der »Novellen«, Berlin, Reimer, 1828.
[21] Zuerst 1830 gedruckt in Tiecks »Novellenkranz« auf das Jahr 1831.
[22] Seitdem erhielt die ursprüngliche Novelle »Dichterleben« (1825) auf dem Titel den Zusatz: »Erster Teil«. gedruckt.
[23] A. a. O., S. 126.

großen Manne machen müssen, und der Schluß, der in einen recht schmutzigen Liebeshandel und daraus entspringenden Zwist zwischen Shakespeare und seinem Freunde Southampton ausläuft, ist durchaus unbefriedigend. Daß sich in Einzelheiten, z. B. in dem meisterhaft gezeichneten Charakterbild von Shakespeares Vater, die poetische Kraft des Verfassers in glänzendem Lichte zeigt, kann freilich nicht geleugnet werden.

Zum Schlusse sei bemerkt, daß die Haupthandlung dieser ersten historischen Novelle Tiecks (und auch die des zweiten Teils) eine geniale Erweiterung der verschiedenen Traditionen ist, die uns über Shakespeares und seiner dichterischen Zeitgenossen Leben und Treiben überkommen sind, und daß die auffallend frische und kräftige Lokalfärbung aller drei Novellen sich nicht nur durch Tiecks gründliche Studien, sondern auch durch seine mit Burgsdorff 1817 unternommene englische Reise, auf der er alle für seinen Liebling Shakespeare bedeutsamen Örtlichkeiten selber in Augenschein nahm, erklärt. Bewundernswerter als diese äußere historische und geographische Treue will uns der geschichtliche Sinn des Dichters erscheinen, der uns das geistige Leben der geschilderten Kreise, das seltsame Treiben der damaligen poetischen Genies und nebenbei der religiösen Schwärmer in so knapp bemessenem Raume mit voller Deutlichkeit und Wahrheit vorführt, wogegen wenig in Betracht kommt, daß Tieck in den Gesprächen zwischen Green, Marlow und Shakespeare dem letztern zuweilen Kunsturteile in den Mund legt, die im Grunde die des Verfassers selbst sind.

Dichterleben

»Ha! meine lieben täglichen Gäste!« rief der runde Wirt Die Szene ist das besonders durch Shakespeare und Walter Raleigh weltbekannt gewordene Wirtshaus » *at the mermaid*« (zum Meermädchen) in London- Southwark, Bread Street. mit seiner tönenden Stimme; »seid mir gegrüßt, werte, geehrte Herren! der Platz ist schon für euch zubereitet.«

Zwei Männer waren in den geräumigen Saal getreten, dessen Kühlung ihnen bei der zunehmenden Hitze der Sommertage angenehm dünkte. Der Tisch stand am großen Fenster, welches um einige Schuhe in die Straße hinaus gebaut war; das Morgenlicht glänzte durch die runden, in Blei gefaßten Scheiben und malte sich auf dem Boden, den man mit frischen grünen Binsen bestreut hatte. Der älteste von den Fremden war ein Mann von mittlerer Größe, mit schönen braunen Augen, einer fein gebogenen Nase und kräftigen, freundlichen Lippen. Der jüngere Mann war höher und schlanker, seine Augen glänzten feuriger, und seine Gebärden sowie sein Gang waren rasch und heftig. »Ist der fremde Mensch, der immer da hinten sitzt, noch nicht wieder erschienen?« fragte dieser mit hochfahrendem Ton.

»Seitdem nicht wieder«, antwortete der Wirt, »als Ihr ihn neulich etwas hart angelassen habt. Er wird sich wohl haben wegschüchtern lassen, denn er scheint eine stille Seele.«

»Das sollte mir leid thun«, sagte der heroische junge Mann, »sowohl um ihn als um Euch. Ich spreche auch manchmal selbst gern mit dergleichen mittelmäßigen Gesellen, denn man lernt auch von diesen furchtsamen Geistern. Und ich muß keine Vogelscheuche für Eure Gäste werden. – Aber wer ist er denn eigentlich?«

»Darauf kann ich Euch nicht dienen«, sprach der Wirt mit unterdrückter Stimme, indem er sich furchtsam umsah, ob auch der Fremde, von dem die Rede war, nicht unbemerkt eintrete; »denn er läßt sich nicht ausfragen. Ich kann nur so viel melden, daß ich ihn schon so ein sechs oder sieben Jahre über die Straßen wandeln gesehn; und wenn ich mich nicht sehr irre, so ist er eine Zeitlang Schreiber und Gehülfe bei einem Sachwalter gewesen, und dieselbe Würde mag er auch wohl noch bekleiden,«

»Wie? neugierig! Freund Christoph,« *Christopher Marlowe (Marlow, 1564 – 93), der bedeutendste Vorläufer Shakespeares auf dem Gebiet der Tragödie, kraftvoll und leidenschaftlich, aber auch oft roh und geschmacklos.* sagte der ältere Mann, der sich indessen schon behaglich niedergesetzt hatte; »es freut mich, daß doch auch eine weibliche Tugend Eure männliche heroische Kraft etwas mildert und mäßigt.«

»O Robert! *Robert Greene (Green, ca, 1560–92), nächst Marlowe der begabteste, englische Dramatiker vor Shakespeare, anmutig und oft voll lyrischer Zartheit aber ungleich und zu schwach, um zur Vollendung emporzudringen* trinklustiger Robert!« rief der jüngere, indem er sich zu ihm setzte; »dir währt es zu lange, den Wein im Becher rieseln zu hören. Dein Gemüt ist ganz auf die Flasche gerichtet, und die Nachrichten, die sie dir mitteilen kann, scheinen dir die einzig wichtigen. – Aber ist sonst nichts Neues vorgefallen?« so wandte er sich wieder an den Wirt, der das Zimmer schon verlassen wollte.

»Ein reicher Squire aus Jorkshire *York oder Yorkshire, die größte englische Grafschaft, zwischen der Nordsee im Osten und Lancaster und Westmoreland im Westen.* ist gestern abend angekommen, mit Pferden und Leuten«, antwortete der Wirt, »und hat meine besten Zimmer da droben gemietet. Übrigens ein vernünftiger Mann, der mit allen Dingen zufrieden ist. Er sagt, er sei schon vor vier Jahren hier in London gewesen, damals, als wir mit der unüberwindlichen spanischen Armada bekanntlich 1588 durch die Engländer (Drake) vernichtet. zu thun hatten; er will sogar hier gewohnt haben, aber ich kann mich seiner nicht erinnern. Ein Patriot ist er, wie es nur einen geben kann; denn von unserer Königin Elisabeth *Elisabeth von England (geb. 1533) regierte 1558–1603.* spricht er nur mit Verbeugungen und der Hand auf dem Herzen.«

»Das muß ein echter Engländer sein«, sagte Robert, als der Wirt hinausgegangen war. »Aber trinkt doch, Christoph, Ihr scheint mir heut' nicht so heiter als gewöhnlich.«

»Ich bin es auch nicht«, sagte jener, indem er den vollen Becher nachdenkend erhob. »Ist es dir wohl schon vorgekommen, daß du das Ende eines Gedichtes nicht finden konntest, welches du mit Begeisterung angefangen hattest?«

»Nein«, sagte Robert, »denn ich kann gar nicht schreiben, wenn es mir nicht leicht wird, und von allen Dingen ist mir der Schluß am leichtesten, ich fange gewissermaßen mit ihm an, denn er ist fast das Erste, worüber ich mit mir selber einig werden muß, und so strebt denn nachher alles von selbst diesem Ziele zu.«

»So ist es nicht gemeint«, sagte der heftige Mann, »und du hast die Gabe, mich mißzuverstehn. So im wachen Schlummer weiter dichten und das Ding nun endlich auch schließen, je nun, das kann ich wohl ebenfalls, wenn ich diesen schläfrigen Fleiß einmal in Anspruch nehmen will. Aber neu zu sein am Schluß, mit großen Gedanken zu endigen, mit Gefühlen und Erschütterungen, die bis dahin in der Tragödie selbst noch nicht auftraten, und die doch in der Sache liegen, so ein Gemälde hinzustellen, das nun noch endlich, nach allen vorhergegangenen Rührungen die ganze Seele umwühlt und das Herz wie zerschmettert: das Bild dieser erhabenen Angst steht mir so lebhaft vor Augen, daß ich mich selbst verwundern muß, wie ich es nicht schon längst viel mächtiger irgendwo habe abzeichnen können.«

»Ja, ja«, sagte Robert wie gerührt, »dies verwünschte Theaterwesen, das uns unsre Bemühungen doch so wenig dankt und belohnt, es reibt unsere besten Kräfte auf; und dich nun gar mit deiner Teufelstragödie, diesem Faust, Marlows dramatische Bearbeitung des deutschen Volksbuchs von »Doktor Faustus entstand wahrscheinlich 1588, ward aber erst 1604 gedruckt: übersetzt wurde sie von Wilhelm Müller, Adolf Böttiger u. a. den dir selbst ein böser Geist als Arbeit hingeschoben hat. Du bist seit dieser Anstrengung, die dich quält, niemals wieder so übermütig gewesen wie im Frühjahr. Ich erlebe es noch, daß er sich vor seinen eignen Teufeln fürchtet und von den Mißgeburten seiner Phantasie bekehren läßt.«

»Wenn ich Robert Green hieße!« erwiderte jener; »o du zerknirschter Sünder. Eine merkwürdige Schrift Greenes, die Tieck vielfach für die Reden desselben benutzt hat: »Eines Pfennigwertes Witz, erkauft mit einer Million Reue« (1592), enthält die kläglichsten Selbstvorwürfe, die, ebenso wie ein erhaltener Brief von ihm an seine treulos verlassene Gattin, einen schwachen, unmännlichen Charakter verraten. der du immer nur in dem Eise der Untugend und im Auftauen der Reue und Buße lebst, wie Aprilwetter, Schnee und Sonnenschein im unbefestigten Gemüt, der sich nur im Hin- und Herschwanken seiner selbst bewußt wird, der nur davon weiß, daß er lebt, alle Morgen die besten Vorsätze zu fassen und sie alle Mittage beim ersten Glase Wein in schlaffer Begeisterung zu vergessen. Deine Tugend ist ein

Tagesschmetterling, der das Abendrot nicht leuchten sieht. Wenn ich dich noch einmal stark und konsequent sehen sollte, so würde ich ohne Bedenken alle Wunder glauben.«

Robert lachte herzlich, indem er sagte: »Du bist noch niemals zur Reue und Buße reif geworden, deine Verstocktheit hältst du für Kraft, und doch ist sie eben die schlimmste Schwäche. Wenn dein Herz einmal aufginge und sich zerknirschen lernte, so würdest du über die Macht und Fülle erstaunen, die von dort aus dein ganzes Wesen kräftigte. Aber der gebrechliche Mensch hält den Felsenstein für stärker als die Blüte der Pflanzen, und doch sind es die Wurzeln des Baumes, die jenen sprengen, wenn dieser allgemach und unmerklich in die Klippe hinein wächst. Doch laß deinen Hohn, ich schweige und will durch meine Worte den Teufel nicht um sein rechtmäßiges Eigentum bringen.«

»Wenn er sich noch um mich bemüht«, sagte jener laut auflachend, »so hat er dich schon vergessen, und das ist es eben, was dich kränkt, so daß du ihn täglich bettelnd anläufst und ihn mit Thränen anflehst, er möge dich doch nicht ganz verschmähen, du seist ja ein ganz gutes Stück Menschenwesen und ein trefflicher Kopf, wie sie alle sagen, und tragest Inklination zu ihm und Liebe; er möge sich also durch das bißchen Reue und Frömmigkeit, das du der schwachen Gesundheit wegen alle Morgen beim Frühstück zu dir nehmen müssest, nicht irre machen lassen, denn es sei so böse nicht gemeint; kenne er doch selbst dein beständiges Herz, das von seiner alten Liebe nicht lasse. Nicht wahr, du Dreiviertel-Epikuräer und Einachtel-Puritaner, so ist dein Verhältnis zu deinem Lehnsherrn, der höchstens einmal mit dir mault, wenn er an dich denkt?«

Als sie sich umsahen, hatte sich der junge Mann, den sie für einen Schreiber hielten, wieder still mit seinem Wein in den Hintergrund des Zimmers gesetzt. »Glaubt Ihr auch einen Teufel?« rief der Redende zu jenes Tisch hinüber.

Der Unbekannte, nachdem er den Fragenden erst anständig begrüßt hatte, antwortete mit einem stillen Lächeln: »Herr Marlow, wenn man ihn glaubt, muß man sich nur hüten, nicht an ihn zu glauben, und wenn man ihn leugnet, daß er es nicht selber sei, der uns die Worte in den Mund legt,«

»Sieh, lieber Green«, sagte Marlow, »da hat uns der gute junge Mann eine nachdenkliche Rede zur Antwort gegeben.«

»Eines Doktors nicht unwürdig«, antwortete Green, »ob sie gleich deiner Frage nicht genug thut.«

Das Gespräch wurde unterbrochen, indem sich oben im Saal die Glasthür öffnete, die einen Altan verschloß. Der Wirt zeigte sich oben und mit ihm ein fein gekleideter Mann, der auf die Gesellschaft unten mit großer Aufmerksamkeit herniedersah, sie dann höflich begrüßte und sich mit dem Wirt wieder entfernte. Man hörte hierauf im obern Zimmer sprechen. Nicht lange, so erschien unten ein zierlich gekleideter Page, der auf einem silbernen Teller eine Flasche alten Rheinwein, Zucker und eingemachte Früchte trug. Der junge Mensch sah sich verlegen im Saale um, musterte die Sitzenden und ging dann mit bäurischem Wesen auf den jungen unbekannten Mann am Nebentischchen zu, indem er stotternd sagte: »Mein gnädiger Herr, der Squire Wallborn von Eschentown in Yorkshire, empfiehlt sich und bittet in dieser geringen Gabe um die Erlaubnis, mit dem werten Herrn durch Besuch und Gespräch eine Bekanntschaft anzuknüpfen.«

»Mit mir?« sagte der Mann im schwarzen Kleide; »Ihr irrt Euch, junger Freund.«

»Gewiß nicht«, antwortete der Page, »mein Herr hat mir Euch deutlich beschrieben und mir noch obenein gesagt: ich könnte gar nicht fehlen, denn der Herr sei gemeint, der solch edles königliches Wesen habe«

Die beiden Freunde am Fenster, die das Mißverständnis sogleich begriffen, konnten ein lautes Lachen nicht unterdrücken, und der Fremde, der darüber weder verlegen noch beleidigt schien, ergötzte sich ebenfalls an demselben. Nur der Squire, den das Gelächter, welches er nicht erwartet hatte, wieder auf den Altan lockte, teilte die frohe Stimmung nicht, sondern rief mit lauter Stimme von oben herab: »Dummkopf!« und winkte mit heftiger Gebärde, so daß der Page, noch verlegener, stumm und unentschlossen in der Mitte des Saales stand, indem sein Herr fortfuhr: »Dorthin! zum Herrn im roten Mantel sollst du gehn, zu dem großen majestätischen Mann!« Der Page folgte, im ganzen Gesichte blutrot, der ungestümen Anweisung, konnte aber jetzt kein Wort mehr hervorbringen, sondern setzte zitternd das Silbergeschirr mit allem, was darauf stand, auf den Tisch und entfernte sich dann mit einer stummen Verbeugung. Beschämt über die eigne Heftigkeit, hatte indessen auch der Squire den Altan wieder verlassen, er trat jetzt zu den übrigen in den Saal und nahte sich der Gruppe am Fenster, indem er sagte: »Verzeiht, meine geehrtesten Herren, die

Ungeschicklichkeit meines jungen, noch unerfahrenen Dieners und haltet es für keine Anmaßung, wenn ein Fremder, der keine Verdienste für sich kann reden lassen, von dem Rufe so ausgezeichneter Geister angezogen, den Wunsch hegt, mit Männern in Bekanntschaft zu treten, die ihrem Vaterlande so große Ehre machen.«

Green verbeugte sich stillschweigend, und Marlow, der wohl gesehen, daß nur ihm eigentlich die Botschaft des Edelmannes gegolten hatte, nahm das Wort und drückte mit Beredsamkeit die große Freude aus, die ein Dichter empfinden müsse, wenn es seinen Versuchen gelänge, ihm auch in der Ferne und unter angesehenen und ausgezeichneten Männern Freunde zu erwerben, unter denen der Beifall Eines Verständigen das unbestimmte Urteil Unzähliger aus der unwissenden Menge aufwiege.

Der Squire, der ein Mann von Erziehung war, hielt es für notwendig, auch jenem Unbekannten eine kleine Entschuldigung zu sagen; doch dieser kam ihm, als er seine Rede eben erst begonnen hatte, mit Freundlichkeit zuvor, indem er sprach: »Bemüht Euch nicht, Sir! Mir thut nur der arme junge Mensch leid, den Ihr beschämt; laßt Euch nicht stören, ein Gespräch fortzusetzen, das Euch zu wichtig sein muß, um die Zeit mit einem Unbekannten zu verlieren.«

Diese Worte, höflich, aber sorglos hingesprochen, vermochten den Edelmann, auch diesen Unbekannten mit an jenen Tisch zu laden, welchen die Aufwärter von neuem mit Wein und Früchten besetzten. Der gleichgültige Green machte dem Schreiber, wie man ihn nannte, freundlich an seiner Seite Platz; doch Marlow rückte mit einer kleinen Empfindlichkeit weiter zurück und dem Edelmanne näher. Diesem entging diese Unart nicht, und er sagte gutmütig: »Wer sich nicht selber als Dichter zeigen kann, der wird wenigstens dadurch geadelt, wenn er die Werke edler Geister versteht und liebt; und darum dränge ich mich mit halbem Vertrauen in eure Gesellschaft und bitte diesen jungen Mann, sich uns zu nähern, da seine Worte und sein Wesen wohl deutlich verraten, daß er die Dichter seines Landes zu würdigen weiß.«

Der Wein und heitere Gespräche machten bald alle, die sich bis dahin fremd gewesen waren, miteinander bekannt. Der hochfahrende Marlow vergaß es endlich, daß der Edelmann ihn nach seiner Meinung durch das Herbeiziehen des Fremden ebensosehr gedemütigt, als durch seine zuvorkommende Höflichkeit ihm geschmeichelt hatte. »Wie wohl ist es mir«, sagte der Squire, »jetzt wirklich neben dem Manne zu sitzen, der mein ganzes Herz schon lange bewegt hat, der unter den Dichtern, die jetzt leben, oder von denen ich wenigstens Kunde habe, unbedingt den ersten Platz einnimmt!«

»Es gibt Stunden«, antwortete Marlow errötend, »in denen sich mein berauschter Geist auch wohl dergleichen träumen läßt; aber noch habe ich weder die Muße noch die Stimmung gefunden, um etwas von dem ausrichten zu können, was die Begeisterung meiner Jugend sich vorgesetzt hat. Alles, was die Welt von mir kennt, sind nur Spiele und Übungen.«

»Ihr seid zu bescheiden«, erwiderte der Squire; »wo haben wir nur etwas Ähnliches, wie Eure Übersetzungen des Ovid oder des Musäus? Marlowe war klassisch gebildet und hat die Liebeselegien des Ovid und das kleine Epos des griechischen Dichters Musäos (5.-6. Jahrh. n. Chr.) »Hero und Leander« bearbeitet. Ihr macht unsere Sprache erst mündig, daß sie die Töne der Kraft, Bedeutsamkeit und Tiefe lieblich aussprechen lernt. Eure Lieder sind zart und wohllautend, Eure Tragödien donnernd, und in allem, was Ihr dichtet, regiert ein Ungestüm, ein Sturm der Leidenschaft, der uns auch wider unsern Willen in fremde Regionen hinüberreißt, was mir eben das wahre Kennzeichen eines echten Dichters zu sein scheint.«

»Ich kann auch nur dichten«, fuhr Marlow fort, »wenn eine Stimmung mich aufregt und unwiderstehlich zu Versen und Erfindungen zwingt. Scheint es mir doch manchmal in süßer Täuschung, als führe ein fremder, höherer Geist dann meine Feder. Ich kann wohl selbst, wenn diese edle Raserei mich wieder verlassen hat, über das erstaunen, was ich niedergeschrieben habe. Ich glaube auch nicht, daß man in der Tragödie auf andere Art etwas leisten kann; denn wie soll das Übermenschliche zur Sprache kommen, wenn der Dichter nicht selbst außer sich versetzt wird, und in jenem zitternden Zustand des prophetischen Wahnsinns mit seinem unsterblichen Auge die Dinge wahrnimmt, die seinem irdischen immerdar verschlossen bleiben? Glaubt mir, von allen Trefflichkeiten, die ich an meinem Freunde Green hier bewundere, beneide ich ihm die Gabe am meisten und begreife sie am wenigsten, daß er in allen Stunden und Stimmungen, sowie er sich nur dazu entschließt, schreiben und dichten kann.«

»Wenn das nur irgend Wahrheit enthält«, antwortete Green mit furchtsamer Stimme, »was Ihr kurz vorher geäußert habt, so dürfte dies Talent kein beneidenswertes sein, da es mir durch dieses ja eben aus ewig unmöglich wird, das Höchste oder die wahre Krone der Poesie zu erfassen. Ich bleibe gewiß nicht darin zurück, den Schwung Eures Geistes zu bewundern, und es mag seine vollkommene Richtigkeit haben, daß nur in Stunden der Weihe, wenn der Himmel unsers Innern ganz klar und blau ist, dieser Adler am freudigsten seine Schwingen entfaltet, um in der höchsten Region die Strahlen der Sonne zu trinken: – aber es ist nicht zu leugnen, daß Ordnung, Ausdauer und Festigkeit viel über uns vermögen, die Ihr, mein edler Freund, bei Euern Arbeiten eben allzusehr verschmäht. Diese Ordnung, wenn Ihr sie Euch aneignen möchtet, würde Euch wohl jene Begeisterung selbst zugänglicher machen, so daß Ihr, der freieste und kühnste aller Menschen, nicht fast täglich der Sklave Eurer Laune und Stimmung zu sein brauchtet.«

»Gar recht«, erwiderte Marlow, »wenn es ein anderer sagt; für mich aber unpassend, weil ich eben ein anderer sein müßte, als der ich bin, um solchem guten Rate Folge leisten zu können.«

»Ich im Gegenteil«, fuhr Green fort, »fühle mich fast immer in einer gewissen gerührten, poetischen Stimmung; mein äußeres und inneres Leben, Wirklichkeit und Phantasie sind gar nicht so getrennt wie bei Euch und vielen andern Menschen: darum arbeite ich ganz leicht und ohne andere Unterbrechung, als die ich mir selbst willkürlich mache. Daher kommt es auch, daß ich Lust und Spaß in meinen Dichtungen besser brauchen kann als Ihr: denn so viel Euch die Natur auch mag geschenkt haben, so ist Euch denn doch der Scherz versagt, und so oft Ihr, der Minerva zum Trotz, das Lachen habt erregen wollen, ist es Euch niemals damit geglückt.«

»Nein«, fiel der Edelmann ein, »vielleicht ist es auch unmöglich, das Heroische, Große und Furchtbare so schön ausdrücken zu können und zugleich so leichtes Blut zu haben, daß Witz, Scherz und Lust aus dem schäumenden Becher der Begeisterung sprudeln. Ich glaube fast, ohne irgend einem geehrten Talent zu nahe zu treten, diese Lust sei auf einer niedrigern Stufe zu finden und verlange auch darum nicht so die Anstrengung des ganzen Menschen und aller seiner Kräfte. Ein Riese kann nicht zugleich, wenn er Bäume entwurzelt, ein zierlicher Tänzer sein.«

Der junge Mann im schwarzen Wams lächelte still vor sich hin. »Ihr scheint nicht ganz meiner Meinung«, sagte der Squire zu ihm, indem er ihm von neuem einschenkte. – »Verzeiht«, antwortete dieser, »mir fiel nur ein, ob der Mensch nicht mehr sei als der Riese; wir freuen uns wenigstens in den Gedichten, wenn der Gigant von der edlern Kraft bezwungen wird, und ein Alexander oder Heinrich der Fünfte von England Heinrich V. (1413–22; geboren 1387), der Sieger von Azincourt (1415); Shakespeare (der »Schreiber«) hat später in den Fallstaffszenen in »Heinrich IV.« sein ausgelassen lustiges Jugendleben, in »Heinrich V.« seine Herrschertugenden dargestellt. kann nach der gewonnenen Schlacht schwärmen und trinken, ohne sich zu entadeln; und so gibt es auch vielleicht eine Poesie, die alles verbinden mag.«

»Wenn der Blinde von der Farbe spricht«, fuhr Marlow dazwischen und sah den Unbekannten mit einem zornigen Blicke an, »so erfahren wir freilich neue Dinge, die aber von der Sache selbst weit entfernt sind.«

Der Squire, welcher Streit vermeiden und seinen Liebling bei guter Laune erhalten wollte, wendete das Gespräch auf die weichen Verse und üppigen Schilderungen, in welchen Marlow damals den größten Ruhm genoß, deswegen aber auch von Gegnern und moralischen Lesern getadelt wurde, so daß das geistliche Gericht selbst seine Übersetzungen der ovidischen Gedichte verbieten wolltet. Der Erzbischof von Canterbury ließ Marlowes Übertragung der ovidischen Liebeselegien öffentlich verbrennen »Der Streit«, fuhr der Edelmann fort, »über die Unmoralität der Poesie ist noch nie so lebhaft als in unsern Tagen geführt worden, und wenn die Gegner derselben nur einigermaßen recht haben sollten, so muß man zugestehen, daß ein frommer Wandel, bürgerliche Tugend und Unbescholtenheit sich nicht mit der Dichtkunst vereinigen lassen.«

»Diese Gegner«, sagte Marlow sehr lebhaft, »sind doch nur jene puritanischen Reiniger und Ausfeger, die nicht nur die Poesie, sondern alle Kunst, selbst Wissenschaft, ja, wenn man ihnen folgte, den Unterschied der Stände, Adel, König und Geistlichkeit aus dem Staate hinaus reinigen möchten. Wie es aber bei der großen Gliederung der menschlichen Gesellschaft nicht möglich ist, die scheinbaren Gebrechen, Armut, Druck, Gewalttätigkeit, Laster, völlig aus dem Ganzen herauszunehmen, weil man dadurch nicht nur die Tugenden zugleich mit vernichten, sondern auch das Gebäude der majestätischen Weisheit zertrümmern würde: so ist es auch auf ähnliche Weise mit der Poesie beschaffen. Wir wissen es alle und beklagen es in vielen

Stunden, daß der Reiz der Sinne so mächtig über uns walte, aber wir müssen auch zugleich im Bereuen gestehen, daß es unmöglich ist, ihn zu vernichten: denn die Erscheinung des Lebens selbst müßte mit ihm zugleich zu Grunde gehen. Wo sich das Bewußtsein des Lebens in kräftiger Brust erhebt und in Bildern, süßen Tönen und Akkorden seine Regung kundgeben will, da nimmt es diesen innigsten Trieb in seinen glänzenden Banden gefangen und führt ihn an die höchste Grenze des Sichtbaren, in Üppigkeit, Reiz und Wollust hinein, dahin, wo die reinste und heißeste Flamme des Lebens brennt. In dieser Flamme schwingt sich der Geist der Dichtkunst kühn und in allen Farben und Gestalten um; und so wie Liebe, Sehnsucht Schmerz und das geistigste Verlangen sinnlich in Befriedigung, in irdischer Sättigung erlöschen und sich sänftigen: so kann das Himmlische, Lautere, Wundervolle nicht anders als in Reiz und sinnlicher Üppigkeit seine Blumenkrone und seinen farbigen Ausdruck finden. Wie die verschiedenen menschlichen Geister auch gestimmt oder mißtönend sein mögen, hier verstehen sich alle, wenn sie noch unbefangen und natürlich sind. Diejenigen, die mich also hierüber tadeln, schelten nur die Begeisterung selbst, jene Lebenskraft, die im geheimen Dunkel der Seele in Sehnsucht sich erhebt und um sich schaut, mit klaren und immer glänzendem Augen das Wunder ihrer Bestimmung erkennt und so den süßen Trieb, der die ganze Welt erregt, in Liebe mit sich nimmt, um das in Bild und Figur zu setzen, was sonst ewig tot und formlos sein würde. Ist es nun anders mit der Sehnsucht nach Schmerz und Leid? In einem geheimnisvollen Gelüste, aus Furcht, Grauen und Mitleid gemischt, greift die Seele zum Schrecklichen und sättigt ihren furchtbaren Hunger an Gebilden von Blut und Mord; Grausamkeit, Mordlust, die in der Brust des Menschen schlafen, werden von ihren Ketten gelöst, und in der Erhabenheit triumphiert die wilde Natur, rot von Blut, in Schauder und Graus. Und dieser Trieb, der den Menschen in der Wirklichkeit wie in der Poesie hoch über sich selbst hinaus reißt, ist innigst mit jener schmelzenden Wollust verwandt, ist wohl derselbe magische Wunsch, zu schaffen und zu vernichten, in der höchsten Liebe zu verderben und in der Blutgier mit den feinsten Herzensfibern zu schwelgen. Daher sind der Tragödie die Tyrannen so notwendig; daher die Liebe keinem Gedicht fehlen darf, das unsere Seele vom Schlaf erwecken soll; darum wird auch die Liebe, wenn ihre Begeisterung gestört, wenn ihr Genuß gehindert wird, in wilden

Gemütern Mord, und darum sind alle Tyrannen wollüstig gewesen und in der Gier der Liebe am furchtbarsten.«

»Trefflich!« rief der Squire; »dies grauenhaft Gespenstische, innigst mit dem Lieblichen vermählt, zieht mit feingeistigen Schauern durch die fernsten Tiefen unserer Seele. Wie habt Ihr soeben herrlich Eure große Tragödie: ›Die Herrschaft der Lust‹, Dieses Drama (*»Lust's dominion, or The lascivious queen«*), erst 1657 gedruckt, steht in den von Tieck vielfach benutzten *»Old English Plays«* (London 1814 f.) allerdings unter Marlowes Namen, stammt aber von einem andern, unbekannten Verfasser. charakterisiert, in welcher wir den gräßlichen Mohren hassen und bewundern, uns vor ihm entsetzen und ihn doch gewissermaßen lieben müssen. Dieses ganz in Blut getauchte Trauerspiel sowie Euer ›Jude von Maltha‹ Gedichtet 1589 oder 1590, gedruckt 1633; übersetzt von Eduard von Bülow (»Altenglische Schaubühne«, 1. Bd. 1831). haben mir immer vorzüglich gefallen.«

So willig und mit leichtem Sinne Green in alle diese Bewunderung einstimmte, so mochte es ihn doch etwas verdrießen, daß von ihm so wenig die Rede sei; er sagte daher mit einem launigen Lächeln, das ihm sehr gut stand: »Ich wette, unser junger Gast dort, wenn er nur reden dürfte, hat auch hierüber manches zu sagen: denn auf seiner hohen Stirn schienen mir einige Gedanken und Zweifel wie leichte Wolken hinzuschweben, und in den feingezogenen Augenbraunen wandelten Einwürfe aller Art, die der Mund nur verschweigen muß.«

Der Squire sah den Fremden nachdenkend an, und Marlow rief: »Er rede! Das soll von mir nicht gesagt werden, daß ich wie ein Tyrann das Gespräch beherrsche; daß in meiner Gegenwart, er sei auch, wer er sei, wenn er einmal zu unserer Gesellschaft gehört, irgend einem Manne nicht zu sprechen erlaubt sei.«

»Nun?« sagte der Squire, »laßt hören, junger Freund, ob sich Herr Green in Ansehung Eurer Mienen nicht geirrt hat, und ob Ihr wirklich von der Sache etwas versteht.«

»Der Gegenstand ist zu wichtig«, antwortete der Unbekannte, »als daß ich mir einbilden könnte, über ihn, besonders Meistern gegenüber, etwas Bedeutendes zu sagen. Herr Marlow hat Gedichte geliefert, die wir alle bewundern, das ist die Hauptsache. Jener Sinnenreiz, von welchem er behauptet, daß er gewissermaßen den Einschlag unsers Lebens ausmacht, so daß ohne ihn kein Gewebe und noch weniger künstliche Figuren in demselben möglich sind, ist gewiß nicht abzuleugnen. Nur fragt es sich, ob er an sich selbst, als Naturtrieb, in seiner Wirkung und Kraft, seien sie auch gewaltig, eben schon eine Aufgabe für die Poesie oder gar die Krone derselben sei. Wie alles Schaffen doch nur ein Verwandeln ist, so dünkt mir, wäre es der Zweck des Dichters und sei es von je gewesen, denselben Trieb, der das Tier roh und stark und die Blume geheimnisreich erregt und entwickelt, in himmlische Klarheit, in Sehnsucht nach dem Unsichtbaren zu steigern, so das Leibliche mit dem Geistigen, das Ewige mit dem Irdischen, Cupido und Psyche, im Sinne des alten Märchens, Von Lucius Apulejus (geboren um 130 n. Chr.). auf das innigste in Gegenwart und mit dem Beifall aller Götter zu vermählen.«

»Seht!« sagte Marlow, »der junge Freund ist nicht ganz ohne Belesenheit; nur muß ich glauben, daß auf diesem Wege Leidenschaft und Feuer sich in ein Nichts hinein verflüchtige und zerstreue. Wer das Leben auf diese Art auflösen will, findet immer nur den Tod. Das möchte denn eben wohl das Gegenteil aller Poesie werden und in jene kalten Allegorieen ausarten, die als leere Schemen jedes Herz mit Frost ernüchtern. So waren die alten Moralitäten, Mittelalterliche Schauspiele, die einzelne Sätze der Sittenlehre durch erfundene Beispiele erläuterten. deren wir noch einige besitzen; so sprachen die hochgepriesenen Gedichte jenes petrarkischen Surrey, Henry Howard, Graf Surrey (1516 – 47), eleganter Lyriker, führte das Sonett und den iambischen Blankvers in die englische Litteratur ein. des Freundes von unserm achten Heinrich; daran leidet, seine Bewunderer mögen sagen, was sie wollen, die herrliche Feenkönigin unseres Spenser, *Edmund Spensers* (1552-99) unvollendetes Hauptwerk, das Epos »Die Feenkönigin«, ist eine Allegorie auf die Königin Elisabeth. den viele, die sich selbst die Bessern nennen, zum größten, ja zum einzigen wahren Dichter Englands stempeln wollen. Da würdet Ihr, Sir, mit der Bewunderung Eures armen Marlow nur übel ankommen, der sich zwar selbst gern in diesen grünen Waldschatten der Spenserschen Dämmerung ergeht, die so lieblich vom Bachgeriesel und seinem Nachtigallenton erfrischt, von Duft durchhaucht und Mondlicht durchspielt wird, aber auch im Genuß mit Schlummermüdigkeit und schweren Träumen nicht selten bedrückt.«

»Diese ersten drei Bücher, die nur noch erschienen sind«, sagte der Squire, »sind plötzlich so wundersam da, wie zuweilen der Frühling mit allem Laube und seinen Blüten. Das Wunder erstaunt, entzückt und betäubt gewissermaßen; ob Sommer und Herbst schöner oder in anderer Art herrlich sein könnten, fällt uns fürs erste nicht ein. Das scheint mir ausgemacht, ein neuer Ton, ein neues Streben, eine so noch nie vernommene Sprache und Versart erklingt bezaubernd; ja selbst jene Dämmerung und süße Ermattung, von welcher Ihr eben spracht, scheint mir diesem Werke und seinen dunkeln Schatten und tiefen, harmonischen Farben unentbehrlich.«

»Zwölf solcher Bücher«, sagte Marlow, »und jedes Buch von zwölf Gesängen soll das Ganze enthalten, wenn es vollendet ist. Wer wird es lesen können? Werden nicht eine Menge leerer Lückenbüßer, viele allegorische nüchterne Schilderungen und Reden sich einfinden müssen, um nur das weitläufige Gebäude, welches hier einen Flügel, dort eine Kolonnade der Symmetrie wegen alsdann notwendig macht, völlig auszubauen? Schon jetzt ist dergleichen prosaische Notdurft, die aus der Poesie nicht entspringt, nicht zu verkennen. Aber Ihr habt recht, diese Gesänge berauschen wie ein neuer Wein die ganze Nation. Wenn ich über diesen Punkt etwas verschieden denke, so geht es mir mit der gepriesenen ›Arkadia‹ unsers Philipp Sidney *Philipp Sidney*(1554-86), neben Spenser der Hauptvertreter der höfischen Kunstdichtung zur Zeit Elisabeths; die »Arkadia« (1578) ist die älteste englische Hirtendichtung. nicht anders. Meiner Ungeduld sind dergleichen Bücher zu lang; am wenigsten kann sie der oft lesen, der selbst etwas hervorbringen will. Von der ›Feenkönigin‹ wollen viele jetzt behaupten, sie werde die Grundlage unserer wahren Nationalpoesie für die Zukunft ausmachen; und ich schmeichelte mir oft, daß ich und meine Freunde diese auf unsere Weise befestigen würden: denn wie jene, wenn auch poetischen, doch sonderbaren Gesänge jemals vom Volke ganz sollen verstanden und mit Wohlgefallen genossen werden, bin ich nicht fähig einzusehen. Seit unserm Chaucer. *Geoffroy Chaucer* (ca. 1340 – 1400), der Vater der englischen Dichtkunst; sein Meisterwerk, die »Canterbury-Geschichten« (frühstens 1393 verfaßt), ein Cyklus von Novellen in Versen. denk' ich, ist nichts gedichtet worden, was eben dem ganzen Volke gehöre, und von dem herrlichen Alten sind es doch auch eigentlich nur die Canterbury- Erzählungen, die ich hier meine, und unter diesen wieder die witzigen und komischen, samt der unvergleichlichen Schilderung der Personen, die jeden Engländer für alle Zeiten als Muster gelten sollten. Das ist die hellste Lustigkeit und der klarste Verstand, die mir in allem, was ich nur gelesen habe, jemals vorgekommen sind.«

»Ihr habt«, fing der Edelmann wieder an, »schon genug gethan, auch Eure Freunde stehn Euch darin bei, und Eure Schüler und Nachkommen werden hoffentlich darin fortfahren, das Ferne, Unbestimmte, Vergeistigte zu vermeiden. Wie erfreulich, daß Ihr in Eurem ›Eduard dem Zweiten‹ Von einigen für Marlowes bedeutendste Tragödie angesprochen; gedruckt 1598, übersetzt von Prölß (»Altenglisches Theater«, I. Bd. 1880). unsere vaterländische Geschichte, die reich an großen und tragischen Begebenheiten ist, so edel habt auftreten lassen! Herr Green hat einige märchenhafte Sagen In den Stücken »George Greene, der Flurschütz von Wakefield«, gedruckt 1599 (übersetzt von Tieck im 1. Bd. des »Altenglischen Theaters« 1811), und »Die wunderbare Sage vom Pater Baco«, gedruckt 1594 (übersetzt [von Dorothea Tieck] in Tiecks »Shakespeares Vorschule«, 1. Bd. 1823). trefflich bearbeitet, so leicht und behaglich, daß man mehr dergleichen wünscht. Auch Euer Freund Georg Peele *George Peele* (zwischen 1550 und 1598), nächst Marlowe und Greene der bedeutendste Vorläufer Shakespeares, behandelt in seinem historischen Drama »König Eduard I.« (gedruckt 1593) einen vaterländischen Stoff. wandelt auf demselben Wege, und man hat mir erzählen wollen, daß einige Unbekannte noch mehr vaterländische Gegenstände schon mit dem größten Beifall dem Theater gegeben haben.«

»O ja!« rief Green spöttisch, »es wird bald dahin kommen, daß der Schüler der Chroniken entbehren und die englische Geschichte lustiger vom Theater lernen kann. O die Bühne, die liebe vortreffliche Anstalt! könnten wie armen Autoren nur wenigstens von dieser erlöst werden.«

»Warum«?« fragte der Squire.

»Wir«, fuhr der sonst freundliche Mann zornig fort, »sind fast die ersten gewesen, die den Komödianten und ihren einfältigen Vorstehern etwas Vernünftiges gegeben und in den Mund gelegt haben; aber das haben sie nun, nachdem das Volk zugelaufen ist und Lust am Theater bekommen hat, längst vergessen. Nun glauben sie unser nicht mehr zu bedürfen, und Werke von Stümpern, von unbekannten Pfuschern, sind ihnen ebenso lieb, ja noch lieber, und die armseligen Versuche, die oft nur so wie gedankenlos hingeschrieben sind, erhalten nicht weniger Beifall als die Gedichte, die uns Zeit und Nachtwachen gekostet haben.

Wir haben die Theaterunternehmer erst zu dem gemacht, was sie sind, und sie auch zugleich verdorben. – Und was ist es auch am Ende um das beste Theaterstück? Mein und meines Freundes wahrer Ruhm kann doch nur auf unsern andern Werken beruhen: denn es zeigt sich immer deutlicher, daß fast jeder Mensch ein unterhaltendes Schauspiel schreiben kann, besonders wenn es die Komödianten gut spielen; und es ist nicht zu leugnen, daß diese mit jedem Tage besser werden und in ihrer sogenannten Kunst etwas viel Höheres leisten, als man vor zehn Jahren für möglich halten konnte.«

»Diese geistlosen Schauspieler«, fuhr Marlow fort, »werden bald darauf verfallen, selber alles zu schreiben, was ihre Bühnen bedürfen Uns kann es gleichgültig sein, denn unser Leben und Ruhm hängt nicht von diesem augenblicklichen und wechselnden Beifall ab. Einige Sachen aus unserer englischen Historie haben schon Glück gemacht, weil man eben alte Erinnerungen, das Wohlwollen für gewisse Männer und die sogenannte Vaterlandsliebe in Thätigkeit setzte und durch alle diese Würzen die blöde und unwissende Menge bestach. Was geht aber den wahren Dichter sein sogenanntes Vaterland an? Der Boden, auf welchem er zufällig geboren ist? Das ganze Reich der Phantasie, Süden und Norden, die Welt der Geister dazu steht ihm offen und ist seiner Herrschaft unterworfen. Wer sich, wenn er für Glück und Unglück, Großmut, Bosheit und furchtbare Begebenheiten sich begeistern will, noch für jenen kleinen Fleck interessieren kann, auf welchem er das Licht erblickte, und nicht ablassen mag, jene Erinnerungen aus der Kindheit willkürlich in die großen Gemälde zu verflechten, der ist gewiß das vollkommene Gegenteil eines Poeten. Darum habe ich meinen Tamerlan *Der Held von Marlowes Doppeltragödie* »Tamerlan der Große«, gedruckt 1590. mit mehr Schmuck und Herrlichkeit ausgestattet, als jene nur jemals ihrem Talbot, Gloster oder dem schwachen sechsten Heinrich *Heinrich VI. (1422–61 und 1470–71 König) sowie der berühmte Feldherr John Talbot, Graf von Shrewsbury (1373–1453), und Humphrey, Herzog von Gloucester, Oheim Heinrichs VI., 1422–47 für letztern Regent, treten in Shakespeares »Heinrich VI.« auf.* geben können, oder gar den alten vergessenen Märchenfiguren, die eine kränkliche Erschlaffung uns wieder vorzuführen strebt. Darum ist mir meine letzte Tragödie, die Fabel vom deutschen Zauberer Faust, so wert, weil hier das Entsetzen, Grauen und alle Furchtbarkeit im Wechsel mit fratzenhaften komischen Begebenheiten so ganz selbständig auftritt, sich in seinem eignen Elemente bewegt und keine Sitten unserer Zeit oder Stadt bedarf. Auch in meinem ›Eduard‹ habe ich es vermieden, das sogenannte Vaterland, oder Bedrückung, Volk und dergleichen mitspielen zu lassen; der Kampf der Parteien und das unsägliche Unglück des schwachen Königs genügt und erregt jeden Zuschauer zu Mitgefühl und Entsetzen, eben weil er nur ein Mensch ist.«

Der Unbekannte stand jetzt auf. »Schon wieder böse?« fragte Marlow mit rauher Stimme. – »Ich bin es noch niemals gewesen«, sagte jener mit dem freundlichsten Tone, »und fühle mich im Gegenteil hochgeehrt, daß ich am Gespräch so trefflicher Männer habe teilnehmen dürfen. Meine Zeit aber ruft mich ab, da ich nicht so unabhängig bin, wie Ihr soeben von Euch gerühmt habt.«

»Wenn es Euch«, sagte Marlow, »Euer Sachwalter oder sonstige Beschäftigung irgend erlaubt, so sagt noch jetzt, was Ihr irgend einzuwenden habt.«

»Euer Verlangen«, antwortete jener, Shakespeare spricht im folgenden die Meinung Tiecks aus. Doch stimmen seine Worte zugleich völlig mit der patriotischen Gesinnung überein, die er in Wirklichkeit wiederholt bekundet hat, z. B. »Richard II.«, 2, 1, in der berühmten Verherrlichung Englands durch Gaunt. »soll mir als Befehl gelten, und als dramatischer Dichter müßt Ihr ja auch die Meinung, die von der Eurigen ganz verschieden ist, besser brauchen können als die gewöhnlichen Menschen. Erst wolltet Ihr jenen Grundtrieb unserer Natur, den Sinnenreiz, unbedingt als die höchste Aufgabe der Poesie gelten lassen, ihn, den alle Menschen miteinander, ja sogar mit den Tieren teilen. In dieser Befangenheit glaubtet Ihr die höchste Freiheit zu finden; dagegen verwerft Ihr als ein fesselndes das Gefühl des Patriotismus und wollt als Dichter kein Vaterland und keine Zeit anerkennen. Und dennoch könnt Ihr den Elementen, die Euch ernährt, den Umgebungen, die Euch erzogen haben, nicht entfliehen. Wenn der Mensch kein Mannesalter finden wird, der keine Kindheit gehabt hat, worauf soll denn die Welt, die der Dichter uns gibt, feststehen, wenn er selbst den notwendigsten Stützpunkt, der ihn tragen muß, wegwirft? Die Vaterlandsliebe ist ja ein gebildetes, erzogenes Naturgefühl, ein zum edelsten Bewußtsein ausgearbeiteter Instinkt. Wie sie nur da möglich wird, wo ein wahrer Staat ist, ein edler Fürst regiert und jene Freiheit gedeihen kann, die dem Menschen unentbehrlich ist, so bemächtigt sie sich auch in diesen echten Staaten der edelsten Gemüter und gibt ihnen die höchste Begeisterung, diese unsterbliche Liebe zum Boden, zur überlieferten Verfassung, zu alten Sitten, frohen Festen und wunderlichen Legenden. Wenn sie sich nun mit der innigsten Verehrung zum Herrscher verbindet, so wie es uns Engländern vergönnt ist, unserer erhabenen Königin zu huldigen, so erwächst aus diesen mannigfaltigen Kräften und Gefühlen ein solcher Wunderbaum von Leben und Herrlichkeit, daß ich mir kein Interesse, keine erfundene Dichtung, keine Liebe und Leidenschaft denken kann, die mit dieser höchsten Begeisterung in den Kampf treten dürften. Auch findet hier der Dichter schon die Poesie, die seinem Gemüte, wenn er sie nur erkennen will, im glänzendsten Schmucke entgegenschreitet. Wem schlägt denn wohl das Herz nicht höher, wenn er Cressy und Azincourt Die Schlachten bei Crecy (ober Cressy, 1346) und Azincourt (1415), glorreiche Siege der Engländer über die Franzosen. nennen hört? Welche Gebilde, dieser dritte Eduard, *Eduard III. (1327-77 König), der Sieger von Crecy.* der fünfte Heinrich, die Bürgerkriege der Rosen, der redliche Gloster, der hohe Warwick, der furchtbare Richard! *Krieg der Roten Rose (Haus Lancaster) und der Weißen Rose (Haus York) 1455-85. – Richard Neville, Graf von Warwick, ein Haupthheld in den Kriegen der Rosen auf seiten der Yorks, fiel 1471 in einem Treffen bei Barnet. – Richard III. (1483-85 König), allbekannt aus Shakespeares gleichnamiger Tragödie.* oder die Riesengestalt des Gaunt, neben dem zu leichtsinnigen und unglücklichen Richard von Bordeaux! *Johann von Gaunt, Graf von Richmond und Herzog von Lancaster (gestorben 1399), Eduards III. dritter Sohn, Oheim Richards II. (1377 bis 1399 König, in Bordeaux geboren). Vgl. Shakespeares »Richard II.«* der schwarze Prinz, den der Feind mit Ehrfurcht nannte, jener Löwenherz, oder dessen größerer Vater, der glücklichste und unglücklichste der mächtigen Monarchen! *Eduard, Prinz von Wales (1330-76), nach seiner Rüstung der »Schwarze Prinz« genannt, ältester Sohn Eduards III., einer der volkstümlichsten Helden Englands, – Richard I., Löwenherz (1189-99 König), am bekanntesten durch seine Teilnahme am dritten Kreuzzug und seine Gefangenschaft in Deutschland. Sohn König Heinrichs II. (1154-89), eines der wohlmeinendsten und thatkräftigsten englischen Herrscher; unglücklich war Heinrich II. besonders insofern, als die zwei besten seiner Söhne vor ihm hinstarben, die beiden andern aber teils durch*

Trotz, teils durch Verrat ihm schweren Kummer bereiteten. – Und welch Wunder haben wir denn selbst nur vor wenig Jahren erlebt, als die fremde Tyrannei mit jener ungeheuren Flotte schon zu unsern Schwellen herüberschwamm? Welch Gefühl wehte und rauschte damals durch das Land, in den Ebenen, Wäldern und Bergen! Welche Wünsche und Gebete! Jung und alt drängte sich wohlgemut und mit Herzklopfen in die tapfern Reihen, um zu fallen oder zu siegen. O damals, damals fühlten wir es wohl, ohne der Worte zu bedürfen, welch ein edles Gut, welch ein Kleinod, höher als alle irdische Schätzung, unser Vaterland sei. Und wie nun unsere hohe Königin im Glanz ihrer Majestät mit Liebe und Huld, selbst gewappnet, sich zu Roß den jauchzenden Scharen der Landesverteidiger darstellte und ihr Mund von der gemeinsamen Not sprach, von dem furchtbaren Feinde, den nur der Himmel und die Eintracht begeisterter Söhne des Vaterlandes schlagen könnten – wer, der diese höchsten Augenblicke des Daseins erlebt hat, kann sie jemals vergessen? Und dennoch schienen wir verloren, so hoch uns das unsterbliche Gefühl auch erhob, wenn nicht das Glück, die Rettung unmittelbar vom Himmel gefallen wäre. Aber Elisabeth, Howard, Drake, Raleigh *Howard von Essingham* (1536-1624), Lord-Admiral der englischen Flotte gegen die Armada, später Graf von Nottingham; *Sir Francis Drake* (1540-96), Vizeadmiral unter Howard; *Sir Walter Raleigh* (1562-1618), gleichfalls am Kampfe gegen die spanische Armada beteiligt. und alle jene Namen, die an den verhängnisvollen Tagen herrschten und schlugen, müssen mit Dankbarkeit genannt werden, solange noch ein englischer Laut auf dieser glückseligen Insel erklingt! – Verzeiht meiner Bewegung! – Doch dies, mein Verehrter, wäre keine Welt für den Dichter? Muß ich doch beinah' fürchten, teurer Marlow, daß in jenem Bestreben, nur seiner selbst, ohne Land und Zeit, zu bedürfen, der Mensch sich, wie Ihr Euch kurz vorher ausdrücktet, in nichts zerstreut und verflüchtiget. – Aber habt Nachsicht mit dem Laien, der sich dennoch, so sehr er es vermeiden wollte, Euch mit langer Rede und Widerspruch aufgedrängt hat.« Noch einmal allen für ihre Gunst dankend, verließ der Fremde den Saal.

Der Squire sah ihm mit ernstem Blicke, selbst mit Rührung nach; Green nickte beifällig, aber Marlow sagte, ohne gestört zu sein: »Aus dieser Rede kann man allein abnehmen, daß dieser gute Mann keine gelehrte Erziehung genossen hat und auf keiner Universität gewesen ist. Denn das haben wir alle dem Umgang mit den Wissenschaften und der Kenntnis der klassischen Autoren zu danken, daß wir von frühster Jugend an in einer größern Welt einheimisch werden, als uns die neuere Zeit bieten kann. Es ist gut, wenn die Menge so denkt wie jener; aber der ausgebildete oder freie Mann holt seinen wahren Lebensatem aus den alten Republiken herüber, und der hohe Olymp muß immer noch die Wohnung unserer Götter bleiben,«

»Ihr seid in allen Dingen stark und mächtig«, sagte Green, »aber ich muß meine Schwachheit bekennen, ich war gerührt und bin es oft bei solchen Veranlassungen. Auch dacht' ich an den Schluß meines Roger Baco, den ich prophetisch mit dem Lobe unserer Königin schließen lasse, das ich jetzt, nach der Rede jenes talentvollen Schreibers, wohl in ganz andere Verse umsetzen könnte.«

»Da wir nun allein sind«, sagte der Squire, »so laßt mich zu Euch wie zu einem Freunde sprechen und vergebt mir im voraus, wenn ich von diesem Titel vielleicht schon zu früh einen etwas freien Gebrauch mache. Ich habe zum Teil, werter Herr Marlow, die Reise gemacht, um Euch kennen zu lernen; es ist mir gelungen, und ich würde noch glücklicher sein, wenn ich Euch auf irgend eine Art nützlich werden könnte. Ich bin wohlhabend, und da ich gehört habe, daß Ihr zuweilen um jenes armseligen Metalls willen in Verlegenheit seid, so sagt mir, mit wieviel ich Euch dienen kann, und es stehen meinem geehrten Freunde, wenn er mir über mein Vertrauen nicht zürnen will, zweihundert Pfund zu Gebote.«

Marlow hatte mit sichtlicher Verlegenheit zugehört, sein ganzes Gesicht war brennend rot, die feurigen Augen waren halb geschlossen und zur Erde gewendet, die etwas zu vollen Lippen wie im Trotze ausgeworfen; Green betrachtete den Fremden erst mit großen Blicken, dann räusperte er, ungewiß, was sein Freund sagen würde, und trank in langsamen Zügen. Nach einer Pause erst antwortete Marlow:

»Ihr seid ein edler, freundlicher Mann, und wer wäre ich, wenn ich mit einem solchen um seine Großmut zürnen wollte? Vertrauen aber um Vertrauen; so nehmt mein Wort, daß ich Eurer Hülfe nicht bedarf, daß Ihr aber der Erste sein sollt, bei dem ich sie suche, sobald ich sie nötig habe. Wenn Ihr aber so mein Freund sein wollt, wie Ihr Euch anbietet, so laßt mich diesem Ablehnen eine Bitte hinzufügen, wodurch ich Euch mehr zu ehren denke, als wenn ich selbst Euer Schuldner würde.

Seht, mein teurer Green dort ist schon seit lange in der drückendsten Not; so leicht sein Sinn ist, so fühlt er sich doch durch sie in Fesseln geschlagen, und, was am meisten zu bejammern ist, sein herrliches Talent wird dadurch gelähmt, das (mag ich auch vorher etwas prahlerisch gesprochen haben) es zum mindesten mit dem meinigen aufnehmen darf, wenn es nicht überwiegt, denn wenigstens muß ihm der Vorzug einer größeren Vielseitigkeit unbestritten bleiben. Diesen wackern Mann könnt Ihr durch Eure Großmut wahrhaft beglücken, denn er triumphiert dann über die Mißhandlungen gemeiner Geister, die wohl schadenfroh sein Elend verspotten, aber niemals seinen hohen Sinn begreifen können.«

Der Squire stand auf und umarmte den verehrten Dichter mit Herzlichkeit; darauf kehrte er sich zu Green, der über diese Wendung des Gespräches höchst betroffen war, und sagte mit Rührung: »So habe ich mir immer die Freundschaft unter Dichtern gedacht, und nicht ich, nein, Euer Freund Marlow, werter Green, schenkt Euch hiermit diese zweihundert Pfund. Wenn die Summe Euch aus der Verlegenheit reißt, so dankt ihm dafür, nicht mir; doch kann ich in Zukunft noch etwas hinzufügen, um Euer Leben einzurichten, so werde ich stolz darauf sein, wenn Ihr Euch mir nachher auch einigermaßen verpflichtet glaubt.«

Green erhob sich, überrascht, verwirrt, ja in Freude vernichtet. »Christoph!« rief er aus und fiel dem schlanken Manne um den Hals; »du bist ein ausbündiger« – – Er wollte noch mehr sprechen, aber Thränen und Schluchzen unterbrachen seine Rede. Etwas gesammelter wendete er sich zum Edelmann. »Ihr nehmt mich aus der Hölle«, rief er begeistert, »großmütiger Mann! Erst jetzt, da ich erlöst bin, kann ich die ganze Größe meines Elends überschauen; erst jetzt darf ich es wagen, ein Glück für möglich zu halten dem ich schon auf ewig den Rücken zugekehrt hatte.«

Er mußte sich niedersetzen, so fühlte er sich erschüttert. Marlow suchte ihn zu beruhigen; der Fremde selbst war von dieser Äußerung der Freude bewegt. »Siehst du?« sagte Green zu Marlow, »erlebst du es, daß dein Gespött nichts, nichts ist? Ja, ich will in Eurer Gegenwart auch immer so hohen Geistes sein wie Ihr, ich schäme mich dann, demütig, gut und fromm zu erscheinen. Als der böse, liebe, herrliche, verruchte Christoph, der Gott mit dem Munde leugnet und doch so oft nach seinen Geboten handelt, der jetzt eben als Christ und Samariter und Gläubiger mit mir umgegangen ist, als dieser fromme Bösewicht gestern von mir gegangen war, nachdem wir wiederum mit fröhlichem Herzen und eitler Zunge den Himmel hinweg gespottet hatten, da legte ich mich in der Einsamkeit meiner vier kahlen Wände, von dem bleichen, stummen Angesichte meines armen Wirtes um die alte Schuld gemahnt, von den bittenden Augen, nicht von der stürmenden Zunge, zerknirscht und weinend nieder. Schon während userm Sprechen und Lachen war ich in zagender Angst vergangen. O Himmel! wie lügt man doch oft dann am allerschlimmsten, wenn die Wahrheit in hunderttausend Thränen aus den Augen brechen möchte! Nun richtete ich mich in der stillen Mitternacht zum Beten, mein ganzes Herz zerknirschte sich in Demut, mein frecher Sinn wurde zum Kinde vor dem Herrn; ach! ich hatte gar nicht den Mut, um Hülfe und Rettung zu flehen; nein, ich bat nur, daß mir der Herr diesen Glauben und diese Stimmung erhalten, daß mich mein guter Engel nur mit so viel Dreistigkeit ausrüsten möchte, um meinem Freunde gegenüber zu beharren, daß ich den Allgütigen nicht mehr verleugnete. Und sieh! der Engel hatte meinen Schutzgeist schon in dieses Haus geführt, und er hilft mir, und mein Christoph hilft mir zu dieser Hülfe, und ich kann Gebete und Dank stammeln, und ich darf nun das Angesicht meiner Emmy wiedersehen, und sie wird mit meinem Sohne zur Stadt kommen.«

»Da seht Ihr den armen guten Sünder!« sagte Marlow lächelnd, indem er sich die Thränen vom Auge trocknete.

»Beruhigt Euch, lieber Green«, sagte der Squire; »ich höre, Ihr seid Gatte und Vater.«

»Wie schneiden«, rief der erschütterte Dichter, »diese beiden Worte durch meine Seele! Ich Vater? Ja, aber weniger, als der Rabe oder der Wolf gegen sein Junges ist. Ich weiß es, daß mein Sohn daheim darbt, daß seine kindische Zunge meinen Namen lallt: – aber der Vater, der Gatte sitzt fern von ihm, sieht seine klarleuchtenden Augen nicht, die Händchen nicht, die nach dem Brote langen, das ihm die weinende Mutter bringt, und verschweigt die letzten Groschen, ja die Thränen der Mutter, das Blut des Kindes im Weinhause; von den Gläubigern verfolgt, vom Pöbel verhöhnt, vom rechtlichen Bürger verachtet, kaum von einem Schwachherzigen bemitleidet. Dieser Vater vergißt die Mutter seines Kindes, der er tausend Meineide schwur, deren Jugend er ermordet, deren Herz er gebrochen, deren zarte Liebe und grenzenlose Hingebung er mit Leichtsinn und Untreue erwidert hat. Dieser verlorene Niederträchtige schwärmt hier unter den Thoren der Welt umher, mit Lied und Vers, Lachen und Scherz seine trostlose Verzweiflung verlarvend, und maßt sich an, seine Brüder, die alle besser sind, zu erheben und durch Sang und Saitenspiel, Tragödie und Moral auf den Pfad der Tugend zu leiten; er, der vom Bettler und vom Gefangenen in Ketten selber noch lernen sollte, auf den der Büttel mit verachtendem Mitleid herabblicken würde, wenn er ihm in sein unverhülltes Innere schauen könnte.«

»Genug«, sagte der Squire; »fühlt Ihr jetzt, was Ihr sagt, so mäßigt auch Eure Klage und Selbstverachtung, um Kräfte zum bessern Wandel zu behalten. Um so glücklicher trifft meine oder, wie ich sagte, die Gabe Eures Freundes ein, wenn sie nicht bloß Eure äußere Lage verbessern, sondern auch Euer zerrissenes Herz heilen und Euch Eure verlorne Ruhe wiedergeben kann.«

Marlow bemächtigte sich des Gespräches, um die zu gerührte Stimmung des Unglücklichen abzuschwächen; der Fremde ging ebenfalls auf diese Absicht ein, und so gelang es nach einiger Zeit, die stürmende Erschütterung zu beruhigen. Marlow erzählte von seiner Jugend und seinen Universitätsjahren, von der kurzen, aber sonderbaren Zeit, in welcher er als Schauspieler, doch ohne Glück, aufgetreten war, und wie er sich hierauf bald entschlossen habe, nur der Ausübung der Dichtkunst zu leben.

»Auch ich stand einmal auf den Brettern«, sagte Green, »und unter viel sonderbarern Umständen als Freund Christoph. Als ich meine Studien vollendet hatte, reisete ich mit zwei jungen reichen Edelleuten, deren Freundschaft ich mir auf der Universität erworben hatte, in die Welt hinein. Jung, gesund, übermütig, niemals Mangel fühlend, Geld vollauf, bedurften wir in unsern thörichten Herzen keines Gottes und keiner Vorsehung und Tugend. Witz und Scherz, Ausgelassenheit und Freude, Genuß und Übermut waren unsre Götter, und ich hielt mich in jenen Jahren für den glücklichsten aller Menschen, da es mir mit dieser völligen Sorglosigkeit vergönnt war, die herrlichen Fluren Italiens zu durchstreifen und die Küsten und zaubervollen Gebirge von Andalusien und Granada zu besuchen. Diese Reisen Greenes fallen in die Zeit zwischen 1578 und 1583. Die Rede Greenes stützt sich ganz auf seine eignen, in der oben erwähnten Selbstanklage niedergelegten Bekenntnisse. Die Großmut meiner Freunde zeigte sich darin, daß sie mich ganz wie ihresgleichen behandelten und das Vermögen, welches sie für diese Reife bestimmt hatten, mit mir teilten, so daß ich mich daran gewöhnte, ganz in ihrer Gesellschaft als Edelmann zu leben, zu verschwenden, zu prahlen, Händel zu suchen, Liebschaften teuer zu erkaufen und im Spiel betrogen zu werden, aber nicht daran dachte, daß diese Verwöhnung mich für mein ganzes Leben elend machen könne, wenn ich einmal von meinem Traume erwachte, wie es doch geschehen mußte. Wir kehrten, als die Jahre verflossen waren, wieder nach England; der eine dieser Freunde starb, der andere begab sich in die Einsamkeit und ließ sich von einigen Puritanern bekehren, so daß er sein Leben der Reue und Buße widmete, ohne sich um den Gefährten seiner Sünden zu kümmern. Ich ging zur Universität zurück, um meine Studien fortzusetzen und die akademischen Würden zu erlangen. Durch Vorsprache angesehener Gönner bekam ich nach einiger Zeit eine Pfarrstelle in der Grafschaft Essex. Ländliche Einsamkeit, Ruhe des Gemütes in schöner Natur, ein einfacher Beruf und Fortsetzung meiner Studien, alles das hatte ich mir so poetisch ausgemalt, daß ich mich einige Monate hindurch zwang, mich recht glücklich zu fühlen. Aber freilich kehrten die Gebilde, und in immer glänzendern Farben, von Neapel, Tarent, Cadiz und Malaga in meine Seele zurück; alles, was ich genossen hatte, alle Bekanntschaften, die Kunstwerke, die lustigen Scherze und Gespräche, Venedigs verführerische Schönheiten, die wollüstigen Tänze Spaniens berauschten in der Erinnerung meinen Geist, und wenn ich dann erwachte, so erschien mir die enge Gegenwart, in welcher ich mich befand, noch trüber. Noch schlimmer aber war es, daß ich kurz vor meinem Einzug in die Pfarre in London einige Schauspiele hatte aufführen sehen. In Italien hatte mich das Theater nicht sonderlich angezogen; und obgleich Spieler wie Gedichte in Spanien besser waren, so lebte ich doch zu sehr in Zerstreuungen, als daß ich mich an dieser Form der Dichtkunst sonderlich hätte erfreuen können. In London aber sah ich eine Art zu spielen, ich vernahm eine so natürliche Recitation, daß meine ganze Seele von diesen Gedichten durchdrungen wurde. Meine Kirche, mein Amt, die Einsamkeit wurden mir verhaßt. Es gibt nichts so Unglückliches als einen Menschen, der seinen Beruf verfehlt hat. In Träumen spielte ich Tragödie und Komödie und erfreute mich des Beifalls. Der böse Geist in mir ließ mir keine Ruhe, ich gab mein Amt auf und ging nach London. Man empfing mich mit offenen Armen, denn ich hatte einige Stücke vorausgesandt, an denen sich die Menge erfreute. Ich trat nun in fremden sowie in meinen eigenen Komödien auf; der Zulauf war außerordentlich, denn viele kamen, um den Dichter zu sehen, den sie schon liebten; andere, um sich an mir zu ärgern, daß ein Priester so freventlich den Beruf mit dem Gegenteil desselben umgetauscht hatte; wieder andere zog die Neugier und die Seltsamkeit der Sache herbei. Man wollte mich bereden, ich habe Talent, um ein Roscius *Quintus Roscius Gallus* (ca. 134–61 v. Chr.), berühmter römischer Schauspieler. zu werden: aber, sei es nun, daß es mir mangelte, oder daß meine Unruhe mich wieder vertrieb, es wurde mir dieser Stand noch früher als mein voriger unerträglich. Jetzt lernte ich bei meinem Umtreiben im Lande meine Emmy kennen. Nun wußte ich erst, was Liebe sei, die ich schon so oft geschildert hatte. Der Vater, Besitzer eines kleinen Gutes, wollte aber von meiner Bewerbung nichts hören, er wies mich schnöde ab und rückte mir meinen Mangel an Charakter und Festigkeit vor. Die himmlische Erscheinung des Mädchens, meine Leidenschaft zu ihr, die Liebe, die sie nach und nach zu mir gewann, machten mir alles möglich. Kein Opfer war mir zu groß, kein Unternehmen zu schwierig, keine Anstrengung ermüdend, um sie nur die meinige zu nennen.

Die Eltern mußten endlich in unsere Verbindung willigen, auch sie hatten ihr voriges Mißtrauen vergessen und mich liebgewonnen. Der ersehnte Tag war da. Ich errichtete eine Schule, und alle Kinder der angesehenen und wohlhabenden Leute in der Nachbarschaft wurden mir anvertraut. Die Gegend war schön, meine Gattin glücklich, ich fühlte mich wie im Elysium. Des Himmels Segen war sichtbar, der Garten, die Frucht des Feldes gedieh, und nach einem schnell entschwundenen Jahre war ich Vater eines Knaben. Da – —«

»Warum haltet Ihr inne?« fragte der Squire; »ich errate schon Euer neues Unglück.«

»Nein, Sir, gewiß nicht«, erwiderte Green, indem sich ihm die Augen wieder von Thränen feuchteten. »Da fiel uns eine Erbschaft in London und mit ihr ein Prozeß zu. Die Sache schien für uns bedeutend, wenn auch die Summe selbst nicht groß war. Es sollte jemand nach London gesendet werden, um das Geld zu heben und den Prozeß einzuleiten; ich weigerte mich, denn es war mir, als sähe ich meinen bösen Engel schon in der Ferne stehen, der meiner wartete. Endlich, durch das liebreiche Bitten meiner Gattin ließ ich mich bewegen – und seitdem –

es sind jetzt zwei Jahr – sitze ich hier, habe mir nach und nach einen Teil ihrer Aussteuer unter diesem und jenem Vorwande senden lassen, habe ihre Erbschaft verschwendet sowie die Summe, die ich durch den Prozeß gewann, bin nun aller Welt schuldig, von Reue zerrissen, und habe ihr, der Frau, seit zehn Monaten kein Wort geschrieben, um sie in den Armen einer nichtswürdigen Buhlerin zu – vergessen? Nein! aber sie und mich zu entwürdigen und meine Seele für die Hölle zu reifen.«

Nach einigem Hin- und Herreden wurde beschlossen, daß der bedrängte Green von der geschenkten Summe seine Schulden bezahlen und seine Gattin nach London kommen lassen sollte, damit man gemeinschaftlich mit ihr einen Plan für das künftige Leben des Dichters entwerfen könne. Man trennte sich jetzt mit der bestimmten Abrede, sich recht bald wieder zu versammeln; Green begleitete seinen Wohlthäter, der in der Gegend des Towers einen Vetter aufsuchen wollte, mit dein er ein Geschäft abzumachen hatte, und Marlow ging mit dem Pagen, um dem freundlichen Edelmann eine ruhige Wohnung in Southwark Der südliche Stadtteil Londons, rechts der Themse; der Tower, die allbekannte Citadelle Londons, in der Nähe der London-brücke, am Nordufer der Themse. zu mieten.

*

Marlow hatte viele Not, den jungen Menschen durch das Gedränge des Volkes zu bringen: denn da ihm alles neu war, so blieb er, ohne es zu wissen, stehen, um es genau in Augenschein zu nehmen. Bald zogen ihn die geschmückten Reiter mit ihren Dienern an, bald die Kutschen, die er noch niemals gesehen hatte, dann die Soldaten oder die Schilder der Häuser, die mit den mannigfaltigsten Gemälden von beiden Seiten in die Straße hinein hingen. »Wie heißest du, »nein Sohn?« fragte Marlow. – »Ingeram.« – »Warst du noch nie in der Stadt?« – »Auch noch nicht einmal in einer kleinen.« – Bliebest du gerne hier in London?« – »Hier muß es sich freilich wie im Himmel wohnen, aber mein Herr reiset bald wieder zurück, und dann muß ich auch mit ihm nach Hause. Sagt doch, was ist das für eine lange Straße hier?« – »Das ist die berühmte Londoner Brücke.« – »Brücke? Seh' ich doch kein Wasser!« – »Sie ist von beiden Seiten mit Häusern und Kaufmanns-gewölben überbaut.« – »Und wo ist das Wasser geblieben?« – »Wo es immer war: aus allen diesen Häusern sieht man auf den Fluß hinab.« – »Schaut! wieder Soldaten! Was die Männer wild und trotzig dreinblicken! Sagt mir doch, mein vornehmer Herr, sehen denn wie diese Leute alle die Könige aus, der in Frankreich und Schottland?« – »Warum?« – »Weil mein Squire meinte, Ihr hättet eine königliche Miene.« – »Du findest mich also auch mehr soldatisch? Und wie muß denn, nach deiner Meinung, ein König aussehen?« – »So recht nachdenklich, so sanft und milde, als könnte jedermann, auch der Reichste, eine Gnade von ihm erhalten; nicht lachend, aber doch so freundlich, daß jeder ein Zutrauen zu ihm faßt und auch der Vornehmste sich freut, wenn er ihn anlächelt. So habe ich mir aus dem Amadis oder dem Bevis

»Amadis von Gallien«, berühmter Ritterroman; das portugiesische Original, um 1370 von Basco de Lobeira verfaßt, ist verloren; eine spanische Bearbeitung von Garcia Ordoñez de Montalva (um 1500) wurde unzählige Male fortgesetzt, nachgeahmt und übertragen. – *Bevis of Hampton*, englischer Sänger zur Zeit Edgars. Wahrscheinlich liegt aber ein Druckfehler vor, und es ist Selvis zu lesen. »Selvis (oder Silves) de Selva«, eine Nachahmung und Fortsetzung (13. Buch) des »Amadis«. die Könige immer gedacht, wenn sie nicht etwa Tyrannen vorstellten.« – »Und das alles, was du beschrieben hast, sahst du in jenem unansehnlichen Schreiber?« – »Ich zitterte vor ihm, denn ich dachte erst, das müßte der alleroberste Mann in ganz England nach der Königin sein. Mein Herr sprach von Poeten, und ich wußte noch nicht, daß das einen Dichter bedeutet. Ist ein Schreiber aber nicht wenigstens auch ein Poet?«

Bei dieser letzten einfältigen Frage trat Marlow in einen Krämerladen, um ein Paar wohlriechende Handschuhe zu kaufen. Die gutgebildete Frau war sehr freundlich und schien sich geschmeichelt zu fühlen, daß der schöne angesehene Mann so vertraulich mit ihr scherzte. Der Page betrachtete mit Entzücken die Aussicht über den Fluß, nach dem Tower hinüber, welche sich ihm, da die vordere Thür offen blieb, durch die Fenster des hinten liegenden Gemaches darbot. Marlow war schon wieder auf der Gasse, als der Page noch immer mit offenem Munde die Landschaft bewunderte. »Kleiner Mann!« rief ihm der Dichter zu, »komm jetzt und präge dir mit Aufmerksamkeit den Weg ein, damit du mit deinem Herrn nachher das Haus wieder auffinden kannst.« – »Häuser auf der Brücke!« rief der Page, »und in der Hinterstube mächtigen Fluß und grüne Wiesen!«

Als sie jetzt von der Brücke herunter und nach der Straße rechts einbogen, trat ihnen mit freiem Wesen und leichtem Schritt, lachend und laut sprechend, ein schönes weibliches Geschöpf entgegen. »Ei! wie kommst du hieher?« fragte Marlow erstaunt, »in diese Vorstadt?« »Und du?« rief die Schöne, »wo hast du denn, Stoffel, den allerliebsten Wetterhahn her?« – Sie streichelte dem Pagen die Wange, das Kinn hinunter, und in der anmutigen Bewegung fiel das weite Gewand von der runden glänzenden Schulter, so daß diese und fast die ganze linke, volle und blendend weiße Brust frei wurde. Sie eilte auch nicht, sich zu bedecken, so daß der junge Landmann hier noch fester gebannt stand als auf der Brücke oder in den Straßen. – »Laß das Kind«, sagte der Dichter etwas ungestüm; »so vornehm bin ich noch nicht geworden, daß es mir angehören sollte. Dieser gute Ingeram folgt als Page einem Squire vom Lande, der fürs erste drüben in der Seejungfer abgestiegen ist.«

»Sieht man Euch bald, Stoffel?« fragte die leichtfertige Schöne. – »Morgen, Fanny«, sagte Marlow, »komm' ich nach Deptford Ort bei London (jetzt Vorstadt) am rechten Themseufer, zwischen Southwark und Greenwich. und da hoff' ich auch noch zu erfahren, welch Abenteuer dich hieher geführt hat in diese verdächtige Nähe.« »Eifersüchtig?« sagte sie mit lautem Lachen, »o armer Stoffel!« – Ehe Ingeram noch wußte, wie ihm geschah, drückte sie ihm einen zärtlichen Kuß auf die frischen Lippen, und als sie des Dichters verdrüßliche Miene sah, umarmte sie diesen ohne alle Scheu auf offener Straße, indem mancher Zuschauer lachend oder kopfschüttelnd die heitere Szene betrachtete; dann hüpfte sie an den Häusern über die Brücke hinweg. Ingeram blieb eine Weile stehen und wandte sich dann unwillkürlich, um der glänzenden, verführerischen Erscheinung zu folgen. »Dummkopf!« rief ihn der ungeduldige Marlow zürnend an, und beide gingen nach dem Hause, das am Flusse lag. –

Green und der Squire eilten indes die Straße hinab, welche nach dem Tower führte. Ein Schreien und Lärmen erhob sich, und als sie um die Ecke bogen, sahen sie den tobenden Pöbel, welcher einen Mann verfolgte, der langsam daherschritt und die starren Augen auf den Boden heftete. Sein schwarzes Haar hing unordentlich um sein Haupt, und als er jetzt, indem er vorüberging, das Gesicht erhob, bemerkte der Fremde, daß es aufgelaufen und rot war, so daß die unförmlichen Wangen die kleinen, tiefliegenden Augen fast ganz verhüllten. Er warf ihnen murmelnd einen stechenden Blick zu und schritt gravitätisch weiter, indem ihm die Jugend schreiend nachlief.

»Kennt Ihr die widerwärtige Gestalt?« fragte der Squire. – »Nein«, antwortete Green, »er scheint einer der schwärmerischen Puritaner zu sein, die oft erbauliche Reden an das Volk halten wollen und dadurch nur Hohn und Gelächter erregen.«

Das Gespräch ward unterbrochen, indem ein wohlgekleideter Mann auf den Squire zulief und ihn mit dem Ausruf: »Vetter!« in die Arme schloß.

»Ei, Vetter Arthington!« rief der Edelmann; »wie unerwartet! Soeben wollte ich dich in deiner Wohnung aufsuchen. – Lebt wohl, Herr Green, holt Euch heut' noch das ab, worüber wir sprachen, und laßt uns recht bald wieder zusammentreffen.«

Green verließ seinen Wohlthäter, und Arthington sagte: »Ei! ei! Vetter! Wie kommt Ihr, da Ihr doch nur seit kurzem erst in London sein könnt, schon an diesen ruchlosen Menschen?«

»Er ist der bekannte Dichter Green«, antwortete der Edelmann.

»Ich weiß es wohl«, erwiderte jener, »er ist einer von denen, die in der Satans-Livree gehn. Er schreibt ja für die Theater der Gottlosen, die den Herrn verhöhnen und mit bemalten Angesichtern rasen, ja sich nicht entblöden, sich als Weiber zu entstellen.«

»Bist du hier so fromm geworden?« fragte der Edelmann; »das ist auch wohl die Ursache, daß ich auf keinen meiner Briefe Antwort erhalten habe und daß mein Geschäft ganz eingeschlafen ist?«

»Du hast recht«, antwortete Arthington, »alle weltlichen Angelegenheiten sind meinem erweckten Geiste ziemlich weit entrückt worden. Du mußt die Gemeinschaft der heiligen Männer, der Apostel, suchen, die mein ganzes Herz umgekehrt haben; dann wird dir auch dies weltliche Treiben so gleichgültig werden wie mir, wenn dich der Herr erst gesucht hat, nachdem du ihn gesucht, und wenn der Geist in deinem Innern die Wiedergeburt und die neue geheimnisvolle Taufe an dir verübt und zubereitet hat. – Doch laß uns in mein frommes, demütiges Haus eintreten!«

»O mein Prozeß! o mein Geldgeschäft! o mein Landgut!« seufzte der Squire, indem sie die Treppe hinanstiegen, »die ich hier diesem Dummkopf anvertraute, dem andere Narren unterdes seinen wenigen Verstand völlig geraubt haben.«

*

Emmy, die Gattin Greens, war nun mit ihrem Kinde nach London gekommen. Als der Dichter die Nachricht erhalten hatte, ging er beschämt und tief erschüttert nach dem Hause, ebenso herzlich dies Wiedersehen wünschend, als er sich vor diesem Augenblicke fürchtete. Im blauen Kleide, blaß, aber immer noch reizend, saß die große, edle Gestalt, den Knaben auf dem Schoße, der schon nach dem Vater gefragt hatte, als dieser in die Thüre trat. Sein Auge begegnete sogleich ihren hellen Blicken, sie breitete die Arme nach ihm aus, und er sank weinend und schluchzend zu ihren Füßen nieder. Das Kind, ohne die Szene zu begreifen, weinte herzlich mit, da es seine Eltern so in Thränen sich auflösen sah. Der Knabe war es auch, welcher zuerst zu reden anfing, indem er fragte: »Mutter, ist dieser mein Vater?« – »Ja, mein Kind«, sagte sie, indem sie das große blaue Auge liebevoll emporhob und dem Vater die Hand reichte, daß er aufstehen sollte. – »Nun, so weine nicht«, sagte der Kleine, »du hast ja schon zu Hause genug geweint.« – »Laß mich noch hier zu deinen Füßen liegen«, rief Green, »daß ich mich nur etwas erst fasse und wieder erkenne, daß ich es erst nur wieder glauben kann, du seiest da und habest mir vergeben. Ach, gütiger Gott! daß du noch lebst, daß mein Kind noch atmet, daß mein unwürdiges Auge euch beide wiedersehen darf, wodurch habe ich es bei jener unendlichen Barmherzigkeit verdient, die auch den elendesten Sünder nicht ganz verstößt?«

»Wir wollen uns nicht«, sagte die schöne Frau, »zu tief erschüttern; des Grames sei, der Leiden ein Ende. Ach! möchte doch jene schöne Zeit zurückkehren, als wir in unserer Einsamkeit so glücklich waren! Mein Vater wird sich uns versöhnen, wir werden einen friedlichen, stillen Wohnort finden, unser Herz wird sich wieder beruhigen, und du, Armer, Guter, sollst alsdann wieder lernen, in einfach wieder- kehrenden Freuden, in meiner Nähe, im Spiel mit deinem Kinde, in Arbeit und ländlichen Spaziergängen so wie ehemals dein Glück zu erkennen. Glaube nur, ich habe dich niemals, auch in den herbesten Stunden, verkannt. Weiß ich denn nicht, daß alles, was die Menschen an dir tadeln, was du selber schiltst, so innig mit deinen schönsten Eigenschaften verbunden ist, daß du gerade so bist, wie du bist, weshalb ich dich lieben mußte? Wie könnte ich dich also strenge verurteilen? Nein, mein geliebter Robert, mein Herz war gekränkt und zerrissen, aber zürnen konnte es dir nicht. Glaube mir nur, die wahre Liebe kann nicht verdammen, auch in der bösesten Verirrung des geliebten Gegenstandes sieht und erkennt sie noch den göttlichen Funken, der in dir niemals, niemals erlöschen kann. Das war ja mein Schicksal, die Wonne und die Qual meines Lebens, daß ich dich fand; sowie ich das erste Mal in dein helles, freundliches Auge sah, stand in der Ahndung alles, was ich noch erleben würde, ganz nahe vor mir. Warum ging ich dir denn entgegen? Warum that mir dein Blick so wohl? Ich fühlte ja das Schwärmende, Wilde deines Wesens, das doch so weich und gut ist; dieses Ungewöhnliche, dies Edle und Seltsame, was die Menschen auch schon damals verkannten, zog mich ja zuerst an, es band mich fest an deine stürmende Seele, und ich konnte, ich wollte, ich durfte nicht zurücktreten, als du mir deine Liebe gestandest.«

Sie umarmten sich herzlich. »Aber wie?« begann Robert nach einer Pause, »kann der Mensch nur gegen Neigung und Überzeugung vom Guten abfallen und sich dem Bösen zuwenden? Noch unbegreiflicher, wenn die Tugend sich in herrlicher, glänzender Gestalt darstellt und das Laster im trüben, nur geborgten Schimmer! Muß man nicht glauben, daß böse Geister den armen Menschen beherrschen und dessen schwache Stunde belauern? Niemals, in keiner Sekunde meiner Abwesenheit hatt' ich dich vergessen. Ich fluchte mir, daß ich entfernt war, das Leben hier war mir kein Leben, und doch konnt' ich die Kraft, die geringe, nicht auffinden, um zu dir zurückzukehren.«

»Vater«, lallte der Knabe, »Mutter hat mir vorgelesen, oft, von dir und Verse: ein ganzes Buch, du hast es gemacht; wenn ich groß bin, will ich auch ein Dichter werden.«

»Nein, mein Kind«, sagte Green, »thätig, arbeitsam sollst du werden, ein einfacher Mensch. Du sollst, wenn ich es verhindern kann, die gefährliche Bahn nicht wandeln.«

Der Squire trat zu ihnen und freute sich der beglückten Menschen. Man entwarf Plane, wie die Familie und wo sie leben sollte; der Fremde wollte sie unterstützen und auch die Versöhnung mit dem Vater zu vermitteln suchen.

*

Am folgenden Tage durchstrich der Squire die große Stadt, teils um sie zu betrachten und die Gebäude und Merkwürdigkeiten wieder in Augenschein zu nehmen, die er schon vor Jahren hatte kennen lernen; nebenher aber auch in der Absicht, vielleicht seines Pagen wieder ansichtig zu werden oder Nachrichten von ihm zu erhalten, der ohne alle Ursache, indem er selbst noch Lohn zu fordern hatte, ihm aus dem Dienst gelaufen war. Man hätte argwöhnen können, er sei verunglückt, wenn ihn nicht verschiedene Menschen in andern Teilen der Stadt gesehen und deutlich beschrieben hätten. Indem sich der Squire in den Park wandte, begegnete er seinem Vetter, der, als er diesen Vorfall hörte, sogleich ausrief: »Ja, liebster Vetter, dergleichen ist hier in der Stadt gar nichts Neues, so etwas fällt alle Tage vor: denn den Jungen hat wahrlich ohne alle Umstände der Teufel in eigner Person abgeholt.«

»Arthington!« rief der Squire, »besinne dich! Mann, du bist ja auf dem geraden Wege zum Narrenhause. Wie kann nur ein Vetter von mir so schnell aus der Art schlagen!«

»Spotte nur«, sagte jener, »die Erfahrung wird dich belehren. Du bist übrigens zur allermerkwürdigsten und wichtigsten Stunde zur Stadt gekommen, du wirst über die Dinge erstaunen, die sich binnen kurzem zutragen werden. Man darf noch nicht davon sprechen. Aber du sollst die Apostel selbst kennen lernen. Morgen, übermorgen, sobald du nur willst. Auch meinen vertrautesten Bruder, den Schulmeister Coppinger.«

»Ich habe mich nun wohl selbst überzeugen müssen«, sagte der Squire, »wie sehr du meine wichtigen Angelegenheiten vernachlässiget hast.«

»Angelegenheiten!« rief Arthington, indem er stille stand und mit festen Blicken nach dem Himmel sah; »dort oben, Freund, sind deine Angelegenheiten, mit den irdischen ist es bald völlig zu Ende. Der Kirche steht die allergrößte Reformation bevor, dem Staat eine Säuberung, und wenn es nicht auf dem Wege der Güte gelingt, so muß Himmel und Erde untergehen.«

»Verrückter Mensch!« rief der Squire unwillig aus, »so seid Ihr also ganz ein unkluger und ebenso verruchter Brownist geworden und wißt ja doch selbst, daß dieser Sektierer und Irrlehrer, Euer Apostel Brown, *Robert Brown* (1549-1630), Stifter der Sekte der Brownisten oder Kongregationisten, widerrief 1590, als er exkommuniziert wurde, reumütig alle seine Lehren, trat aber später wieder mit neuen Angriffen gegen die königliche Episkopalkirche hervor. schon seit zwei Jahren seine falsche und aufrührerische Religion widerrufen hat.«

»Die Wahrheit«, sagte Arthington, »kann kein Mensch widerrufen, und wenn der große Mann von sich selber abgefallen ist, wie ich nicht glauben darf, so wird seine Verantwortung an dem nahe bevorstehenden Tage um so schwerer sein; ich weiß dann nicht, wie er dem Coppinger wird Rede stehen können.«

»Was hat der Schulmeister, wie Ihr ihn nennt, mit dem Brown zu thun?«

»Er ist der Bote des Zornes und der Strenge«, sagte jener; »als ein solcher ist er ausgesendet worden, die Spreu vom Weizen zu reinigen.«

»Vielleicht seid Ihr selbst ein Apostel, Aberwitziger?« fragte der Squire ergrimmt.

»So ist es«, antwortete Arthington ganz ruhig, »aber ich bin der Bote der Barmherzigkeit, ich werde trachten, daß sich alles zum Guten füge; doch der uns sendet, wird, so fürchte ich, unerbittlich sein.«

»Und wer ist dieser?«

»Ein andermal«, sagte der Schwärmer, indem er geheimnisvoll abbrach.

Sie trennten sich, und der Squire, der des Suchens überdrüssig war, begab sich wieder in den Gasthof, wo er seine Freunde anzutreffen hoffte.

*

Man wollte sich zu einem heitern Mittagsmahl versammeln, und der Wirt, welcher nicht so ganz ohne Kenntnis der neuern Litteratur war, tummelte sich rüstig, damit die gelehrten Männer, sowie der reiche Squire, mit seiner Einrichtung und dem Gastmahl zufrieden sein sollten. Außer Green und Marlow war noch der heitere Georg Peele eingeladen, ein älterer Freund der beiden Dichter, ein Mann, der in Glück und Unglück dieselbe unwandelbare Laune zeigte, niemals klagte und sich nie übermäßig freute. Seine einfache Kleidung sowie seine stille Miene kontrastierten sehr lebhaft mit dem Wesen des heftigen, satirischen Nash, *Thomas Nash* (1558 bis ca. 1601), Dramatiker und boshafter Satiriker. der klein und unruhig, braun und faltig im früh gealterten Gesicht, die schwarzen, vorstehenden Augen beständig hin und her bewegte, den großen Mund zum erzwungenen Lachen verzerrte und mit den unverhältnismäßig langen Armen weit um sich griff. Zwischen diesen rannte der runde Gastwirt geschäftig und lächelnd hin und her und freute sich, alle diese ausgezeichneten Männer in seinem berühmten Hause, der Sirene oder Seejungfer, zu einem fröhlichen und glänzenden Mahle versammelt zu sehen.

Die Tafel war in jenem obern Saale gedeckt, von welchem neulich der Squire in den untern hinabgeschaut hatte, um hier ganz ruhig und ungestört zu sein. Der Squire saß zwischen Green und Marlow, ihnen gegenüber richteten sich Nash und Peele ein. »Wir hätten unsern Schreiber«, fing der Squire an, »wohl auch noch in diese treffliche Gesellschaft laden sollen, denn er scheint ein junger Mann zu sein, der sich gern unterrichtet.«

»Verzeiht«, sagte Marlow, »er würde in dieser größern Gesellschaft sich nur geängstigt fühlen; denn unser Freund Nash ist nicht so mitleidiger Natur wie der gutmütige Green, der zwar mit der Feder beißend sein, aber mündlich keinem lebenden Geschöpfe etwas Scharfes sagen kann. Nash dagegen sucht Händel auf und ist erst recht aufgeräumt, wenn sich ein Gegenstand findet, den er mit seinem unbarmherzigen Witze zerreißen kann.«

»Darum eben«, rief Nash, »hättet Ihr diesen Schreiber oder Schneider, oder wie Ihr ihn nanntet, als Tafelverzierung mitbringen sollen. Bei den schwelgenden Römern war es Sitte, Goldfische neben sich zu stellen und an der Tafel sich am Wechselspiel der Farben, wie sich diese im Absterben wunderlich veränderten, zu ergötzen; aber viel erfreulicher ist es noch, das Farbenspiel auf dem Antlitz eines superklugen Neulings oder Dummkopfs wahrzunehmen, der bis zum Abstehn, Hinwelken und Verschmelzen durch Witz und Hänselei aller Art geängstigt wird. Ein solcher Tafelaufsatz sollte wenigstens immer zum Nachtisch gemietet werden, um mit dem Zucker die Verdauung zu befördern.«

»Jeder, der eingeladen wird«, bemerkte der Squire, »muß auf Wohlwollen und Höflichkeit rechnen können, sonst wird anstatt des Mahles ein solcher unglücklicher Fremdling geteilt und verzehrt. Sah mir doch der junge Mann auch nicht so aus, daß Ihr so unbedingt Eures Sieges gewiß sein konntet; denn diese stillen Menschen, die sich gern in sich zurückziehen, sind nicht immer die kurzsichtigen; sie führen oft scharfe Waffen bei sich, die dann um so gefährlicher werden, weil sie sie nicht zur Schau getragen haben; ihre Wehr ist jenen kurzen, dreischneidigen Dolchen der Italiener nicht unähnlich.«

»Dann hätte es«, fuhr Nash fort, »Stich auf Stich gegolten, ein Turnier, wo es wieder Freude macht, zu sehen, wer aus dem Sattel gehoben wird. Wenn ich aber unsern jungen Freund Lodge *Thomas Lodge* (ca. 1556-1625), dramatischer Dichter, später medizinischer Schriftsteller.

ausnehme, so hätten wir doch hier alles beisammen, was auf diese Art von Witz Anspruch machen kann, und darum glaube ich immer noch, jeder andere würde in unserer Gesellschaft viel zu kurz kommen.«

»Es geht mancher nach Wolle«, sagte Peele; »und welche Freude müßte es sein, unsern Haupt-Myrmidonen, Die Myrmidonen, eine alte achäische Völkerschaft in Thessalien, waren mit Achilleus vor Troja. den langarmigen Achilles Nash, mit der gebogenen, witzigen Nase einmal aus einen Stier laufen zu sehen, den er mit seinen kleinen, blöden Augen nur für sanfte Wolle gehalten hätte.«

»Der so oft Geschorene«, erwiderte Nash, »kann nur von einer einzigen Erinnerung alle seine Bilder und Gleichnisse hernehmen, weil ihm selbst die Haut noch immer von der wiederholten Operation wehe thut. Nicht wahr, Freund Green?«

Green fuhr aus seiner Zerstreuung auf und antwortete: »Vergebt, Freund, ich weiß nicht so recht, wovon Ihr eben gesprochen habt.«

»Laßt diesen«, nahm Marlow das Wort, »er ist von seinem neuen Glücke so trunken, daß er jetzt eben für nichts anderes Sinn hat. Seit vielen Jahren war ihm das Gefühl fremd, ohne Schulden zu sein; Frau und Kind sind zu ihm gekommen, er will wieder aufs Land ziehn, er ist ausgetauscht, mit einem Wort, er ist ein ordentlicher Mann geworden,«

Alle sahen erstaunt den glücklichen Träumer an, lachten und tranken auf die Fortdauer seines Wohls und seiner Tugend. »Ja, ja«, rief Green hinüber, »hättet ihr es nur ein einziges Mal geschmeckt, wie süß die wahre Besserung sei, die nicht bloß im hitzigen Anlauf einige Tage währt, ihr alle würdet euch in dem schönen Lande anbauen und dort leben und sterben wollen, und kein Ulysses mit aller seiner Redekunst würde euch wieder zu jenen gefährlichen Irrfahrten verlocken können, die euch nur eine erträumte, glückliche Heimat vorspiegelten, um euch der Scylla und Charybdis oder den Künsten der Circe zu überliefern.«

»Eine artige Allegorie«, bemerkte Nash, »nur ist die wahre Tugend, Freund Robert, keine süße, verführerische Lotos-Speise, sondern der sie Ausübende muß ihr eben ohne Hoffnung des Lohnes dienen; denn unerfreulich und ohne äußere oder sinnliche Erquickung, ohne Reiz ist in der Regel des Tugendhaften Wandel. Wer sich schon oft hat bessern oder der Reue ergeben müssen, der kehrt vielleicht schon deswegen zur Untugend zurück, um das Herzerhebende der Reue oder die Lieblichkeit der Zerknirschung wieder zu genießen. Glaubt mir, Green, es ist ein gefährliches Spiel mit diesen Empfindungen, schlimmer, als dem Laster mit treuherziger Verstocktheit zu dienen; denn der ehrbare Wandel ist ein langweiliger Wandel, der Rechtliche weiß weder, was die Erhebungen der Seele in der Moral, noch die schwelgenden Thränen der Buße sind, er treibt sein Gewerbe, wie alles Wackere und Tüchtige geschehen muß, einen Tag wie den andern, ohne nur rechts und links zu sehen.«

»Worte eines Salomo!« rief Georg Peele; »ich weiß wahrlich nicht, ob ich jemals tugendhaft gewesen bin, ich habe meiner Schulden wegen in Gefängnissen gesessen, ich war frei und habe auf kurze Zeit den Wohlstand genossen, ich habe in guter und auch in recht schlechter Gesellschaft gelebt, ich habe Almosen gegeben und manchen Unglücklichen getröstet, aber freilich auch diesen und jenen um ein Stück Geld gebracht; doch niemals habe ich mich im Guten überhoben, oder mich der Traurigkeit ergeben, wenn es mir schlecht ging, sondern ich dachte, das müsse eben auch so wechseln wie das helle und trübe Wetter, wie Nacht und Tag, Gewittersturm und Frühlingswärme, Diese praktische Philosophie, diese stoische Ruhe und Passivität sitzt mir wie ein wärmender Pelz gegen Hagel und rauhe Luft.«

»Oder wie einer kalten Schnecke ihr elendes Haus!« rief Marlow. »Tugend! Laster! Unheil! rechtlicher Wandel! und wie die trocknen, unverstandenen Namen, die leeren Worte noch weiter lauten mögen. Wißt ihr denn auch wirklich, was ihr mit so hohlem Klang aussprechen wollt? Wenn einem Manne, so weit nur sein geistiges Auge in die unergründlichen Tiefen seines Innern hinabreicht, allenthalben eine Unermeßlichkeit von Frühling in allen Farben entgegenblüht, Kranz auf Kranz gedrängt, wenn er dort das Meer mit Sturm und singenden Sirenen steht, Erdbeben und Flammen hier, und den Wechselschein der Liebe blitzend durch das Chaos, und dieser Begeisterte im trunknen Herzen den Mut faßt und zu sich sagt: ›Ich will ein Dichter sein!‹ so reißt er sich in diesem Ausruf unmittelbar von der Natur los, erkennt ihre für ihn unbrauchbaren Gesetze nicht mehr an, kann weder ihre Freuden genießen, noch von ihrer Trübsal gebeugt werden. Er zerschlägt im kühnen Mutwillen alle die künstlichen Kristalle, die dem Menschen unendliche täuschende Schimmer entgegenspielen, um ihn zu beglücken und zu kränken, und er erbaut sich selbst ein eignes Reich, eine neue Welt. Wie es ihm in seiner Einsamkeit ergeht, was ihm dort entgegenkommt, wie er mit sich und den Geistern abrechnet, das ziemt keinem zu fragen. Wie sich oft in der alten Welt Krieger oder begeisterte Männer freiwillig dem Tode und der Unterwelt weihten, so handelt der Dichter noch jetzt. Er ist für das, was die Menschen Glück nennen, verloren, denn er hat in der Tiefe des Wahnsinns sich Haus und Garten erbaut; den unterirdischen, rätselhaften Gewalten hat er sich mit freiem Entschluß verpfändet; die Wunder des Geheimnisses dienen ihm, aber dafür, wie in den magischen Märchen, gehört er, der Faust, der Beschwörer, ihnen nach Ablauf feiner Zeit ganz und vollständig, und was sie mit ihm thun werden, hat noch keine Zunge aussagen können. Aber der Frühling, den er in den Winter hinein winkt, die Wundergestalten, die seinem Ruf gehorchen, die Erscheinungen, die gegen alle Naturgesetze, die im kühnen Scherz zerbrochen werden, aus dem Chaos wachsen, mit Lilienhänden die Engelsharfen schlagen und in das rauschende Saitengetön mit rubinroten Himmelslippen Gesang ausströmen, daß die tauben Felsensteine mit Zungen widerklingen: diese verjüngte, verklärte Natur, die das arme Menschengeschlecht aus den Händen dieser unglückseligen Verlornen empfängt, die Kränze, welche Geisterhände von oben herab und unten herauf einander reichen, daß der Dichter die Wunderkronen seinen Zuhörern austeile, dieses Heil, aus Elysium und Tartaros herauf gefördert, ist es denn doch, warum alle Menschen es der Mühe wert finden, weiter zu leben, was die Staaten eint und bindet und Vorzeit und Zukunft verknüpft. Und dieselben Menschlein nun, die ihr kaltes, dämmerndes Dasein an diesen eroberten Prometheus-Strahlen erwärmen, diese wollen dann schelten, wenn der Geheiligte, unterirdisch Geweihte nicht ihren Satzungen der Alltäglichkeit gehorcht? wenn der, der mit Jovis unsterblicher Bande zechen darf und der, an Plutos Tafel zugelassen, die Verdammten und Seligen mit Verwundern beschaut, wenn dieser die arme Sitte verletzt, in welcher jene kläglichen Gefangenen, um nur nicht ein Nichts zu werden, einhergehen müssen? Aber freilich, dreimal Wehe dem Faust, der den hohen Gewalten entspringen, Himmel und Hülle freibeutend stehlen und beide der nüchternen, alltäglichen Welt überliefern will, um nach dem Raube wieder der Insasse der Gewöhnlichkeit zu werden! Die Geister, die ihm dienende Freunde waren, jagen nun als vernichtende Feinde hinter ihm drein, die Welt stößt ihn aus, der Himmel erkennt ihn nicht an, Abgrund und Chaos gähnen ihm verschlingende Rachen zu. Wehe ihm, wenn er in friedlicher, stiller Ehe sich einem Weibe mit

Eiden verrät, die, noch unausgesprochen, Meineide sein müssen! Die Arme verbrennt wie Semele unter Jupiters Umhalsung, und er, der Treulose, hat des keinen Gewinn! Doch die vielbesungene griechische Helene darf er sich von seinen Sklaven zuführen lassen, um in geheimnisvoller Buhlschaft in den Armen des Wahnsinns bis zur Vernichtung zu schwelgen. Nie konnte darum Green der Mann sein, der seinem Berufe gewachsen war. Wie die ausgestoßene Juno Vgl. Homers »Ilias«, Buch 5, V. 18 ff. hängt er immerdar zwischen Erde und Himmel und wird in keinem der beiden Reiche jemals einheimisch herrschen.«

»O Schreiber! Schreiber!« rief Green aus.

»Was soll er?« fragte Marlow barsch.

»Nichts weiter«, antwortete Robert, »als auch eine etwas poetische Gegenrede zum Lobe der gewöhnlichen Alltäglichkeit halten. Ich bin der Sache nicht stark genug und erlebe meinen bessern Zustand auch viel zu kräftig, als daß ich ihn singen könnte. Ich weiß aber, daß sich auch über Reue und Buße etwas Erkleckliches phantasieren ließe.«

»Jawohl, Freund Robert«, fiel Nash ein, »habt Ihr doch selbst schon ganze Bücher davon vollgeschrieben, und diese Euere neueste Bekehrung wird gewiß wieder zu einem dicken Bande Stoff geben.«

»Ich bin so glücklich«, antwortete Green, »daß ich vielleicht nie wieder dichten werde. Kann ich mich mit meiner Familie versöhnen und irgend einen andern Erwerb in der Stille des Landes, an der Seite meiner Gattin und als Erzieher meines Kindes finden, so sage ich der Stadt und ihren Freuden, dem Apoll und allem jetzigen und künftigen Ruhme gern Lebewohl.«

»Nachruhm?« sagte Nash. »Inkommodiert Euch doch ja des Gespenstes wegen nicht, denn Ihr seid wohl schwerlich ein Sonntagskind, um es gewahr zu werden. Daß man noch nach meinem Tode so meinen Namen obenhin ausspreche und sich weder Hinz noch Kunz dabei denke, ihn auch mit Peter und Paul und allen Näschern Wortspiel auf Nash. in Europa verwechsele, seht, um dieses kuriose Glück, das so viele Narren körnt, Weidmännisch: (durch hingestreute Körner) locken, kirren. mache ich mir den Finger noch nicht naß.«

»Es ist nicht so gemeint«, sagte Marlow ernst und feierlich. »Der Gedanke ist unter allen der schönste und erhebendste, daß noch entfernte Zeiten von mir wissen, daß mein Geist auf andern Zungen forttönt, neue Herzen begeistert, und meinem Angedenken und Liede die Thräne der Sehnsucht fließt, wenn diese Mauern hier langst Staub geworden, wenn die Vergessenheit mit ihrem blöden Auge und der breiten, plumpen Hand alle Denkmäler und Inschriften ungeschickt ausgelöscht, und ihr schwerer Fußtritt das Gebäude der Paulskirche und Westminster, die Gerichtshöfe und die Gärten entblättert und zertrümmert hat, daß dann noch hier oder in fernen Ländern Jünglinge und Mädchen entzückt sagen: ›Damals lebte Marlow, der Sänger, er, dessen Strophen uns noch jetzt die Winterabende zu Frühlingsmorgen machen!‹«

»Nachruhm!« seufzte Green still vor sich hin; »vielleicht weht er schon in dem unbegreiflichen Trost, der zuweilen im Andrang der bittersten Leiden unsere Schläfe kühlt.«

»Wer weiß denn überhaupt«, sagte Peele, »wie es in der Zukunft sein wird, und ob es denn überall Überhaupt. nur eine Zukunft gibt. Wie wenig Vergangenheit besitzen wir im Verhältnis zur Dauer, die doch die Erde wohl schon überstanden hat! und welche Erschütterungen, Verwirrungen und chaotische Verdunkelungen wieder eintreten können, ist uns allen verborgen; und wenn wir nun doch einmal alle vergessen werden sollen, so kommt es auf ein paar Jahrhunderte früher oder später nicht an; ich meine immer, das, was wir geistig leisten, geht auf eine andere Weise, als wir es hier begreifen können, in die Zukunft und Ewigkeit über.«

»So muß es wohl sein«, fuhr Nash fort, »denn nichts Geistiges kann doch verloren gehen. Ist es wohl noch die Frage, ob die sogenannte Materie nicht durch den Geist, welcher durch alle Naturreiche verstreut ist, erhalten wird; und ob sie selbst etwas anderes ist als Geist, der bei der allgemeinen Maskerade nur etwas länger zögert, die Larve abzunehmen und sich kundzugeben?«

»Jawohl«, sagte Marlow; »denn ob er gleich ein Wunder ist, so verstehen wir doch den Geist, aber niemals die Materie. Sie ist ja nur etwas, in welchem sich der schaffende Geist offenbaren kann, und insofern sie fähig ist, mitzugehen, ist sie selber Geist. Die Temperatur wird doch einmal kommen, die sie von ihrem langen Schlaf erweckt. Und unsere Herzensbewegungen, Phantasieen und Einfälle, sind sie nicht vielleicht die innersten Springkräfte und Federn der übrigen Tiere, Pflanzen, Elemente und sogenannten toten Körper? Würde sich auch die Erde ohne den Menschen um die Sonne schwingen? Bräche das Eis der Meere von der Frühlingswärme? Flutete und ebbte das

Meer? Was wir denken und schaffen ist denn doch wohl noch inniger als diese Erscheinungen, der Pulsschlag und Lebensatem der großen, unendlichen Natur. Was dies, was ich jetzt eben spreche und denke, im Innern von Afrika, in unbesuchten Landstrichen hervorbringt, kann niemand wissen, und kein Arzt kann mir sagen, ob Erdbeben in Amerika, eine verwüstende Überströmung des Ganges sich nicht in meiner Brust oder im Gehirn als Schmerz ankündigen mag. Und so wurzeln, wuchern und grünen auch jetzige Thaten, Gesinnungen und begeisterte Momente wohl in die unbekannte Zukunft hinein und schießen nach Jahrhunderten als Pfropfreiser in neuen herrlichen Thaten und Gesängen hervor, die mir eigentlich angehören.«

»Recht!« rief Nash, »das ist ganz meine Meinung; und so können wir durch Wunsch, Gedanken und kecken Einfall mehr ausrichten, wie so viele mit ihrem Arm und der eigentlichen sogenannten Handlung. Was trägt denn das Kind des Glücks auf den bäumenden Wogen, die es so oft zu verschlingen drohen, siegend über alle Abgründe hinüber? Ja, was ist denn eben dieses seltsame Wesen, welches die Sterblichen Glück nennen? Nichts als die Gesamtheit der Wünsche, der Liebe von Tausenden, unsichtbare Hülfe, die sich allmächtig jene aus lauter Geisterringen zusammenkettet und den Sohn des Glücks unüberwindlich hält und trägt. So war es mit allen Helden und Eroberern. Ihre Bewunderer, ihre Enthusiasten kämpften unsichtbar aus der Ferne neben ihnen. Sie werden der Abscheu der Welt – und dieselbe magische Gewalt stürzt sie auch in den Abgrund. Das trägt unsere Königin so aufrecht, daß Millionen Seelen hier und in den Niederlanden, in Frankreich und Deutschland, Italien, ja Spanien selbst bewundernd für sie streiten. Das ist es, was jene unüberwindliche Armada schlug und die Furcht Europas zum Hohn der Welt machte. Und in jenen Tagen, Freunde, bin ich mit meiner Seele ebenfalls in den vordersten, gefahrvollsten Reihen der Kämpfer gewesen, wenngleich mein Körper dazumal hier im Wirtshause saß; und so kann ich auch selbstgenügsam über jene Prahler lachen, die mich Taugenichts nannten und meinten, sie hätten mehr gethan, weil sie wirklich dabei gewesen. Als wenn die Kunst nicht größer und der Mut nicht ein zehnfacher sein müßte, so aus der Ferne hinüber noch Kraft genug weit hinwegschicken zu können, um magisch, bloß durch den starken, unüberwindlichen Willen den Feind des Vaterlandes zu schlagen.«

Alle lachten, doch Marlow wurde bald wieder ernsthaft und sagte: »So lächerlich sich vieles wenden läßt, so wissen wir doch immer nicht, wieviel unser Wille, ernstlich angespannt, auch in der Ferne vermag. Ob alle jene Zaubergeschichten, die sich ja auch in unsern Tagen wiederholen, indem man Bildnisse aus Wachs knetet, denen man dann einen Namen anhängt, und sie, mit allen Gedanken daran haftend, am Feuer schmelzen läßt, um den, den sie bedeuten, zu töten, nur Thorheiten seien, lasse ich dahingestellt. Wieviel Vermögen und Kräfte wir haben, ist schwer auszumachen; wissen wir doch nicht einmal, Wie viele Sinne wir besitzen. Über die ziemlich groben körperlichen sind alle Menschen einig; aber neben diesem Reiz des Gefühls, neben dem geistigen Sehen, dem wollüstigen Schmecken, dem tiefsinnigen Hören und poetischen Geruch – diese Kraft der Rührung, das Vermögen, das Unsichtbare, Ferne, längst Vergessene sich unmittelbar zu vergegenwärtigen – die Ahndungsfähigkeit – diese sonderbaren Schauer, die das Haar aufrichten und mit Frost die Haut zusammenziehen, diese feinen, leise hinschwingenden Gefühle, die Wollust und Grauen vermählen, diese und andere Empfindungen, was sind sie denn sonst, als wahre Sinne, die nur tiefer liegen, die nicht immer thätig sind, aber dafür auch um so mächtiger wirken, die eben schon die nächsten und unmittelbarsten Organe des Geistes ausmachen, wenn die gewöhnlichen Sinne gleichsam nur die Überkleider und Staubmäntel über den Gewändern vorstellen?«

»Halt, Christoph!« rief Green, »in dieser Gegend, die Ihr darum vermeiden mußtet, seid Ihr völlig geschlagen; denn eben auch das, worin ich, wie Ihr sagt, Virtuosität besitze, die Fähigkeit zu bereuen, zu büßen, mich zu zerknirschen und zu verachten, diese Stimmungen sind auch nur Sinne und wahrhaft göttliche Sinne, in denen sich die überirdische Natur des Menschen am allerklarsten offenbart.«

Nash sagte: »Streiten wir nicht. Alles Denken, Fühlen, Dichten, Philosophieren und das ganze geistige Thun und Treiben ist nur eine Strömung, hierhin, dorthin; eine unsichtbare höhere Gewalt treibt in gelinder Wallung dieselbe Masse der Geistigkeit um unsern Erdball herum, und die nun unten stehen und gerade Maul und Kopf offen haben, empfangen den umkreisenden Spiritus und geben, was sie erhalten, in Bildern, Gedanken, Gleichnissen, mysteriösen Büchern oder Späßen wieder von sich. Und so wie sich die Materie immer wieder aus dem Tode von neuem erzeugt, so auch das, was wir Geist nennen. Beides sind Worte.«

»Großer Denker!« rief Peele; »ebenso gibt es nur eine gewisse Anzahl Schläge auf Erden, die einmal ausgeteilt werden müssen, und wenn ich sehe, daß jemand geprügelt wird, wie es damals unserm Nash begegnete, der von Gabriel Harvey Gegen den Arzt Gabriel Harvey richtete Nash, ebenso wie Greene, mehrere seiner witzigsten und boshaftesten Pamphlete. die Schläge empfing, so sage ich im stillen: ›Gottlob! die wenigstens bekomme ich doch nun nicht‹. Die Denker sind auch ähnliche Märtyrer, die, da doch einmal gedacht werden muß, sich zum Besten des Ganzen der Mühwaltung unterziehen, und da schon so manche freiwillig nach diesem Denken trachten, so bleibe ich ruhig und denke nur das, was ich unausweichlich muß.«

Man stand jetzt vom Tische auf und begab sich in ein anderes Zimmer, um den Nachtisch von Zucker und eingemachten Früchten zu genießen. Als Marlow einen Augenblick am Fenster stand, rief er: »Da geht eben der Arzt, der stattliche Gabriel Harvey, mit dem Herrn Henslow *Philipp Henslow*, Pfandverleiher und Theaterunternehmer in London; ihm gehörte z. B. das »Rose«- und das »Hoffnung«-Theater; ein von ihm geführtes Tagebuch, das von 1591 bis 1597 reicht und uns zufällig erhalten ist, gilt, obwohl es »verwirrt, unorthographisch und mit Unwissenheit geschrieben« ist (Tieck, »Kritische Schriften«, Bd. I, S. 247), für ein wichtiges Dokument zur Geschichte des damaligen englischen Theaterwesens. vorüber,«

Nash lachte, und der Squire sagte zu Green: »Wie habt Ihr nur, den ich jetzt als einen sanften Mann habe kennen lernen, es über Euch vermocht, diesen würdigen Arzt so bitter und giftig zu verfolgen? Ist die persönliche Satire, wenn sie so grimmig, so vernichtend zu sein strebt, unter edlen Menschen wohl erlaubt? Ich fühle wohl, daß ich in dieser frohen Gesellschaft nicht eben vom Christentum sprechen darf; aber wird nicht auf diesem Wege alles, was uns als Menschen von den reißenden Tieren der Wüste unterscheidet, vernichtet und in den Staub getreten, um es einem falschen Witze zu opfern, der doch nur denen mit unechtem Glanze in die Augen leuchtet, die sich erfreuen, wenn ein Nebenmensch, vorzüglich ein Mann, den sie achten müssen, dadurch dem Verächtlichsten verbrüdert wird? Mich dünkt, bei den alten Römern und Griechen war die Sache verzeihlicher; auch ist es nicht die Seite ihrer Litteratur, die uns gerade zur Nachahmung anreizen sollte.«

»Auch dieser Irrtum«, sagte Green, »auch dieses falsche Bestreben ist, wie eine entstellende Larve, vor meinem Angesichte niedergefallen. Im Unglück denkt man sich wunder wie zu erheben, wenn man Bessere, Glücklichere durch beißende Einfälle, Lüge und Verdrehung noch unter sich selbst erniedrigen kann. In dergleichen Satiren meint sich der Unwürdige durch Galle Flügel zu schaffen, die ihn hoch in den Himmel seiner Einbildung tragen sollen.«

»Satiren?« sagte der Squire, »nennt sie lieber, wenn Ihr ganz ehrlich sein wollt, mit ihrem wahren Namen, Pasquille.«

»Schont mein«, sagte Green, »und vergeßt nicht, daß Ihr mein Wohlthäter seid, dem ich nicht antworten darf. Gottlob, daß ich zu dergleichen keine Feder mehr anzusetzen brauche!«

»Ihr seid sehr moralisch freigebig«, fiel der heftige Nash ein, »und zwar auf Unkosten anderer. Ihr habt wohl vergessen, daß ich Euch in Euren bittern Invektiven gegen diesen Harvey geholfen habe, und daß vielleicht das Schlimmste wie das Beste von mir herrührt? Auch habe ich über diesen Gegenstand ein viel leichteres Gewissen als die beiden geehrten Herren; denn die echte persönliche Satire, sie sei auch noch so bitter und gehässig, erschöpft sich nicht an ihrem Gegenstande; auch in den geringsten, in den scheinbar zufälligsten Bezeichnungen malt sie doch nur ein Bild aller Vergangenheit und Zukunft. Denn keiner bilde sich ein, die Menschheit an sich selbst, ihre ewigen Bedingungen, ihre Geheimnisse und das wahrhaft Geistige zu verstehen und zu erkennen, der nicht das Individuellste, Eigentümlichste in der menschlichen Erscheinung fassen und, sei es auch auf die allerbitterste Weise, ausdeuten kann. Wenn diese verzerrten Fratzen, wie Ihr, Sir, sie vielleicht nennen mögt, nicht dasselbe Recht hätten, im Tempel der Unsterblichkeit aufgehangen zu werden, so stände es auch mit den Tragödien und erhabenen Oden nur schlimm. Auch in der Tragödie bin ich unserm Freunde Marlow ein Gehülfe gewesen, und so habe ich den guten Kindern freilich ihr Spielzeug mit ausstellen helfen. Aber ich dächte, sie könnten nun wohl alle endlich einmal den Plunder völlig satt haben. Poesie? Gut genug als jugendliche Übung. Aber, was ist das Ding denn nun eigentlich? Als wenn ich sagen wollte, es sei nötig, sich immer und immer wieder in Einsamkeit wie in Gesellschaft eine Menge abgeschmackter Dinge vorzulügen. Und bliebe es nur Spiel;

aber der Sinn für Wahrheit und Wirklichkeit wird endlich dadurch ermordet, der Mensch kann nichts Großes, Tüchtiges mehr erfassen und erlangen, und doch wird ihm endlich jene Lüge selbst auch zum Ekel. Lieben, dichten muß jeder Mensch in der Jugend; wer aber einen Beruf daraus macht, der ist ärmer daran als jener, der sich mühte, Linsen durch ein Nadelöhr zu werfen. Alle Nützlichkeit bleibt freilich immer eine sehr zweideutige Tugend: indessen ist so viel doch ausgemacht, daß es die Pflicht eines jeden sei, sich selber zu nutzen; wie unmöglich dies aber auf dem Wege der sogenannten Poesie bleibt, ist eine so ausgemachte Sache, daß ich meine Lunge nicht anstrengen mag, Dinge, die sich von selbst verstehen, unnötig zu wiederholen.«

Der Wirt kam herein und meldete, daß Herr Henslow wünsche, die Gesellschaft auf einen Augenblick besuchen zu dürfen. »Wer ist dieser Mann?« fragte der Squire. »Der Eigentümer«, antwortete Nash, »von einigen Theatern; von andern zieht er einen Teil der Einnahme, weil er beim Bau und dem Anschaffen der Kleider Vorschüsse gethan hat. Erlaubt ihm, werter Herr, heraufzukommen, denn er wird Euch zum Nachtische Spaß machen. So sehr sein Geschäft, ja sein Einkommen und Vermögen mit der Poesie zusammenhängen und mit dieser steigen und fallen, so unwissend ist er doch und spricht alberner als ein Kind über diese Gegenstände, mit denen er sich nun schon seit vielen Jahren beschäftigt. Er kömmt gewiß, uns alle, wie wir hier sind, um die Stücke zu mahnen, die er noch von uns zu empfangen hat.«

Der Squire gab seine Einwilligung, und ein Mann mittleren Alters, aber sehr ernsten Angesichts trat in die Gesellschaft. Er war mit einem langen Oberrock bekleidet und trug in der Hand ein Rohr mit goldnem Knopf. Sowie er einschritt, legte er sein Gesicht in viele Falten, um sich ein ehrwürdigeres Ansehn zu geben, woraus er feierlich den Squire begrüßte, die übrigen Herren aber auf vertraulichere Art behandelte; doch fuhr er etwas zurück, als er gegen Nash seine Verbeugung machte, so daß es schien, er habe diesen nicht in der Gesellschaft vermutet. »Ich freue mich«, fing er an, »alle meine guten alten Freunde hier versammelt zu finden, und der fremde Herr Edelmann wird es nicht ungütig nehmen, wenn ich hier von meiner Notdurft spreche; denn wo man sein verlornes Kalb blöken hört, da geht man hin, es zu suchen, und wenn es auch in der Kirche wäre. Ei! ei! Herr Green! Wie? Was? Unsere Tracht- oder Drachenkomödie, die wir herausgeben wollen? Immer noch nicht die Sache observiert und vollendet? Meine Komödianten stehen nun da und haben den ersten Akt im Halse und würgen so erbärmlich daran, daß es ein Jammer ist anzusehn. Schickt doch die andern Akte nach, daß sie den Rachen wieder zuthun können und auch andere Verse skalpieren. Und ist das recht? Ich habe es erst vor einigen Tagen erfahren. Der Bande, die gewöhnlich im Schwan Ein mit Henslow nicht in Verbindung stehendes Theater. spielt, habt Ihr Euren wütigen Roland » *The history of Orlando Furioso*«, ein phantastisches, unreifes Stück, zuerst gedruckt 1594. ja als ein nagelneues Stück verkauft, den ich Euch schon für meine Rose im vorigen Jahre bezahlt habe. Die Kerle schwadronieren nun mit dem Furioso draußen im Lande herum, und es heißt in den kleinen Städten, es sei eine ganz neue, noch nie gehörte Innovation des berühmten Herrn Green in London. Ei! ei! geehrter Mann, zweimal ein und dasselbe Stück verkaufen, das mir schon gehört, kann vor keiner, auch nur halben Mortalität gebilligt werden.«

»Ich gestehe«, sagte Green –

»Gesteht es lieber nicht«, fiel ihm der Redner ins Wort, »und vermeidet solche frakassante Thatsachen. Durch Euer Gestehen wird dieser wütende Roland niemals wieder gescheut werden. – Und Ihr, Herr Marlow –«

»Nun«, rief dieser, »habe ich auch ein Stück hinterrücks verkauft?«

»Nein, berühmter Mann«, antwortete der Bürger, »Ihr seid zu großmütig zu dergleichen kleinen untaktischen Stratalogieen. Ich weiß, wenn es Euch an Geld mangelte, schnittet Ihr mir lieber mit Eurem Dolche da die Kehle ab und massakriertet alle meine Komödianten, als daß Ihr so fein um die Ecke ginget. Aber wie ist es nun mit Eurem Faust? Mein tragischer Buffon Possenreißer. betet Tag und Nacht, daß ihn doch nur endlich der Teufel holen möchte. Aber Ihr zögert unbarmherzig. Und es gibt Leute, so von dem kretischen Geschmeiß Krethi und Plethi (2. Sam. 8, 18; 15, 18 etc.), eigentlich Kreter und Philistäer, die Leibwachen Davids. die wollen sagen, der Teufel würde Euch selbst noch früher wegschleppen, als Ihr das Schauspiel fertig gemacht hattet; denn, sagen sie, Ihr machtet die Studien, oder wie sie's nennen, zu eifrig dazu, so daß Ihr täglich mit Satan und Beelzebub konversiertet, um sie nur recht natürlich schildern zu können. He? was soll man denen sagen?«

»Was?« rief Marlow, »daß Ihr ein Bürgersmann seid mit krummem Rücken und roter Nase, der sich also nicht herausnehmen muß, witzig zu sein, weil man ihn nicht züchtigen darf, im Fall man es übelnimmt; man müßte ihm denn die langen Ohren abschneiden.«

»Fein gegeben«, sagte Henslow, »und echt heroisch! Man kann sich nicht besser aus der Sache ziehn. Aber der sanftmütige Herr Peele wird mir wohl freundlicher antworten, wenn ich nach seinem neuen Kunststück frage, das ich schon im vorigen Jahre bekommen sollte, Euren ›David und Bathseba‹ » *Love of King David and Fair Bethsaba*«, Peeles bedeutendste Dichtung, zuerst gedruckt 1598. wollen die Leute nicht mehr so gern sehen, das Volk will immer etwas Neues haben.«

»Recht bald«, sagte Peele gutmütig, »lieber Herr Henslow; man hat immer so viele Zerstreuungen, auch sind die Musen nicht zu allen Zeiten willig.«

»Aber mein Geld«, fügte Henslow, »meine Vorschüsse müssen sich immer willig finden lassen, und nicht allein für Euch selbst, sondern noch für diesen und jenen guten Freund, der sich nicht nennt, sondern lieber unanim, wie sie's heißen, seine Sachen spielen läßt, und, wenn sie Glück machen, mit dem Namen heraustritt, um dann auch übermütig zu sein.«

Als der alte Mann sich jetzt mit einer Verbeugung entfernen wollte, trat Nash mit einer grinsenden Freundlichkeit auf ihn zu, indem er sagte: »Nun, ehrenfester Herr, an mich kein ermahnendes oder zärtliches Wort?«

»Werter Herr Nash«, sagte der Alte, »es wäre besser, wenn wir einander nicht kennten, und hätte ich vermutet, einen so ganz vorzüglichen Geist hier anzutreffen, so wäre ich die Treppe nicht heraufgestiegen. In Summa, vor wem ich mich fürchte, mit dem ist kein Umgang möglich. Ihr seid ein Mann, der sich aus Güte und Gefälligkeit gegen unsern allmächtigen Schöpfer herabläßt, nur überall Überhaupt. zu leben und auch ein Mensch zu sein; alles, was Ihr thut und sprecht, ist das Ausbündigste, aber wenn man Euch nachher hört, so verlohnen es Eure eigenen Meisterstücke selbst nicht, daß Ihr nur die Feder angesetzt habt, wieviel weniger die armen Mißgeburten eines neuen Euripus oder Plautterenz! Ihr solltet eigentlich der Jub-Peter oder eine andere heidnische Gottheit sein, bei welcher die Dichtersleute immer schwören, oder ein Alexander von Misedonien.«

»Ei! bester Herr Henslow«, rief der Satiriker, der sich über nichts so sehr freute, als wenn er den Leuten furchtbar erschien, »Ihr müßt mich nicht so sehr mißverstehn; wir sind, denk' ich, die besten Freunde; habe ich Euch nicht immer die besten und wohlfeilsten Poeten zugeführt, wenn das rauhe Wetter sie nur irgend hatte geraten lassen? Aber Ihr verlangt auch allzu idealische Sachen und habt mit der menschlichen Schwäche keine Nachsicht; ein Kenner wie Ihr fordert immer nur das Vollendete.«

»Mit Recht«, antwortete Henslow, »was soll ich nun mit der großen Christenverfolgung, zu der ich schon die roten Hosen habe machen lassen, und zu der ich nun von Eurem Poeten die letzten Szenen nicht kriegen kann? Unkosten auf Unkosten, Verzögerung und Verdruß. Und mit dem tyrannischen Kaiser weiß ich noch gar nicht, wie es werden soll.«

»Die Tyrannen«, sagte Nash, »sind doch sonst nicht schwer zu besetzen oder auszustaffieren: Ihr müßt nur den nehmen, der am besten schreien kann.«

»Schon recht«, sagte der Direktor; »der ist aber schlank und schmal, und der Kaiser wird doch von jedermann der dicke Lezian Diocletian. tituliert, so daß wir ihn ausstopfen müssen, und das ist beim heftigen Spielen immer fatal.«

»Gewiß«, sagte Nash; »indes verlangt es das Kostüm und die Chronik so, wenn alle Welt ihn Diccletian oder nach der Walliser Mundart Diokletian nennt. So ein starker, robuster Mann kostet auch einige Ellen Samt mehr, und die Zuschauer danken Euch oft dergleichen geschichtliche Genauigkeit nicht einmal.«

»Die Menge ist zu unwissend«, sagte Henslow; »letzt wollte mir einer weismachen, die bekannten Saatraben in Persien wären wirkliche Menschen und ohngefähr wie unsere Statthalter. Aber schafft mir nur die Christenverfolgung, daß wir das Blutbad bald anfangen können. Denn das ist einmal der Gang der Welt; wenn die Poeten auch nicht viel Verstand aufzuwenden haben, wenn sie nur brav Blut fließen lassen, so macht die Sache Glück, und darum sollten die Theater eigentlich neben dem Bärengarten stehen, da die Spiele doch im wesentlichen auf eins hinauslaufen.«

Die beißende Bemerkung hatte Nash von dem einfachen Manne nicht erwartet, und da die übrigen, vorzüglich der Squire, lachten, so verlor er um so mehr die Fassung, als er den guten Henslow für zu unbedeutend gehalten hatte. Ohne sich zu mäßigen, rief er daher, von

Zorn entstellt: »Ihr seid ein Einfaltspinsel und meinem Witz oder der Züchtigung zu geringe!«

»Seht, mein fremder Herr«, rief der Bürgersmann, »ich bin ihm doch nicht zu geringe, mich zu schimpfen, und es muß teure Zeit im Lande sein, wenn Herr Nash keinen bittern Einfall mehr aufzubringen weiß. Ja, ja, wenn sich Verstand und Geist von Wucherern wie Geld borgen ließe, ich glaube, die lieben Herren, so verehrlich sie sind, sähen oft ein zwanzig Prozentchen nicht an. Wenn man nun, da ich keinen Witz habe, oft in der Not zu mir kommt, des lieben Geldes wegen, so bin ich ein Mätzen, ein Musenget, ein Apoll, Chorführer und wahrer Parnaß, weil sie auf dem Trocknen sitzen; gewiß, bar muß ich ihnen immer sein, damit sie nur vom Wein naß werden können, das bar-naß ist mein und ihr Parnaß; dann heißt es, ich soll Künste und Talente aufmuntern; – aber brauchen sie mich nicht, da gibt es Ekelnamen aller Art, und ich bin nur ein Spießbürger, ein Geldfuchs, ein armer Hund, der auf dem Esel, statt des Pegasus reitet. Aber nur Geduld, meine Herren, euer Handwerk geht zu Ende, eure goldne Zeit ist vorüber. Jetzt werden meine Schauspieler selbst die Sachen immer mehr ausdichten, die sie nachher von den Brettern herab sprechen. Ich habe es selber nicht gewußt, welchen Schatz ich an dem einen besitze, der bis jetzt auch so unanim seine Komödien hingegeben hat. Ihr werdet euch gewaltig hinterm Ohr kratzen, wenn der euch alle die Lorbeerkränze aus den Haaren reißt, mit denen ihr jetzt noch stolziert, und euch lehrt, was man aus dem Dinge, dem Theater, für ein kurioses Wesen machen kann. Auch ohne Herrn Marlow haben wir schon einen gräßlichen Mohren, Er meint den Mohren Aaron in Shakespeares Jugendwerk »Titus Andronikus«. und wenn ich ihn bitte, schafft er mir auch Wohl einen ebenso berühmten Juden und Tamerlan, denn er kann, mein Seel, alles.«

Jetzt trat Marlow wieder hervor und sagte: »Verschont uns mit Euren Stümpern. Wir glauben es ja, daß nicht einer, nein, daß viele es in der Gewalt haben, unsere Gedichte von euren Stadttheatern zu verdrängen. Viel Glück zu allen diesen Pfuschereien und zu der Barbarei, in welche die Bühne auch unausbleiblich wieder versinken wird, die wir erst seit einigen Jahren emporgehoben haben!«

»Ich empfehle mich«, sagte Henslow, »und was Barbaren betrifft, Herr Marlow, so habt Ihr uns deren in jedem Stück genug geliefert, den ungeheuren Tamerlan nicht einmal eingerechnet.«

Der Bürger ging, und auch die Gesellschaft der Dichter brach auf, indem sie sich vom Squire höflich beurlaubten, der ihnen allen seinen Dank sagte, daß sie ihm die Stunden hatten gönnen wollen, um so vieles in Scherz wie Ernst von ihnen zu hören. Er war entschlossen, noch diesen Abend mit seinem Vetter jene gerühmten Apostel zu besuchen, die ihm nach dem, was er gehört hatte, merkwürdig genug dünkten, wenn er auch nicht so viel Unterhaltung bei ihnen als bei den Poeten erwartete. Green ging zu seiner Gattin, und Marlow, um den Haushofmeister des Lord Hunsdon Des »Lordkämmerers«, zu dessen Truppe Shakespeare gehörte. aufzusuchen, der ihn zu sich bestellt hatte. Es war die Rede davon gewesen, im Palast des Lords eine Tragödie aufzuführen, und der Dichter schmeichelte sich im stillen, daß es eine von ihm sein möchte, die dem Lord vielleicht vorzüglich gefallen habe. Er träumte schon von Ehre und Lohn, wie von der persönlichen Bekanntschaft mit dem Pair, und so, in dieser Stimmung noch stolzer als gewöhnlich, empfahl er sich dem Squire, dessen Stand und Vermögen ihm in diesem Augenblicke, beides gegen den Lord gemessen, viel unbedeutender als vor einigen Tagen erschien.

Der Squire war, als er auf die Straße kam, zweifelhaft, ob er wirklich seinem unklugen Vetter in jene Versammlung folgen solle, weil er fürchtete, daß diese Schwärmer irgend etwas beabsichtigten, was ihn selbst verantwortlich machen und in ihr Schicksal verwickeln könne. Doch siegte seine Neugier endlich über seine Bedenklichkeiten, indem er zugleich überlegte, daß eine Gesellschaft Aberwitziger nicht im stände sei, gegen die Regierung gefährliche Dinge vorzunehmen. Auch hatten sich bis dahin diese Sektierer noch keine frevelnden Handlungen gegen die Einrichtungen des Staates oder dessen Diener erlaubt. Der Squire holte also seinen Vetter aus dessen finsterer Wohnung ab und fragte ihn: »Wen soll ich nun heute sehen?«

»Endlich«, erwiderte jener, »ist es mir erlaubt, dich zu ihm selbst zu führen!«

»Wen nennst du ›ihn selbst‹?« fragte der Squire.

»Wen anders«, sagte Arthington, »als den einzigen, den man so nennen darf, den allmächtigen Schöpfer Himmels und der Erden!«

»Seh' ich diesen nicht täglich, stündlich, wenn ich mein Gemüt zu ihm richte?«

»Nein! nein!« rief der Schwärmer, »persönlich wirst du ihn schauen, mit deinen körperlichen Augen, den Messias, den König der Welt, welcher dermalen in seinem jetzigen Zustande hacket heißt und hinter Broken-Wharf »Gebrochenes (krummes) Werft«, dem Zusammenhange nach eine Örtlichkeit in London-Southwark. wohnt!«

»Bist du rasend?« rief der Squire im höchsten Erstaunen und Unwillen. »Nein, so weit wähnte ich nicht, daß sich der Aberwitz eines Menschen verirren könnte, Ihr Unglückseligen! Ihr empfindet es gar nicht mehr, wie fern euch die göttliche Barmherzigkeit ist, da ihr so zu lästern wagt.«

»Tobe dich nur aus«, sagte der Schwärmer ganz ruhig; »habe ich es denn etwa besser gemacht? Das neue Licht muß lange mit der alten Finsternis kämpfen; das gottselige Buch, welches verschlungen wird, macht Bauchgrimmen, wie jenem liebsten Jünger des Herrn. »Offenbarung Johannis«, Kap. 10 Je schrecklicher der Kampf, je wilder der Zweifel, um so süßer nachher der Glaube und die Beruhigung aller irdischen Gedanken in der leuchtenden Gegenwart des Gesalbten. Als ich zuerst den unansehnlichen, dicken Mann kennen lernte, gefiel er mir gar nicht. Auch seine Art zu beten war mir ganz zuwider; denn er fordert immer Gott heraus, ihn zu vernichten und zu verderben, mit diesen und jenen Strafen ihn zu beschämen, wenn nicht alles, was er sagt, die Wahrheit sei. Aber nachher bin ich von meinen Irrtümern zurückgekommen. Der Heilige muß eben die Qualen der Hülle fast immerwährend erdulden, um uns von Sünden frei zu machen. In Demut trägt er diese gewöhnliche, ja widerwärtige Gestalt, um die Hoffahrt gänzlich zu stürzen. Ich sage dir, Vetter, er wird vor deinen Augen die allergrößten Wunder verrichten, und England und die Welt wird nur ihm sein Heil verdanken. Aber kannst du beten, Vetter?«

»Wozu diese Frage?« warf jener ein.

»Wenn wir zu ihm kommen«, fuhr jener ruhig fort, »müssen wir beide beten, sonst stoßen uns die bösen Geister aus seinem Zimmer, und dich würden sie zerreißen. Zitterst du nicht, vor den Gewaltigen zu treten? Vor ihn, der alle deine Gedanken kennt, der jedes deiner Gefühle prüft, sowie sein durchdringendes Auge dich nur anblickt?«

»Vetter«, sagte der Squire, »ich bin einmal mit dir unterwegs und habe es unternommen, deinen wunderlichen Heiligen zu sehen, auch weiß ich wohl, daß, wenn man erst unter den Wölfen ist, man mit ihnen heulen muß; sei also meinetwegen unbesorgt.«

Sie standen jetzt vor dem Hause, gingen durch den Hof und stiegen im Hintergebäude die Treppe hinauf. Arthington klopfte leise an, es erfolgte aber keine Antwort aus dem Zimmer; er öffnete die Thür, ohne anzufragen, und sie traten in ein Gemach, dessen Fenster auf die Themse hinaus gingen. Eine kniende Figur, ein abgemagerter alter Mann mit weißen Haaren fiel dem Squire zuerst ins Auge; dieser zitternde Alte sah sich nur mit seitwärts blinzelnden Augen nach ihnen um, und Arthington warf sich sogleich an seiner Seite nieder. »Frommer Coppinger«, sagte er demütig, indem er ihm die Hand reichte, »du Abgesandter und Bote des Zornes, sei uns gegrüßt!« – »Wohl ergehe es dir, Bote der Barmherzigkeit«, erwiderte der zitternde, fast ohnmächtige Alte. – »Wen führst du in meinen Tempel?« rief eine tiefe, heisere Stimme, und der Squire wurde jetzt erst einen Mann gewahr, der im Bette lag und ebenfalls eifrig betete. Der Edelmann erkannte ihn sogleich als denselben, der ihm wegen seiner unangenehmen Gestalt neulich in der Straße aufgefallen war, als dieser Apostel vom lärmenden Pöbel verfolgt wurde. Arthington rutschte auf den Knieen zum Bette, küßte mit inbrünstiger Demut die Hand des zürnenden Hacket und sagte ihm einige Worte ins Ohr. »Er bete denn in unserer Gegenwart«, so rief Hacket aus dem Bette, »so viel sei ihm vergönnt!« Der Squire, der nicht gut zurücktreten konnte und auf das Seltsame schon vorbereitet war, kniete nieder und flehte als patriotischer Engländer für das Wohl seines Landes, der erhabenen Königin und ihrer trefflichen Räte und Beamten sowie für das Fortblühen der Kirche, Bischöfe und Priester.

»Was ist das für ein verwirrtes, gottloses Gebet?« rief Hacket mit zorniger Stimme, als der Squire geendigt hatte.

»Wie?« fragte dieser, »soll ein treuer Unterthan nicht für seine erlauchte Herrscherin flehen, daß der Allmächtige fortfahren möge, sie so gütig wie bisher gegen Gewalt von außen sowie einheimischen Verrat zu schützen?«

»Ich ehre die Königin«, rief Hacket, »ich habe so wenig gegen sie, daß ich es vielmehr bin, der ich ihre Macht erst vollkommen zu befestigen denke, wenn sie mir nämlich Folge leistet und die bösen Ratgeber, hauptsächlich diesen Burleigh, Der berühmte Staatsmann *William Cecil Lord Burleigh* (1520 bis 1598), Staatssekretär und Großschatzmeister, Elisabeths rechte Hand. von sich thut, die Kirche in ihrer Reinheit herstellt und diese Bischöfe entfernt, den Götzendienst mit Chorrock und allem Frevel, der damit zusammenhängt, aus dem verunreinigten Tempel wirft und meine beiden Boten der Strenge und der Barmherzigkeit zu ihrer rechten und linken Hand sitzen läßt, damit sie mit den beiden alsdann das Land regiere.«

Fast nackt wie er war, sprang er jetzt aus dem Bett und fiel ebenfalls auf die Kniee nieder. »Messias! Messias!« rief Arthington und machte Miene, dem Schwärmer die Füße zu küssen; doch dieser wies ihn von sich, indem er sagte: »Wozu diese äußere Ehre demjenigen, den des Herrn heiliger Geist zum Monarchen und Richter der Erde gesalbt hat?« Er betete hierauf mit ungeheurer Anstrengung, indem er alle Götzendiener, bösen Räte und Anhänger der englischen Kirche mit Verwünschungen der Verdammnis übergab. Mit der Stirn auf dem Boden lagen indes die andern beiden ganz ausgestreckt und erhoben sich nur, um von Zeit zu Zeit wie ein Chor in die Verfluchung einzustimmen. Hacket lud die gräßlichsten Strafen und Martern der Hölle auf sich, wenn er im Irrtum wandle; er forderte den Himmel heraus, ihn durch Blitze zu töten, die Erde, ihn zu verschlingen, die bösen Geister, ihn zu zerreißen. »Nein, er lebt! er lebt! Seht, er bleibt unbeschädigt!« schrien seine beiden Verehrer wie besessen; »immer wieder beweiset es sich, daß er die Wahrheit lehrt. Er ist der Richter der Welt.«

Der Squire, der endlich die Geduld verlor, ging nach der Thür und sagte: »Weder als Christ noch als treuer Unterthan wage ich es, länger diesen Lästerungen zuzuhören. Blödsinnige, bethörte, unglückselige Menschen, deren Gefühl so verstockt, deren Vernunft so befangen ist, daß ihr nicht mehr von den tollen und frevelnden Worten jenes Verruchten empört werden könnt!«

Da sprang Coppinger, der Bote des Zornes, auf und hielt, zitternd vor Wut, den Squire fest. »Rufe deine Engel, Messias«, schrie er mit heiserer Stimme, »laß den Himmel sich öffnen, kleide dich in Feuerflammen, besteige den Stuhl deines Gerichtes, damit der Elende von deiner Macht überzeugt werde!«

»Laß ihn, laß ihn, großer Abgesandter«, rief der Bote der Barmherzigkeit; »der Geist sagt mir, daß ich ihn noch bekehren werde, denn er ist ja mein Vetter und aus meinem Blut; die Dummheit wird von ihm weichen, er wird zu den Auserwählten gezählt werden. Nicht wahr, Hacket, hoher Meister, der du der wahre Messias bist?«

»Ihm ist für diesmal noch verziehen«, rief Hacket, der sich wieder in das Bett begeben hatte. »Drei Tage sind ihm noch als Frist verstattet; kehrt er dann nicht um, so wird er mit den andern Gottlosen geschlagen, so sehr er dein Vetter ist. Aber du handelst als Bote der Barmherzigkeit, indem du für ihn bittest.«

Arthington verließ mit dem zürnenden Squire das Haus. »Nicht wahr«, fing er auf der Straße an, »alles, was wir gethan, gesprochen und gebetet haben, ist Euch im höchsten Grade widerwärtig gewesen?«

»So sehr«, erwiderte jener, »daß ich alle meine Macht anwenden werde, Euch, Vetter, nicht in der Gesellschaft dieser Rasenden zu lassen, die Euch dem Strange überliefern.«

»So muß es sein«, rief der Prophet; »es freut mich, daß du deiner Bekehrung so nahe bist. Ohngefähr ebenso habe ich gesprochen, als ich gleich darauf in mich schlug und von der Gnade erleuchtet wurde. Hassen, verfolgen, wie Saulus, muß man erst das Wort, um ein Paulus zu werden. Morgen wirst du in unserer Manier beten.«

»Ich antworte dir nicht mehr, denn es wäre vergeblich«, rief der Squire in der höchsten Ungeduld. »Ich denke darauf, dich auf gelinde Weise von der Obrigkeit als einen Wahnsinnigen bewachen zu lassen.«

Arthington lachte laut und von Herzen. »In wenigen Tagen«, sagte er dann, »steht das Regiment in England auf einem ganz andern Fuße, und das wird hoffentlich auf dem sanften Wege, ohne Blutvergießen, ohne Erschütterung zu stande kommen, auf eine so einfache und christliche Weise, daß du sie selbst billigen mußt.«

»Und die wäre, mein verständiger Vetter?«

»Ein Brief von mir ist aufgesetzt, den die Königin und ihr Staatsrat lesen muß; in diesem machen wir zwei Boten unsers Gesalbten uns anheischig, in ihrer Gegenwart und der ihrer Räte zu beten und alles Unheil, Strafe, Marter auf unser Haupt und unsere Seele herabzurufen, wenn wir im Unrecht sind. Dann wird man sehen, daß wir gesund und bei Kräften bleiben. Hierauf soll Burleigh, oder wer sonst noch gegen uns ist, ebenso, mit denselben Worten beten; wenn er den Mut dazu hat, so werden ihn die Geister verderben und beschämen, oder er weigert sich aus gerechter Furcht, und wir haben unsere heilige Sache gewonnen.«

»Ein Einfall, deiner Weisheit würdig«, bemerkte der Squire.

»Zugleich aber«, fuhr jener fort, »werden wir die Einwohner der Stadt zur Buße ermahnen.«

Der Squire nahm Abschied und überlegte, auf welche Weise er für die Sicherheit des Thoren am besten sorgen könnte.

*

Der Schreiber saß schon im Saale, als Marlow und Green hereintraten.

»Beruhigt Euch«, sagte der letztere; »wer mit dergleichen Mädchen sich einläßt, muß sich auch auf solche Streiche gefaßt machen, denn ihre Natur umwandeln wollen, heißt etwas Unmögliches unternehmen.«

»Wenn ich nur begriffe«, rief Marlow, »wer sie unterhält, oder wohin sie gelaufen ist! Denn den Gedanken, daß sie sich vor mir verleugnen läßt, mag ich gar nicht einmal aufkommen lassen. Es ist zu schändlich! Was ich an die Kreatur gewandt habe, wie sie mich geplündert hat – und nun! – Dreimal bin ich schon draußen gewesen. Sie sei verreiset, so sagen sie, aber keiner kann Rechenschaft geben, wohin.«

»Wie wohl ist mir«, antwortete Green, »daß alle dergleichen Thorheiten hinter mir liegen! Welch ein Wesen ist meine Emmy! Und wie erscheinen mir jetzt jene trüben Tage, jene Stunden gräßlich, die auch ich mit einer ähnlichen Verworfenen verlebte!«

»Und doch möcht' ich um alles nicht in deiner Lage sein«, fing Marlow wieder an; »dieser Ehestand, diese Kindererziehung! Mein Geist würde in solcher einförmigen Lage, in dieser Langeweile, wo Zärtlichkeit Pflicht und Liebe eine Forderung wird, völlig erlahmen und alle Kräfte einbüßen. Ein Weib, die ich achten sollte, die meine Treue befehlen dürfte, die es mir zum Verbrechen machte, wenn sie mir nicht mehr liebenswürdig erschiene, die vielleicht sogar allen Reiz schon verloren hätte, oder sich wenigstens nicht darum sorgte, schön und anlockend zu sein, da sie mich, wie das Schiff, am Anker des Gelübdes festhielte! Die Welt erhält sich freilich so, und die Anstalt mag löblich sein, aber mir scheint sie unsinnig. Und von jener wilden Fanny kann ich nicht lassen. Es ist ein unglaublicher Reiz in diesen tollen Wesen, die wir nicht achten können, deren Treue wir keines Augenblicks gewiß sind, die niemals die Wahrheit sprechen und deren Entzückungen wir für geheuchelt halten müssen. Aber ebendeshalb müssen wir ihre wandelbare Gunst in jeder Stunde neu erobern, sie selber verjüngen sich unserer Begier durch die Verachtung, die uns quält, und keine kalte Ehrfurcht verwandelt die Sirenen jemals in züchtige Matronen.«

Green lächelte und sagte: »In diesem sonderbaren Lobe und der schmeichelhaften Anklage werdet Ihr, Bruder Poet, nur demjenigen verständlich sein, der auch aus Circes Becher getrunken hat. Aber wahr ist es, das Herz und die Gefühle des Menschen, seine Gelüste und Wünsche sind rasend. Wer vernünftig sein kann, in dem ist das Geheimnis jener Begier schon erstorben, und so ist es mit mir. Kann sein, daß mit meiner Besinnung auch der Rausch meines Talents verflogen ist.«

»Habt Ihr den jungen Grafen schon gesehen?« sagte Marlow.

»Welchen?«

»Nun den, der kürzlich zur Stadt gekommen ist, den jungen, noch unmündigen Southampton! *Henry Wriothesly, Graf von Southampton* (geb. 1573), Freund Shakespeares, der ihm 1593 »Venus und Adonis«, 1594 den »Raub der Lukretia« widmete. Er wird von vielen für ein Muster der Schönheit gepriesen; ich kann nur Weichlichkeit und weibisches Wesen in ihm erblicken. – Kennt Ihr ihn, Schreiber?«

»Ich habe ihn einigemal an öffentlichen Orten gesehen«, sagte dieser.

»Nun«, fuhr Marlow zu fragen fort, »findet Ihr denn eine wahre, männliche Schönheit in ihm?«

»Ich weiß vielleicht nicht«, antwortete der Unbekannte, »was man so nennen soll. Der junge Graf Essex *Robert Devereux, Graf von Essex* (1587-1601), der bekannte Günstling der Königin Elisabeth. ist zum Beispiel das Muster einer jugendlich heroischen Schönheit, keck im Ausdruck eines schwärmenden Mutes, ja der Verwegenheit; Euer Gönner Raleigh ist besonnener und sanfter. So mancher ältere Mann trägt in seiner Heldenphysiognomie den veredelten Ausdruck des Löwen; mancher sieht schlau wie ein Ulysses drein, und so stuft sich die Schönheit in unendlich vielen Veränderungen mit mehr oder weniger Bedeutsamkeit ab und bleibt doch, sowie sie diesen oder jenen Charakter aufnimmt, immer noch Schönheit.«

»Von allem diesen paßt aber nichts auf diesen Southampton.«

»Verzeiht«, fuhr der Redner fort, »er ist unentwickelt, er steht ja noch auf jener geheimnisvollen Stelle, auf welcher der Jüngling noch so nahe auf sein kürzlich verlassenes Kindesalter hinblicken kann, eine Zeit, die den Jüngling mit Reiz und wunderbarer Rührung zugleich schmückt. Im Grafen, scheint es mir, ist so recht vorzüglich der

Mensch an sich, die menschliche Bildung in der Schönheit verherrlicht. Eine solche kann niemals so strahlend in die Augen fallen wie diejenige, die mit hohem Charakter und bestimmtem, majestätischem Ausdruck sich darstellt. Als ich den Jüngling sah, in dessen glänzenden Augen und auf blumigen Wangen, im Lächeln der reinen Lippen gleichsam tausend süße Empfindungen schlummern und das Erwachen träumend erwarten, war mir, als wenn die alten Märchen von Narcissus oder Adonis *Narcissus* und *Adonis*, in der griechischen Sage bekanntlich durch ihre Schönheit berühmt. in ihm zur Wahrheit herausschimmern wollten.«

»Mir etwas unverständlich«, antwortete Marlow, »aber poetisch genug, und wenn Ihr nur ein Dichter wärt, solltet Ihr dem jungen Manne Euren Hof machen; denn ich höre, er bildet sich ein, die Dichtkunst zu lieben. Der pedantische Sprachmeister, der das Italienische lehrt, jener feierliche Florio, schmeichelt ihm auch hinreichend, und fast noch mehr der stille, süßliche Daniel. *Samuel Daniel* (1562-1619), ein nach Klassizität strebender Hofpoet zur Zeit Elisabeths, Shakespeares Vorbild in der Sonettendichtung. Auch der in London lebende italienische Sprachmeister und -Pedant *Florio* (gest. 1625) ist eine geschichtliche Person. Er verfaßte unter anderm »Die Welt in Worten« (1598, Southampton gewidmet) und übersetzte 1603 Montaignes » *Essays*« ins Englische. Und so ein vornehmer, reicher Mensch, dem die ganze Laufbahn der Ehre und des Glücks weit offen steht, nimmt dergleichen, sei es auch noch so übertrieben, alles für richtige, blanke Wahrheit an, meint wirklich, er sei als ein Gott vom Olymp herabgestiegen, und belohnt mit Lächeln und freundlichen Blicken jene im Staube liegenden Parasiten, die nur Geld und Geldeswert von ihm erhaschen wollen und denselben Götzen, wenn es ihr Vorteil so erheischte, gern den Flammen überliefern würden. Nein, der Dichter, der wahre, wie ich mich einer fühle, sei zu stolz, dem äußern Menschen, dessen Ansehn, der Macht, dem Reichtum dienstbar frönend zu huldigen. Das Talent steht mit dem Mächtigen durch das von den Göttern verliehene Gut auf derselben Höhe, und soll einer von beiden sich erniedrigen, so sei es der Vornehme. So hat sich Raleigh um meine Liebe bewerben müssen, ich habe ihn niemals aufgesucht, und jenes hündische Anschmiegen an die Großen, das wir leider in allen Zeitaltern sehen, ist nur knechtisch und niederträchtig. Wissenschaft und Kunst sollen doch wenigstens die Gleichheit wiederherstellen, die mit dem goldenen Zeitalter dem Menschengeschlecht verloren ging.«

»Vergebt«, sagte der Fremde, »wenn ich Euch auch hierüber mein Gefühl, das ein anderes als das Eure ist, im Vertrauen auf Eure Nachsicht mitteile. Daß es ein heuchelndes Lügen und niedriges Schmeicheln gebe, welches verächtlich sei, darüber sind wir alle einig; daß wir, wenn wir Wissenschaft und Kunst den Fuß des albernen Reichtums küssen sehen, an diesen Götterkindern selber irre werden und uns mit Geringschätzung von ihnen abwenden, ist eine edle Empfindung, die wir niemals aufopfern dürfen. Wenn wir aber Schönheit, Liebreiz und feines Gefühl mit Macht und Adel in derselben Erscheinung vereiniget finden, so ist nichts so natürlich, als diesem Wesen eine anständige Huldigung darzubringen, durch welche der Mächtige sowohl wie der Geringere Ehre erhält; jener, indem er auf edle Weise annimmt, was ihm gebührt, und dieser, weil ihm ein Sinn beiwohnt, die ausgezeichnete Natur zu fassen und ihr seine Ehrfurcht und Liebe so zu beweisen, daß er sich selber nicht erniedrigt. Und der Dichter vor allen! Er, der gesandt wurde, den verschlossenen Sinnen alle die Erscheinungen der Natur und der Geschichte auszudeuten – soll er denn nicht durch sein höheres Wesen den Sklavensinn zur wahren Verehrung und Liebe, sowie die stolze, sich auflehnende Verachtung, die sich doch selber nicht genügt, zur zarten Milde läutern? Denn mir scheint, der bloße nackte Mensch könne als Mensch keine Verehrung oder Bewunderung von uns verlangen; That, Schönheit, Arbeit, Reichtum müsse erst hinzukommen, damit wir ihn anstaunen mögen; und so gehört auch ohne Zweifel Adel und hohe Abkunft zu jener Verherrlichung der Menschheit, vor der wir uns alle gerne neigen. Ich könnte mir kaum ein poetischeres Verhältnis denken, als das eines Dichters, der in seinem jüngeren, schönen Freunde, den die Natur und das Geschick mit allem ausgestattet haben, was den Neid des Menschen erregt, alle die Gefühle und Eigenschaften sieht, die er an sich selbst und andern verehrt, und nun in diesem Liebling des Himmels und seiner Seele jeden äußern wie innern Reichtum durch allen Aufwand seiner Kunst verklären und vergöttern möchte. Ist der Reiche und Mächtige erst glücklich, wenn er im reinen Spiegel der Dichtkunst seine Vorzüge erblickt, die ohne diesen Widerschein ihm in trüber Einsamkeit wohl selbst arm dünken mögen, so wird auch das einsame Gemüt des Dichters erst wahrhaft mit dem Überirdischen vermählt, wenn er den Abglanz desselben im Irdischen mit liebender Hingebung erkennen mag.«

»Ein artiger Aberglaube, Freund«, sagte Marlow, »aber doch nur Gespensterglaube, dem viele Menschen freilich mit recht ausgebildeter Vorliebe anhangen. Ein Dichter, wie Ihr ihn Euch träumt, müßte nach alledem, was Ihr neulich und soeben gesprochen habt, eine höchst sonderbare Erscheinung sein. Befreundet mit allem, was mir zuwider ist, alles das als Adel der Welt erblickend, was mein Auge als das Gemeine und Geringe sieht, alle Vorurteile stempelnd und rechtfertigend, die man am Haufen entschuldigt, und dabei doch höher als die ganze Menschheit stehend. Es muß wunderbar in Eurem Kopfe aussehen, daß Ihr Euch solche Ungeheuer formieren und dergleichen Widersprüche vereinigen könnt. Übrigens aber zwingt Ihr mich, Achtung vor Eurem Geiste zu haben, und ich denke, wir werden uns näher kommen. In künftiger Woche habe ich vielleicht Gelegenheit, Euren gepriesenen Southampton zu sprechen; denn der Lord Hunsdon hat die Gnade gehabt, mich zu einer Tragödie einzuladen, die in seinem Palaste gespielt werden soll, wo der junge Graf auch als Zuschauer zugegen sein wird.«

»Zu dergleichen«, sagte Green, indem er sich etwas zum Lächeln zwingen mußte, »wird unsereins nicht gebeten. Christoph, dein Gestirn ist ein durchaus glückliches. Ich hoffe, du sollst es erkennen und so aufgemuntert sein, daß noch die späteste Nachwelt von dir spricht. Du aber mußt nicht von Aberglauben sprechen oder ihn schelten, da du selbst solche Vorliebe für alle Arten desselben hegst. Denn so wenig du von Religion wissen magst, so kannst du denn doch das Gefühl nicht entbehren, dein Herz an irgend etwas mit Verehrung zu binden, was dein Verstand nicht begreift.«

»Gut, Robert, daß du mich erinnerst«, sagte Marlow, indem er aufstand, »heut' ist ja der Abend, an welchem ich den Astrologen und Chiromanten, den mir Nash neulich so sehr rühmte, besuchen wollte; begleite mich, Freund, damit wir unser gutes und schlimmes Glück von ihm erfahren; aber keiner muß sich ihm nennen, weil er doch vielleicht von uns gehört hat und dann leichtes Wahrsagen hätte. Und um die Prüfung noch vollständiger zu machen, begleitet uns wohl auch der junge Schreiber hier, wenn wir ihn darum bitten.«

»Ich stehe zu eurem Befehl«, sagte dieser, »denn mein heutiger Abend ist frei.« Sie verließen das Haus, indem es schon anfing, dunkel zu werden. »Der Mann«, sagte Marlow unterwegs, »der sich Martiano nennt, soll eigentlich ein Irländer sein, der sich aber lange in Italien und Spanien aufgehalten hat. Die Vornehmen, die Gelehrten sowie die Unwissenden, die ihn besuchen, kommen alle mit gleichem Erstaunen von ihm zurück. Man sagt, daß er durch geheime Kombinationen die Schicksale errät und findet und keine Magie, weder Instrumente noch astrologische Berechnungen, dabei in Thätigkeit setzt.«

In einer einsamen Gasse gingen sie einen langen Gang hinunter, dann über den Hof und erstiegen endlich auf vielen Treppen das Gemach des Wahrsagers, der sich so hoch wie möglich, unmittelbar unter dem Dache, eingerichtet hatte, um doch einigermaßen die Sterne beobachten zu können. Ein Diener eröffnete die Thür, und sie traten in das Zimmer, in welchem ihnen ein stattlicher alter Mann mit feierlichem und edlem Anstande entgegentrat. Marlow trug im Namen der übrigen das Gesuch vor, und der Magier holte aus einem Wandschranke eine Anzahl von Blättern, die fast das Ansehn eines Kartenspiels hatten. Er mischte sie wie ein solches, indem er einige Worte murmelte; dann mußte Marlow mit der linken Hand abheben. Nun legte der Alte die Blätter in gerader Linie hinunter; es waren planetarische Zeichen, andre Hieroglyphen oder unleserliche Buchstaben eines fremden, vielleicht orientalischen Alphabets, dazwischen fanden sich rote und gelbe erfreuliche Gestalten, Blumen und Pflanzen, auch Kreuze, schwarz oder grau gefärbt. Als die Linie gebildet war, legte er eine zweite horizontal, so daß sich ein Kreuz formierte, und als dieses sich vollendet hatte, fügte er der Grundfigur andere Linien wie Strahlen an, so daß sich ein bunter, sonderbarer Stern ordnete, dessen letzten Enden er die Blätter, die ihm noch übrigblieben, anreihte. Als dies geschehen, ging er murmelnd um die frei stehende Tafel. Plötzlich, indem er geheimnisvoll zählte, rechnete oder Formeln sprach – denn seine Worte waren leise und unverständlich – wurde seine Bewegung ein schnelles Rennen, und er brach bald hier und da, bald oben, bald unten ein Blatt aus der bunten magischen Rose und fügte es anderswo an, so daß nach wenigen Minuten eine neue Figur, der vorigen ganz unähnlich, entstanden war. Er hatte aufgehört zu murmeln und betrachtete die irreguläre Gestalt von allen Seiten, als wenn er einen Augenpunkt aufsuchte, von welchem sie sich zusammenhängend und bedeutend gestaltete. Er sah dem Dichter scharf ins Auge und sagte: »Ihr habt einen Verlust erlitten, der Euch sehr empfindlich fällt.«

»Verlust?« sagte jener, »daß ich nicht wüßte.«

»Nicht an Geld«, antwortete der Magier, »aber dies graue Kreuz, das hier neben Eurer Figur liegt, zeigt es mir an und kann mich nicht täuschen.«

»Recht!« sagte Marlow jetzt, »ich entsinne mich. Und werde ich wiederfinden, was ich verlor?«

»Der Verlust«, fuhr der Wahrsager fort, »ist Gewinn für Euch, wenn Ihr ihn zu nutzen versteht; sucht ihn nicht wieder, es könnte Euch verderblich werden.«

Als er noch einiges Allgemeine bemerkt hatte, raffte er die Blätter wieder zusammen, mischte sie von neuem, ließ Green abheben, legte sie ebenso wie vorher in Kreuz und Stern und fing dann an, ebenso zu murmeln und zu laufen, indem er die Zeichen hastig in eine andere Gestaltung warf. Es zeigte sich jetzt, daß seine leise gesprochene Formel ihm eine Regel vorschrieb, die wieder von den Blättern, wie der Zufall diese gelegt hatte, abhängig war; denn die Figur, die sich jetzt bildete, war eine von der vorigen völlig verschiedene, die noch weniger Regel und Einheit darstellte. Der Zauberer schritt jetzt auch viel länger unentschlossen hin und her, und es schien, daß es ihm fast unmöglich falle, einen Zusammenhang oder Anfangspunkt zu entdecken, von welchem aus er seine Weissagung beginnen könne. Endlich stand er still und sagte: »Ihr habt ein großes Glück und einen wahren Freund gefunden, aber beides mutwillig von Euch gestoßen.«

»Gewiß nicht«, sagte Green lebhaft; »darin irrt Ihr.«

»Also noch nicht?« fuhr jener fort, ohne gestört zu werden; »so hütet Euch, daß es nicht sogleich geschehe. Ich beachtete den Charakter dort nicht, den ich seitwärts habe legen müssen. Ihr habt schon viel Glück und Unglück überstanden. Jetzt aber habt Ihr dieses wohl überwunden, wenn Ihr es nicht freiwillig aufsucht.«

Dem dritten Gegenwärtigen wurden hierauf die Zeichen ebenso gelegt. Doch ehe er noch einige Minuten seine Formel leise gesprochen und den Stern verändert hatte, rief er aus: »Was? schon zu Ende? Und so plötzlich formiert sich von selbst diese liebliche, symmetrische Figur? Ei, junger Mann, wer Ihr auch sein mögt, Ihr wandelt jetzt auf dem rechten Wege, und das Glück reicht Euch die Hand.«

Der ungestüme Marlow wurde ungeduldig und warf die Blätter durcheinander, indem er sagte: »Laß diese allgemeinen Phrasen, die mehr oder minder auf die ganze Welt passen, nimm dieses Goldstück und sage uns etwas Bestimmteres. Und damit es dir leichter werde, so wisse, du siehst drei Schriftsteller vor dir, nenne sie Dichter, wenn du willst, und es ist unter uns die Frage entstanden, von wem der hier Gegenwärtigen die Nachwelt sprechen werde, wessen Bemühungen den Kranz des Ruhmes davon tragen und am längsten zur Freude der Welt dastehen und dauern mögen.«

»Friede mit den Geduldigen!« sagte der Wahrsager. »Nach Eurem Zorne und Schelten müßt Ihr Euch hier für den Vornehmsten halten und des Kranzes wohl schon gewiß sein. Dann solltet Ihr aber meine Schwelle nicht betreten haben; denn keiner muß sie überschreiten, der die Gewißheit schon mit sich bringt. Auch müßt Ihr in meiner stillen Wohnung jene geheimnisvolle Regel achten, der ich mich selber unterwerfe; wer mit tyrannischer Hand in diese Ordnung der Blätter greift, zerstört die Geisterlinien schmerzhaft, die sich in meinem schauenden Gemüte wie Strahlen ausbreiten, und hemmt meine Kunde. Könntet Ihr das unsichtbare Kunstwerk gewahr werden, das sich vor meiner innern Schauung entfaltet, Ihr zerrisset es so wenig wie eine Leinwand, auf welche Tizians Pinsel seine Farben legte.«

»Handle, sprich«, rief Marlow, »ich will dich nicht wieder stören.«

Jener nahm die Blätter, faltete sie aufeinander, blies einigemal darüber hin und lispelte mit einer solchen Miene der Andacht, als wenn er die Verletzten mit neuer Weihe entsühnen wollte. Nun mischte er viel länger als vorher, ließ alle nach der Reihe abheben und vermengte die Zeichen jedesmal von neuem, worauf er sie dann in drei verschiedenen Teilen, vor jedem der Fragenden, in abgesonderten Figuren ausbreitete. Als er hiermit fertig war, fing seine Formel und stille Rechnung wieder an, er riß hier ein Blatt ab und setzte es dort an, so daß nach kurzer Zeit die Figur, welche für Green bestimmt war, verschwand. Die vor Marlow lag unordentlich, die vor dem Unbekannten in einer klaren Regelmäßigkeit; bald, indem die Rechnung fortging, hatte der letzte auch alle Blätter Marlows gewonnen, die in geordneten Kreisen eine wundersame, scheinbar verständliche Figur bildeten. Als diese Operation vollendet war und der Magier sein Werk lange und aufmerksam betrachtet hatte, nahm er, wie mit demütiger Gebärde, sein Barett vom Haupte, schaute den unbedeutenden Fremden scharf an und sagte: »Dieser junge Mann, wer er auch sein mag, ist vom Schicksal dazu bestimmt, den Kranz des Ruhmes zu tragen, er wird genannt werden, wenn ihr längst vergessen seid, und dasjenige, was er jetzt schon gedichtet hat, wird Jahrhunderte überdauern, der späteste Enkel wird sich seiner freuen, und das Vaterland wird auf seinen, jetzt noch unbekannten Namen stolz sein.« So feierlich er auch diese Worte gesprochen hatte, so wirkten sie dennoch so unwiderstehlich auf die Lachlust der beiden Dichter, daß das kleine Zimmer von den schallenden Tönen erschüttert wurde, indes der Unbekannte, hoch errötend, rückwärts und so tief in sich versunken den Boden betrachtete, daß er weder die ausgelassenen Lacher noch den Propheten zu bemerken schien. »Beim heiligen Georg!« schrie Marlow auf und schlug mit der Faust so heftig auf den Tisch, daß alle jene bunten und leichten Blätter durcheinander tanzten, »die Prophezeiung hat sich in einen trefflichen Aberwitz aufgelöst! Nun, Schreiber, was sagt Ihr dazu? So hoch seid Ihr und Eure Skripturen noch niemals geehrt worden. Es ist glaublich, daß die Akten, die Ihr gestern abschriebt, eine ziemliche Weile aufgehoben werden. O Thor, alter, blödsinniger Thor! Und wir noch größere Narren, mühsam in diese Bude herzulaufen, um gemeinen Trug und Albernheit einzuhandeln! Aber zu sehr, alter Schwarzkünstler, habt Ihr Euch bloßgegeben, und ich werde mich die Mühe nicht verdrießen lassen, die dumme, thörichte Menge zu enttäuschen.«

»Thut, was Ihr wollt, Verblendeter, Übermütiger«, rief der Magier im heftigen Zorn, indem er sein Barett wieder mit majestätischer Gebärde auf sein Haupt warf. »Ihr entriegelt das Gefängnis meiner Lippen, so daß ich nun die Worte, die ich wie Verbrecher in meinem tiefsten Busen verschlossen hatte, hervortreten lasse, um die Röte von Euren Wangen, den Glanz aus Euren Augen zu verjagen. Was kümmert mich Euer Ruhm, was Eure hinfälligen Werke, da Euer Leben ja selbst noch hinfälliger ist? So haben mir diese verachteten Figuren, so die Lineamente Eures Angesichtes gewahrsagt. Wo du, Großer, deinen Ruhm und dein Glück suchst, da wirst du deine Demütigung ernten; jener Lacher dort wird morgen schon und übermorgen die heutige Stunde vergeblich zurückwünschen; ja, dieser Monat nicht, nicht die künftige Woche wird ganz verschwunden sein, so hat euch ein frühzeitiger Tod eingeholt, und Vergessenheit und Schmach mit dem grinsenden Antlitz schwingen über eure Leichname die düstern

Fahnen. Den Herrischen dort wird ein gewaltsamer Tod dahinraffen, wie auch sein finstrer Blick, jene unglückschwangere Falte in der Stirn verkündigen. Nun so lacht doch, ihr Elenden, freut euch doch eures Witzes! Die Nacht ist noch lang, bis euch dann jene ewige in ihren schwarzen Mantel hüllt, aus welcher kein Entrinnen ist, und in der kein Morgenrot von Fröhlichkeit und Lust, Witz und Scherz jemals wieder aufdämmert.«

Alle waren still und ernst geworden, Green und Marlow hatten die Farbe verloren und gingen blaß und nachdenkend die hohe Treppe hinunter und über den Hof zur dämmernden Gasse. Der Unbekannte eilte mit einem einfachen, höflichen Gruß nach Hause, tief in Gedanken versenkt. Marlow erhob draußen den Blick und sagte: »In künftiger Woche gehe ich zu Lord Hunsdon. Schlage dir, mein schwacher Freund, die Abgeschmacktheit völlig aus dem Sinn. Wer wollte an dergleichen Fratzen nur eine Minute seines heitern Lebens verlieren?«

»Du bist selbst mehr erschüttert«, sagte Green, »als ich dich jemals gesehen habe. Man sollte sich mit derlei Teufelszeug niemals einlassen; wird es einmal aufgerührt, so fassen die Mühlräder des aberwitzigen Getriebes auch den Stärksten und Entschlossensten. Das ist es ja eben, daß das Fundament unsers Lebens auf Narrheit ruht; werden die Grundsteine von der Thorheit erschüttert, so wankt unser Wesen, dünken wir uns auch vorher noch so stark. Lebe wohl, meine Emmy wird mich schon seit lange erwarten.«

Ohne noch etwas zu sagen, schlenderte Marlow tief sinnend die öde Gasse hinunter, und als Green sich wieder dem belebteren Teile der Stadt näherte, schlug ihm in der Finsternis plötzlich eine weiche Hand auf die Schulter und fragte: »Nun, wohin, alter Junge?«

»Gott bewahr' uns«, rief Green, »vor Feen und Elfen! Jeden Geist hätt' ich eher erwartet, als dich wiederzusehen, du gottloses Kind, du unglückliche Billy.«

»Warum unglücklich?« fragte sie schäkernd, indem sie sich an seinen Arm hing.

»Deines Standes und deiner Verirrung wegen«, sagte Green, und strebte vergeblich, sich von der Sünderin loszumachen.

»Daß ich dich so lange nicht gesehen habe«, fing sie von neuem an, »war doch wohl nicht meine Schuld?«

»Nein«, antwortete er, »nur meine Armut; denn als du sahest, daß du mich ganz rein ausgeplündert hattest, verschlossest du mir hübsch tugendhaft deine Thür und ließest dich verleugnen.«

»Das ist eben nicht wahr!« rief sie freundlich zürnend; »hab' ich keine Verwandten, keine Schwestern? Kann es sich nicht fügen, daß eine von ihnen tödlich krank wird und ich sie verpflegen muß? – Sieh, Alter, ich wohne noch hier, in dem vorigen Hause. Komm doch einmal nach langer Zeit wieder hinauf.«

»Ich kann nicht«, rief Green aus; »ich will, ich darf nicht!«

»Ei, du willst«, schmeichelte sie, »nur um Abschied von mir zu nehmen, wenn du mich doch so treulos verlassen wirst. Nur eine einzige Abschiedsminute; die habe ich doch wohl an dir noch verdient. Du sollst nur meine Einrichtung sehen, und wie schön ich alle deine Bücher, in saubern Bänden, da hingestellt habe. Diese machen ja seit lange meinen einzigen Trost aus. Dein Bild hängt immer noch an dem alten Platz, und täglich wird es mit Lorbeer oder frischen Blumen bekränzt. Du weißt doch, daß morgen dein Geburtstag ist?«

»Morgen schon?« fragte der überraschte Dichter.

»Sieh«, fuhr sie mit der süßesten Stimme fort, »das weiß ich besser als du, so sehr ist dein Leben mit meinem unglücklichen Herzen verwachsen. Nun komm, nur einen Augenblick! Ich verspreche dir, ich will auch nicht einmal einen Kuß von dir verlangen.« Die Thränen unterbrachen sie.

»Ich gebe nach«, sagte Green, »ob ich gleich recht gut weiß, daß ich es nicht thun sollte. Aber dann mußt du auch getröstet sein und mich ruhig und auf immer ziehn lassen.«

»Will ich denn etwas anderes?« schluchzte sie; »kann ich denn, wenn ich dich liebe, irgendwas als dein Glück wollen? Und was kümmert dich auch mein Elend?«

So traten sie in das kleine, vertrauliche Zimmer, das grillenhaft ausgeschmückt und an den Wänden mit wollüstigen Gemälden verziert war. Sie ließ sich auf das Ruhebett fallen, nahm die Laute und sang eins jener zarten Lieder Greens mit rührender Stimme, das er selbst im vorigen Jahre für sie gedichtet hatte. »Das ist nun alles, alles vorbei«, sagte sie dann; »jetzt bist du ein stiller, ein ordentlicher Mann, der zur rechten Zeit nach Hause kommt.«

Green saß ihr gegenüber und klimperte auf der Laute.

»Was seid ihr Männer doch für Wesen!« fuhr sie schwatzend fort, indem sie ihn zärtlich ansah; »erst vergöttert ihr uns wegen unsers Leichtsinns, wegen unserer wandelbaren Laune, schmält auf das Alltägliche und Ehrbare, und kehrt dann doch mit Reue zu diesem zurück. Ist denn ein Kuß, halb gegeben, halb gestohlen, nicht viel süßer? Ich meine, wenn ich ein Mann wäre, würde mir ein Mädchen um so mehr gefallen, das ich immer wieder, so oft ich in ihr Zimmer träte, durch neuen Liebreiz gewinnen und fesseln müßte. Jetzt heißt es bei dir: ›Liebe mich!‹ und du mußt gehorchen.«

»Ich muß gehen«, sagte Green und stand auf, »jetzt gib mir den Abschiedskuß.«

»Das ist gegen die Abrede«, rief sie und sprang mutwillig zurück. Er lief ihr nach, und sie jagten sich lange lachend im Zimmer herum. Er ergriff sie endlich, seine Hände hielten sie fest, sie konnte nicht weichen, ihr Gewand hatte sich beim Ringen verschoben, und mehr als *ein* Kuß ward erbeutet.

Er kam in dieser Nacht nicht in sein Haus zurück.

*

Der Squire hatte schon alle seine Sachen nach seiner neuen Wohnung schaffen lassen und war im Begriff, vom Gasthof und dem redseligen Wirt Abschied zu nehmen. Er lehnte sich jetzt aus dem großen Fenster und überschaute das Gewimmel der lebhaften Straße. Indem er die mancherlei schnell vorüberwandelnden Gestalten musterte, dünkte ihm, daß er unter diesen seinen entlaufenen Pagen wahrnähme. Er war in anderer Kleidung und trug stattlich einem schönen weiblichen Wesen den Fächer vor, die nach ihren Gebärden und farbigen Gewändern den vornehmeren Kurtisanen zugehörte, die meistenteils in den Vorstädten, in zierlich eingerichteten Häusern ihr Wesen trieben. Was ihn etwas irre machte, war nicht nur, daß der Bursche in ganz andern Kleidern ging, sondern daß er auch ein gewisses freches Wesen angenommen hatte, welches seinem ehemaligen schüchternen und bäurischen Betragen völlig entgegengesetzt war. Er wollte schon hinabeilen, um die beiden zu verfolgen, als er durch einen ungeheuren Tumult am Fenster festgehalten wurde, der sich die Straße herunterwälzte. Das verworrene Geschrei der Menge war so heftig, daß, durch Neugier aufgeregt, aus allen Nebengassen sowie von der entgegengesetzten Richtung Volksmassen in großer Eile herbei-

stürzten, um die Neuigkeit zu erfahren und an dem Tumulte teilzu-
nehmen. Der Wirt kam ängstlich in das Zimmer gelaufen, um die
Ursach' des Geschreis zu erforschen, und zu sehen, ob er etwa Thür
und Fenster verschließen müsse. Denn nach dem wiederholten Toben
und Geschrei mußte er fürchten, daß ein Aufruhr des gemeinen Volkes
entstanden sei.

Bald kam die Hauptgruppe näher, und der Squire unterschied zu
seinem Erschrecken sogleich jenen bleichen, abgemagerten
Schulmeister Coppinger und Arthington, seinen unklugen Vetter.
Beide schrien, so laut sie es nur vermochten: »Bekehrt, bekehrt euch,
Engländer! Thut Buße! Das Gericht des Herrn ist unterwegs; der
Richter der Welt liegt noch ruhend, hier nahebei in Broken-Wharfe und
erwartet den Ausgang des heutigen Tages; uns, seine Apostel, sendet
er mit den Wurfschaufeln voran, die Tenne zu reinigen.« – »Ich«, rief
Arthington, »bin der Bote der Barmherzigkeit; höret heute noch einmal
und zum letztenmal meine Stimme! Jener, Coppinger, ist der Bote des
Zorns, der euch in eurer Halsstarrigkeit zermalmen wird.«

Sie wollten unter diesem Geschrei weiter vordringen, aber es war ihnen
unmöglich, so heftig war der Andrang des Volkes und so groß die
wogende Masse, die sich immer dichter und tobender um sie schloß.
Vor dem Gasthofe stand ein leerer Karren, von welchem der Wirt eben
Wein abgeladen hatte; diesen bestiegen jetzt die Propheten, um von
dort gehört zu werden und ihre Reden an das Volk zu halten.
Arthington verkündigte ihnen nun, daß der Messias da sei, der die
reine, ungefälschte Kirche stiften werde und jenen Götzendienst
verbannen, der sie jetzt entstelle. Die Königin könne, wenn sie sich
bekehre, in Ruhe fortregieren; auf jeden Fall aber müßten ihre bösen
Ratgeber, vor allen Burleigh, der Oberschatzmeister, dem Verderben
überliefert werden. Das Volk beantwortete ihre Reden mit Beifall und
Geschrei, einige Reiter, die im Haufen eingeklemmt waren, wollten zur
Ruhe ermahnen und den Aufrührern ihren Frevel verweisen, aber ein
allgemeines Toben, ein schreckliches Hussarufen und Drängen und
Stoßen übertönte und verwirrte sie; die Fernstehenden fragten,
forschten, die Nähern suchten zu antworten, die Propheten, ohne
gehört zu werden, baten, daß man ihnen Platz machen möchte, weil sie
noch durch die ganze Stadt ziehen müßten, um die guten Bürger zur
Buße zu ermahnen, indessen ein Sheriff mit Konstabeln Ein
Landrichter mit Polizeidienern. durch die undurchdringliche Mauer

des Volks sich Platz zu brechen strebte. Der Squire eilte hinunter, ergriff schnell seinen Vetter, der in der Verwirrung nicht vermißt wurde, und führte ihn durch das Haus nach einem dunkeln Hinterstübchen, wo er ihn alsbald einschloß. »Ich danke dir, guter Vetter«, sagte der erhitzte Redner, »daß du dich der guten Sache so eifrig annimmst; wußte ich doch, daß die Bekehrung wie ein reißender, übertretender Strom dich plötzlich ergreifen würde; so kann ich nun sogleich aus dem Hinterhause in die Gasse dort und von da meinen göttlichen Beruf durch die übrige Stadt fortsetzen.«

»So ist es nicht gemeint«, sagte der Squire. »Warte hier, bis das größte Getümmel vorüber ist, und dann, Wahnwitziger, rette dich, so gut du kannst.«

»Kleingläubiger!« rief Arthington und lächelte mit Verachtung. »Glaubst du denn, daß ich wahnsinnig genug gewesen wäre, mich in dieses große Unternehmen einzulassen, wenn die Möglichkeit einer Gefahr da wäre, daß mir auch nur ein Haar gekrümmt werden könnte? O ihr Kurzsichtigen, ihr an allen Sinnen Verstümmelten! Du willst also nicht glauben, bis du das Wunder siehst und fühlst? Aber dann wird es für dich sowie für die übrigen Verstockten zu spät sein.«

»Dein Schulmeister«, sagte der Squire, »ist in diesem Augenblick gewiß schon ergriffen, und es endigt mit ihm wie mit dir, Vetter, in Tyburn.« Früher der öffentliche Richtplatz Londons.

»Laß sie uns greifen«, rief der Schwärmer, »laß sie uns zum Hochgericht führen, ja schon die verderbliche Schnur um den Nacken legen, und du wirst mich dennoch laut und herzlich lachen sehen. Auf einen einzigen Wink meines hohen Meisters, ein Wort von ihm, und es stürzen sich aus den Himmelsräumen die tausend Heeresscharen der Engel, die ihm dienstbar sind und ihn und uns unter den harmonischen Tönen ihrer bewegten Fittiche hinauf oder in die Ferne tragen. O ihr Armen! ihr nur dauert mich, denn jetzt seid ihr alle verloren.«

»Warum?« fragte der Squire.

»Hätten sie Buße gethan«, fuhr der Prophet fort, »so wären die schlimmen Räte abgesetzt, und die Königin hätte nach unserer Anordnung ihre Regierung eingerichtet. Nun aber wird eine Tobsucht über alle Einwohner dieser erbarmungswürdigen Stadt herniederfallen, sie werden sich selber nicht erkennen, jeder wird den zweiten für seinen Feind ansehen, und so müssen sich alle wie wütige Tiger und Löwen selbst untereinander aufreiben und zerfleischen. Da wird sein

Heulen und Jammern, Fluch und Zeter, Verzweifeln und Hohnlachen. Babels Verwirrung wird sich, nur blutig und fürchterlich, wiederholen. Und dann erscheint Hacket in den Wolken und sieht triumphierend in die Zerstörung hinab, und wir an seiner Seite richten die Verdammten, und das neue Jerusalem wird dann gegründet.«

»Wahrscheinlich«, sagte der Squire, »wird Hacket als das Haupt dieser elenden Verräterei schon im Gefängnis sitzen und als das erste Opfer fallen.«

»Er? Hacket? der allmächtige?« schrie der ereiferte Prophet. »Ei, Vetter! Vetter! wie bist du doch gar so dumm und ohne alle innere Offenbarung und könntest dir Lehre, Besserung und dein Glück doch aus so naher Quelle schöpfen, da ich dein Blutsfreund bin! Er gefangen? Er beschädigt? Ebenso leicht könnten aus diesen toten Mauern Weinreben hervorsprossen, ebenso leicht könnten Sonne und Mond vom Himmel fallen und draußen im Park als fremde Wunderdinge spazieren gehen, ebenso leicht fiele die Kluft zwischen Himmel und Hölle ein, ja ebenso leicht könntest du ein vernünftiger Mann und wie unsereins werden.«

»Laß es gut sein, wir wollen über diese Punkte nicht streiten«, sagte der Squire. »Komm jetzt durch diese Nebengäßchen, daß du so in dein Haus und womöglich dann schnell aus der Stadt schlüpfen kannst. Halte dich irgendwo in der Landschaft auf einige Zeit verborgen, bis der unglückliche Handel wieder vergessen ist, und vielleicht magst du so dein Leben erhalten und in Zukunft einmal, in ruhigern Zeiten, deine Vernunft wiederfinden,«

Sie schlichen durch die Gassen, die dort nur wenig lebhaft waren, man hörte aber von jenseit noch das Getümmel dumpf aus der Ferne. In der Nähe der Wohnung Arthingtons nahm der Squire von diesem Abschied, indem er ihn noch einmal ermahnte, die günstigen Umstände zu benutzen und sich eiligst aus der Stadt zu entfernen. Sowie der Freund fortgegangen war, kehrte der Vetter kurz wieder um und bog in eine andere Gasse, um sich der Szene des Tumultes zu nähern. Als er in die größere Straße trat, kamen ihm Gerichtsdiener entgegen. »Nicht wahr«, redete er sie an, »ihr sucht den Propheten der Barmherzigkeit?« »Nicht anders«, erwiderte der Anführer. »Könnt Ihr uns vielleicht anweisen, wo wir den Narren und Bösewicht habhaft werden können?« »Ich bin es selbst«, sagte Arthington freundlich lächelnd.

»Selbst?« rief jener erstaunt. »Nun, um so besser, daß Ihr uns der Mühe überhebt. Ihr müßt sogleich mit uns ins Gefängnis.«

»Wirklich?« fragte der Prophet lachend. »Nun, wenn ihr es so meint, ich kann auch nichts dagegen haben.«

»Um so glücklicher, wenn wir einander so freundschaftlich verstehen. Euer sauberer Schulmeister ist auch schon festgenommen, und der Hacket wird uns ebenfalls nicht entgehen.«

»Ihr armen, armen Menschen!« rief der Prophet, »wie seid ihr doch so über alle Maßen unglückselig!«

»Ihr seid schlimm daran«, sagte der Anführer, »bemüht Euch nicht, uns zu bedauern, denn Euch allen ist der Galgen gewiß genug.«

»Wo wächst der Baum«, fragte Arthington, »der uns töten könnte?«

»Er ist längst gewachsen«, antwortete jener lachend, »und ausgewachsen, ein hübscher, stämmiger Bursche, da draußen in Tyburn, der Euch nicht wird fallen lassen, wenn er Euch erst einmal in die Arme genommen hat. Gewiß, Ihr werdet eine angenehme Bekanntschaft an ihm machen, und Ihr müßt Euch recht gut ausnehmen, wenn Ihr dort paradiert.«

»Elende Spötter!« sagte der Prophet, sie mit Blicken betrachtend, in denen sich Verachtung und Mitleid mischte; »wie wird euch sein, wenn ihr mich in meiner Herrlichkeit erblickt!«

Sie führten ihn laut lachend fort, indem sie sagten: »Solche kräftige Sehnsucht nach dem Galgen haben wir noch an keinem wahrgenommen.«

*

Die unglückliche Emmy hatte seit jenem Abende ihren Gatten nicht wiedergesehen. Sie war in der Nacht unter Angst und Thränen wach geblieben, und am Morgen hatte sie Boten zu allen Bekannten gesendet, auch in den Gasthof, um von ihm zu erfahren; aber alle kamen ohne Nachricht und Trost zurück. Sie würde geglaubt haben, er sei umgekommen, wenn nicht der arme Wirt Greens, bei dem er vormals gewohnt hatte, ihr in guter Meinung das Gerücht überbracht hätte, daß einige Bekannten ihren Freund mit einem schönen, aber übel berufenen Frauenzimmer hatten über Land fahren sehen. Einige wollten in Greenwich, andere in Richmond Greenwich, unterhalb Londons, südlich der Themse (jetzt Vorstadt); Richmond, oberhalb (westlich) Londons am rechten Themseufer. von ihnen gehört haben.

Da nun schon mehrere Tage verflossen waren, konnte man so viel wenigstens für ausgemacht annehmen, daß Green nicht die Absicht habe, zu seiner Familie zurückzukehren.

In Trauer und Thränen fand der Squire die arme Gattin und den unmündigen Sohn. »Ach, lieber fremder Mann«, rief ihm dieser weinend entgegen, »der Vater ist uns wieder verloren gegangen; tröste die Mutter, sie will sterben und auch von mir gehen.«

Der Freund erkundigte sich nach den nähern Umständen, und als er alles erfuhr, war sein Gefühl unentschieden, ob er mehr mit der Frau leiden oder über den so leichtsinnig Verblendeten zürnen solle. Endlich fiel ihm ein, daß Green dennoch vielleicht auch diesen letzten Sturm überstehen möchte; nur müsse man dafür sorgen, ihn, sowie er zurückgekehrt sei, gleich auf das einsame Land hinaus zu schaffen.

»Und glaubt Ihr«, antwortete sie, »daß damit wirklich etwas gewonnen sei, daß ich mich bei einer so eiligen Anstalt beruhigen könne? Es zeigt sich ja nur zu deutlich, daß er unter einem unglücklichen Banne, in einem verhängnisvollen Zauber lebt, den er niemals zerbrechen kann. Was es in seinem Geiste und Herzen ist, das ihn so über die Schranken der Natur hinüber reißt, daß er sein Glück und seine Ruhe von sich wirft, begreife ich nicht; denn ich weiß im voraus, er selbst wird diese Flucht auf das bitterste bereuen; ja schon jetzt in diesen Minuten ist ihm nicht wohl, und dennoch verfolgt er seine Laufbahn. Daß er aber so schnell nicht umkehrt, sehe ich daraus, daß er alles, was ihm von Eurer Großmut noch übrig war, von jenem Kaufmanne sich hat auszahlen lassen.«

»Reiset der Vater so gern?« fragte der Knabe; »warum nimmt er mich denn niemals mit«?«

»Dein Vater ist« – rief der Squire zornig, aber er brach gerührt ab und sagte: »Ach! armes Kind, er ist dir kein Vater.«

»Ja!« rief der Kleine heftig aus, »er ist und bleibt unser Vater. Wir haben niemals im Hause einen andern gehabt. Und die Kinder müssen um den Vater weinen, so gehört sich's. Sie sagen alle, der Vater ist unartig, und darum will die Mutter, daß ich desto artiger werde. Mutter, lache doch nur einmal wieder! Du weißt wohl, dann gefällt mir der böse Großvater, dann fasse ich meine Puppen draußen wie lauter Brüderchen an und ich bin so lustig wie der König von Frankreich. Aber Mutter weint zu viel, das Lachen ist nur wie das Wetter gestern, wo auch den ganzen Tag die Sonne nur ein Augenblickchen schien.

Und doch kann sie recht schön lachen«, schwatzte der Knabe weiter, indem er sich an den Fremden schmiegte, »die böse Mutter, wenn sie nur will; gar anders als Großvater zu Hause, der immer verdrüßlich ist.«

»Vergebt ihm«, sagte Emmy, »das Herz möchte mir oft bei seiner lieben Albernheit brechen.«

»Teure, liebe Frau«, sagte der Squire gerührt, »am besten, wir sprechen von Green gar nicht weiter. Wie Euer Edelmut, Eure Liebe ihn entschuldigt, das weiß ich; ich kann Euch darin nicht beistimmen, schelten darf und mag ich in Eurer Gegenwart nicht, und darum werde er nicht genannt, der diese kostbaren Thränen aus diesen Augen so gewissenlos strömen macht. Ihr müßt geschützt werden, das ist die Hauptsache. Ich werde dafür sorgen, daß Ihr auf anständige Art zu Euren Eltern zurückkehrt; – wenn Ihr außerdem meine Hülfe, meine Freundschaft annehmen mögt –«

»Ihr habt schon zu viel für uns gethan«, fiel ihm Emmy ins Wort.

»Nimm, Kleiner«, rief der Squire, – »aber stört mich nicht, edle Frau!« Er gab dem Knaben einen Beutel mit Gold. »Ihr müßt hier noch manches zu bezahlen haben, Ihr braucht dies und jenes, bevor Ihr reiset.«

Ohne Dank abzuwarten, entfernte er sich; aber auf der Straße traten ihm unerwartet die Gerichtsdiener entgegen, die ihn schon aufgesucht hatten und ihn nun ebenfalls ins Gefängnis und zum Verhöre führten, weil man erfahren, daß er mit Arthington verwandt sei, auch diesen öfter gesprochen und sogar den Hacket in seiner Wohnung besucht habe.

*

Emmy war mit ihrem Knaben abgereist, und der Squire war einigemal wegen seines Verhältnisses zu Arthington und Hacket verhört worden. Der Prozeß mit diesem war schnell geendigt, er ward als Verräter hingerichtet, und dasselbe Volk, welches seinen ausgesendeten Aposteln zugejauchzt hatte, sah jetzt mit lärmender Freude seinen schmachvollen Tod an. Der Squire, dessen Unschuld die Richter einsahen, wurde bald wieder losgesprochen, und es ward ihm vergönnt, seinen Vetter im Gefängnisse zu besuchen, den er in einem sonderbaren, von seinem ehemaligen ganz verschiedenen Zustande antraf.

Arthington gehörte zu jenen leicht beweglichen Gemütern, denen es nicht unmöglich ist, schnell von einem Äußersten auf das Entgegengesetzte überzuspringen. So hochmütig, so sicher er gewesen war, so zerknirscht und demütig erschien er jetzt. Er hatte seinen Richtern in den Verhören nicht die mindeste Ehrfurcht bewiesen, aber vor Hacket war er niedergefallen, um ihn anzubeten, der ihn auch, selbst wahnsinnig, mit seinen falschen Verheißungen von neuem berauschte. Als jetzt der Squire in das Gefängnis trat, fand er den Unglücklichen in Thränen gebadet am Boden liegen. »Ach! Vetter! teurer Vetter!« rief er, »du gehst mir wie die Sonne in meinem düstern Kerker auf. So gibt es also doch noch ein Wesen, das sich um mich Ärmsten, den ganz Verlornen, kümmert? Das ist Christentum, das ist Liebe!«

»Nun, du Armer, Schwacher«, sagte der Squire, »wo sind jetzt deine thörichten Hoffnungen? Vorgestern ist der frevelnde Hacket hingerichtet worden, und gestern ist Coppinger im Gefängnis, in das er schon halbverhungert kam, vor Gram und indem er sich aller Nahrung enthielt gestorben. Wo ist nun deine Prophetengabe? Wo ist dein Welterlöser geblieben?«

»Spotte nicht, Vetter«, rief der Trostlose, »ermahne mich nicht weiter; denn ich habe mir selber schon alles gesagt, seit ich die Hinrichtung des gottlosen Hacket habe mit ansehen müssen. Ich habe es nicht für möglich gehalten, daß ein Mensch so grob betrügen könne, noch weniger aber, daß ein anderer sich auf so grobe, handgreifliche Art betrügen ließe. Ich glaube aber, daß eben das Feinere uns nicht so hintergehen würde, und so bin ich denn verloren und in ein Irrsal geraten, das ich niemals wieder gutmachen kann. Nicht wahr, Vetter, ich hatte es so gut daheim? Man kann es sich nicht besser wünschen; da mußtest du mich nach London schicken, damit der Satan hier sich meiner armen Seele bemächtigen und mir die Schnüre des Verderbens an meinem Halse zuziehen könnte.«

»Weißt du es denn auch«, fuhr der Squire fort, »daß selbst alle Frommen von deiner eigenen Sekte dich und den Hacket verwünschen? Daß keiner euch für Heilige oder gute Menschen anerkennen will? Bis jetzt ist die Thorheit der Puritaner noch in keinen öffentlichen Aufstand ausgebrochen, ihr Murren gegen Kirche und Regierung geschah nur im stillen und hatte auch keine weitere Folgen; doch jetzt ist ein erschreckendes Beispiel gegeben worden, und es ist keinem Zweifel unterworfen, daß man nun gegen diese Sektierer strengere Maßregeln versuchen wird. Darum verleugnen euch und eure Thorheit alle diese Puritaner, aber sie werden doch vielleicht veranlaßt, wenn sie mehr gedrückt und gestört werden als bisher, in offenbare Unzufriedenheit auszubrechen, und so pflanzt sich wohl von dieser Stunde ein unglückseliger Kampf zwischen Unterthan und Herrscher fort, der in schwächern, in verhängnisvollen Zeiten von den schlimmsten Folgen sein kann. Und alles dieses Unglück hat dein und deiner Freunde Aberwitz zunächst veranlaßt.«

»Lieber Vetter«, erwiderte Arthington, »das alles und noch viel Schlimmeres ist mir jetzt völlig gleichgültig und nichts weniger als wichtig, seit es mir klar geworden ist, daß es sich hier um meinen Hals handelt. Ich gehöre, bester, teuerster Vetter, zu gar keiner Sekte mehr. Was gehen mich alle Puritaner und Brownisten an, die Presbyterianer und Wiklefiten, und wie sie alle noch Namen führen, die unglücklichen Leute, die fremde Eier ausbrüten wollen und nicht bedenken, daß ihnen Schlange oder Truthahn, Gans oder gar Basilisk, im Fall die Brut gerät, unmittelbar in den Schenkel beißen? Nein, mein geehrter Blutsfreund, seit ich eingesehen habe, wie dumm ich gewesen bin, seit ich gesehen, wie sie mit dem Hacket umgegangen sind, und daß mir dasselbe geschehen soll, ist mir in einer so fürchterlichen Todesangst Gedanke, Gefühl, Glaube und alles Überirdische so völlig verschwunden, daß es mir sogar gleichgültig ist, ob nur überall noch eine Seele in meinem Leibe steckt. Bloß um diesen und um meinen Hals ist es mir zu thun. O Vetter, wer noch niemals gehängt ist, hat gut schwatzen. Nun ist es mir zwar auch noch nicht begegnet, aber im Hacket habe ich alles selber mit erlebt. Nein, mein Kind, ich bin kein Puritaner mehr, ich bin gar nichts mehr als ein Mensch, der noch gerne länger sein Butterbrot essen möchte.«

»Deine beiden Schreiben«, sagte der Squire, »in denen du deine Richter um Verzeihung bittest, deine Irrtümer bekennst, die Art aufrichtig erzählst, wie du bist verführt worden, und deine Reue so unverkennbar zeigst, haben, das weiß ich, schon die beste Wirkung hervorgebracht.«

»Haben sie das?« rief Arthington entzückt, sprang auf und umarmte seinen Vetter; »o, gesegnet sei dann die Feder, mit der ich schrieb, und dreimal gesegnet die Gans, von welcher diese heilbringende Feder genommen ist! Ach, Gänse, Gänse, Vetter, sie können auch in unsern Tagen noch arme Sünder, wenn auch kein Kapitol mehr retten.«

»Ich bin«, fuhr der Squire fort, »so glücklich gewesen, selbst den Lord Oberschatzmeister Burleigh zu sprechen.«

»Nicht wahr«, sagte Arthington erfreut, »ein ganz vorzüglicher Mann? Ein Mann, dem die Königin mit Recht ihr ganzes Vertrauen schenkt! O, der einsichtvolle, treffliche Minister wird gewiß begreifen, daß England auch glücklich und ruhig sein kann, ohne daß ich meinen armen Hals herzugeben brauche.«

»Er wurde von meinen Vorstellungen gerührt«, sagte der Squire; »ich erzählte ihm – und du mußt mir schon vergeben, Vetter, einem Politiker gegenüber muß man selbst, auch manchmal der Wahrheit zuwider, politisch sein – du habest von je an nur einen schwachen Geist kundgegeben, so sei es dem Verräter gelungen, dich mit seinen thörichten Vorspiegelungen zu berauschen, und dein Unternehmen sei also vielleicht, wenn man sich deiner erbarmen wolle, mehr Narrheit als Verbrechen zu nennen.«

»Recht so, recht so, goldener Vetter!« rief Arthington; »ein Narr bin ich, ein ausgemachter Dummkopf, das sind so die rechten Worte für die Sache. O, du hast eine herrliche Redekunst! Weiß ich es doch, daß du mich von außen und innen kennst. Immer war ich ein Gimpel und Einfaltspinsel, man kann es nicht mehr sein; mache das doch den Herren vom Rate und dem hochverehrten Lord Burleigh so recht klar und deutlich. O Vetter, erinnerst du dich noch, wie ich schon in der Schule das Lesen nicht begreifen konnte? Mit den lateinischen Autoren ging es nachher noch schlimmer. Nichts konnte ich in Mathesi Mathematik kapieren; der korpulente Simplex hieß ich dazumal immer. Rufe doch alle die Streiche in dein Gedächtnis zurück, daß die gütigen Herren mich nur aus dieser Todesangst nehmen.«

»Sie haben deine Bestrafung«, endigte der Squire, »darum noch aufgeschoben, um zu sehen, ob es dir mit deiner Reue und Buße auch wirklich Ernst sei.«

»Kein Ernst«?« rief der Gefangene; »Vetter! sollte mir der Himmel aus diesen Mauern helfen, sieh, so will ich die Regierung, die Königin und ihre Räte so ausbündig lieben, daß es fast eine Schande sein soll. In Disputieren, Denken und Grübeln über Religionssachen will ich mich so wenig einlassen, daß ich eher glaube, mein ganzes Christentum geht von dannen, und ich wandle als ausgemachter Heide umher. Was geht mich denn unsere Kirche mit allen ihren Bischöfen und Zeremonien an? Und wenn sie über die ganze Pauluskirche, oben vom Kreuz des

Turms bis unten hinab ein Chorhemde ziehen, so soll es mich freuen, besonders wenn ich etwa die Leinwand dazu liefern und ihnen verkaufen müßte. Der allerbeste Unterthan in ganz England will ich werden, denn ich fühle dazu die bestimmtesten Anlagen in mir. Nach London will ich auch zeitlebens nicht wieder kommen, denn in solcher großen Stadt wird der einfache Mensch, der lange auf dem Lande gelebt hat, nur gar zu leicht verführt. Jawohl haben sie mich hier zum Apostel der Barmherzigkeit gemacht, daß es zum Erbarmen ist. Vetter Goldmund, gehe nur hin und stelle das alles meinen Richtern vor, so brühwarm, wie ich es dir eben vorgetragen habe, bekehre die Leute mit deinem Feuereifer, daß sie sich das verdammte Hängen und Hinrichten aus dem Sinne schlagen.«

Der Squire verließ den Unglücklichen, der jetzt in seiner Bekehrung fast ebenso thöricht sprach als in seinem vorigen sündhaften Zustande. Er besuchte alle seine Freunde, die einigen Einfluß hatten, und suchte neue zu erwerben, um den armen Wahnsinnigen von seiner Angst zu erlösen und aus seinem Gefängnisse zu befreien. Man schien auch zu glauben, daß für den Pöbel die Bestrafung des einen Aberwitzigen hinreiche, um abzuschrecken, so daß der Squire die Hoffnung fassen konnte, seinem Verwandten, der weder zu leben noch zu sterben geschickt war, bald seine Verzeihung anzukündigen.

Green hatte sich in London wieder eingefunden. Blaß, entstellt, in schlechten Kleidern, mit erloschenen Augen betrat er wieder die Straßen, und alle seine Bekannten verwunderten sich, wie er sich in kurzer Zeit so sehr habe verwandeln können. In dieser Gestalt schritt er zum Erstaunen des Gastwirtes bei diesem ein, setzte sich wieder an jenes Fenster und ließ sich wie damals eine Flasche Wein reichen. Auf alle Fragen des neugierigen Wirtes antwortete er nur mit stummen Bejahen oder Verneinen und trank, so schien es, mehr, um seine trübe Laune nur irgend zu erheitern, als aus Wohlbehagen. Nach einer halben Stunde trat Marlow ebenfalls mit allen Zeichen einer stillen Verzweiflung zu dem Einsamen, ließ sich auch Wein geben und trank in eiligen Zügen, indem er den alten Freund nur obenhin begrüßte, so daß er sich gar nicht darüber zu verwundern schien, diesen wieder nach der Abwesenheit mancher Tage in der Stadt zu erblicken.

Green eröffnete das Gespräch mit den Worten zuerst: »Da wäre ich nun wieder, von Gram zerstört, geplündert und, wie ich es wohl fühle, sterbend. Und so hatte unser Wahrsager, den wir verlachen wollten, wohl recht. Jene Billy, die du auch kennst, zog mich wieder, der ich mich so sicher wähnte, in ihr Netz; sie mußte von meinem Gelde gehört haben. Wir führten einige Tage hindurch, was die Leute ein lustiges Leben nennen; ich hatte die Hölle im Herzen. Nun ist mir wieder wohl, nun ich hier die letzten Schillinge verzehre, nun meine Frau wieder abgereiset ist, nun mein Wohlthäter mich verachtet; jetzt kann ich wieder als Dichter meine Begeisterung erwecken, schaffen, wirken und das in der Phantasie und in Grillen suchen, wofür ich, es im Leben zu finden, kein Geschick besitze.«

Marlow sah ihn mit starren Blicken an, stand auf und ging im Saale auf und ab. »Also du bist nun, Robert«, fing er an, »wieder auf dem alten Flecke? Du ließest dich ja so gut zu einem reputierlichen Manne an; wie ist es denn nun doch so anders gekommen! Du ein Dichter? Wie ein armer Sünder siehst du aus, der dem Gefängnisse mit genauer Not entsprungen ist.«

»Draußen, in Glostershire«, Grafschaft im westlichen England, am untern Severn. sagte Robert, »mußte ich meine guten Kleider lassen, als meine edle Geliebte mit diesen und meinem Gelde davongelaufen war. So, wie du mich siehst, hat mich der Trödler kaum noch für mein weniges Geld ausstaffieren wollen. Es war bei dem allen eine spaßhafte Reise. Wie ich wieder zu der dichterischen Weise gekommen bin? Wie ich nach meiner Bekehrung zur alten Wildheit wieder habe umsatteln mögen? Guter Christoph, als ich in Neapel war, da hatten wir einen so wilden Hengst, daß ihn kein Mensch reiten konnte; der Kräftigste und Geschickteste in unserer Gesellschaft setzte sich hinauf, das Tier rannte mit ihm davon, und er brach den Hals. Ich war in der ganzen Stadt der schlechteste Reiter, ich hatte nie viel von Pferden gehalten und vermied, wo ich nur konnte, auch das sanfteste zu besteigen; gegen die Neckereien und das Gespött meiner Gefährten war ich ganz gleichgültig – aber nun, von dem Halsbrecher aufgemuntert, von aller Welt abgeraten, schwinge ich mich auf das Roß, und somit die Bestie, die schon ohne Anreiz unbändig genug war, mit allen Kräften gepeitscht und gespornt. Wir schossen denn auch wie der Blitz dahin und einen steilen Abhang hinunter, ich lag lange für tot da, und die unsinnige Kreatur hatte zwei von den vier Beinen gebrochen. Sage, Marlow, sind wir es selbst, die solche weise Streiche ausführen? Und wenn wir es nicht sind? – O weh! der Wein widersteht mir auch, er schmeckt bitter.«

Marlow sang, umhergehend, Stellen aus alten Balladen. »Jawohl«, fing Green wieder an, »ist das Leben ein solches unbändiges Roß, diesmal hat es mich so abgeworfen, daß mir alle Rippen erkracht sind. Wie oft bin ich schon mit dem Viehe gestolpert, wie oft ist es mit mir durchgegangen, den Zaum zwischen die Zähne nehmend, aber dennoch habe ich mich niemals auf den Esel der Tugend setzen oder den Wanderstab in die Hand nehmen wollen, um einen einfachen, demütigen Wandel zu führen. O Christoph, Freund, mein Geist ist so abgejagt und müde, alles, woran ich nur denken kann, erscheint mir so abgestanden, schal und nüchtern, daß ich Spaßes halber den ersten armen Sünder zum Narren haben und statt des seinigen meinen Hals in die Schlinge stecken möchte. Hast du auch wohl schon die Empfindung gehabt?«

»Kennst du den Neid?« rief Marlow.

»Nein«, sagte Green. – Es entstand wieder eine Pause, nachher fuhr Marlow tiefsinnig fort: »Vielleicht auch ist es die Bewunderung, die meine Natur nicht ertragen kann. Ich weiß es nicht zu nennen. Bosheit, gemeine Bosheit kann es doch Wohl nicht sein.«

Green hatte sich auch erhoben, und die beiden ganz verstimmten Freunde wandelten verdrüßlich im Saale auf und ab. Plötzlich rief Marlow den Aufwärter und ließ ein Feuer im Kamin anzünden. »Friert dich?« fragte Robert. »Seele und Phantasie sind mir erfroren«, antwortete der mürrische Marlow. Als das Feuer brannte, näherte er sich demselben und ließ aus seinen Taschen ein Blatt nach dem andern in den Kamin fallen. Green hatte es erst nicht beachtet, endlich ging er näher und rief im höchsten Erstaunen, indem er ihm die Hand festhalten wollte: »Wie? das sind ja deine Gedichte! dies ist ja dein neues Trauerspiel! Plagt dich denn der Teufel persönlich?«

»Laß!« rief Marlow, indem er sich den Arm frei machte und das letzte Papier mit Widerwillen in die Flamme schleuderte; »er hat mich geplagt, daß ich mich für einen Dichter, für etwas ganz Besonderes hielt; aber er hat mich nun verlassen, eine Beschwörung vermochte es, mich armen Besessenen von dem bösen Geiste ganz frei zu machen.«

Der erstaunte Green konnte sich in seinem Freunde nicht finden, er betrachtete ihn genauer und wurde nun erst gewahr, wie zerrüttet, wie blaß, ja wie verzweiflungsvoll er aussah. »Mensch!« rief er, vor

Schrecken einen Schritt zurücktretend, »du bist recht ernsthaft krank, der Tod sitzt dir im Auge, wenn es nicht der Wahnsinn ist.«

»Alles gleich«, antwortete Marlow, »mag kommen, was will, ich werde es zu ertragen wissen. – Aber wir wollen uns wieder niedersetzen, und ich will dir die ganze Geschichte umständlich erzählen, denn du mußt ja doch erfahren, weshalb mir so seltsam zu Mute ist.«

Sie rückten die Stühle an den flackernden Kamin, und indem die Flamme, die am Tage mit bleichem Scheine leuchtete, ihren Glanz auf die beiden entstellten Gesichter warf, die mit ermatteten Augen vor sich hinstarrten, war es, als wenn von der Glut zwei Leichname oder Sterbende noch blasser gefärbt würden.

»Gestern abend«, fing Marlow an, »war ich Mitglied eines großen und vornehmen Kreises im Palast des Lord Hunsdon.« Die erste Ausgabe von »Romeo und Julia« (1597) trägt auf dem Titel die Bemerkung, die Tragödie sei in dieser Gestalt »oft und mit großem Beifall durch des Lords Hunsdon Leute (so hieß indes Shakespeares Truppe nur einige Monate 1596 – 97, sonst »des Lord-Kämmerers Leute«, die bis 1585 gewöhnlich im Blackfriarstheater, später im Globetheater spielten) aufgeführt worden«. die » *Lord Chamberlains players*« (bis 1591 »Schauspieler der Königin«) waren neben denen des Lord-Admirals die bedeutendste Schauspielertruppe in London und spielten die meisten Stücke bei Hofe. Zu ihnen gehörte nicht nur Shakespeare, sondern auch der größte englische Schauspieler, Richard Burbage (gest. 1618). Entstanden ist »Romeo und Julia« Anfang der neunziger Jahre.

»Richtig«, sagte Green, »so ist ja endlich dein Wunsch erfüllt worden; auf diese Stunden hattest du dich lange schon gefreut. Ist alles zu deiner Zufriedenheit abgelaufen?«

»So sehr«, erwiderte jener, »daß ich die ganze Nacht kein Auge habe zuthun können. Doch laß mich erzählen, du wirst alles erfahren. Du weißt, daß ich mir einbildete, der Lord würde ein Stück von mir, vielleicht mein neuestes, spielen lassen, und ich sei recht eigentlich dazu eingeladen worden, damit man mich in einem Kreise ausgewählter Zuschauer verherrlichte. Ich hatte mir diese Thorheit so fest in die Gedanken geprägt, daß ich die Artigkeit ganz natürlich fand, mit der mir viele entgegentraten, ja, daß meine Eitelkeit vielmehr glaubte, es geschähe meinen großen Verdiensten noch viel zu wenig.

Als das Stück nun anhob, sah ich Wohl, daß von mir nicht die Rede sei, sondern jenes alte Gedicht Shakespeares unmittelbare Quelle war ein episches Gedicht: »Die tragische Geschichte von Romeus und Juliet, geschrieben zuerst im Italienischen von Bandello und jetzt in England von Arthur Brooke 1562«. das wir alle längst kennen, war zu einer Tragödie verarbeitet, die Liebesgeschichte nämlich und der jämmerliche Tod von Romeo und Julia.

Aber, Freund, welche Tragödie! Schon in den ersten Auftritten diese Wahrheit und Natur, dieser seltsame Eigensinn, Sache und Charaktere gerade so und nicht anders aufzufassen und alles durch den glänzendsten Witz zu verbinden; dann die Leidenschaft selbst, die Poesie der ernsten Szenen, die Liebe, und alle Gefühle rätselhaft, wundervoll, wie volles klares Mondlicht über Feld, Wies' und durch den Wald, alles bis an die Grenze der äußersten Möglichkeit getrieben und dann wieder so gelinde in die ebene Bahn der Wahrheit, des Natürlichen und Gewöhnlichen zurückgeführt, um von neuem durch Wunder zu erstaunen; – ich sage dir, Freund, alles, alles, was wir gedichtet haben, alles, was wir haben von Liebe und Leidenschaft verkündigen wollen, ist nur Stümperei gegen diesen austönenden Mund, den eine göttliche Muse durch den süßesten ihrer Küsse selbst begeistert hat.«

»Du übertreibst«, sagte Green, der den Erzähler mit großen Augen ansah.

»Ich wollte«, erwiderte jener mit einem tiefen Seufzer, »du hättest recht. Nein, Narr, ich wollt' es dennoch nicht, denn so wäre ja diese herrliche neue Schöpfung nicht wie die Liebesgöttin aus dem Schaum der bewegten Wogen der unermeßlichen Dichtkunst und Leidenschaft emporgestiegen. Ja, Freund, ein Nebencharakter, Merkutio, dessen Scherz und Geist, die einzige wundersame Erzählung von der Feenkönigin Mab »Romeo und Julia«, 1. Akt, 4. Szene. ist mehr wert, als was wir je geschrieben haben und schreiben können; was sage ich, wir? Dieser zufällige Nebenjuwel im Kranz des Gedichtes überherrscht an Glanz und Kostbarkeit alles, was man bis jetzt auf dem englischen Theater gehört hat,«

»Sagt' ich's doch«, antwortete Green, »du bist im Fieber.«

»Wo der Selige«, fuhr Marlow fort, ohne sich stören zu lassen, »nur in unsrer düstern Sprache diese lichten Töne gefunden hat? Wie ihm nur die fernsten, ungewöhnlichsten und bedeutsamsten Worte wie gehorsame Kinder entgegenlaufen, und er dann so mit ihnen liebkost und sie im zartesten Tanz regiert, daß Himmelsgeister den Menschen beneiden müssen, der so etwas schaffen oder auch im vollen Entzücken genießen kann?«

»Mein Freund«, sagte Green bewegt, »was du sprichst, ist selber Poesie.«

»Die Rolle des alten Mönchs«, Bruder Lorenzo, ein Franziskaner. sprach der Dichter weiter, »wie ist jedes Wort gefühlt, wie zart, bedeutungsvoll, alles aus seinem Stande hergenommen, und so weich und liebevoll. Und wie wurde sie gespielt! Ein feiner Mann von mittler Größe, mit herrlichen Augen, der aber keine tönende Stimme hat, gab sie in einer so zarten Innigkeit, mit solchem Ausdruck der herzlichen Empfindung, so wahr das Alter, die Furcht des geistlichen Einsamen nachahmend, aber dabei mit solcher Würde, solchem Anstand und Adel, daß ich nur staunen, nur sehen und fühlen konnte und fast aller Worte beraubt war. Als ich nach einer großen Szene einen Nachbar frage, wer dieser herrliche Schauspieler sei, vernehme ich zu meinem doppelten Erstaunen, er sei der Dichter selber, der dieses wundersamste Werk erschaffen habe.«

»Und der ist?«

»Wirst du es glauben, begreifen, Green? Einer von Henslows gewöhnlichen Komödianten, der ihm schon seit einigen Jahren um geringen Lohn dient, der auch schon manches, so sagte man mir, ohne sich zu nennen, hat spielen lassen; ein Name, der niemals ist gehört worden, kurz, ein gewisser Shakespeare.«

»Shakespeare?« wiederholte Green.

»Ein gewisser?« fuhr Marlow fort; »ja, er wird gewiß und immer gewisser derjenige sein, der eine neue große Zeit der Poesie stiftet und begründet. Ja, es muß dahin kommen, daß sein Name der lallenden Zunge des Unmündigen geläufig wird.«

»Mäßige dich nur«, fing Green an; »am Ende ist es denn doch jener Schauspieler, mit welchem uns der einfältige Henslow neulich drohte. Wie ist es nur möglich, daß ein solcher Genius zu diesem Tölpel gerät, und daß er so lange hat verborgen bleiben können! – Doch erzähle weiter.«

»Wie Schmerz und Lust«, sprach der begeisterte Dichter, »verbunden war, wie das Gemeine mit dem Edlen kontrastierte und eins damit wurde, indem es sich gegenseitig bedingte und erklärte, wie der

Übermut des Lebens, Leichtsinn, hohe, göttliche Leidenschaft und klügelnde Vernunft und Übereilung endlich alle, alle, wie auf dem Wege der Vorsehung, in das Grabgewölbe geführt werden, wo in der Dunkelheit des Grauens der Karfunkel des entzündeten Herzens um so zauberischer glimmt, wie endlich Tod und Versöhnung, der höchste Schmerz und die Auslöschung alles irdischen Schmerzes eins waren: das mag ein anderer, dem mehr Redekunst zu Gebote steht, versuchen, in deutliche Worte zu flechten, um die bunte Fülle der Gedanken anschaulich zu machen, die mit tausend Gefühlen zugleich meine erstarrte Seele überströmten. Nur eins für alles; ich habe eine Tragödie, ich habe die Liebe dargestellt gesehen; wonach meine Träume im ängstlichen Schlafe rangen, ist in die klarste Wirklichkeit getreten.«

»Als es nun vorüber war?« fragte Green.

»Ich war vernichtet«, sagte Marlow, »mehr als das, denn nur jener Shakespeare könnte Worte für meinen Zustand finden; mein Schmerz, daß mein Leben so an nichts verschwendet worden, daß ich selber nur Schatten und Rauch sei, spiegelte sich in der Seligkeit des Genusses und im Erkennen des fremden Geistes, und im zurückblitzenden Strahl war mir, als gehöre auch mir im Erkennen diese Herrlichkeit. Herrscht doch auch in diesem Gedichte neben seiner Größe eine so zarte Milde, eine so sanfte Bescheidenheit, ja eine so süße Unschuld blickt, trotz der Ausgelassenheit, hindurch, daß der Verfasser zugleich der beste und liebevollste aller Menschen, daß er bescheiden sein muß; ja er kann nicht anders, denn was hat ein so selig begabter Geist noch zu wünschen auf Erden?«

»Und wenn dein Fieber vorüber ist«, sagte Green, »und wir das Ding beim Lichte besehen, so ist es eine Erscheinung, wie schon manche in unsern Tagen auftrat, bewundert, begafft, unbedingt gepriesen, und an der man denn doch auch die Fehler und Gebrechen erkannte, wenn sie nicht gar vergessen wurde.«

»Das Nämliche«, sagte Marlow heftig, »dieselben Worte flüsterte mir auch mein niederträchtiger Neid ein, als ich das allgemeine Entzücken, die tiefe Rührung aller Zuschauer bemerkte. Ich wollte mich damit trösten und selber auf eine armselige Art wieder zu Ehren kommen. Ich flüchtete mich aus der Gesellschaft, und der Haushofmeister, der als Einhelfer gedient hatte, gab mir das Manuskript. Oben in einem einsamen Zimmer saß ich und las die ganze Nacht und las wieder und mußte immer mehr bewundern, denn manches, was mir zufällig oder überflüssig erschienen war, gewann nun, bei genauerer Prüfung, an Bedeutsamkeit und notwendiger Fülle. Dieser gute Haushofmeister gab mir noch ein anderes Gedicht, welches der Verfasser noch nicht ganz vollendet hat, ›Venus und Adonis‹, um es in meiner nächtlichen Muße zu lesen. Freund! auch hier, auch in dieser süßen Erzählung, in dieser weichen Sprache und der wollüstigen Schilderung – in diesem berauschenden Gebiete, wo ich mich bis jetzt nach einem mir nur Ähnlichen umsah – bin ich völlig, völlig geschlagen! O diesem Mann, der mehr als ein Sterblicher, ihm, das fühl' ich wie mein Leben, muß ich der innigste Freund oder der allerbitterste Feind werden. Entweder ich finde noch einen Weg neben ihm aus, oder ich erliege diesem Apollo, und er mag dann über meiner dahingestreckten Leiche die letzten rühmenden oder scheltenden Worte sprechen.«

Meres, *Francis Meres*, angesehener Publizist, verfaßte ein litterargeschichtliches Werk: »*Palladis Tamia*«, d. h. Schaffnerin der Pallas (1598), welches in dem Abschnitt »Diskurs über unsre englischen Dichter im Vergleich mit den griechischen, lateinischen und italienischen Dichtern« auch einige historisch sehr wichtige Sätze über Shakespeares Dichtungen enthält. ein Mann von einigen dreißig Jahren, trat jetzt zu ihnen in den Saal. Er war ebenfalls in der gestrigen Gesellschaft des Lords gewesen, und die Rede kam natürlich auf die neueste Tragödie. Meres rühmte sie ebenfalls, wenngleich nicht mit so kühnen Worten, als der feurige, aufgeregte Marlow, und fügte dann hinzu, daß er schon seit einigen Wochen die Bekanntschaft dieses Shakespeare gemacht habe. Er lobte dessen Bescheidenheit und Fleiß sowie seine milden, gefälligen Sitten. Indem er ihn noch schilderte, rief er plötzlich: »Dort kommt er, gerade hier auf das Haus zu, und mit ihm geht der junge Graf Southampton.«

Marlow stürzte an das Fenster, Green eilte ihm nach, und beiden entfuhr zugleich der Ausruf, denn ihnen war, als hätten sie ein Gespenst gesehen: »Unser Schreiber!« – Marlow schlug sich mit der flachen Hand heftig vor die Stirn, bedeckte dann beide Augen mit den Händen und taumelte in seinen Sessel zurück. Green beobachtete bewegt, aber doch mit mehr Ruhe, die beiden Vorübergehenden. Shakespeare war in Seide, bunt und festlich gekleidet, der junge, freundliche Graf nahm jetzt Abschied, weil die Diener ihm sein Pferd brachten. Der Dichter trat zurück und verneigte sich ehrerbietig. »Nicht so!« rief Southampton, indem er ihm die Hand bot, die der Dichter herzlich schüttelte, worauf ihn der Graf umarmte.

»Er kommt doch nicht, nicht hieher?« rief Marlow ganz außer sich.

»Nein«, sagte Green, »er geht nach jener Ecke; ein Bekannter, ein vornehmer Mann, wie es scheint, hat ihn zu sich gerufen.«

»Dem Himmel sei Dank!« sagte Marlow mit einem schweren Seufzer; »jetzt hätt' ich seinen Anblick, sein Gespräch nicht ertragen können.«

»Warum denn nicht?« antwortete Meres, »er ist freundlich und bescheiden; Ihr müßt ihn nicht verachten, teurer Marlow.«

»Verachten?« sprach der Dichter durch die zusammengepreßten Lippen. »Ich – ihn verachten?« Er stürzte hinaus, aber Meres blickte ihm so erstaunt nach, daß er einer Bildsäule gleich im Saale stand, denn er hatte gesehen, wie dem bleichen Marlow eine große Thräne aus den brennenden Augen gefallen war.

Auch Green ging gedankenvoll und mit gebrochenem Herzen nach seiner kleinen Wohnung, wo er den alten Wirt wieder hatte aufsuchen müssen, der ihm schon sonst, so arm er selbst war, mitleidig ausgeholfen, und dem er aus Leichtsinn die Summe noch nicht bezahlt hatte, die er dem Unglücklichen schon seit lange war schuldig geblieben.

*

Green hatte sich auf sein ärmliches Lager geworfen, aber nicht schlafen können. Er fühlte jetzt erst, was er eingebüßt, sein Herz war seit kurzem zu einem neuen Glück mit frischer Kraft erwacht und nun um so schmerzhafter gebrochen. In der langen Entfernung und im unvermuteten Wiederfinden hatte er es selbst nun erfahren müssen, wie innig er an seiner Gattin hänge, mit welcher bittersüßen Empfindung er sein Kind liebe. Alles dies hatte er noch gewaltsamer als ehemals von sich gestoßen, die verächtliche Buhlerin hatte ihn schmählicher als je behandelt, so tief, so ohne Widerhall von einem guten und beruhigenden Gefühle hatte er sich noch niemals verachtet. Er wendete sich mit Ekel von der widrigen Zerrüttung seines Innern ab und konnte doch, mochte er auch durch alle Tiefen seines Wesens suchen, jenen Leichtsinn nicht wiederfinden, der ihn in frühern Tagen, auch im herbesten Unglück, bis zum Mutwillen emporgehoben. Nun hatte Marlows Erzählung ihn tiefer erschüttert, als er sich selber gestehen mochte; die leuchtenden Gebilde, die vorher über seinem düstern Lebenslaufe anmutig gegaukelt hatten, verloren ihren erborgten

Schimmer, und die Ahndung drohte in Erfüllung zu gehen, daß sein Wirken und seine Schriften nur ein vorüberschießender Glanz, wie eines nächtlichen Meteores, seien, ohne wahren Geist und Inhalt, daß Bessere kommen würden, die ihn und sein Andenken völlig auslöschten.

Gegen Morgen war er aufgestanden, um zu schreiben. »So will ich denn diese unnütze Feder doch noch einmal zur Hand nehmen«, sagte er zu sich selbst. »Dichten? – Ich vermag es nicht. So willig mir sonst die Bilder und Gedanken entgegenkamen, so daß ich oft nicht schnell genug niederschreiben konnte, was sich mir anbot, so stumpf, matt, farblos ist mir die innere wie die äußere Welt. Ach nein! sterben mag für den nichts Schreckliches sein, der wahrhaft gelebt hat; aber tot sein, indes dieser Leichnam sich noch regt, ist furchtbar. – Hinweg denn, du Erinnerung an meine Jugend, an Liebe und Glück, Hoffnung und Frühling! Ich habe hier und dort nichts mehr mit euch zu schaffen, – Liebe? Ha, wie kann der ein anderes Wesen lieben, der sich selber nicht zu lieben versteht? War denn die ganze Richtung meines Lebens, mein ganzes Bestreben etwas anders, als mich zum Hasse gegen mich selbst zu erziehen? O wohl dem, der sich noch in den Abgrund schrecklicher Gefühle und Ahndungen tauchen kann, dem aus seinem gequälten Innern noch Schauder entgegentreten, der selbst im Labyrinth seines Herzen noch mit dem Ungeheuer Verzweiflung ringt! – Aber so wie oben Luft und blauer Himmel, Baum und Berg abgestorben und verschwunden ist, so ist mir auch jene nächtliche Tiefe versunken, und was ich sonst mein Inneres nannte, ist weder außen noch innen, ist nur eine kahle, dürre, nichtige Fläche. Mein Leben ist weniger als ein Possenspiel, nüchterner als das Erwachen nach einem Rausch, und mein Tod wie das Vergehen der Fliege an der Wand, ein Verhauchen, spurlos und geräuschlos, kein Wesen wird mich vermissen, auch der schwächsten Seele wird nicht nach mir bangen: ich war tot, längst eh' ich gestorben war.«

Er schrieb einige moralische Betrachtungen Vgl. Anmerkung, S. 118. nieder, um sich zu entfliehen, um sich zu suchen: denn er hatte die Empfindung, als wenn seine Hand sich nur in den gewohnten Zeichen bewege, als wenn die brennenden Gefühle im Bache untertauchten und plätscherten, um sich abzukühlen. Spät kam sein alter bleicher Wirt herauf und stellte ihm ein kleines Frühstück hin. »Ihr habt nicht gerufen, Herr Green, da kam ich von selbst, weil es schon spät ist;« so sagte er und wollte sich wieder entfernen.

»Green?« sagte der Schreibende, indem er vom Blatte aufsah, »Green? – Der ist nicht hier – ach, lieber Alter, der ist längst, längst in alle Fernen hinein verschwunden; was hier sitzt, ist nur noch ein leeres, hohles Gespenst, dem kein Geist inwohnt, ein Trugbild, das sich lebendig stellt. Jener Green war ein anderer und besserer als dieses Phantom. Du kommst viel zu spät, wenn du jenen suchst.«

»Gott im Himmel!« rief der Alte entsetzt – »wie seht Ihr aus! Wie bleich! Und wie brennend Euer Auge! Ihr seid krank, Ihr habt ein schlimmes Fieber. Soll ich den Doktor holen? Lieber Himmel! wovon den Arzt nur bezahlen? Ach, und Ihr armer Mann seid mir schon viel schuldig, und ich habe auch nichts mehr.«

»Beruhige dich, Alter«, sagte Green, »sterben werde ich, ja, und recht bald, aber nicht krank sein. Mein Leben war meine Krankheit. Und um deine zehn Pfund sorge nicht, ich habe dir hier schon einen Brief an sie geschrieben, sie wird dir gewiß bezahlen.«

»Es wäre«, rief der Alte, »als wenn ich einen Schatz fände, denn Ihr wißt ja selbst, wie es mir kaum möglich wurde, nach und nach so viel auflaufen zu lassen; nun wollen mir die Leute auch nicht mehr vertrauen; ach! und wenn ich im Gefängnis umkommen sollte, es wäre doch allzu hart. Ich habe es alles aus Liebe zu Euch gethan, da Euch die andern Wirte nicht mehr einnehmen wollten, da Euch weder Garkoch noch Weinschenk mehr borgen mochte; seid Ihr doch so ein guter, lieber Mann und so gelehrt, und doch so sanft und gegen die Armut und den gemeinen Mann so bescheiden und mitleidig; das Herz hat sich mir immer umgewendet, wenn ich Euren Mangel so ansehen mußte. Ja, ja, es muß wohl wahr sein, daß das hiesige bittere und verwirrte Leben nur eine Prüfung ist, nur ein Durchgang, wie unsere Geistlichen sagen. Ach! liebster Herr Green, soll ich Euch nicht meinen Beichtvater rufen? Seht, Ihr wankt auf den Füßen, Ihr werdet immer hinfälliger.«

»Nein!« rief Green, indem er sich ermattet wieder auf das Lager warf; »aber, wenn du noch eins, das letzte für mich thun willst, so schaffe mir nur noch einen Becher von dem starken spanischen Wein, den ich immer so gern zu trinken pflegte, er soll meinen Geist mir etwas wieder zurückrufen.«

Der dienstwillige Alte ging, und Green versank in eine sonderbare Träumerei. Er dünkte sich wieder in Malaga zu sein, als wenn er, wie in der Jugend, zuerst diese entzückende Gegend mit staunenden Augen betrachtete. Die Wände des Zimmers wichen zurück, um den Weingebirgen, der blauen Luft und dem weiten Blicke über das glänzende Meer Raum zu geben. Er hörte die Winzerlieder klingen und den wunderlichen Ton des wollüstigen Fandango. Spanischer Nationaltanz mit Kastagnettenbegleitung. Er sah seiner eignen Seele zu, wie sie sich ergötzte, in das Meer aller dieser Freuden untertauchte und schwimmend in der reinsten Lust spielte und scherzte. Als der Alte wiederkam, fand er den Kranken schlummernd und ein holdseliges Lächeln auf den erblaßten Lippen. Er stellte den duftenden Wein auf den Tisch und setzte sich an das Bett, um innig für den Leidenden zu beten. Heiter erwachte dieser, gab seinem treuherzigen Wirte die Hand und genoß die Labung. »Dies war«, sagte er dann, »das letzte, was mir dieses Leben bieten konnte, in diesem Duft, in dieser Würze des Geschmacks haben mich nun zum letztenmal die geheimnisvollen Geister der Natur begrüßt und gelabt; sowie mein Gaumen erstarrt, mein Leben dort erstorben ist, sind diese Naturgeister für mich tot, aber in meinen stilleren Kräften, so fühle ich, blühen dann Sinne auf, die mir aus Flut und Licht, Erinnerung und Sehnsucht die volle, glänzende Traube pressen und den echten Wein des Lebens keltern. O wie süß fährt auf dem sanften Strom der Phantasieen meine Seele hold eingewiegt ihrer Heimat zu! Hörst du die Nachtigall aus den blühenden Mandelbäumen am grün bewachsenen Fels? Dort von Xerez weht der Ton herüber, und volle Chöre antworten sich aus den Lorbeerhainen. Gelobt sei Gott, der alles schuf und dichtete!«
Der Alte weinte und freute sich, daß das Ende seines unglücklichen Freundes so sanft und heiter sei. Da trat der Squire in das Zimmer, der es doch nicht lassen konnte, um den Verlornen zu sorgen. Er war erschüttert, als er den sanften, freundlichen Ausdruck des Sterbenden sah. »Armer, lieber, guter, unglücklicher Mann!« rief er, indem ihm die Thränen aus den Augen brachen, »gebt mir Eure Hand! – Sie ist kalt – was, was kann ich für Euch thun?«
»Alles kommt zu spät«, sagte Green lächelnd. »Ihr seid edel und freundlich; – laßt diesen letzten Händedruck mein Testament sein; – zahlt diesem armen Alten meine Schuld, verzinset ihm noch obenein seine Liebe, die ich nicht verdiente und noch weniger vergelten konnte;

– helft, wenn es möglich ist, meiner Emmy und meinem Kinde« – –
Mit diesen letzten Worten war er entschlafen.

Weinend und schluchzend umarmte der Squire den alten greisen
Wärter. Er gab ihm mehr, als dieser oder Green hatte erwarten können.
Still ward die Leiche des Unglücklichen auf dem Kirchhofe beigesetzt.
Erst am Tage des Begräbnisses erfuhren seine ehemaligen Freunde den
Tod des Dichters. Greene starb am 3. September 1592, etwa 35 Jahre
alt.

Der Squire hatte es möglich gemacht, seinem Vetter die Freiheit zu
verschaffen. Die Richter sahen es ein, daß Arthington mehr ein Thor
als ein Verbrecher genannt werden müsse. Wie ein Kind gebärdete sich
dieser, als er zuerst wieder die freie Luft begrüßen durfte. Er jauchzte
im Gefühl des neu geschenkten Daseins, er konnte es nicht müde
werden, alles, was ihm mit dem Leben gegeben war, sich ins
Bewußtsein zu rufen.»Nun will ich weise sein«, rief er aus; »künftig,
Vetter, sollt Ihr mich keinen Narren mehr schelten; jetzt weiß ich, an
welchem schwachen Faden unsre Stunden hangen, die uns gesponnen
sind; jetzt will ich mich fortan um nichts kümmern, als mit Verstand
jede Minute zu genießen, bis ich dann abgerufen werde.«

Sein Verwandter hatte ihn in Deptford eingemietet, damit er der
lästigen Neugier Londons dort entzogen werde. Er selbst schrieb
Greens Ende, das ihn tief erschüttert hatte, der Frau, die sich bei ihren
Eltern befand, er zeigte seine ganze Teilnahme, meldete, wie er allen
Groll gegen den Gestorbenen habe fahren lassen, dessen treffliche
Eigenschaften und große Talente er lobte, was er um so lieber that, so
sehr es auch aus seinem Herzen floß, weil er dadurch das feine Gefühl
der Frau schonte und beruhigte. Er sagte am Schluß, daß er nach
verflossenem Trauerjahre bei ihr anfragen würde, ob sie ihn für den
schönen Knaben als Versorger und schützenden Vater annehmen
könne; bis dahin aber wolle er, um ihr auf keine Weise weh zu thun,
ihren Anblick vermeiden, der ihm außerdem höchst wohlthuend sein
würde. In der Stadt hatte er noch einiges zu besorgen; dann dachte er
mit seinen Pferden den Vetter von Deptford abzuholen, um in dessen
Gesellschaft nach Yorkshire zurück zu reisen.

Marlow wurde indessen, wie von einem bösen Geist geplagt, in Unruhe
umhergetrieben. Er war jetzt nach Deptford gegangen, um seine
ungetreue Schöne, sei es nun in der Güte oder durch Gewalt, zu sehen

und ihr das vielfältige Unrecht vorzuhalten, das sie sich gegen ihn zu schulden kommen lasse. Der Tag der nun folgenden Handlung, nach Tiecks Darstellung in dieselbe Woche wie Greenes Tod fallend, war eigentlich der 1. Juni 1593. Marlowe wurde nur 30 Jahre alt. So schritt er unter den Bäumen des Ortes auf und ab, immer die Thüre im Auge behaltend, die ihm so hartnäckig verschlossen war. – »Also, Green«, sagte er zu sich selbst, indem er sich in seinen Mantel hüllte, »du bist nun auch dahin! du guter, freundlicher, leichtsinniger und doch edler Freund! Wie werden diese Puritaner und jene aufgesteiften Tugendhaften dein Andenken lästern, die niemals das klare Angesicht der Wahrheit gesehen, denen niemals die freie Schönheit, auch mit dem Unerlaubten ringend, erschienen ist; die sich mit der kläglichen Heuchelei und der selbstbewußten Lüge abfinden müssen, um nur ihr nichtiges Dasein und ihre verdorbene Phantasie mit nachgemachten künstlichen Blumen aufzuputzen!«

Jetzt glaubte er eine Gestalt zu bemerken, die sich am Fenster hinter den zugezogenen Vorhängen bewege. – »Welch ein Nichtswürdiger bin ich!« sagte er verdrossen zu sich und stampfte mit dem Fuße; »wie ein Lakai, der seinen Herrn erwarten muß, wandle ich hier auf und ab, um ein Wesen zu belauschen, von dem ich weiß, daß sie eine Metze ist, daß sie nichts Besseres war, als ich sie kennen lernte; die mich mit Recht verlacht, wenn sie meinen Zorn sieht. – Eine feine Rolle für den großen Geist, für den ersten Dichter seiner Zeit, wie du dich seit so lange selber nanntest! – Aber freilich, Lakai, Nachtreter, armer Diener bist du ja auch jenem nur, den du nun hast kennen lernen. – Derselbe Mann, den du in deiner Blindheit so hochfahrend behandeltest – wenn er dich jetzt sähe, wenn er in dein Herz blicken könnte, von welchen Erbärmlichkeiten es in diesen Augenblicken zerrissen ist! – Aber, ist er nicht Mensch? Er würde mich bedauern – nein, er würde mich verstehen, und das ist mehr. – Aber ich will sie auch verlassen, vergessen, verachten. Sei jede Leidenschaft auch rasend und eben durch ihren Wahnsinn nur Leidenschaft, so ist doch etwas in mir, was auch mit der wildesten ringen und kämpfen kann. Konnte der zweite Mahomed *Mohamed* II. *Bujuk*, d.h. der Große, türkischer Sultan 1451-81, der Eroberer Konstantinopels (1453). seinem Ruhm, seinem Heer das Opfer bringen, daß er mit eigner Hand, in Gegenwart der Freunde, seiner Geliebten, die er anbetete, das Haupt abschlug – und sie war keine feile Buhldirne, sie war edel und liebte ihn mit ihrem

Herzensblut; – ist es nicht schimpflich, feige und mehr als lächerlich, daß ich um eine solche hier wie ein irrender Ritter kreuze? Wenn ich so löblich fortfahre, so weine ich auch noch um sie. Hinweg! und verdammt sei jedes Gefühl, das zu ihr neigt, jeder Blick, der sich zurückwendet!«

Mit diesem Entschlusse kehrte er rasch um nach der großen Straße, doch sowie er sich drehte, sah er die wohlbekannte Alte, die Aufwärterin Fannys, die sich behutsam und oft umblickend dem Hause näherte und, von der Seite schielend, die Thür aufschloß. Kaum hatte sie geöffnet, als der rasche Marlow sie schon übereilt hatte und sie selbst, noch ehe sie von innen verriegeln konnte, kräftig in den Flur stieß, mit drohender Gebärde Stillschweigen gebot und die zweite Thür, deren Schloß nicht sonderlich fest war, durch einen kräftigen Stoß eröffnete. Sowie er eingedrungen war, erscholl vom Lager her ein lauter Schrei, die Leichtfertige zeigte sich ihm selbst, in den Armen Ingerams, des Pagen jenes Squire.

In blinder Wut stürzte Marlow auf die Erschreckten. Der junge Mensch schlüpfte hinter das Bett, doch Fanny war nicht so leicht zu verschüchtern, sie trat dem Zornigen dreist entgegen und fragte mit ziemlich ruhiger Stimme: »Was willst du, Stoffel?«

»Dich beschämen«, rief Marlow, »dich bestrafen, du Schändliche!«

»Beschämen«, sagte sie mit der Fassung der Frechheit, »dürfte dir vielleicht etwas schwer fallen – und bestrafen? – Wofür? Daß ich dir angehörte, solange es uns beiden bequem war, ist wohl ganz natürlich; aber wie oft hast du mich verlassen und dein Vergnügen bei andern gesucht, ohne daß ich dich deshalb zur Rechenschaft ziehen durfte? Und ich soll nicht das Recht haben, zu wechseln? Bin ich deine Sklavin? Hast du mich erkauft? Habe ich dir jemals geschworen, daß mir kein anderer Mann gefallen sollte, wie sie es in ihren Ehebündnissen machen?«

»Ein Mann!« stotterte Marlow schäumend vor Wut; »kannst du diesen Buben, diesen verächtlichen Knaben so nennen?«

»Kurzum«, rief sie aus, »wenn er mir nun gefällt! Und weißt du denn, ob dieser liebe, hübsche Junge nicht mehr für mich gethan hat, als du nur jemals wolltest oder vermochtest? Er hat mir zuliebe den besten Herrn von der Welt verlassen, der ihn befördern, der ihn im Alter reichlich versorgen konnte; statt sich in seinem Dienst zu verbessern, hat er sich so sehr verschlimmert, daß er dort im Wirtshause an der

Straße ein gemeiner Aufwärter geworden ist; alles nur aus reiner Liebe und Ergebenheit zu meiner Person. Kannst du für dich etwas Ähnliches anführen? Und endlich, so hoch trägt ihn sein unschuldiges Herz, will er mich aus wahrer Zärtlichkeit heiraten und zu seiner rechtmäßigen Frau machen, nicht wahr, Ingeram? Wenn du nur irgend noch, du zorniger Stoffel, ein zärtliches Gefühl für mich hast, kannst du dann wohl mein Glück hindern wollen? Kannst du darüber böse sein, wenn unter dem Gelde, mit welchem wir uns einrichten wollen, sich auch einige Engel Alte englische Goldmünze (angel) im Werte von 10 Shilling; der Name rührt von dem Gepräge her. von dir befinden? Oder die schöne goldene Kette, die du mir einmal in einer schwachen Stunde geschenkt hast?«

»Ruchlose! Unverschämte!« schrie Marlow laut.

Ingeram trat jetzt hervor und sagte: »Laßt meine Frau in Ruhe! Nein, das sage ich Euch, ich lasse meine Frau nicht so schimpfen, sie soll nicht so bedroht werden, sag' ich Euch, ich!«

»Wurm!« rief der Dichter; »Knabe!« – Er zog seinen Dolch.

»Laßt den Dolch stecken, Herr«, rief Ingeram, jetzt ganz mutig gemacht. »Wir lassen hier in unserm Hause keine Waffen ziehen, und wenn sie auch noch so blank sind. Wenn ich damals vor Euch zitterte, als ich Euch den Wein überreichen mußte, so hat sich das jetzt ganz gewaltig geändert. Wir sind in einem freien Lande hier. Keiner von uns beiden ist Euer Sklave, Ihr barscher Herr!«

Dergleichen Worte waren dem jähzornigen, ungebändigten Manne noch von keinem Sterblichen geboten worden; die Furie ergriff ihn, und sein Gesicht wurde furchtbar entstellt; mit geschwungenem Dolche stürzte er auf den Burschen zu, doch dieser, ohne sich erschrecken zu lassen, fiel ihm in den Arm, hielt diesen mit aller seiner Kraft fest, so daß der Dolch in der Luft schwebte, dann drehte er die Spitze mit der andern Hand gewaltsam abwärts und schlüpfte hierauf behende unter dem aufgehobenen Arme des Feindes hinweg, so daß Marlow, der sich zornig gegen ihn stemmte, plötzlich niederstürzte und im Fallen den umgewendeten Dolch sich tief in Auge und Gehirn einbohrte. Er schrie laut auf, indem ihn das Bewußtsein verließ und über Bett und Kammer ein dunkler Strom des Blutes floß. Auch das Mädchen erhob jetzt ihre Klage, und die dienende Alte stimmte in das gellende Geschrei, so daß die andringende Menge die Thüren aufriß und das Volk, da es den Ermordeten liegen sah, sogleich die

Gerichtsdiener holte. Ingeram ward gefesselt, so sehr er sich auch verteidigte und Schutz bei allen Anwesenden suchte. Unter diesen befand sich auch Arthington und der Squire, die das Geschrei ebenfalls herbeigerufen hatte. »Auf diese Weise«, sagte der letztere, »hast du in London so schnell deine Bestimmung gefunden? Ein Mörder und Missethäter, der dem Galgen so jung verfallen ist? Was werden deine Eltern in Yorkshire sagen?«

»Ich bin unschuldig«, rief Ingeram, »wenn der Tote nur reden könnte; seht nur seinen eignen Dolch in seiner Faust; Notwehr ist in keinem Gesetz verboten. Dann ist er gestolpert und hat sich die Schneide ins Auge gestoßen.«

Dasselbe beteuerte das weinende Mädchen, aber mehr als alles entschied die Aussage des Sterbenden selbst, der sich noch einmal ermunterte, um allen Umstehenden den Vorfall zu erzählen und die Unschuld des Knaben an seinem Tode darzuthun. – »Himmel!« rief er am Schluß seiner Erzählung, »wen sieht mein mattes, sterbendes Auge? Oder sind es schon die Gestalten meines Innern? Du, gerade du hier, der Dichter, der Unsterbliche, – und –«

Shakespeare war es wirklich, dessen gerührtes, mildes Antlitz sich jetzt über den Verscheidenden neigte. Er war mit Southampton hinaus gewandelt, und beide Freunde kamen jetzt zu dieser traurigen Szene. »O, welch neidisches Verhängnis«, sagte Shakespeare, »raubt uns so früh diesen großen, starken Geist! Wo lebt noch ein wahrer Dichter wie dieser? Und welche Hoffnungen, welche edlen Werke sinken mit ihm in sein unzeitiges Grab!«

Er hatte die Hand des Sterbenden gefaßt, dieser sah ihn jetzt mit brechendem Auge an und sagte stammelnd: »Diese Worte von dir – ich habe nicht umsonst gelebt,«

Das schöne, helle Auge Southamptons vergoß häufige Thränen, alle standen stumm und in feierlicher Rührung um den schönen Leichnam. Der Squire maß den trauernden Dichter, den er sogleich wiedererkannt hatte, mit großen Blicken, doch konnte er im Schluchzen keine Worte finden, um die Rührung und den Schmerz auszudrücken, daß sein verehrter Liebling so früh und auf so furchtbare Weise seine irdische Laufbahn hatte endigen müssen.

Dichterleben.

Zweiter Theil.

(Der Dichter und sein Freund.)
1831.

An einem warmen und heitern Sommertage stand der Wirth zur Krone in Oxford in der Thür seines großen Hauses, um die Kühlung zu genießen. Die Studirenden wandelten in ihren Mänteln im Schatten der Häuser, um sich vor der Stadt zu ergötzen. Ein großer lebhafter Mann, in der schwarzen Tracht des Gelehrten, kam mit eiligen Schritten die Straße herunter und blieb vor dem alten ehrsamen Bürger stehn, indem er sagte: Euer Haus ist wieder leer, guter Mann, und es reisen nur wenige Menschen jetzt.

Nicht immer kann alles gleich seyn, erwiederte der Wirth, eine große Feierlichkeit der Universität, eine Reise unsrer Königin Elisabeth, ein Fest in der Nähe, bringt dann einmal wieder alles doppelt und dreifach ein.

Man sagt, erwiederte der Gelehrte, es soll wieder eine Krankheit, eine ansteckende, und ein großes Sterben in London ausgebrochen seyn, da werden sich wohl viele vom Adel und der reichen Bürgerschaft auf das Land hinaus begeben, und Eurer Krone wird es nicht an Gästen fehlen.

Ihr sprecht aber gar nicht mehr bei uns ein, verehrter Herr Cuffe, antwortete der Gastwirth: sonst versammeltet Ihr Euch so oft bei mir mit andern gelehrten Herren, und nebenher, daß ich schöne Kronen verdiente, erhört' ich noch so manches gelehrte Wort bei der Aufwartung, so manchen Gedanken über Kirche und Staat, vielfältige Nachricht vom Zustand der Dinge in Europa, daß diese Abende zu den frohesten meines Lebens gehören. Auch könnt Ihr mir nicht nachsagen, daß ich mich aufgedrängt hätte, wenn ich merkte, Ihr wolltet allein seyn, und noch weniger, daß ich an andere dumme Menschen das verschwatzt, was ich von Euch lernte.

Der Gelehrte, welcher das Ansehn eines Mannes von einigen dreißig Jahren hatte, schien plötzlich verdrüßlich zu werden, denn er grüßte einen Professor, der so eben vorüber ging, kaum, und sagte dann mit finstrer Miene: seht, Freund, seit ich auch Professor geworden bin, ist meine Jugend und mit ihr mein Frohsinn verschwunden.

Wie vielen Verdruß ich schon überstanden habe, daß ich nicht seyn kann wie meine ältern und jüngern Collegen, wißt Ihr selbst. Ist man einmal verhaßt oder beneidet, so weiß der lauernde Argwohn aus den gleichgültigsten Dingen etwas Verdächtiges heraus zu lesen; jeder Einfall, jeder Scherz wird dann wieder erzählt, durch Zusätze entstellt, den Vorgesetzten und Protektoren mit höhnischen Bemerkungen mitgetheilt, und man ist gefährlich, gottlos, Verläumder, bittrer Satiriker – und, was weiß ich, Alles, – bloß, weil man so ganz natürlich sich hat gehn lassen, und seiner augenblicklichen Laune ohne Berechnung nachgegeben. Gehe ich mit den älteren Herren wie mit meines Gleichen um, so nennen sie mich anmaßend: thu' ich dasselbe mit den jüngern, oder gar den Studirenden. so will ich mir eine Parthei machen, so will ich sie wohl gar gegen diesen und jenen aufwiegeln.

Die Erhöhung des Standes, sagte der Wirth bedächtig, die Autorität erfordert freilich Zwang und Einschränkung, und wie ich mich dazumal verheirathete und Bürger hier in Oxford wurde, habe ich auch erfahren, wie schwer es mir in den ersten Monaten wurde, mich mit einer gewissen Würde zu betragen, denn es ist wie ein Spiel, das man lernen muß, diesen Schein, diese Aeußerlichkeit sich zu eigen zu machen. Hat man das Ding erst weg, so muß man sich nur hüten, nicht des Guten zu viel zu thun, und darinnen zu schwelgen, denn es ist doch nichts so anmuthig und bequem, als sich vor den Leuten ein rechtes Ansehn zu geben, daß sie sich gleichsam fürchten, und Gedanken, Einsicht und treffliches Wissen in so einem armen Kopf, wie der meinige ist, vermuthen, bloß weil er vorn im Gesicht ein Aushängeschild von Weisheit und Tugend mit großen Buchstaben schweben läßt.

Hübsch und wahr, sagte der Professor; doch werde ich mir niemals ein solches Bierzeichen malen lassen. Schade um die Wand, die dadurch entstellt wird. – Doch gebt uns, Freund, heut Abend das große Zimmer, denn ich denke mit einigen frohen Leuten mir einmal wieder eine gute Stunde zu machen.

Der Professor entfernte sich und der Wirth schmunzelte und sagte für sich: vielleicht ist denn diese Herablassung auch nur eine andere Art des gelehrten Hochmuthes. Ohne Eitelkeit und Hoffarth lebt denn doch fast kein Mensch, wie das die tägliche Erfahrung giebt, und zu wissen, wo die Eitelkeit dieses und jenes liegt, ob in der Autorität, oder in der

Gelehrsamkeit, oder in der Schönheit und im Reichthum, heißt den Menschen schon großentheils erkannt haben.

Ein klepperndes Pferd, dessen Gang Müdigkeit ankündigte, ließ sich vernehmen. Bald ward der Reiter sichtbar, der sich bemühte, seinem Pferde neuen Muth einzuspornen, doch konnte er es nicht möglich machen, anders, als in einem Trab, der fast ein lahmer Paß war, vor dem Gasthof anzulangen. Er hielt; ein Aufwärter half ihm vom Roß, das der Diener sogleich in den Stall führte.

Der Fremde war vom Reiten erhitzt, er schien ein Mann von ohngefähr dreißig Jahren, war von mittlerer Größe, schlank gebaut und von freundlichem Wesen. Als der Wirth ihn begrüßte und der Gast den Hut abnahm, zeigte sich eine freie, heitre Stirn, von schlichten, dunkel-braunen Haaren umlegt. Im Verhältniß zum wohlgebauten Körper erschienen die Beine fast um etwas zu dünn; auch war der Tritt und Gang nicht so kräftig, als man dem sonst rüstigen Manne zutraute.

Es macht heiß, sagte der Wirth, und nach dem Roß zu urtheilen, habt Ihr, geehrter Herr, heut schon eine weite Tagereise gemacht.

Das Roß, erwiederte jener, ist nicht von den stärksten und schnellsten, aber freilich hat es arbeiten müssen, denn ich habe vorgestern um Mittag erst London verlassen. Räumet mir, wenn Ihr könnt, zwei Zimmer ein, denn ein Freund von mir wird heut noch eintreffen, und laßt meinen Mantelsack auf meine Stube bringen.

Der Wirth verbeugte sich, und trat schnell in das Haus, um den Auftrag auszurichten. Der Fremde stand noch lange und betrachtete sinnend die Gebäude und die Stadt, dann ging er wie tiefdenkend vor dem Hause auf und ab, und schritt endlich langsam die Treppe hinauf, um sein Gemach aufzusuchen.

Nun? – sagte der Wirth im untern Zimmer zu einem magern, hochgewachsenen alten Mann, dessen Antlitz blaß und eingefallen war, die Lippen waren ihm so schmal, daß sie sich kaum zeigen konnten, und die kleinen Augen, von denen das rechte etwas schielte, funkelten mit blitzendem Feuer aus der blassen Maske des Gesichtes – nun? alter Baptista, wie Ihr Euch am liebsten nennen hört, guter Freund und großer Philosoph, der Ihr alle Menschen aus dem Aeußern, Gesicht, Händen, Haltung, Gang und Mienen erkennen wollt: – was urtheilt Ihr von unserm so eben eingekehrten Fremden, den wir beide so genau beobachtet haben?

Die hagre Gestalt stemmte den Ellbogen auf, und legte das eingefallene Gesicht in die Hand, indem er lange die Decke des Zimmers anstarrte. Der alte Wirth und dessen Frau waren in Erwartung, welche Aufschlüsse diesem langen Nachsinnen folgen würden; doch jener Physiognomiker, der es seinen Freunden angewöhnt hatte, ihn, nach seinem berühmten Zeitgenossen Baptista della Porta, Baptista zu nennen, sagte endlich feierlich und mit gemessener Stimme: liebe, wißbegierige Menschen und Freunde, daß ich nach dem herrlichen Buch des Porta keine unnützen Studien gemacht habe, könnt Ihr mir bezeugen, da Euch meine Urtheile mehrmals überrascht, und meine Entdeckungen zuweilen erschreckt haben, denn die Wissenschaft kann nicht trügen. Aber dieser nicht große und nicht kleine, nicht dünne und nicht dicke Mann giebt mir zu schaffen und macht mich zwar nicht irre, aber doch sehr nachdenklich. Es giebt nun ein doppeltes Erkennen: ein verneinendes und ein bejahendes; und wenn das letzte auch nur das eigentliche ist, so darf man das erste, welches bestimmt aussagt, was ein Mensch nach seiner Gestaltung nicht ist und nicht seyn kann, schon eine Vorrede, Einleitung, oder Vorbereitung zum bejahenden nennen. Dieser Mann also, in dem einfachen schwarzen Anzuge, der ohne alle Bedienung reiset, ist gewiß kein vornehmer Graf, oder Lord, denn alle seine Bewegungen sind bescheiden, und seine behende Wendung und Gangweise zeugt eher von angewöhnter Unterwürfigkeit. Er ist aber auch kein Schneider, denn seine Kleider sitzen etwas nachlässig, er sah auch den Schnitt des Rockes von zwei Vorübergehenden nicht an. Ein Mann, der Vieh einkauft, ist er ebenfalls nicht, noch ein Seefahrer, denn er ist zu tiefsinnig und nicht gleichgültig gelaunt, wodurch sich diese Leute immerdar auszeichnen. Er ist auch kein Gastwirth, unterbrach ihn der Wirth, denn er sah nicht einmal nach dem Stall, wie der beschaffen ist; er ist auch kein Wein-händler, denn – –

Still! rief Baptista, Ihr fahrt mir ohne Noth zwischen meine Betrachtungen, denn so ist es nicht gemeint, sonst könnte ich auch hinzufügen, er sei kein Koch, oder kein Bäcker, noch weniger ein Kärrner oder Müller. Ich will ja mit meiner Rede nur andeuten, daß dieser Mann nichts Gewöhnliches, allgemein Herkömmliches sei, sondern irgend einen Beruf erfülle, den die Gesellschaft zu den seltenen rechne. – Habt Ihr denn wohl, Ihr Freunde, als er seinen Reithandschuh auszog, seine feingeformte, weiße, liebliche Hand gesehn? Ach! was kann der Menschen-Beobachter aus den Händen alles lesen, ahnden, fühlen und fürchten! Ihr spracht vorher mit unserm verehrten Herrn Cuffe, Professor der griechischen Sprache im Merton-Collegium allhier; dieser noch junge Mann, dem so viele ältere Gelehrte wegen seines großen Wissens aufsäßig sind, hat die schönste Hand, die ich in meinem Leben gesehn habe, so weiße, wie längliche Säulen gedrechselte Finger, die Knöchel bei jeder Bewegung wie Helfenbein hervor glänzend, – ich könnte diese Hand immerdar in Liebe küssen, und schaudre doch vor dieser Schönheit zurück.

Wie so, Herr Philosoph? fragte die Frau in Angst.

Immer, fuhr Baptista fort, glänzen mich in diesen Knöcheln Todtenschädel und die gebleichten Gebeine von Leichnamen an; mir ist immer zu Muth, als müsse der, der so wundersame Hand ausstreckt, eines gewaltsamen und frühen Todes sterben; auch deutet darauf seine Lebenslinie hin, die nur sehr kurz ist, und schon mitten in der Hand seltsam abbricht.

Laßt den jachzornigen, heftigen Mann nur nichts von Euren Grillen merken, sagte der Wirth.

Ei was! erwiederte der Philosoph, sein Schicksal, dem er die leuchtenden Hände entgegen reicht, wird ihn schon ohne mein Zuthun ereilen. Aber, wieder auf unsern Fremden zu kommen: ich vermuthe, er ist etwa ein Rechnungsführer, oder Haushofmeister bei einer alten, reichen und vornehmen Dame. Sein Charakter ist mir aber völlig unverständlich, weil er eben so ganz wie ein Mensch aussieht.

Wie ein Mensch! sagte der Wirth und lachte so heftig, daß er sich schüttelte. Da habt Ihr in der That ein großes Geheimniß herausgebracht, daß er aussieht, wie wir Alle. Und Rechnungsführer, Haushofmeister ist auch kein so absonderliches oder höchst seltnes Gewerbe.

Meinethalben, antwortete Baptista empfindlich, ich sprach dies nur obenhin, aber jenes erste Wort habt Ihr völlig mißverstanden, und lacht ganz ohne Ursache. Das Buch meines verehrten Freundes Baptista della Porta ruht großentheils auf jenen Beobachtungen, von denen ich Euch schon sonst erzählte, wie die Gestaltungen der Thierköpfe sich in der Physiognomie des Menschen wiederholen, veredeln, oft parodiren und über sich selbst spotten: oder auch das Tragische im Ausdrucke des Thieres im Angesichte des Menschen klar und bestimmt aussprechen. Wie mancher Löwe, Tieger, Adler grinzt, blickt und brüllt uns aus wohlbekannten edlen oder verworfenen Menschen an! So seh' ich völlig einem abgemergelten, durch Hunger gezähmten Habicht ähnlich. Betrachtet mich genauer und Ihr müßt Euch davon überzeugen. Ihr, Freund Leopold, habt ganz das unverkenntliche Ansehn eines Hundes, und zwar eines Bullenbeißers: seht in den Spiegel und stellt Euern Hofhund neben Euch, und Ihr findet dieselben Runzelfalten auf der Stirn, dieselben hängenden Wammen von den Wangen zum Hals hinunter, im finstern Blick der zusammengezogenen Augen dieselbe Gutmüthigkeit und Treue. Eure gute Frau da ist völlig wie eine transmigrirte Gans, bloß sind die ausgedehnten Schnabelfutterale etwas mehr zu sogenannten Lippen zusammengezogen.

Ei was! sagte die Frau sehr verdrüßlich: laßt uns seyn, wie uns Gott geschaffen hat, dessen Sache ist es, wenn er seine Allmacht beschränkt, und in das menschliche Wesen hinein die Wiederholung und Nachahmung seiner andern Creaturen schreibt.

Die Philosophie, sagte Baptista, ist nicht dazu da, um unsern Sinnen oder der Eigenliebe zu schmeicheln. Wer hoch steigen will, darf die Treppen nicht scheuen. Wir selbst lügen uns schon hinreichend einander vor, die unsterbliche Wissenschaft muß sich nicht eben auch also erniedrigen. – Aber, auf unser Thema zurück zu kommen – wie es so viele, vielleicht alle Thierbildungen sind, die sich im Menschen wieder abspiegeln, so muß sich doch auch das edelste Thier, der Mensch selbst, als solcher im Menschen wieder finden. Und diese eigenthümliche, diese wahre Menschenheits-Linie richtig zu erkennen, ist für den Beobachter wohl die allerschwerste Aufgabe. Denn er muß die feine geistige Schrift lesen können, die Geheimschrift dem Ungeweihten ist und bleibt. Wenn Diogenes mit der Laterne am hellen Tage einen Menschen suchte, so kann im Gegentheil oft ein ganzes Chor von Chaldäern und Magiern den Menschen, der vor ihnen steht, nicht entziffern oder erkennen. Die Kanzleischrift jener Eselskinnbacken und Mohrenstirnen, der Kameel-Nasen und Affenblicke, der Hammel-Dumpfheit und Katzen-Lauersamkeit wird noch wohl zusammen buchstabirt und mitunter vom Blatte schnell weg gelesen: – aber die ächte Form des wahren, natürlichen, einfachen und ungefälschten Menschen, dem nicht, wie die Farce in der Pastete, Thiergemengsel eingerührt und angeheftet ist, diese Schädel, Blicke, Wangen und Lippen, diese höchste Formation wird nur zu oft von den

Menschen unbedeutend, gleichgültig, nichtssagend, mittelmäßig und wie noch genannt und gescholten, weil es die gelindeste Figur ist, die zarte Linie, die sich dem Menschenkenner offenbart. Und ein solcher ist unser Fremder. Er wird im Marktgewühl des Lebens weder als schön noch edel auffallen, und dennoch ist er nach meiner Einsicht beides. Fragt sich nun, wenn ich hierin Recht habe, wie es denn keinen Zweifel leidet, ob diese Menschen-Linie, wie ich sie nenne, nur eine und dieselbe sei, ob es verschiedene, und wie viele Formationen es giebt, und dies zu entdecken und zu unterscheiden, ist gerade noch im Geheimniß der geheimnißvollste Punkt.

Das verstehe ich nicht, sagte der Gastwirth, dessen Frau sich schon während der letzten Rede entfernt hatte. Baptista fuhr, wie sich selbst belehrend, fort: sehe ich nun in unserm Gast Harmonie im Antlitz, Geist und Güte im Auge, den Adel in der Bildung des Hauptes, in den Lippen Scharfsinn, in Brust und Körper Verstand, Menschlichkeit, Kraft und Tugend – so, – o weh! so stören die zu dünnen, zu beweglichen, ganz matten Beine diesen schönen Eindruck der Uebereinstimmung und Vollendung. Und so wird es im menschlichen Leben immerdar seyn. Irgendwo wird das edle Gleichgewicht aufgehoben, durch welches der Mensch in der Reihe der Geister oben an steht; und so wird auch dieser Fremde neben seinen Vortrefflichkeiten seine Schwächen und Fehler haben, die sein Gutes stören, vielleicht zu Zeiten vernichten. Er mag auch wohl ein zu großer Freund der Weiber seyn, denn seine schwankenden Beine verrathen mir wenigstens, daß er jetzt in einer heftigen, wohl unmännlichen Verliebtheit befangen ist.

Wie? sagte der Gastwirth, und setzte sich dicht an den Redenden, indem er ihm starr in die Augen sah, an den Beinen erkennt Ihr das, tiefsinniger Forscher?

Ohne Zweifel, antwortete Baptista ganz ruhig; und am sichersten nur an den Beinen. Das Auge, die Stirne, Wange und Mund wird wohl auch von andern Affekten, von Bewunderung, großen Gedanken, oder Freuden an der Natur so in Bewegung gesetzt, daß der Unwissende den Liebenden erkennen möchte, von Seufzern, gen Himmel blicken, an die Brust schlagen und dergleichen mehr, gar nicht zu sprechen, die selbst durch Schulden, dringende Gläubiger und Furcht vor dem Gefängnisse erzeugt werden können. Wer aber recht leidenschaftlich verliebt ist, der bekommt, ohne es selbst zu wissen, einen ganz eigenthümlichen Gang. Indem Kopf und Herz ganz mit dem angebeteten Bilde angefüllt sind, die Hände arbeiten, schreiben, oder in der Nähe der Hauptwache oben sich mit anständigen, ruhigen Geberden bemühen, treibt die Leidenschaft und Schwärmerei, ohne Aufsicht gelassen, unten in den Beinen so recht dreist und vergnüglich ihr Wesen. Der Gang ist, wie auf einer feuchten, den Fuß hebenden Wiese, ein gewisser schwebender Rhythmus drückt sich in ihm aus, man möchte es Gesangesweise nennen: ginge der Liebende, wie die Alten, mit nacktem Fuß, so würden wir in jedem gekrümmten, zitternden, oder spielenden Zehen den Ausdruck der Leidenschaft im Kleinen noch merklicher erkennen.

So wie der Alte die Rede schloß, hörte man von fern wieder ein Pferd, das aber im schnellsten Galopp über das Pflaster klirrte, und heran sprengte ein Jüngling von so wundersamer Schönheit, daß beide Männer ihn und sich mit Erstaunen ansahen. Ihm folgte ein zierlicher Diener, und indem der Reitende diesem sein Pferd, das sich noch muthig bäumte, gab, ließ er sich vom Aufwärter zu dem Zimmer des Fremden führen, nach welchem er sich sogleich mit dem ersten Worte erkundigt hatte.

Seht Ihr, rief der Physiognomiker. wie richtig habe ich alles ergründet und gewahrsagt! da kommt userm verliebten Fremden schon das allerschönste Mädchen des Landes nachgesprengt, die er aus einem vornehmen Hause entführt hat; gewiß die Tochter jener reichen hochadligen Wittwe, deren Vermögen der Gast dort oben verwaltete und nun auf diese Weise mit ihr Abrechnung und Schluß gemacht hat. Ihr werdet sehn, daß wir in diesen Tagen noch etwas recht Seltsames erleben, denn gewiß wird die Mutter so wie die Verwandten die Flüchtige aufsuchen lassen und wieder zurück bringen wollen.

Ihr seid ein scharfsinniger Mann, sagte der Wirth, wie Ihr das Alles so auf den ersten Blick erkennt. Aber hier in Oxford giebt es keinen einzigen Priester, der sie so schnell gegen den Willen ihrer Familie trauen wird. Die Verantwortung ist gar zu groß, wenn sie von vornehmem Geschlechte ist.

Das findet sich alles, erwiederte der Philosoph, denn es giebt immer verwegne Menschen. Ich wette, wenn sie sich diesem Professor Cuffe anvertrauen wollen, der ist tollkühn genug, irgend einen armen Geistlichen zu bereden und herbei zu schaffen. Aber seht, seht, schrie der Alte mit Enthusiasmus, wer da noch herbei geritten kommt!

Ei! ei! rief der Wirth lebhaft, unser allverehrter Herr Camden, der gewiß von seiner Reise aus Wallis zurück gekommen ist.

Das ist ein großer Mann! fuhr Baptista fort, er ist kaum vierzig Jahr alt, und hat schon so vieles geleistet. In Sprachen, Geographie, Geschichte, Kenntniß des Landes.

Dem muß ich selber den Steigbügel halten! sagte der Wirth, indem er eilig hinauslief, und dem neu angekommenen Gaste mit großer Ehrfurcht vom Pferde half. Baptista machte sich auch herbei, um dem Gelehrten seine Verehrung zu bezeigen, den er schon seit länger kannte. Ei! sagte der Wirth, wie wird sich der gelehrte Herr Cuffe freuen, wenn er hört, daß Ihr die Universität wieder durch Eure Gegenwart beglückt. Ihr erlaubt nur doch, gleich zu ihm zu senden, denn er hat immer von Euch gesprochen, seitdem Ihr im Frühjahr bei dem ungesunden Wetter nach Wallis hinein reiset.

Ist mein junger Freund wohl? fragte Camden.

Ja wohl, erwiederte der Gastwirth: wie immer, ein recht erfreulicher Mann. Camden gab dem alten Baptista, der sich sehr um ihn bemühte, die Hand, und alle traten in das Haus.

Als es Abend geworden, kam der joviale Cuffe nach dem Gasthofe, um seinen ältern Freund Camden, den er so sehr hochschätzte, zu begrüßen. Er brachte zwei junge Leute mit sich, die nach Italien reisen wollten, um das Land und die Menschen kennen zu lernen. Der ältere, Smith, war ein Verehrer der italienischen Dichtkunst, und der jüngere, Wilton, hatte sich mit Glück in lateinischen Versen versucht. Als Camden und Cuffe hörten, daß noch zwei Fremde im Hause wohnten, die von London zu Pferde gekommen wären, so schickten sie den Wirth zu diesen, um sie einzuladen, am gemeinsamen Gastmahl Theil zu nehmen. Während der Abwesenheit des Wirthes erzählte Baptista von dem entführten vornehmen Mädchen, und wie der verdächtige Fremde schon im voraus ein Zimmer neben dem seinigen bestellt habe. Ehe man die Sache noch weiter erörtert hatte, kam der Wirth zurück und meldete mit schalkhaftem Lächeln, die beiden Fremden würden mit Dank die Einladung annehmen und sich sehr geehrt fühlen, einer so ausgewählten Gesellschaft beiwohnen zu dürfen, wenn es ihnen erlaubt sei, Stand und Namen zu verschweigen. Man bewilligte diesen Wunsch, und selbst der ältere Camden glaubte jetzt, daß an der Erzählung des schwärmerischen Baptista etwas Wahres seyn müsse. Alle sahen den beiden mit gespannter Erwartung entgegen, und als diese eintraten, wurden sie von den Anwesenden scharf geprüft und Stellung, Ton und Gestalt nach der Voraussetzung gemustert. Alle erstaunten über die Schönheit des Jünglings, den sie für ein flüchtiges, entführtes Mädchen hielten, und der lebhafte Cuffe beneidete dem Fremden den Besitz dieser wunderbaren Jungfrau, die sogleich bei ihrem ersten Erscheinen aller Herzen gewonnen hatte.

Wie mögt Ihr nur, hub Cuffe bei Tische an, theurer Wilton, Euch so abquälen, so vortreffliche lateinische Verse zu machen? Ich weiß wohl, daß Euch diese Geschicklichkeit bei hundert und wohl mehrern hundert Pedanten nicht nur in England, sondern in ganz Europa, mehr Ansehn verschafft, als wenn Ihr Ariost und Tasso in Eurer Person vereinigtet. Kann Euch an solchem Ruhm etwas liegen, und was habt Ihr selbst im eignen Gemüth für Genuß von dieser Geschicklichkeit? Wahrer Poet kann niemand in fremder, todter Sprache werden, er singt und dichtet nur für Gelehrte, die selbst halb oder ganz todt in ihren engen Stuben und unter den bestäubten Büchern sitzen. Ihr nehmt auch nur mit mehr oder minder Geschick und Glück die schon fertigen Reden und Wendungen aus dem Gedächtniß auf, statt aus der Phantasie, und das ganze Bestreben läuft auf eine Anstrengung, wie das Schauspiel, oder dem etwa Aehnliches, hinaus.

Gelehrter Freund, antwortete Camden bedächtig, Eure unruhige Unzufriedenheit spricht da gegen alle gelehrte, ja vielleicht menschliche Thätigkeit. Ist denn eben jede Poesie viel etwas Anders? die Worte sind in der Sprache da, und Ihr könnt auch nur Gedanken mit diesen bekleiden: daß diese Gedanken aber groß und edel sind, mit Energie und Kürze, wohllautend und so ausgedrückt werden, daß sie sich leicht dem Gedächtniß einprägen, ist Euch, wenn Ihr Talent dazu habt, in jeder Sprache unbenommen, und vorzüglich in der römischen, deren vornehmer Anstand, ihr voller Ton, ihre gebildete Kürze und Virgilianische Süßigkeit oder leichte philosophische Geschwätzigkeit des Horaz in jedem von uns, der die Universitäten sah, schon von selbst die Erinnerung an alles Würdige weckt, so daß dem Poeten hier zumeist die Stimmung des Lesers schon entgegen kommt.

So ist es, rief der unbekannte Jüngling hinüber, wir selbst sind schon die halben Dichter, indem wir uns unsrer Erziehung und aller jener Eindrücke erinnern, die uns auf dem Wege der Verehrung und heiliger Dunkelheit die aufgeschlagenen Classiker zuführten. Das aber ist es gerade, was ich mit jenem geistreichen Herrn Cuffe am meisten tadeln möchte. Die Sprache selbst ist der Poet und eigentlich Neues kann in ihr wohl nicht gesagt werden. Wie anders, wer sich in der lebendigen, sich fortbewegenden Muttersprache kann vernehmen lassen. Eine neue Beziehung, die angeklungen, eine geistige Unterscheidung und Nebenbedeutung, welche angehaucht wird, können ein altes Wort zu einem neuen umschaffen: es bleibt unbenommen, aus dem gemeinen Leben das Bedeutsame in die Schriftsprache überzutragen, und Worte so zu veredeln, oder neu zu schaffen. So wächst die Rede, und mit ihr wird das, was in unserer Phantasie oder im Gefühl dunkel schwebt, deutlicher, der Poet ist selbst begeistert und begeistert auch seine Zuhörer, und so muß denn nach meiner Einsicht die wahre Dichtkunst etwas ganz Andres seyn und werden, als jene Tapetenwirkerei, die uns der verehrte Herr Camden für solche unterschieben wollte. Vergebt mir, werthe Herren, daß ich als der Jüngste am Tische, mich mit meiner Meinung vielleicht zu voreilig hervor gedrängt habe.

Die Uebrigen sahen sich erstaunt an und der alte Baptista rieb sich froh lächelnd die Hände. Der aufwartende Gastwirth sah den Jüngling mit dem größten Erstaunen an, daß ein Mädchen so gelehrt und noch dreister und zuversichtlicher als gelehrt seyn könne. Camden erwiederte nach einer Pause mit einem bedeutenden Blicke zum Sprecher hinüber: so anmuthige Jugend hat immerdar Recht, wenigstens ist es schwer, die rechten Argumente ihr gegenüber zu finden, die sie widerlegen könnten.

Nein, sagte Cuffe sehr lebhaft, so, Theuerster, müßt Ihr den jungen Mann nicht abweisen wollen, der sich in seinen Worten gleich als meinen Freund erwiesen und mein Herz für sich gewonnen hat. Denn eben darum handelt es sich ja, ob es eine ursprüngliche neulebendige Poesie in unsern Tagen geben könne, oder ob wir nur jenen Mustern des Alterthums nachlallen dürfen, wie das Kind der Amme. Daß Italien große, wahrhafte Gesänge erzeugte, die jeden, der Ohr und Sinn hat, begeistern, wissen und glauben wir alle, nur daran zweifeln die Meisten, und unter diesen vorzüglich die Gebildeteren, ob es uns Engländern noch einmal gelingen wird, die Muse herbeizurufen, daß sie sich in unsern einheimischen Tönen vernehmen lasse. Von wem, wie, bei welcher Veranlassung soll dies Wunderwerk hervorgebracht werden? Aus welcher Gegend unsers unfruchtbaren Bodens soll dieser neu belebende Quell entspringen? Wir haben manches versucht, aber in allem klingt und schmeckt hart oder fade der Ton und die Würze vor, die wir schon als verdorben von jenen Lateinern empfangen haben.

Wie anders, setzte Smith jetzt das Gespräch fort, ist es mit meinen geliebten Italienern. Wie schwimmt in diesem Strom des Wohllauts der dichtende Schwan und spielt im klaren Gewässer, in diesen lautern Sprachwellen, die schon seit Petrarka so süß und berauschend rieseln. Die Nation versteht und bedarf diesen Gesang, jedes Herz kommt ihm mit ganz andrer Sehnsucht entgegen, als der Gelehrte den lateinischen Versen meines Freundes. – Vergleiche ich mit Ariost und Tasso, was unser Spenser versucht hat, so finde ich bei allem Bestreben nach Licht und Zartheit nur Dunkel und ein schweres, ich möchte fast sagen, schläfriges Wort. Vom Sidney und dessen weitschweifiger Nüchternheit möchte ich lieber gar nicht sprechen, wenn ich jene glänzenden Geister des Südens nenne. Und soll eine wahre Poesie zugleich allgemein gültig und doch national seyn, so begreife ich eben so wenig, wie Herr Cuffe, von woher sie bei uns, wenigstens in diesen Tagen, ihren Ursprung nehmen soll.

Habt Ihr, sagte der schöne Jüngling, in London nicht Romeo und Julia gesehn?

Ich war lange nicht dort, antwortete jener.

Und ich eben so wenig, sagte Cuffe, aber ich kenne das langweilige erzählende Gedicht wohl, das in schlechter Sprache der Novelle eines Italieners nachgebildet ist; wie wir denn alles den Italienern nachahmen, ohne sie zu verstehen, noch weniger zu erreichen.

Was ich meine, erwiederte der Jüngling, ist eine Tragödie, die den Beifall besserer Kenner, als ich bin, davon getragen hat. Und dies Werk, wie einiges von unserm zu früh verstorbenen Green und des besseren Marlow verkündigen durch Glanz und Wärme einen schönen poetischen Frühling, der vielleicht bald anbricht.

Vom Theater, sagte Cuffe, erwartet Ihr, junger Herr, etwas Großes? Von dieser Anstalt, die bei uns so roh sich gebildet hat, die, wie die Bärenhetze, nur das gaffende müßige Volk herbei ziehen soll?

Und warum nicht? fuhr der Jüngling lebhaft fort; es ist schon viel geschehn und noch Größeres kann sich erfüllen. Ihr alle, meine Herren, scheint Euch um diese theatralischen Belustigungen, die Euch vielleicht nur für den Pöbel eingerichtet dünken, wenig oder gar nicht bekümmert zu haben. Euch schweben, auch dunkel vielleicht nur, die großen Gebilde der griechischen Bühne vor, oder gar die frostigen der

Italiener, die sich eine so vornehme Miene geben und wahrlich das Volk niemals berührt haben. Und so begeht Ihr, Herr Cuffe, nach meiner Einsicht doch einen ähnlichen Fehler, wie jene, die nur die lateinischen Verse für Gedichte halten wollen, und welchen Irrthum Ihr eben so scharf rügtet, denn Ihr entzieht Euch ebenfalls der Kenntniß einer herrlichen Erscheinung, die Ihr verschmäht, weil sie so unmittelbar, ohne mit Gelehrsamkeit zu prunken, aus dem Volke aufwächst, ein nahes, immer wiederkehrendes Bedürfniß befriedigt und sich ohne Schutz der Großen, oder Anempfehlung der Gelehrten ausbildet.

Ihr mögt nicht Unrecht haben, antwortete Cuffe, denn ich bin in dieser Gegend unsrer Poesie, wenn Ihr die Sache so zu nennen beliebt, völlig unwissend. Was ich vor Jahren sah, schien mir unbedeutend und ganz verwerflich, im Druck ist von diesen Dingen fast nichts erschienen; und was so ein Gorboduk, ein steifgezimmertes Wesen, das die Universitäten preisen, Großes bedeuten kann, vermag ich nicht einzusehn.

Willy! rief der schöne Jüngling zu jenem Fremden, der bisher nicht mitgesprochen hatte, hinüber; Du sagst nichts?

Ich höre und lerne, sagte dieser bescheiden; wenn die Poesie, wie man sagt, göttlicher Abkunft ist, so erwählt sie vielleicht unbekannte Gegend und unscheinbare Geburt, um ohne Störung und zu frühen Widerspruch in ihrer prophetischen Kraft aufzutreten. So stand die Wiege Homers an einem Ort, den die Menschen nie wieder haben auffinden können, und Thespis wußte selbst nicht, was er aus den fröhlichen Dörfern nach Athen brachte, weil aus schlichtem Spaß und Gesang bald die Tragödie erwuchs. Der geehrte Herr Camden durchstreift mit Beschwer und Aufopferung die Provinzen, untersucht die alten Denkmale, sammelt Inschriften, bemüht sich um zerbrochene Steine, – diese edle Bemühung ist eben so patriotisch, als sie mir poetisch erscheint, denn es ist ein Bestreben, unser oft geschmähtes Land zu kennen und zu verherrlichen, uns die Vergangenheit und verdunkelte Zeiten zur Gegenwart zu erheben: – vielleicht mißlicher, aber nicht ganz zu verwerfen, möchte das Bestreben eines Aufmerksamen seyn, aus den Anfängen, die uns unsre Poeten gegeben, und aus den Versuchen, die uns neuerdings unser Theater gezeigt hat, unsre künftige Dichtkunst und ihr eigentliches Wesen im voraus zu lesen oder zu ahnden.

Camden nickte beifällig und sagte: gut gesprochen! der Gedanke hat meinen Beifall. Wir haben Alle immer so wenig Zeit, das zu beachten, was häufig vor unsern Füßen liegt; und so verliert man denn auch wohl den Sinn, um zu sehn und zu verstehen, was nicht schon von selbst zu den Begriffen paßt, an die wir uns seit lange gewöhnt, oder zu jenen Gedanken, die wir erlernt haben. Wüchse alle Wissenschaft nicht und veränderte sie sich nicht, so wäre sie eben nicht Wissenschaft: und doch kämpfen wir nur gar zu gern und voreilig, die wir im Besitz derselben zu seyn glauben, gegen jede Erneuerung, oder jeden Widerspruch, weil wir sie ohne Untersuchung für Angriff halten, der uns um unser Eigenthum bringen will.

Es ist auch vielleicht recht gut, sagte der bescheidene Fremde, wenn man diesem aufkeimenden Frühling Stille und Ruhe gewährt. Die Pflanzen und Blumen müssen sich erst fest im Boden gründen; mit Zweifeln sie angreifen und erschüttern, die Wurzeln entblößen, um nachzusehn, ob sie auch wachsen können, hieße gewiß ihren Wachsthum stören. Die Großen beschützen nicht leicht, ohne auch an Wissen und Kunst ihre bestimmten Anforderungen zu machen, die Gelehrten unterstützen selten in anderer Absicht, als ihre Meinungen und Erwartungen, die oft spitzfindig sind, oder ganz außerhalb der Sache liegen, in den Poesieen wiederzufinden, die sie befördern wollen.

Wieder sehr verständig gesprochen, sagte Camden lächelnd: nach Eurer Meinung sollten die Herren Dichter sich vor den Gelehrten, Philosophen, Grammatikern, Philologen, und wie sie alle heißen mögen, eher zu hüten haben, als daß sie Ursach hätten, den Umgang und die Freundschaft mit ihnen aufzusuchen. Es brauchen freilich nicht immer wilde Soldaten zu seyn, die die künstlichen Kreise des Archimedes stören.

Wenn der Gelehrte, fuhr der Fremde fort, der die Griechen und Römer kennt und auch wohl ein Freund der neuen Poesie zu seyn glaubt, nach jenen Mustern der Alten jetzt für unser Theater schreiben wollte, das schon durch den Beifall des Volkes einen bestimmten Charakter angenommen hat, so könnte er schwerlich gefallen, wollte er aber, mit noch so guter Meinung, rathen und tadeln, so könnte er nur irre machen.

Sehr wahr, antwortete Camden, der Widerspruch eines Aristophanes wird erst erfreulich, wenn auf der fest gegründeten Bühne der verehrte und geliebte Euripides über den Gegner und dessen Späße lachen kann, wie das erfreute Volk. Hätte ein so scharfer Geist eben so gegen den Anfang des Aeschylus gewüthet und Parthei gemacht, so konnte er die athenische Bühne, wenn nicht vernichten, so doch ihr eine andre, wohl nicht so großartige Richtung geben.

Wie oft, fiel Cuffe ein, mag etwas Aehnliches schon im Verlauf der Zeiten geschehen seyn. Hat dagegen Kunst oder Poesie erst Wurzel gefaßt und kommt die Zeit dem Schmuck der Welt mit Liebe entgegen, so kann schon viel Verkehrtes, Thörichtes und Irremachendes geschehn, ohne daß die dichten Bäume, die sich gegenseitig schützen, an Blüthe und Frucht sonderlichen Schaden litten. Mit den Begebenheiten der Geschichte ist es nicht anders beschaffen. Wir sehn oft eine große Veränderung, eine Umwälzung der Dinge sich erst schwach, und immer stärker und stärker ankündigen, bis endlich der Geist der Begebenheit sich ganz und vollständig gekräftigt hat; nun beherrscht und zerstört er, indem er alle die Mächte an sich zieht, die sich in der Stille ihm entgegen gebildet haben. Darum keine größere Kurzsichtigkeit der Mächtigen und Regenten, als wenn sie eine That oder einen Mann verlachen, die sie für diesen Augenblick bezwungen haben. Derselbe Geist kehrt doch einmal in der gottgewirkten Rüstung des Achilles wieder, und erschlägt nicht bloß Krieger des Heeres, sondern Hektorn selbst, Troja's Hoffnung und stärksten Pfeiler. Wiklef mußte fallen, Huß ward verbrannt, aber Luther siegte.

Ob so unbedingt zum Glück der Welt, warf der schöne Jüngling keck ein, ist eine Frage, die zu lösen bleibt.

Camden sah verdrüßlich auf. Nein, meine Freunde, rief er, laßt uns, und den lieben jungen Herrn bitte ich inständig darum, unserm Gespräch nicht eine solche Wendung geben, daß wir es alle bereuen und uns gegenseitig hassen müßten. Ob sich, wie Erasmus und andre gutmeinende edle Männer dachten, die alte Hierarchie verstockter Priester, der Druck der Gewissen, die Hemmung des freien Denkens und Entwickelns auf gelindere Weise lösen, und der unter Formeln eingeschnürte Geist entbinden ließe, ist eine bedenkliche Frage: bedenklich, schon indem sie nur aufgeworfen wird, denn es zeigt an, daß der Frager mit dem großen Gange des Schicksals selbst nicht einverstanden ist, welches dieses Zerhauen des Knotens, statt der Auflösung, zuließ. Wir Engländer aber, wollen wir gegen die gütige Vorsehung nicht undankbar seyn, müssen den Bruch mit Rom segnen, und uns, nach den Erfahrungen, die wir gemacht haben, von jedem Zweifel, wie von einem Verrathe, abwenden. Darum lassen wir keine Erörterung der Art zu, weil auch die kleinste einen Tadel unserer großen Königin enthält. Hofft Ihr aber, liebes Kind, auf eine Entstehung und Blüthe eigenthümlicher vaterländischer Poesie, so kann sie gewiß nur auf dieser Reformation, auf der Freiheit begründet seyn, sie muß diese großen Interessen unseres Staates und der Welt aussprechen und erklären, des Bürgers und Menschen edle Freiheit, die Kraft des Geistes, den Tiefsinn der Geschichte. Dann sehn wir auch vielleicht etwas Anderes, als die Gleichgültigkeit eines Ariost, die alles Zufällige nur mit Phantasie willkürlich aufschmückt, oder als die geputzte Rechtgläubigkeit des Tasso. In lebendiger Kraft kämpfte Dante schon gegen der Priester Verfinsterung: großgeistig, aber doch nur als Ghibelline, aus seiner Parthei. Neue Wissenschaft und Kunst muß freisinniger und von mehr Seiten her diese willkürlichen Beschränkungen des Geistes zurück schlagen.

Vortrefflich! geehrter, herrlicher Freund! rief Cuffe aus: gewiß können erst Staaten und Völker groß werden, wenn alles, in Verwaltung, Gesinnung, Bürgerleben und Wissenschaft, vom Gefühl für das allgemeine Wohl, von der Wahrheit durchdrungen ist. Ich mag es gerne glauben, daß unser Vaterland auf diesem Wege vorschreitet, und in diesem Glauben möchte ich denn jeden andern Stand beneiden, indem ich den meinigen beklage. Was soll ich hier, auf der Universität, als Erklärer und Ausleger der griechischen Autoren beginnen? Worte klaubend, Redensarten erklärend, Stellen bezweifelnd, frühere Meinungen über Kleinigkeiten widerlegend: ist dieses nicht ein Beruf, eigen dazu ersonnen, um die Kräfte, die dem Vaterland nützlich seyn könnten, todt darnieder zu werfen? Bin ich nicht bestimmt, diese Schlafsucht, die meinen Geist erstarren macht, andern mitzutheilen, damit nur ja nicht zu viel Leben sich rege und durch die Adern des Staates verbreite? Seh' ich, was unsre Seehelden schon ausgerichtet, was Burleigh, Howard, Raleigh, und wie viele Andere für ihr Land gethan haben, so zerknirsche ich meine Federn hinter meinem Schreibtisch, an mir selber verzweifelnd. Handlung und Wohlstand verbreitet und kräftigt sich, die Kirche streitet und siegt, das übermüthige Spanien ist durch uns gedemüthigt, und der arme verlassene Gelehrte mißt Sylbenfüße, ängstigt sich um die Abstammung eines Wortes, und muß sich glücklich schätzen, wenn er den Schreibfehler eines stumpfsinnigen Copisten berichtigen kann. Von der Poesie hoffen also einige unter uns, daß auch sie sich erheben und unsre Gegenwart verklären werde? Handeln, Einrichten, Streiten, mit den Regierenden fortgehen, ihnen dienen oder sie hemmen, in der Nähe des Thrones schaffen und wirken, das ist die wahre, die höchste Poesie, hier erschließt sich das Verständniß des Lebens, und wenn ich mir die Möglichkeit denke, einmal so zu wirken und nützen zu können, so erblaßt mir vor diesem Glanz alles andere Leben und Handeln.

Es stünde schlimm um uns, erwiederte Camden sehr ernsthaft, wenn es in der Wissenschaft und Gelehrsamkeit so ganz öde Steppen geben könnte, die sich nicht zum Heil der Welt befruchten ließen. Es muß eben nicht Alles auf eine und dieselbe Weise nützen, der Staat mit seinen vielen Adern und Zweigen, das Menschengeschlecht mit seinen unzähligen geistigen Bedürfnissen findet schon den Nutzen und die Anwendung, die der Wackere ihm, bei oft gering scheinenden Dingen, vorgearbeitet hat, und trägt die einfache Nahrung bis zum Herzen hin. Jeder Beruf ist ein heiliger, und ihm treu bleiben ist die ächte Tugend des Mannes.

So ist es! rief plötzlich der alte Baptista aus, der indessen fleißig getrunken hatte: nichts in der Welt steht höher, als der Beruf! Somit trinke ich denn dieses Glas auf die Gesundheit des erlauchten Brautpaars, obgleich das Bräutchen etwas von einer Amazone hat.

Er verneigte sich gegen den Jüngling, der ihn mit Erstaunen betrachtete. Baptista schlürfte mit Wohlbehagen den Wein und setzte nachher das Glas, schalkhaft lächelnd und auch den Fremden zunickend, auf den Tisch.

Meine Freunde, Smith und Wilton, fing Cuffe nach einer Pause wieder an, Ihr werdet aber sehr vorsichtig seyn müssen, daß Ihr in Italien, vorzüglich wenn Ihr nach Rom kommt, nicht als Ketzer verfolgt werdet. Es ist besser, wenn Ihr verschweigen könnt, daß Ihr Engländer seid. Kommt Ihr nach einiger Zeit zurück, so habt Ihr im Vaterlande selbst vielleicht noch mehr Noth, daß man Euch nicht für Emissare und Spione der Jesuiten hält. Dieser Kampf der ausländischen Katholiken und Priester, ihre Verbindungen mit den Mißvergnügten in England, die Absicht, die neu eingerichtete Kirche und mit ihr die Regierung, die Königin wieder zu stürzen, war die Geschichte, die seit unsrer frühen Jugend sich immerdar vor unsern Augen wiederholt hat. Glücklich, daß wir nun endlich die schlimmste Zeit des Mißtrauens und der Verfolgung, die eine unermüdliche Verschwörung nothwendig machte, hinter uns haben. Seit die schlimmsten Hemmungen, die größten Gefahren überwunden sind, die uns alle von dieser Seite bedrohten, ist dem Staate, den Regierenden, dem Bürger und der Wissenschaft erst möglich, sich recht frei und nach allen Seiten hin zu entwickeln. Es scheint aber, daß, wenn der Mensch keine Feinde hat, er sich selber welche mache, um nur nicht in Unthätigkeit zu versinken. Die Katholiken sind kaum und die Hierarchie ziemlich unschädlich gemacht, als unsre Kirche und viele Gelehrte wie Staatsmänner auch schon eine noch schärfere Verfolgung gegen die Puritaner unternimmt und predigt. Soll die neue protestantische Kirche aber sich aufrecht erhalten und fest begründen, so bedarf sie selbst dieser Reiniger und strengeren Christen, um nicht zu erschlaffen und sich in Zukunft in ein Nichts zu zerstreuen, da wir niemals eine ächte, unerschütterliche Hierarchie, wie die Papisten, aufbauen können. Es ist also gut, wenn diese beiden Richtungen sich, die herrschende Kirche und die Gesinnung, die gegen diese kämpft, ausbilden und beide ihr Recht behaupten. Es hat mir wohlgefallen, daß auch Leicester schon dieses eingesehn hat, und daß er sich in den letzten Jahren seines Lebens der armen Verfolgten annahm, um, so viel er vermochte, der unterdrückten Sekte aufhelfend, ein Gleichgewicht in den religiösen Meinungen zu erschaffen. Und ist es denn zu leugnen, daß in dieser Gemeine, die man nur allzu gern als Schwärmer und rohe Unzufriedne schildert, tugendhafte Männer, edle Patrioten, tiefsinnige Denker und starke Charaktere angetroffen worden? Wenn dem Heil des Landes, der Regierung selbst, der Sicherheit keine Gefahr droht, so halte ich es für verwerflich, daß der Protestant nun gegen seine christlichen Mitbrüder dieselbe Tyrannei ausüben will, der zu entgehn er mit so großer Anstrengung und vielen Opfern dem Papst den Gehorsam aufgekündigt hat.

Ihr scheint mir, nahm der Fremde das Wort, jetzt gegen Euch selbst zu sprechen und Eure vorigen Behauptungen, geehrter Herr, wieder umzustoßen. Die neu eingerichtete Kirche mit ihren religiösen, wie politischen Fundamenten ist auch als ein Kunstwerk, ein tiefsinniges Gebäude anzusehn, das noch lange nicht so vollendet ist, um jeder Erschütterung mit Sicherheit trotzen zu können. Denn es gilt hier mehr als Frage, Zweifel, oder Erörterung; keine Untersuchung, die wohl, wenn auch zu früh eintretend, der Sache förderlich seyn könnte. Diese

Schwärmer, wie ich sie nennen muß, wollen aber das Fundament der Kirche selbst zertrümmern: jede Satzung, Sitte, Form, Ceremonie ist ihnen ein Greuel und sie sehn Religion und Christenthum nur in jener rohen, unerfreulichen Gestalt, die Heiterkeit, Kunst und selbst Wissenschaft von dem Göttlichen ausschließt; noch mehr, alles dieses, was das Leben und den Menschen veredelt, als Weltliches, Schädliches, der Religion Feindseliges, verklagt und verfolgt. Hat ein Theil der Welt die zu drückenden Fesseln des Papstes zerbrochen, und hat das Schicksal selbst diesen Kampf begünstiget, so drohen uns von diesen gereinigten, wahren Christen, wie sie sich nur zu gern nennen, noch schlimmere Bande. Die römische Hierarchie kämpfte doch nur wegen weltlichen Besitzes und Vortheils, sie tyrannisirte die Gewissen aus Eigennutz und tiefer Verblendung der Leidenschaft; aber in der bessern Zeit wie in der schlimmen selbst wies sie nicht unbedingt Kunst und Wissenschaft als feindselige Wesen von sich; die Ketzer suchte sie zu zerstören, weil sie sonst selber untergehn mußte: doch dieser neue Judaismus der gereinigten Religion wirft nicht nur, wenn er siegen könnte, anders denkende Sekten zu Boden, sondern das Menschliche selbst, indem er eben so keck als verwirrt behauptet, das Schöne könne niemals gut seyn. Was eine so finstere Gesinnung aus einem Staate machen dürfte, hoffe ich nicht zu erleben. Ist das, was ich sagte, nur irgend wahr, so ist der Kampf gegen diese verblendeten und hochmüthigen Sektirer nicht nur erlaubt, sondern wohl selbst eine Pflicht des Patrioten.

Ich muß dem verständigen Mann wiederum beipflichten, sagte Camden. Mein Freund Cuffe ist unruhig und unzufrieden, und möchte alles rechtfertigen und befördern, was nur das Gleichgewicht, so sehr er es preisen will, aufhebt und stört.

Euer Beifall ehrt mich, sagte der Fremde, erlaubt mir aber, noch einige Worte hinzuzufügen. Ein Staat, eine Zeit sind nur dann mit Recht glücklich zu preisen, wenn jenes wahre Gleichgewicht aller Kräfte sich zeigt. Bedroht der Feind das Land, giebt es dann eine höhere Erscheinung, als den Heldenmuth, der, den Tod verachtend, die Gefahr zurück schlägt? Ist aber durch Kraft und Tugend das Land gerettet, und Friede und Sicherheit zurück gekehrt, so muß dieser Heroismus wieder zur Milde, Ordnung, Wachsamkeit werden; will er aber immerdar kämpfen und sich aufopfern, so zerstört er sich und andre, vielleicht, wenn es die Verhängnisse zulassen, das Vaterland, und Laster wird das, was erst als erhabne Tugend glänzte. Ein Staat, der ganz und gar nur den Künsten und der Poesie leben wollte, indem die Begeisterung für diese allein obwaltete, würde zuletzt in das Lächerliche und Alberne verfallen müssen. Der Streit für Religion und Gewissen, das Festhalten an dieser Erhebung kann ebenfalls nicht als ein bestehender Zustand ein erwünschter seyn. Die Opfer waren nothwendig, die Entzündung der Gemüther eine große Erscheinung, aber da die Ruhe nicht hergestellt werden konnte, jenes unentbehrliche Gleichgewicht, – welche Greuel hat dieser Meinungskampf im benachbarten Frankreich hervorgebracht? Und wie viel Blut wird dort noch fließen? England war so glücklich, daß sich nach einigen starken Erschütterungen diese Ruhe einstellte. Das Volk braucht darum nicht gottlos und unchristlich zu seyn, wenn es so Kampf, wie Erbitterung, Grübeln und Enthusiasmus über und für das Unsichtbare und Unbegreifliche aufgibt, und sich, wie einer eben so frommen als politischen Einrichtung, milde und demüthig der Kirche fügt, und den Theologen selbst die Religion als Wissenschaft überläßt, daß diese sie philosophisch oder mystisch ausbauen mögen. Eben nur in diesem ruhigen Vertrauen kann es sich abwechselnd ihr, der Vaterlandsliebe, dem Handel, Gewerbe, Ackerbau, dem Denken, dem Wissen, den Künsten, dem Scherz und Theater, oder was es nun sei, überlassen. Jener eifernde Kampf, jenes Daransetzen aller Kräfte und des Leibes und Gutes ist nur die Periode der Entwickelung, und muß vorübergehend seyn, wenn nicht unter dem Anschein und Vorwand, das Höchste und Edelste in uns auszubilden, wir zu Barbaren verwildern und statt der Fülle und Herrlichkeit das Leere und Nichtige ergreifen sollen. So mag der Gottesdienst, Glaube und alles, was mit diesem zusammenhängt, eine stille Gewohnheit, ein süßes Bedürfniß werden; wo ich aber aufgereizte Gemüther wahrnehme, zanksüchtige, bis zum Verfolgen gesteigerte, da dünkt mich das Heilige immer am meisten gefährdet. Man soll nie vergessen, daß auch in der ruhigen Beschäftigung, in der Arbeit des Feldes oder der Gewerke, im scheinbar Niedrigen und Unbedeutenden das Himmlische gegenwärtig seyn kann.

Daß ein so verliebter Mensch so vernünftig und philosophisch sprechen kann! rief der ganz trunkne Baptista. Der Fremde erröthete: warum haltet Ihr mich für verliebt? fragte er in Verlegenheit. – Die Sache spricht ja für sich selbst, antwortete jener, und wahrlich, bei

Euch wird der Ausspruch des Lateiners zur Lüge, daß es den Göttern selber nicht erlaubt und möglich sei, zu lieben und weise zu bleiben. Also übertrefft Ihr, unbekannter Herr Liebender, selbst die unsterblichen Götter der alten Heidenwelt.

Alle sahen den Fremden und den alten Schwätzer unruhig an, und der bedienende Wirth, der um seinen alten Freund besorgt war, hob ihn vom Tische auf und trat mit ihm in das Fenster, damit die Gesellschaft nicht verstimmt werden möchte. Da der Philosoph immer noch zu schwatzen fortfuhr, so führte er ihn endlich aus dem Zimmer, um ihn zu Bett zu bringen, oder ihn zu vermögen, daß er sich auf der Straße in kühler Nacht ergehn und seine Besonnenheit wieder finden möge.

Die Gesellschaft setzte indessen heiter ihre Gespräche fort, und Cuffe, so spröde er sonst war, schien dem Fremden, dem Alle ihre Hochachtung bezeigten, in seinen Behauptungen Recht zu geben. Der junge Mensch nahm dies mit sichtlichem Wohlgefallen auf, und liebkosete dem Fremden so, daß Alle endlich fast überzeugt waren, diese schöne Erscheinung sei die Geliebte und Braut des Unbekannten, obgleich sie doch damit das männliche Betragen, die Keckheit und selbst die Kenntnisse nicht zu vereinigen wußten, die dieses Wesen, das sie für ein Mädchen hielten, gezeigt hatte.

Jetzt aber wurden sie von einem Auftritt überrascht, der Alle noch weit mehr in Verwunderung setzte. Mit Geräusch trat Baptista wieder in den Saal, und führte einen langgewachsenen dürren und ältlichen Mann, der ihn an Größe überragte, herein, indem er laut ausrief: hier ist der Priester, der die Brautleute trauen kann! – Kaum hatte das scheinbare Mädchen den fremden Mann, der hochaufgerichtet in seinem schwarzen Kleide wie eine Säule gerade stand und seltsam lächelte, gesehn, als sie vom Tisch aufsprang, sich auf die Zehen stellte, den Dolch aus dem Gürtel zog, die fremde Erscheinung bei der Halskrause faßte, und mit heftigem männlichem Tone laut rief: die Schneide stoße ich Dir in die Gurgel, alter Mann, wenn Du ein einziges Wort von mir sprichst, oder mich nennst!

Zitternd machte sich der Fremde los und sagte stotternd: – nichts, – theurer, junger, verehrter Freund, – Ihr wollet zumal gelieben, als ein Unbekannter der Tafel und Speisegesellschaft gegenwärtig zu verbleiben, – bene – gut – et io – bin der Meinung, opinione, – nur vergönnt mir, mich ebenfalls niederzulassen, seitemalen einen weiten Weg a cavallo, zu Pferde, wie man sagt, hierher gemacht.

Die Gesellschaft hatte sich erhoben und setzte sich jetzt wieder nieder, indem der Wirth noch einen Stuhl für den neu angekommenen seltsamen Gast neben Baptista einschob. Jeder betrachtete den Fremden, der langsam, aber mit vielem Appetite aß.

Als man wieder beruhigt war, bat der Jüngling wegen seiner Heftigkeit um Verzeihung. Die Sache erschien jetzt mehr lächerlich und der neu hinzu gekommene Gast suchte im Wein seinen Schreck zu ertränken. Auch gewann er bald wieder so viel Stärke, daß er lebhaft an der Unterhaltung Theil nahm, und so viel sprach, daß Alle erstaunten, Baptista ihn aber verehrte und liebend bewunderte, indem er es unverhohlen aussprach, er habe bis jetzt noch niemals ein Gemüth gefunden, mit welchem er so unbedingt sympathisiren könne. Geistlicher Herr, sagte er endlich, erlaubt mir, daß ich Euch umarme, und schenkt mir Eure Liebe, wenn Ihr auch ein Priester seid und ich nur ein Laie.

Sehr geehrter Mann, erwiederte Jener, nichts weniger als dieses, daß ich ein Priester, Pfarrer, oder eigentlich Pfarre-Herr, sei, oder auch jemals gewesen wäre, denn im Gegentheil bin ich den weltlichen Dingen, Wissenschaften, Fabeln, Erkenntnissen und Erkenntnißweisen so in meinem ganzen Menschenwesen, con tutto il cuore, zugethan, daß mir noch wenige Gelegenheit, Zeit, tempo, und Lust übrig geblieben ist, Etwas von geistlichen Sachen in meine Memoria aufzunehmen, weil ich jede Stunde, die ich meinen Italienern entziehen müssen, für einen Verlust mir angerechnet. Nein, mein Werther, ich bin jener Mann, der in London und England unter dem Namen *Florio* nicht unbekannt ist, der ein Verzeichniß der Italienischen Wörter nach dem Alfabeta (wie wir uns angewöhnet zu sagen) herausgegeben, ediret, publiciret und nicht Beifallsohne in das Licht, luce, des Tages gestellt hat: ein galant' uomo, ein Virtuoso, Poeta, Musis amicus, ingenoso Interprete aller bellezza, Schönheit, Anmuth, Grazie &c.

Der Fremde, der ihm gegenüber saß, betrachtete diesen Florio mit Erstaunen: noch niemals, sagte er, habe ich Jemand gesehn, der sich so zierlich auszudrücken verstände, denn diese Manier dünkt mich noch anmuthiger, als jene unsers Lilly, dem die Gebildeten nicht mehr, wie vor Jahren, so unbedingt ihren Beifall schenken wollen. Aber warum weicht Ihr, Geehrtester, in der Aussprache und in den Worten so auffallend vom Herkömmlichen ab?

Ich weiß, antwortete Florio feierlich, ohne sich in seiner Mahlzeit unterbrechen zu lassen, worauf Dero Redseligkeit eben anzuspielen beliebet. Daß ich spreche Verlurst, und nicht Verlust, daß ich seitmalen statt sintemalen, wie einige Neueren es wollen, sage und Aehnliches mehr. Wir sagen aber *seit*dem und nicht *sint*dem, weil sint veraltet, oder Dialekt der Provinz ist, wir sagen verlie*ren* und nicht verlie*sen*, folglich ist Verlust unrichtig und wir müssen als verstandbegabte Wesen Verlurst sprechen. So sagen die Menschlein noch jetzt: *etwa, etwas:* was ist denn dieses armselige *Et? Ichtes* spreche der Denkend, *ichtes wanne* wie unsre Vorfahren, wenn man eine unbestimmte Zeit bezeichnen will. Glaubet mir, meine Herren, experto Ruperto, der die Welt beobachtet hat vom Angang (denn so muß man sagen, nicht dumm, Anfang) bis jetzo zur Stund (nicht jetzund, oder gar ganz verächtlicherweise jetzt, noch niederträchtiger itzt) wir kommen dahin, daß wir wie die Schwalbe ein erbarmungswürdiges Zwitschern nur noch hinter den Zähnen erregen werden, eine so gemißhandelte Redeweise, die zugleich gegen die Logica wie Grammatica immerdar verstößt und endlich keine Regula mehr zulassen wird, so daß die Fremdlinge endlich, wenn sie einen Käfer werden brummend, oder einen Spatzen, Sperling, tsirpend, schirrend, zirrend, oder soll ich sprechen szirpend vernehmen, sagen werden: da läßt sich ein Engelländer hören!

Cuffe und der junge Mann lachten laut, welches Camden dem Erstern durch einen freundlichen Blick verwies; der Fremde; der sich für Florio zu interessiren schien, fragte ihn ernsthaft: Ihr seid also auch, wie Ihr uns erst meldetet, ein Poet?

Es ist nicht ohne, erwiderte Florio, in müßigen Nebenstunden, wenn nichts Besseres oder Wichtigeres meinen ermüdeten Geist in Anspruch nimmt, vergönne ich es wohl denen Musen, mir auf ein halbes Stündlein einen Besuch abzustatten.

Arbeitet Ihr auch vielleicht für das Theater? fragte der Fremde wieder. Florio sah ihn von der Seite mit einem verachtenden Blicke an und erwiderte: nein, so tief bin ich dermalen noch nicht gesunken, auch ist mir keine minima pars meines Lebens bis dahero als so unbedeutend erschienen, oder so durchaus unnützlich, daß ich sie der Bänkel-sängerei hätte zuwenden mögen. Was ist unser Theatrum? Eine Anstalt für Barbaren und Gothen, für Müßiggänger und Ignoranten, wo ignote Autoren, verfinsterte Köpfe ohne alle Gelehrsamkeit Tragödie oder

Comödie fabriziren, oder gar jene widersinnigen Chimären, Zwittergeburten, von denen keine kultivirte Nation bis zur Stunde Etwas vernommen hat, die sie Historien, historische Schauspiele betituln. Glauben Sie mir, Verehrteste, die jetzo zur Stund mein Auditorium bilden, auf Veranlassung, ja möchte ich sagen, Bitte, einer vornehmen Dame, die noch heut zu Tage meine Scholarinn, Schularinn, ist, habe ich noch vor wenigen Wochen in drei ganz trübseligen Tagen und Vorstellungen den ganzen Bürgerkrieg der rothen und weißen Rose so anschauen müssen, und zum Beschluß am vierten Nachmittage den Ausgang des Tyrannen, des dritten Richard. Was hätte ein Euripides, oder Sophokles, oder gar der erlauchte Seneca zu derlei Widersinnigkeit gesagt? Ein Raum der Zeit, der fast ein Säculum, Jahrhundert umspannet, auf das Gerüst von Bretern zu bringen, welches sie eine Bühne nennen? Und alles obenein ohne Nutzanwendung, Allegorie, Metapher oder Signification, Bedeutung, Inhalt, Verständniß, nur für den Pöbel und dessen unfähige sinnlose Sinne, für unwitzigen Aberwitz, von den leersten Köpfen des Königreiches als eine wahre olla potrida (einen verfaulten Topf nennt der Spanier das Gericht, in welchen er Fleisch, Erbsen, Wurzeln, Gemüse, grünes Kraut, Schinken und was er ichtes noch hat, hinein thut, wochenlang stehen läßt, und nun Wasser oder Brühe hinzufüllt), wohl, ein solcher elender, verfaulter und faulender Topf ist diese unsere engelländische Bühne. Ja, wer die Comödien des Ludovico Ariosto kennt, den Thorismund des Tasso, die Werke des Trissino, Macchiavell, Bembo, Speron Sperone, dessen Trauerspiel Canace, Dolce, und wie sie alle heißen, jene hohen Genien des italienischen Parnassus, der hat seinen Gaumen und Magen für dergleichen Atreus-Thyestische Mahlzeiten verdorben und zu fein erzogen. Auch geht meine Bestrebung dahin, allen meinen Schülern (deren mir viele und edle sind, und hohen Geistern die Schönheit, bellezza, beltà des italischen, oder eigentlichen florentinischen, florenzischen, fioren-tinischen Idioms beizubringen, die große hermosura, wie der Spanier sagen würde, und fermosura der ältern Castilianer, oder die Cortesia, dieses ist meine, die meiste Zeit und Stunde mir nehmende Beschäftigung) dieselbe Gesinnung zu eröffnen und beizubringen.

Baptista umarmte im Feuer wieder diesen seinen gelehrten Nachbar. O Ihr kennt, rief er aus, Ihr würdigt auch gewiß so wie ich den großen Baptista della Porta?

Wie sollte ich, antwortete Jener, diesen ausgezeichneten edeln Mann nicht ebenfalls in meine Kenntniß aufgenommen haben? Doch sind seine Comödien, Bester, nicht im reinen fiorentinischen Styl geschrieben, er ist nachlässig und ergiebt sich den Dialekten, wie auch der berüchtigte und von vielen göttlich genannte Peter Aretin. Sein Buch von der Physiognomik ist mir schwärmerisch erschienen, wird aber von Vielen mit vielem und großem Preise beehrt.

Und mit Recht, rief Baptista, es ist eins der herrlichsten Werke, die nur jemals aus der Feder eines Sterblichen geflossen sind. Einzig diesem Buche habe ich alle meine Weisheit zu verdanken.

Wenn Ihr das Theater verschmäht, begann der Fremde wieder, welcher Dichtart hat sich Euer Genius am meisten ergeben?

Hauptsächlich dem Scharfsinn, antwortete jener, der agudeza, um welche sich zwar die Besseren unter uns fleißig genug bemühen, aber die ächte Schärfe, Schneide, Feinheit immer noch nicht erwerben und sich anbilden mögen. Auf einem Spaziergange hatte sich eine vornehme junge Dame, donna, domina, einen Dorn in den Fuß getreten, auf welche Veranlassung ich alsobald folgendes Epigramma, oder sei es Madrigal, Canzone, Canzonette, oder wie man es betiteln will, sang, da mein freier Geist, oder mein Capriccio sich in diesem Augenblick von keiner Regul, Form, Zaum, wollte fesseln und hemmen lassen, sondern ungebunden schweifte in den weiten schrankenlosen Räumen der Phantasia, von jenem heiligen Wahnsinn, oder der ächten Musa, begeistert und gegeißelt.

Es drang der Dorn
Zäh' unzart in die zart' unzähe Zehe;
Wie ward dem weißen Wendeglied ein Wehe,
Da durstig drinn der Dorn
Trank Blut, das triefte, trennt' und macht' zu Thor'n
Die Adern an augblendendem Alabaster all.
Der Wundarzt wird weit hergeholt zum Wiesenthal,
Da dringt derselbe droh'nde Dorn
Tief in sein trauernd taumelnd Herz, treibt, daß zum Thor'n
Er weinend wird, weilt, heilt die Wunde, wehe!
Zäh zieht und zier gesund zur Stadt der Zehe,
Es heult der Heilende und hat im heißen Herzen,
Schwer, schwierig, schwellend, die er schwichtigte, die Schmerzen.

So wollte ich durch Feinheit, Laune und halbe Erklärung der Liebe, höchst galant und gelaunt der Allitteration, diesem Spiel mit Buchstaben, sinnig und vieldeutig gleichsam von weitem, durch Metapher, Allusion und Witz eine Art von Liebes-Andeutung oder Erklärung zu verstehen geben, denn ich war auch bei dem Verbande zugegen, und schob so witzigerweise, wie der Jäger ein Stellpferd, den Wundarzt vor, um den goldnen Pfeil meiner Rede mit so mehr Sicherheit abzudrücken. So war meine Absicht; vielleicht erreichte sie mein schwaches Ingenium nicht ganz.

Gewiß, rief Cuffe, so, wie es der verwegenste Dichter in seinen kühnsten Träumen nur wünschen kann. Ihr habt sehr Recht, großer Mann, dergleichen fehlt unserm Jahrhundert noch, und doch kann die Phantasie in diesen Spielen am deutlichsten zeigen, ob sie einer göttlichen Begeisterung fähig sei.

Camden, der ermüdet war und fürchtete, sein heitrer Freund würde den Poeten noch weiter in Gespräche verwickeln, gab einen Wink und Cuffe und die übrigen erhoben sich. Camden ging auf den Fremden zu und sagte: wollt Ihr mir auch jetzt nicht Euren Namen nennen? Theurer Mann, sagte der reizende Jüngling rasch einfallend, Ihr bleibt, wie ich höre, einige Tage in Oxford bei Euren Freunden hier; binnen kurzem erfahrt Ihr, wer ich bin und mein Freund, denn wir werden es uns nicht entgehen lassen, eine so werthe Bekanntschaft, wie Eure und die des Herrn Cuffe, fortzusetzen. Ihr könnt aber versichert seyn, daß ich nicht die Braut dieses Mannes bin, den ich aber innigst liebe und verehre.

Camden entfernte sich mit Cuffe und den andern beiden Freunden, worauf sich der Jüngling zu Florio wendete und sagte: morgen früh sprechen wir uns. – Er ging, um sich dem Schlaf zu ergeben, und sein Freund begleitete ihn. Florio und Baptista blieben noch lange, traulich vereint, sitzen und schwatzten viel und mancherlei, indem der gute Wein ihre Zungen löste, doch hütete sich der furchtsame Florio zu entdecken, was zu thun Baptista ihn dringend aufforderte, wer der schöne Jüngling sei; vom Fremden, der die Aufmerksamkeit des Physiognomisten so sehr in Anspruch genommen hatte, mußte er gestehn, daß er ihn selbst nicht kenne und niemals gesehn habe.

Am andern Morgen war der Fremde schon früh weggeritten. Der junge schöne Mann ging auf das Zimmer, welches der Sprachmeister Florio bewohnte, den er noch im Schlummer traf, und sagte zu ihm: Jetzt will ich mit Euch sprechen, Alter, wenn Ihr nüchtern genug dazu seid. Es war nur gestern nicht gelegen, daß die Tischgesellschaft meinen Namen erfuhr, und ich wünsche auch noch nicht, daß Ihr mich in der Stadt hier nennt, bis ich wieder zurückkomme. Aber wo kommt Ihr her? Was wollt Ihr hier?

Gnädiger, verehrter Graf, antwortete Florio, der sich im Bett aufrecht gesetzt hatte, Eure liebe, bekümmerte Mutter sendete mich Euch nach. Man hatte in Erfahrung gebracht, daß Ihr plötzlich Eure Wohnung verlassen hättet; ein Bedienter hatte vernommen und herausgebracht, daß Ihr hierher nach Oxford gehen würdet; da wurde die hohe Frau, bei welcher ich zufällig zugegen war, tief betrübt und erschreckt, und indem sie, Aufsehn meiden wollend, Niemand anders Euch uachsenden konnte, ersuchte sie mich, Euch still nachzureisen, und in Erfahrung zu bringen, ob Euch kein Unglück obwalten, oder Eure Person ergreifen möchte.

Ihr wißt ja, antwortete der Graf, daß wieder Krankheit und Sterben in London, wie so oft, eingebrochen ist. Ich bin es endlich satt, unter meiner Mutter, oder Deiner, oder irgend eines Menschen Vormundschaft zu stehn, ließ mein Pferd satteln und ritt hierher, um einen Freund zu treffen. Ich werde mich auf ein Paar Tage jetzt von hier entfernen. Willst Du mich hier erwarten, gut, so reise ich vielleicht mit Dir zu meiner Mutter auf ihren Landsitz: nur keine Hofmeisterei, denn ich bin jetzt achtzehn Jahr alt und weiß selbst, was mir frommt. Ihr habt Euch aber so angewöhnt, mich wie einen Knaben zu behandeln, daß Ihr Euch noch immer nicht darein finden wollt, wenn ich meine Freiheit behaupte. Und ehe meine Mutter mich nicht als einen selbstständigen Menschen ansehn kann, mochte ich sie lieber nicht sehn.

Nur Liebe, erwiederte Florio, ist diese Aengstlichkeit und Fürsorge, amor, fidelitas, oder charita –

Schweigt mit Euren Narrenpossen! rief der junge Graf unwillig, indem er das Zimmer verließ.

Der Fremde war auf dem Wege nach Stratford vom Pferde gestiegen, und wandelte im Garten eines einsamen Hauses, das an der Straße lag. Hier erwartete er den jungen Freund, und viele Gedanken durchkreuzten seinen Kopf, vielfache Empfindungen bewegten sein Gemüth. Erquickte ihn die Schönheit der Landschaft und des Sommertages, war er sich seines Glückes bewußt und hob ihn die frohe Ahndung empor, daß sich sein Leben ausweiten, seine Talente entfalten mußten, freute er sich an dem reichen Schatz seines Herzens, so ängstigte ihn auch der Wendepunkt des Lebens, an welchem er jetzt stand. Wiedersehn sollte er seine Familie, seine Eltern und Kinder, die ihm seit lange fremd geworden waren, und alle jene drückenden Verhältnisse seiner Kindheit und Jugend sollten wieder nahe auf ihn zutreten, und er fühlte schon im voraus, welche Schmerzen sich seiner bemeistern würden.

Im stillen Garten überließ er sich seinen Träumen, in einer blühenden Laube ruhend. Nach einer Stunde erschien sein junger Freund. Nun, Willy, rief der ihm entgegen, unsre Pferde sind versorgt, das Mittagessen habe ich bestellt, hier sind wir nun ganz allein und ungestört; nun sprich, erzähle Alles, was ich wissen will, und wozu wir in der unruhigen Stadt niemals haben kommen können. Wie ich Dich liebe, weißt Du, was Du mir bist und bleiben sollst, kann ich nicht so schnell in Worten aussprechen. Sieh, mein Freund, ich bin noch nicht alt, aber seit ich mich besinnen kann, sehne ich mich, das in Rede und Poesie zu finden, was meine Brust bewegte, klarer in jene wunderlichen Träume hinein zu blicken, die vor dem Auge meines Geistes räthselhaft gaukelten. War ich entzückt von Diesem und Jenem, wehte mich ein frischer Hauch des Frühlings aus den Alten oder den Dichtern unsrer Zeit an, so blieb mir doch ein Ungenüge zurück; meine Sinne waren nicht gesättigt, bis ich durch Zufall im Theater Deine Schauspiele kennen lernte. O, theurer Willy, ich weiß, daß Du mich liebst, aber ich weiß auch, daß Du meinst, ich sei zu jung, zu heftig eingenommen für Dich und Deine Schriften, so daß Du immer mein Lob, meine Bewunderung ablehnen willst; aber mein Genius sagt mir, Du bist der Inhalt und der Stolz unsrer Zeit, wie der Zukunft. Jetzt will ich nun Alles versuchen, Dich bei Deinem Vater wieder einzuführen, alle Irrungen auszugleichen und Alles zu thun, was ich vermag, um Dich zufrieden zu stellen. Für das, was ich Dir zu danken habe, was ich Dir schuldig bin, geliebtester Mann, ist Alles, was ich thun kann, immer noch zu wenig.

Wenn ich mein Leben überdenke, antwortete der ältere Freund, und ich sollte in Worten deutlich machen, wie mein Empfinden zu Dir ist, liebster, theuerster Heinrich, so möchte ich sagen, ich habe vorher, ehe ich Dich kannte, wie im Schlaf befangen gelegen. Es ist uns oft, als wenn verschiedene Geister in unserm Innern herrschten, und die verschiedensten Kräfte der Maschine unsers Leibes regierten. Wir thun

Dieses, Jenes, mit Eifer, mit Leidenschaft sogar, wir meinen, unser ganzes Leben geht in dieser und jener Bestrebung auf, – und plötzlich ersteht in uns ein ganz neuer Wunsch, eine unbekannte Erfahrung, und mit dieser ein ganz verwandeltes Dasein, wir erkennen unsre so nah liegende Vergangenheit nicht mehr, in welcher wir uns gestern doch auch reich und glücklich dünkten. Als Du mich aufsuchtest, als ich zu Dir eingeführt wurde, ging unvermerkt und doch plötzlich diese Verwandlung in mir vor. Was ist diese liebende Freundschaft, diese Leidenschaft, daß ich nur von Deinen Blicken leben möchte, diese Empfindung und dies Bedürfniß, das jetzt mein nächstes Leben ist, wovon ich früher gar keine Vorstellung hatte? – Hier in grüner Einsamkeit, fern von allen Menschen, wo keiner sich verwundert oder mich mißversteht, bin ich so kühn, ganz mit Dir, Geliebtester, wie mit einem jungen Spielgenossen zu sprechen. In der Welt, unter Menschen ist es anders, und in der Zukunft, wenn der Staat Dir Würden giebt, wenn Du in allen Vorrechten Deines Standes einher gehst, wird meine Liebe still zurück treten müssen, schon befriedigt, wenn Du mich nur nicht vergessen oder verachten magst.

Sprich nicht so, William, antwortete mit Herzlichkeit der junge Graf. Nach dem Sinne der Welt ist es etwas, wenn ein Vornehmer, wie ich es bin, Dich schätzt und liebt; ehrt Dich die Königin, wie sie gewiß wird, wenn sie Deine Arbeiten kennen lernt, so ist dies noch größer und erfreulicher, und ich weiß, daß Dein milder, bescheidener Sinn, so wenig Du kriechend schmeicheln magst, dies mit dankbarer Rührung erkennen wird. Aber das unwandelbare hohe Glück, das in Deinem Innern immerdar aufwächst, die großen Gedanken, die Du hervorbringst, die Gefühle, die Dich beseligen, die Trunkenheit und Begeisterung, die Dich ganz durchweben und in Dir singen, sind nichts Irdischem zu vergleichen. Und in diesen Momenten muß doch, so denk' ich mir, Vorzeit und Zukunft in Dir lebendig seyn.

Der Dichter sah mit glänzenden Blicken in die Augen seines jungen Freundes. Dieser Moment machte sie in gegenseitigem Vertrauen glücklich, und zog im ältern Freunde, im Gemüth des William Shakspeare, wie wohl durch den heitersten Himmel im klaren blauen Krystalle ein fast unsichtbares milchweißes Wölkchen zieht, sich im Azur verlierend, der Gedanke vorbei, daß doch Alles im Leben Täuschung und vergänglich seyn müsse, und daß dieser junge

Heinrich, der Graf Southampton, dieser schönen Stunde in Zukunft wohl einmal vergessen werde.

Nun, fing Graf Southampton nach einer kleinen Pause an, die Bäume flüstern, Bienen summen, Blumen duften, ungestört bleiben wir gewiß; jetzt erzähle mir, wie Du schon längst versprochen hast, die Geschichte Deiner Jugend, und wie Du zum Theater kamst, nebst allem dem, was mir wichtig ist. Denn wie dieser und Jener wohl dem Virgil nachlaufen würde oder ein Andrer dem Ariost, wenn sie noch lebten, und jedes kleine Wort aufhaschen, jeden Umstand ihres Lebens, so hat mich die Liebeskrankheit zu Dir befallen, die viele verständige Menschen, wenn sie sie an mir beobachten könnten, einen Wahnsinn nennen würden. Nachwelt! Ruhm! Wer, was ist sie? Und wer hat diesen, den ächten? Die Stimmungen und Stimmen wechseln, die Urtheile widersprechen sich, der Tiefsinn übersieht nur zu oft das Nächste: nur die Liebe faßt Alles im erhöhten Gemüthe auf die rechte Art zusammen, und so, wenn ich ganz vom Zauber Deiner Dichtung durchdrungen bin, fühle ich den unerschütterlichen Glauben, ich könne nicht irren, und Nachwelt und wahre Kritik und ächter Ruhm sprächen aus den jugendlichen Worten meiner Bewunderung.

Denke ich zurück, sagte Shakspeare, was mir das Leben war, wie es mir wurde, verloren ging, und verklärt aus Leid und Schmerz wieder empor stieg, könnte ich dies in Gedichten oder Erzählungen aussprechen, so würde dies, so alltäglich und gering es seyn mag, doch wie wundersame Mährchen klingen. Jede Kindheit und Jugend fängt auf diese Weise an, wie die Geschichte und die heiligen Schriften. Die Menschen aus Leichtsinn, mißverstandenem Ernst, wegen späterer Geschäfte, oder auch durch die Noth gequält, beachten nur den Frühlingstraum ihrer Jugend zu wenig. Möchte man doch sagen, Engel und selige Geister spielen immer noch mit der unbewußten Kindheit, oder Feen und Elfen necken und scherzen, oder ganz fabelhafte Zeiten senken sich hernieder und weben um das Kind, Alles dem Auge des Erwachsenen unsichtbar.

Meine Geburt fiel in jene Zeit, als in England, nachdem unsre Königin vor acht Jahren den Thron bestiegen hatte, alle Meinungen, Verhältnisse, Partheien, Hoffnungen und Plane mit einander rangen und sich vielseitig bekämpften. Gewiß eine unglaubliche Gährung, die nur allgemach Ruhe und Sicherheit, ein heitres Dasein und die Freuden im Gefolge des Friedens auf den Boden des Vaterlandes absetzen konnte. Seit Heinrich der Achte die Reformation begünstigt und sich vom Papst losgesagt hatte, nachher oft wieder zurücknahm, was er als Religion feststellte, war ein Schwanken hin und wieder, das Eigennutz, Leidenschaft und List abwechselnd zu ihren Absichten gebrauchten. Die kurze Regierung Eduards konnte auch die Waage nicht ins Gleichgewicht stellen. Das Schiff trieb eigentlich ohne Steuer hin und her und nach allen Richtungen. Die katholische Marie war um so bestimmter in ihrer Ueberzeugung. Die Aufgabe ihres kurzen Lebens war, mit Gewalt und ohne Rücksicht auf die Gegenwart die früheren Zustände zurückzuführen. Wie viele Opfer sind diesem starren Eigensinne gefallen; die Lebenden lassen sich vernichten, aber mit ihnen nicht die Gesinnungen. – Ich weiß, wie sehr Euer verehrter Vater als Staatsmann auch dieses Glaubens war, und es sei fern von mir, Eure Ueberzeugung oder Liebe irren zu wollen. Die Wahrheit bricht in vielfachem Strahl, die Gemüther können nicht alle auf eine Weise sich befriedigen; aber wie die Jesuiten, der Papst und Spanien diese Spaltungen benutzten, war unserm Lande verderblich, und niemals haben die ruhigeren, patriotischen Katholiken an diesen Verschwörungen Theil genommen. Diese unglückselige Aufgabe aber, jenen Conspirationen, die sich alle mit dem Anschein der Religion verlarvten, die Stirn zu bieten, fand unsre große Königin zu lösen, als sie nach vielen Leiden den Thron ihres Vaters bestieg. Wie weise sie alle Stürme abgelenkt, wie ruhig und ohne Leidenschaft sie die Freiheit gegründet, und durch ihre Räthe Unglück und Complotte, Hierarchie und Bosheit zurückgewiesen und unschädlich gemacht hat, bewundert die Welt. Ihr Thron steht fest, wie oft er auch erschüttert wurde, auf der Liebe ihres Volkes.

Sprich von Dir selbst, sagte Southampton: dieses Capitel macht mich immer nachdenklich. Wie könnte ich das Glück unsers Landes und die Größe der Fürstin verkennen? Aber Du weißt, mein Großvater wie mein Vater, so wie ich, der ich ihnen mich anschließe, waren dem katholischen Glauben zugethan. Der Kampf geht hinüber und herüber und ist gewiß auch für unser Land noch nicht beschlossen. Das Unglück scheint das zu seyn, daß die neuere katholische Kirche, wenn sie wieder einmal siegen sollte, unendlich mehr fordern muß, als die der früheren Jahrhunderte, und die Völker müssen mehr Freiheit und Recht aufgeben, als selbst in den sogenannten finstern Zeiten. Wie kann aber eine Nation, die je das Glück der Geistesfreiheit genossen hat, wieder zurücktreten und sich bezwingen lassen? Und genießen nicht hier, wie in allen Ländern, wo die Reformation sich Bahn gemacht hat, die Katholiken auch die Wohlthaten mit, die sie mit dem Umsturz der neueren Kirche wieder einbüßen würden? So sorgen diese Verhältnisse selbst dafür, daß diese Spaltung, die heilsam seyn mag, nicht wieder aufgehoben werden kann, und Fürsten und Regenten werden selbst gegen ihren Willen gezwungen, die neue Lehre aufrecht zu erhalten. Aber Kriege, Verfolgungen, Verirrungen der Völker mögen sich wohl erneuern.

In die Zeit dieser politischen und religiösen Kämpfe, fing der Dichter wieder an, fiel meine Geburt. Gerade damals war in uns nahen Grafschaften und in Warwikshire ein geistreicher und gelehrter Mann, der auf seinen Reisen viele Gemüther gewann und zur katholischen Kirche verlockte oder bekehrte, William Allen, der nachher Cardinal geworden ist. Er war heimlich auch in Stratford und hat in dieser kleinen Stadt und in meiner Familie viel Unruhe erregt. Er gewann das Herz meines Oheims, meines Vaters Bruders, und selbst mein Vater war einige Zeit schwankend und in seinem Gewissen gequält. Letzterer ein finsterer Mann, war fast immer schwermüthig, und durch dieses Haften an den religiösen Meinungen gab es vielen Streit mit Verwandten und Nachbarn. Dabei war es lebensgefährlich, sich mit den fremden Priestern einzulassen. Schadenfrohe Menschen oder diejenigen, die eifrige Protestanten waren, lauerten auf. Die ersten Eindrücke meiner Jugend waren finster. Die Mutter nahm sich meiner an, ihr Gemüth war heiter und sinnig, und ihr Gedächtniß hatte wunderbare Mährchen, alte Sagen und Geschichten aufbehalten, die sie mir gern erzählte. Als die Nachricht von der furchtbaren Bartholomäus-Nacht nach England kam, wendeten sich viele Proselyten, oder die dem alten Glauben sich wenigstens zugeneigt hatten, wieder ab. Dieser Schlag, der alle Herzen erschütterte, brachte mehr Ruhe in die Familien, und die Sache der Protestanten gewann durch ihn.

Von jenem Schwank in Kenelworth, der kleinen Begebenheit, die sich mit mir dort zutrug, habe ich schon sonst einmal erzählt. Mein Vater blieb aber doch immer unzufrieden mit mir, denn meine Fortschritte in der Schule waren nur langsam. Diese Freischule in der Gildenhalle am Markte werde ich niemals vergessen. Wenn ich dort auf der alten Bank hinter den wurmzernagten eichenen Tischen saß, entging mir nur zu oft mit der Aufmerksamkeit aller Sinn und Verstand, und ich fürchtete oft, ganz zu verdummen. Möchte man nicht oft auf die Meinung gerathen, die Einrichtung dieser Schulen sei mit Scharfsinn so getroffen worden, um die Kinder von Klugheit, Witz und Gelehrsamkeit abzuhalten, damit zu viel Verstand der bürgerlichen Gesellschaft keinen Schaden brächte! Dieses ewige Einerlei, dieses unnütze Wiederholen von schon bekannten Gegenständen, wo nie auf Den Rücksicht genommen wird, der schneller begreift, sondern nur auf den Stumpfsinnigen, brachte mich oft zur Verzweiflung. Eben dieses Wiederkehren derselben Gegenstände hinderte mich, sie im Gedächtniß festzuhalten, und ein Ekel gegen alles Lernen bemächtigte sich meiner so sehr, daß ich nur mit Grausen an diese Schule und ihre Lehrer dachte.

Mein armer Vater war in seinem Gewerbe zurück gekommen, und wünschte bald eine Hülfe in seinem Haushalt und der Rechnungsführung zu haben. Mir war es ganz recht, daß er mich ziemlich früh aus der Schule nahm und mir im Hause selbst einen Lehrer hielt, indem ich zugleich ihn in seinen Geschäften unterstützte. Es war natürlich, daß ich mit einigen Burschen meines Alters Bekanntschaft machte, die mich auch wohl auf die Dörfer hinaus, oder zu kleinen Festen mitnahmen. Mein Vater, der einen ganz sonderbaren Begriff von Tugend hatte, nannte dies in der Regel Bosheit und Sünde, und war nicht leicht dahin zu bringen, zu dergleichen Zerstreuungen seine Erlaubniß zu geben. In der Familie Hathaway brachte ich viele Zeit hin; der muntre, kräftige Bruder war ein sehr vergnüglicher Gesellschafter, und die Schwester Johanna ging mit mir wie mit einem jüngern Bruder um, denn sie war acht Jahr älter als ich. Diese Leute, so wie manche andre in meinem Geburtsort wie in der Nähe, waren gütig und freundlich mit mir, ich merkte aber doch, daß sie mich für einen Burschen hielten, der zu Nichts zu brauchen sei und aus dem niemals etwas werden würde. Wenn man die Menschen recht genau kennt und täglich mit ihnen umgeht und sie stündlich, auch ohne es zu wollen, beobachtet, so ist in Jedem, auch Demjenigen, der nicht auffällt, etwas Wunderbares und Unbegreifliches. So war diese Johanna. Sie war schon längst ein reifes Mädchen, dessen Schönheit sich entwickelt hatte, als sich noch immer kein Freier für sie fand; oder vielmehr scheuchte sie durch Scherz, Munterkeit und sprödes Wesen alle Bewerber zurück, denn es fanden sich viele, da sie ein kleines

Vermögen besaß. Freundlich war sie mit Jedem, sie scherzte und lachte gern, sie wurde aber mit Niemand vertraut. Wenn der Bruder mit ihr darüber scherzte, daß sie keine Ehefrau werden wollte, so wies sie auf mich, den sie immer ihren Mann nannte, und der noch ein Knabe war. Im Hause meines Vaters war meine Lage so peinlich, daß ich es bei einem Rechtsgelehrten in der Nachbarschaft versuchte, dem ich schrieb und von ihm Manches lernte. Bei ihm lernte ich einen jungen Mann kennen, der die italienischen Autoren liebte und las; er war willig genug, mir die Sprache zu lehren, welche Alle kannten, die zu den feinern Menschen gehörten. Ich war fleißig, denn ich lernte mit Lust, Tag und Nacht studirte ich in den Dichtern, die mich bezauberten, aber mein alter Rechtsgelehrter führte laute Klagen und Beschwerden, so daß ich nach acht bis neun Monaten sein Haus wieder verließ.

Jetzt konnte ich freilich meinem Vater wieder etwas nützlicher werden, der mich auch gern wieder aufnahm, weil ich ihm einen andern Gehülfen ersparte. So hatte ich mein sechzehntes Jahr erreicht, als ich einmal in einem Geschäft mit einem Verwandten nach London kam. Die Reise dahin, der Anblick der großen Stadt, des Stromes, der Brücke, der Schiffe, der Handelsthätigkeit, alles das erhitzte meine Phantasie und bezauberte mich. Ich war mit der Geschichte des Landes nicht unbekannt, denn mein Vater las selbst die Chroniken gern, die damals im Druck erschienen. So oft ich mich von dem Verwandten los machen konnte, durchstreifte ich die Stadt und betrachtete bald Dieses, bald Jenes, ging in die großen Schenkhäuser, in St. Pauls, suchte den Londoner Stein auf, und alle die Stellen, die durch irgend eine Begebenheit, die hier vorgefallen, merkwürdig sind; so auch den Tower, der mir höchst ehrwürdig erschien, den Palast der Königin, die Werfte, und auch Windsor und einige andre Lustschlösser, wie Non Such, hatte ich zu besuchen Gelegenheit. Wie war mein Geburtsort klein und unbedeutend, und wie sehr wünschte ich, in diesem großen London leben zu können.

Was mich aber am meisten anzog, waren einige Theater, die vor nicht gar langer Zeit erst waren gebaut und eröffnet worden. Was ich als Kind im Schloß Kenelworth gesehen, was ich als Dialog und Drama wohl bisher gelesen hatte, konnte sich meiner Imagination nicht bemächtigen. Es war auch nicht, daß ich hier etwas Vortreffliches sah und hörte, denn Vieles, das Spaßhafte vorzüglich, war nicht aufgeschrieben, die Spielenden sagten es nur so aus dem Kopfe her, und gewisse Scherze kamen in allen Stücken wieder vor. Eben so vernahm man einige Verse, die pathetisch seyn sollten, immer wieder, mochten sie zur Scene passen, oder nicht. Was mich anzog, war das eigentlich Dramatische, das sich in diesen rohen Versuchen offenbarte: denn eine sonderbare Geschichte, irgend etwas Seltsames wurde so vorgetragen, daß die Aufmerksamkeit gefesselt wurde. Freilich standen diese Schauspieler in keiner Achtung, sie zogen auch im Lande umher, wenn in London die Zuschauer ihre Künste oft genug gesehn hatten; von den Dichtern sprach man nicht, es schien die Sache so eingerichtet, daß fast Jedermann dergleichen schreiben konnte, die Einnahme kam hauptsächlich dem Unternehmer zu gut, der die Bühne gebaut hatte.

Als ich wieder in meinem kleinen Geburtsort, in meinen Geschäften und meiner Familie war, stand mir Alles, was ich auf diesen Reisen gesehn, mit den lebhaftesten Farben vor Augen. Ich schwelgte in diesen Erinnerungen und konnte mich in meine Aufgaben und in mein Leben noch weniger finden. Ich dachte oft nach, welches denn wohl mein eigentlicher Beruf seyn könne, und weinte manchmal bitterlich, daß ich, wegen der Armuth meines Vaters, die Universität nicht besuchen könne. Sah ich die Bestimmung des Gelehrten an, so schien sie mir freilich auch nicht ohne Beschwer und Dornen, und ich fürchtete wieder, meine Fähigkeiten wären für solche Laufbahn zu geringe. Ich konnte es nicht unterlassen, ein Schauspiel in der Art zu entwerfen, wie ich die Spiele in der Stadt gesehen hatte. Ich erkundigte mich in der Nachbarschaft nach den Familien, von denen einige mit uns verwandt, und deren Söhne in London Schauspieler waren. Diese Verwandtschaft hatte mein strenger Vater bei jeder Veranlassung mit Heftigkeit abgeleugnet; er behandelte diese unglücklichen Menschen wie Bösewichter. Als er es daher erfuhr, daß ich diese Leute auf dem Dorfe aufgesucht, mit zweien dieser Spieler, die zum Besuch herüber gekommen waren, Bekanntschaft gemacht, als er die Blätter fand, in denen ich selbst eine Komödie entworfen hatte, so stieg sein Zorn zu einer furchtbaren Höhe. Er drohte mir mit seinem Fluch, wenn ich diesen gottverhaßten Wegen nicht auf immerdar den Rücken kehrte. Ich versprach es, ohne es halten zu können, denn diese Bekanntschaft hatte ungesucht andre nach sich gezogen. einige junge Leute, denen meine Widerspenstigkeit gegen meine Familie gefiel, schlossen sich mir an, und führten mich zu ihren Belustigungen, wenn ich das Haus nur irgend verlassen konnte. Kleine Wanderungen wurden unternommen, unschädliche Thorheiten versucht, Lieder gesungen, deren ich selbst einige dichtete, Nachbarn geneckt und hübsche Mädchen mit Blumen, Kränzen und Ständchen beschenkt. Ich war der Jüngste dieser fahrenden Gesellschaft und ergab mich mit so heftiger Leidenschaft diesem Zeitvertreib, daß ich bald meinem Vater unnütz, und nur eine Last meiner Familie war, die sich indessen ansehnlich vermehrt hatte. Mein Vater, welcher sah, wie ich mit zunehmendem Alter nur unbrauchbarer würde, schien mir seine Liebe ganz zu entziehn und gleichgültig gegen mein Treiben zu werden; meine weichgestimmte Mutter fand ich oft in Thränen, deren Bitten und Ermahnungen mich rührten, mir aber doch die Kraft nicht gaben, mein Geschäft mit Ernst zu treiben, oder meine übermüthigen Kameraden zu verlassen.

So hatte ich mein achtzehntes Jahr erreicht. Die Einwohner von Stratford, das sagte mir jede ihrer Mienen, auch hörte ich es wohl von meinen lustigen Freunden, betrachteten mich wie einen ungerathenen Sohn, der seinen Eltern nur Kummer machen könne; die älteren Bekannten entzogen sich meinem Umgang und die Lehrer auf der Schule, wenn sie mir begegneten, nahmen die Miene an, mich gar nicht zu kennen. Bedurfte aber in der Nachbarschaft ein Jüngling eines Liedchens, um es seiner Braut oder Geliebten vorzusingen, galt es, eine Lustbarkeit zu veranstalten und einzurichten, einen Aufzug oder eine Mummerei zu erfinden, so wendeten sich Alle an mich.

Nur ein Wesen, das zu meiner frühern Bekanntschaft gehörte, hatte sich gegen mich auf keine Weise verändert. Jene Johanna Hathaway, die ältere Spielgenossin meiner Kindheit, die mich jetzt noch mit demselben Vertrauen, wie ehemals, aber freilich auch wie einen Knaben behandelte. So sehr mir die schönen Mädchen der Landschaft gefielen, so viele Reize meine Phantasie auch entzündeten, so war ich doch durch meine Unerfahrenheit und Jugend zu blöde, mich ihnen vertrauend zu nähern, oder von meinen Empfindungen und ihrer Schönheit zu sprechen. Nur dieser Johanna, die damals schon fünf und zwanzig Jahr alt war, hatte ich den Muth, im Ernst und Scherz Alles zu sagen, was mein Gemüth erregte. Ich habe oft bemerkt, daß den Jünglingen, die so eben die Schwelle der ersten Jugend verlassen, diese reifen weiblichen Schönheiten gefährlicher sind, als die erst aufblühenden, die dem ausgebildeteren oder älteren Manne so reizend erscheinen. Niemals aber war unter uns von Leidenschaft oder Liebe die Rede, auch konnte es mir niemals einfallen, am wenigsten in meiner hülflosen Lage, irgend ein Mädchen, am wenigsten Johanna, so in die Augen zu fassen, als ob sie meine Gattin werden könne. War ich doch auch noch so jung und unbedeutend, daß alle älteren Leute mich nur wie einen Burschen behandelten, man hätte mich verlacht, wenn ich um die Tochter einer Familie angehalten hätte. Und von Johanna, die alle Liebe und Zärtlichkeit verlachte, glaubte ich und Jedermann, daß sie fest entschlossen sei, sich niemals zu verheirathen. Ihre Eltern und Verwandten hatten sich auch schon an diesen Gedanken gewöhnt, und verschonten sie mit neuen Vorschlägen und Freiern.

Es war wieder die Rede davon gewesen, da ich es in meiner Heimath fast mit allen Menschen verdorben und ihr Zutrauen verloren hatte, nach Coventry oder Bristol zu gehn, um dort unter einem tüchtigen Rechtsgelehrten zu arbeiten. Einige aus der Familie Hathaway, unter diesen Johanna, waren auf eine Hochzeit auf ein benachbartes Dorf hinaus geladen, die ein reicher Pächter feierte. Aus andern Ortschaften schlossen sich Mädchen, Jünglinge und Alte dem Zuge an, und ich, eigentlich nur von meiner Beschützerin Johanna eingeladen, wanderte mit ihnen. Wir tanzten, zechten, waren vergnügt, vorzüglich am letzten Tage des Festes und begaben uns gegen Abend singend und jubelnd auf den Rückweg, um den Ort, wo Johanna wohnte, noch vor der Nacht zu erreichen; von dort hatte ich nur noch eine halbe Stunde etwa nach Stratford. Ueber Hügel, durch kleine Wälder schritt die fröhliche, von Wein und Lachen begeisterte Gesellschaft hin, zu zweien und dreien, eine andre Gruppe von mehr Figuren zusammen gesetzt. Fast aus heiterm Himmel überfiel uns plötzlich ein furchtbarer Orkan, Wirbelwind, Staub, Donner und Blitz und unmittelbar darauf Hagel und ein so stürzender Platzregen, als wenn die Wolken brächen. Alles floh, ohne daß Einer vom Andern wußte, oder ihn nur noch sehn konnte, die nach dem nahen Walde, jene rannten seitwärts und tauchten in einem Gebüsch unter, ich stürzte mich in eine offen stehende Scheune, unfern vom Wege, und Johanna, die mir folgte, mit mir. Keiner der übrigen folgte uns in der Finsterniß.

Wir lagerten uns im duftenden Heu, indessen es draußen stürmte und donnerte. Die Wuth der Elemente schien nicht ermüden zu können. So führt Virgil unter ähnlichen Umständen den Aeneas und Dido in die sichere Höhle und bricht in seinem Gesange ab, und so erlaubt mir, Geliebtester, auch in meiner Erzählung nicht weiter fortzufahren.

Wir kamen erst spät in der Nacht nach Hause. Ich konnte nicht zurückdenken und nicht fassen, wie mein Schicksal diese Wendung genommen hatte. Was mir noch gestern als das Unmöglichste erschienen wäre, hatte sich begeben, und ich konnte Nichts ersinnen, was nun geschehn solle oder könne. Johanna kam in den nächsten Tagen nicht zu uns. Ich träumte nur so hin und verlor mich in finstern Gedanken und quälenden Empfindungen.

Nach einigen Wochen, als ich nach einem vollendeten Geschäft in unsre Wohnung trat, fand ich Johanna weinend und tief beschämt in den Armen meiner Mutter, der sie sich entdeckt hatte. Ich zog mich auf mein Zimmer zurück. Noch an demselben Abend ward der Vater zum Mitwisser des Geheimnisses gemacht und im Rath beschlossen, daß ich in wenigen Tagen mit Johanna verheirathet werden solle.

Können finstre Menschen, die sich immerdar von Zorn und Verdruß übereilen und ihr Leben stören lassen, es oft nicht über sich gewinnen, kleine Sachen leicht und schnell in Ordnung zu bringen, sind sie stets mit sich im Kampf und fürchten mit übertriebener Aengstlichkeit Aufsehn oder Nachrede, Spott und Verläumdung, so sind dieselben auch wohl, wenn Pflicht oder Nothwendigkeit das Seltsame und Unerhörte gebieten, schneller berathen und besser gefaßt, als der Leichtsinnige und Heitre. Hätte man noch vor einigen Tagen von einer Frau für mich, auch einer reichen gesprochen, mein Vater würde den Vorschlag als einen aberwitzigen mit Zorn und Verachtung zurückgewiesen haben. Nun aber ließ er schnell alle andern Rücksichten fahren, gab seine Einwilligung, traf die nöthigen Anstalten, und kündigte mir meine Bestimmung an, ohne auch nur ein zorniges Wort oder eine eindringliche Ermahnung hinzuzufügen. So wurde ich denn mit dem Wesen getraut, das ich seit meiner frühesten Kindheit gekannt hatte, und die mir in meinen Knabenjahren fast wie eine zweite Mutter erschienen war. In der Stadt und Umgegend war es nicht erhört, daß ein Jüngling meines Alters war vermählt worden, selbst die ältesten Greise konnten sich eines solchen Falles nicht erinnern, und gut gemeinter Scherz wurde so wenig wie bitterer Spott geschont, worüber ich und Johanna immerdar beschämt waren, worüber die Mutter weinte, das aber den festen Vater nicht anfocht.

Die Nachforschenden, die bösen Zungen kamen so ziemlich auf die wahre Ursach, weshalb diese sonderbare und ungleiche Heirath so plötzlich war geschlossen worden. Ich bewohnte mit meiner Frau einige Zimmer unten im Hause meines Vaters. Mir schien meine Jugend, ja mein Leben völlig beschlossen. Mit der steifsten Ernsthaftigkeit widmete ich mich jetzt den Geschäften, die mir mein Vater auftrug, von allen meinen Bekanntschaften zog ich mich zurück, und indem ich nun alle meine Aufmerksamkeit den nächsten Pflichten widmete, entdeckte und fand ich so Vieles anders, als ich es bis dahin betrachtet hatte. Mein Vater behandelte mich im schrofsten Gegensatze gegen sein früheres Benehmen ganz wie seines Gleichen, als wenn ich dieselben Kenntnisse wie er und dieselben Jahre hätte. Indem ich die ganze Verwickelung seiner Verhältnisse kennen lernte, glaubte ich nun auch einzusehn, daß er selbst großentheils seine zunehmende Armuth verschuldet habe. Fast immer war er von einem Unternehmen, von einem Versuch zum andern gesprungen, hatte seine Freunde von sich gestoßen, seine Gläubiger ungeduldig gemacht, und durch Aengstlichkeit und Borgen bei geringeren und zweideutigen Menschen seinen Credit geschwächt. So hatte er, indem seine Familie jährlich zunahm, im Verlauf der Zeit sein Vermögen, welches Anfangs bedeutend genug war, geschwächt und seinen Handel nicht begründet. Als ich aber einmal und auf gelinde Weise ihm dieses zeigen und ihm rathen wollte, behandelte er mich in seiner jähzornigen Art wie den gröbsten Verbrecher, ja wie einen Vatermörder, so daß ich gezwungen war, meinen Rath. auch wenn er mir der beste schien, zurück zu halten. Meine Frau war zärtlich gegen mich, behielt aber immer jene Herablassung bei, jene angewohnte Art, mich wie einen Geringeren und Einfältigeren zu behandeln. Ihre Brüder und Verwandten aber sprachen von mir, wie von einem leichtsinnigen, ja schlechten Menschen und vermieden mich ganz.

So wurde mir im folgenden Jahr, für die Spötter zu früh nach der Trauung, eine Tochter geboren. Mein Vater ließ eine gewisse Eitelkeit bemerken, daß er durch mich so früh zum Großvater geworden sei. Nur wurde unser gutes Verhältniß, das nur ein erzwungenes gewesen war, bald wieder gestört. Da ich die Verwirrung in den Sachen meines Vaters und seine ungeschickte Heftigkeit, durch die er niemals zum Ziel gelangen konnte, eingesehn hatte, hielt ich es für meine Pflicht, das mäßige Vermögen meiner Frau anderweitig sicher zu stellen, damit es nicht ebenfalls in übereilten Spekulationen verschwinde. Die Verwandten Johannens hatten mir, weil es ihr Vortheil war, hierin beigestanden. Mein Vater aber, der im Stillen wohl auf die Summe gerechnet hatte, um seinen Angelegenheiten wieder aufzuhelfen, empfand dies sehr übel. Er deutete es sich als den Verrath eines ungerathenen, lieblosen Sohnes, der aus Bosheit dem Wohlsein des Vaters entgegenstrebe. Und, sonderbar genug, nach einiger Zeit ging Johanna in diese Vorstellungsweise ein, nicht schnell, aber nach und nach, ihr selbst fast unmerklich. Es ist wunderbar, welche Kraft in der Lüge steckt, die an sich doch das Wesenlose, Nichtige ist, daß sie mit jedem Tage mehr die lichte Wahrheit und das Leben so verschatten kann, daß bei leidenschaftlichen Menschen nach einiger Zeit kaum eine Gegend der Klarheit übrig bleibt. Diese traurige Erfahrung machte ich in meiner Familie, und nur meine zärtliche Mutter hielt sich von diesem Truge frei und sah, daß ich das Opfer der Zufälle und meines Leichtsinns geworden sei, die mich nun hinderten, irgend eine Bestimmung zu finden, die mir zukomme, und die ich erfüllen könne. Da ich das Vermögen meiner Frau aus unsern Händen weggegeben hatte, so konnte ich auf eigne Gefahr nichts unternehmen, die Geschäfte meines Vaters, in denen ich helfen sollte, verwickelte er immer mehr, ohne von mir Rath anzunehmen. Bei neuen Unruhen und Gerüchten im Lande waren wir vielen Einwohnern der Stadt verdächtig, denen wir immer noch für Katholiken galten, und mehr als einmal meinte mein melancholischer Vater, ihm gehe Alles hinderlich, weil er im Glauben nicht treu gewesen; so daß ich, wie ein Gefangener in Ketten, unfähig zu helfen, unfähig war Etwas zu thun. Wie bereuete ich meine Freiheit, die mir eine einzige unbewachte, mir noch unbegreifliche Stunde geraubt hatte, denn wenn diese mich nicht überrascht hätte, konnte ich wenigstens als Abentheurer in alle Welt gehn, um irgendwo ein Glück aufzusuchen. Jetzt fesselte mich das große schöne Auge meines Töchterchens und dieser tiefsinnige Blick der Unschuld.

Ist nur der erste Schritt gethan, daß man es über sich gewinnen kann, einen Menschen vorsätzlich zu verkennen, so geben sich die folgenden von selbst, und die Kunst, oder wie soll ich es nennen? ihn zu verachten, wächst schnell zu einer außerordentlichen Höhe an. Johanna, vielleicht um sich selbst höher zu stellen, gesellte sich wieder mehr zu ihrer Familie und hörte auf die leidenschaftlichen Einreden von Vettern und Brüdern, so daß sie mich mit diesen als listigen, gewandten Verführer behandelte, ohne in Rechnung zu stellen, daß sie mir in Alter und Erfahrung um acht Jahre voraus sei. Unter erhitzten, leidenschaftlichen Menschen wird man selbst unvermerkt leidenschaftlich, und so begegnete es mir einigemal, die Märtirer der Protestanten heftig gegen meinen Vater zu vertheidigen, und auf den Papst, die gestorbene Maria und jene von Schottland in harten Worten zu schelten, wodurch mein Vater, der zu andern Zeiten wohl dieselbe Ansicht hatte, in Wuth und Zorn gerieth.

In diesem Elend, wie andre Verzweifelnde sich wohl dem Wein ergeben, nahm ich, um nur etwas Trost zu fassen und meine Umgebung zu vergessen, meine Zuflucht zu den Musen. Selig fühlte ich mich, wenn ich mich, unter dem Vorwande zu rechnen, auf ein Stübchen oben einschließen konnte, um zu dichten und mir eine Welt zu erschaffen, die um so mehr aus Licht und Freude zusammengewebt war, je mehr diese mir in meinem wirklichen Leben fehlten. Aber Johanna entdeckte diese schwachen, ungeschickten Versuche, die weit mehr dienten, mich zu zerstreuen, als daß sie sonst irgend einen Werth gehabt hätten. Neuer Zank erhob sich, und, als wenn meine Kräfte nun erschöpft wären, ließ ich mich fallen. Da kein Mensch ohne Fehler und Schwächen ist, so kann sich jeder, wenn sein Herz erst abstirbt, die Ueberzeugung einreden lassen, und sich an sie gewöhnen, er sei schlecht, verderbt und nichtsnutzig. Las ich im Chaucer, so war ich auf dem Wege, wieder etwas Thörichtes zu treiben; sah ich heiter aus, oder lächelte, so war es gefühlloser Leichtsinn, daß ich bei den Leiden der Familie gleichgültig sei; war ich ernst, so brütete ich auf neuen Streit oder unziemende Lehre und Ketzerei. Auch die Verwirrung und den schlechten Zustand des Handels schob man mir zu und bildete sich ein, daß es früher, als ich nicht am Geschäft Theil genommen, viel besser mit diesem gestanden habe. So zerrann die Zeit und mein Leben, alles Vertrauen zu mir erstarb, mein Sinn wurde nüchtern und matt, und absterbend in Langeweile und Verdruß erlebte ich die Trauer, daß nach achtzehn Monaten meine Frau mit Zwillingen, einem Sohn und einer Tochter niederkam. Brüder und Schwestern waren mir auch wieder geboren worden, und so umgaben uns Kinder, an deren Zukunft wir denken sollten, und durch den Verfall aller Verhältnisse mußte man mit Bangigkeit in die Ferne schauen, und entbehrte noch den Trost, der oft die Bettler aufrecht hält, daß Liebe und Wohlwollen uns in Heiterkeit vereinigten.

Oftmals, wenn ich mich am Abend auf mein Lager streckte, wünschte ich, nicht wieder aufzuwachen. Es war nirgend eine Hoffnung mehr übrig, eine Aussicht, als auf den Tod, und mein Leben war verloren, bevor ich es nur begonnen hatte. Sah ich einen Hausirer vorüber gehen, der mit seinem schweren Pack durch das Land zog, so verfolgte ich ihn mit Neid auf seinem Gange durch die Welt, und sah ihn in Gedanken muthig über die Hügel und durch die Wälder schreiten, und am Abend sich seines Gewinnstes in der Herberge erfreuen. Wenn der Morgen dämmerte, graute mir, aufzustehn, denn kein Wesen war erfreut, mich wieder zu sehn, und ich wußte schon, daß man meinen Kindern, so wie sie nur begreifen konnten, dieselbe Geringschätzung gegen mich beibringen würde. Meine ältern Bekannten waren mir alle empört, weil sie mich für schlecht und leichtsinnig hielten, die jüngern verspotteten mich, als einen Armseligen. der sich das Joch der Ehe und mit ihm alle Sklaverei so geduldig hatte überwerfen lassen.

Als Johanna wieder hergestellt war, als sie wieder ausging und sich munter und stark wie gewöhnlich zeigte, nahm ich mir vor, ernst und liebevoll mit ihr zu sprechen, daß sie wenigstens meine Lage lindern und mich nicht zur Verzweiflung bringen solle. Sie war zu ihren Eltern auf das Dorf hinausgegangen und ich ging ihr am Abend auf dem halben Weg entgegen. Sie war verstimmt, zornig und ihr Betragen gegen mich war noch abstoßender als sonst. Ich sagte ihr von meinen Beschwerden, erinnerte sie an die Vergangenheit und suchte ihr deutlich zu machen, wie wenig ich um sie diese Launen und Verachtung verdient habe. Diese Auseinandersetzung war aber ganz umsonst, um so mehr, da es jetzt schon das Bedürfniß, ja der Trost ihres Lebens geworden war, mich als den Feind, der sie unglücklich gemacht habe, anzusehn. Ich erfuhr nun auch die Ursach ihrer noch herbern Stimmung. Ein reicher Gutsbesitzer war unvermuthet über See zurückgekommen. Er hatte eben die Hochzeit mit einem schönen und reichen Mädchen im Dorfe gefeiert. Alle hatten geglaubt, er würde draußen auf dem festen Lande bleiben, weil er Handel trieb; er war früher mit Johanna bekannt gewesen und sie hatte wohl im Stillen auf ihn gerechnet. Sie warf mir geradezu vor, daß ich sie auf Zeitlebens unglücklich und zum Gegenstande der Verachtung gemacht habe, indem die ganze Landschaft sie verspotte, daß sie an einen unmündigen

Burschen weggeworfen sei, der sich selbst nicht, viel weniger sie und ihre Kinder zu ernähren wisse. Es sei auch mit den Eltern, die den Unfug nicht länger dulden wollten, beschlossen worden, daß Johanna mit ihren drei Kindern zu ihnen ziehen solle, um nicht der Gefahr ausgesetzt zu seyn, noch mehr unglückliche Waisen in die Welt zu setzen. Ich erwiederte nichts, weil mir die Sprache versagte. Ich fühlte, daß sie mich niemals geliebt, ja daß sie nie auch nur Zärtlichkeit für mich gefühlt habe. Am Abend, als sich wieder Streit erhob und der Vater den Entschluß der jungen Frau vernahm, hörte ich von diesem ebenfalls, daß ich der Ueberlästige, Verderbliche sei, daß ich mich schämen müsse, wenn ich Andern auch nicht nützlich seyn möchte, mir selbst wenigstens nicht helfen und für mich sorgen zu können. In der Nacht stand ich auf, nahm mein ältestes Kind und küßte es herzlich. Das Mädchen wußte nicht, was mit ihm geschah, ward aber, schlaftrunken, bald wieder ruhig. So ging ich aus dem Hause, ohne von irgend Jemand gehört zu werden. Durch die stille, einsame Gasse schallte mein Gang, aber Niemand begegnete mir. Draußen stand ich noch einmal still, übersah in der Dämmerung die Stätte meiner Geburt und meiner Leiden und warf mich dann, in tiefe Wehmuth aufgelöst, in das Gras, indem ein unversiegbarer Thränenstrom aus meinen Augen brach. Meine Kindheit mit ihren Leiden, meine trübe Jugend ging durch mein Gedächtniß. Ich durchlebte noch einmal alle die Scenen des Jammers, und fühlte im tiefsten Herzen, wie mich Alle, selbst meine Mutter, verkannt hatten, sie nur nicht vorsätzlich. Wie bereuete ich es, daß Johanna sich mir je genähert hatte, denn ich fühlte nun, wie aus den frühen Scherzen und heitern Worten sich die Hölle herausgebildet hatte, die mich nun seit Jahren folterte. Mitten in dieser Trostlosigkeit, diesem Schmerz der Verzweiflung erhob sich aber klar und unerschütterlich das Bewußtsein, ich sei ein Anderer, als für den mich die Menschen, auch meine nächsten Befreundeten, hielten, und so stand ich auf, ein anderes Wesen, als meine Thränen versiegt waren. Keiner verlor an mir, wenn ich fort war, Alle gewannen, wie sie so oft ausgesprochen hatten; ich hatte Alles gelitten und gethan, was nur möglich war, und es war meine Pflicht, mich aus diesem Elend zu retten. Freilich hatte ich, um meinem Vater meine unfruchtbare Hülfe zu widmen, meine Jugend verloren, doch blieb mir die Hoffnung, noch zu lernen, und irgendwo eine Lücke zu finden, die ich mit meinem Leben ausfüllen könne.

In dieser Stimmung kam ich nach einigen Tagen in London an. –
Armer Freund! unterbrach hier Southampton den erzählenden Dichter.
Wie schwer ist Dir von doch gütigen Göttern das Jugendleben gemacht
worden, um Dich Deinem Beruf und Ruhm, der Dichtkunst, entgegen
zu führen. Es scheint nicht, daß Feen oder Musen an Deiner Wiege
gestanden haben. Und doch ist Dein unerschöpfliches Reden und
Dichten, daß ich heirathen und Kinder erzeugen soll, da ich gerade jetzt
in dem Alter stehe, in welchem Du vor zehn Jahren Deine
unglückselige Laufbahn als Ehemann begannest.
Welch ein Unterschied! sagte der Dichter, von Euch, Graf, der Ihr der
einzige, nachgelassene Erbe eines großen Namens und Hauses und
reicher Güter seid, von Euch wünscht die edle Mutter und alle, die es
mit Euch gut meinen, daß Ihr Euch in der frühesten Jugend vermählen
möchtet, damit Euer Name nicht erlischt und Eure Reichthümer nicht
auf andre Familien übergehen. Und wieder muß ich, weil es meine
Ueberzeugung ist, daran mahnen, daß Ihr es Eurer Schönheit, Euern
Voreltern und der Zukunft schuldig seid, Euch eine Gattin zu suchen,
die Eurer würdig ist.
Das schöne Gesicht des Jünglings verzog sich in Verdruß, indem er
sagte: laß das, lieber Willy, dieses Thema unsers fortwährenden
Streites. Ich kann und mag Dir hierin nicht Gehör geben. Keine Pflicht
gegen meine Familie kann höher stehen, als die gegen mich selbst. Soll
ich irgend ein edles Wesen unglücklich machen, und mich, indem ich
so ohne Beruf mich in eine Lebensbahn begebe, die mir nicht zusagt,
eine Sache leichtsinnig wage, die mir geradezu verhaßt ist? Ich will
noch meine Jugend und Freiheit genießen: nächst meinen Büchern und
der Ungebundenheit kenne ich mir nichts Erfreulicheres als schöne
Rosse und muntere Hunde, die Jagd im Walde, den frohen freien
Umblick in lustiger Gegend. Ich bin gesund, heiter, die Welt gefällt
mir, die Poesie entzückt mich, – aber was die Liebe sei, die Hingebung
an das Weib, jener Zauber, der von diesem ausgeht, kann ich in der
Phantasie mir wohl vorbilden, aber mit dem Herzen nicht glauben. Daß
viele Mädchen schön sind, sieht mein junges Auge: aber, wie ich eine
begehren, wie ihr Besitz mich glücklich machen könnte, ist mir
unfaßlich. Eher sind sie mir, wenn ich sie auf dergleichen Wünsche
ansehn mußte, zuwider, um nicht verhaßt zu sagen. Meine Mutter
spricht immer, als wenn ich morgen sterben würde, und Du stimmst
ebenfalls in diesen Ton. Laß das, Liebster, wenn Du mich nicht

verstimmen willst. Die Geschichte Deiner Ehe ist eben ein abschreckendes Beispiel für meine frühe Jugend. Jener Druck der Armuth würde mich nicht quälen und mit der Braut entzweien, wohl aber mein Eigensinn, meine Heftigkeit, mein Jähzorn, Fehler, die Dir ganz fremd sind. Die Mädchen gefallen mir nur in der Ferne, wie Bilder; will sich eine nähern, so wird sie mir verhaßt. Was Ihr von Reizen fabelt, von Sehnsucht, von unwiderstehlichem Zauber, ist mir in der Wirklichkeit nur lächerlich, denn mein braunes Roß dünkt mir bis jetzt schöner, als alle weiblichen Gebilde. In Eurer Fabelwelt müßt Ihr Dichter die Liebe freilich zum Mittelpunkt Eurer Dichtungen machen.

Dieses spröde Zurückziehn der Schönheit, erwiederte der Dichter, dieses herbe Verschmähen der Liebe und des Weibes habe ich eben in meinem Adonis schildern wollen, und Du selbst, Geliebtester, bist mein Modell zu dem Gemälde dieses schönsten Jünglings gewesen.

Das Buch, erwiederte der junge Graf, bewundre ich, wie Dir wohl bekannt ist, aber alle diese schönen Verse und verführerischen Schilderungen werden mich nicht bekehren und meinem Glauben untreu machen. Sie sind auch für mich nicht verführerisch, denn mein Blut ist zu kalt, mein Sinn zu nüchtern, um mich durch dergleichen fangen zu lassen.

Es mag gut seyn, antwortete der Freund, denn Deine Schönheit müßte alle Mädchen und Weiber entzücken, sie verführen oder unglücklich machen.

Erzähle weiter, rief Southampton ungeduldig. Du bist mir lieber als alle diese.

Ich kam, fuhr Shakspeare in seinem Berichte fort, nach London, welches ich jetzt mit ganz andern Augen, als vor einigen Jahren ansah, denn es sollte die Bühne meines Lebens werden, auf der sich ein neues Schicksal entwickeln und ausbilden sollte. Ich war noch nicht zwanzig Jahr alt, und doch erschien ich mir in meinem Sinne wie ein Greis, der schon Alles überstanden und überlebt hatte. Freuen konnte ich mich auf Nichts, ich strebte nur zu vergessen und in Beschäftigung und Ruhe ein einfaches unbekanntes Leben fortzuführen. Es gelang mir, einen Advokaten aufzufinden, der eines Schreibers bedurfte, und da der Mann in seinen verbreiteten Geschäften klar sah, so lernte ich bei ihm sehr viel in kurzer Zeit.

Ich war zufrieden, und fast nur aus Zerstreuung, nicht aus Neugier, besuchte ich wieder eins der Theater. Mir schien es, sie hätten sich gebessert, nicht sowohl in den Gedichten selbst, als in der Art des Spiels. Ich vernahm natürliche Rede, klare Aussprache und die Leidenschaft so richtig vorgetragen, daß ich oft auf lange hintergangen und völlig getäuscht war. Wenn ich dann oft die Sachen mir wiederholte und zufällig an eine Geschichte und Begebenheit dachte, die mich interessirte, so bemerkte ich, daß sich mir Alles von selbst in Gespräch und Scene ordnete. Meine Versuche, die in Stratford geblieben waren, fielen mir wieder ein und es gereute mich, daß ich sie nicht mit mir genommen hatte.

Ich lernte einige der besseren Schauspieler kennen, die sich um so lieber mir anschlossen, da sie auch aus Warwikshire gebürtig waren. Sie kannten einigermaßen mein Schicksal und beklagten meine Jugend. Ich hatte es nicht lassen können, einige Verse und Scenen aufzuschreiben, und sie munterten mich auf, fortzufahren, und ein Stück für ihr Theater auszuarbeiten, da sie lange nichts Neues gegeben hatten. Sonderbar! Von diesem Augenblick an wurde es mir schwer, selbst peinlich, oft unmöglich, nur die Verse zusammen zu bringen, indem immerdar die Bühne, die laute Rezitation, die Zuschauer und die Stellen, welche gefallen hatten, meinem Gedächtnisse vorschwebten. Ich bestrebte mich, eben dergleichen zu erfinden, um in dem herkömmlichen Ton der bisherigen Schauspiele zu sprechen. Nicht, daß ich diese Sachen für vortrefflich gehalten, daß sie mir nur gefallen hätten: nein, die meisten dieser Compositionen erschienen mir ganz fehlerhaft und sogar abgeschmackt. Ich meinte aber, was ich verfertige, müsse eben so aussehen, und ich machte nun die Erfahrung, daß dasjenige, was mir in Stratford Lust und Erholung gewesen war, mir hier in London zur Angst und Qual wurde. Ich machte die Entdeckung, daß die Gegend meiner Seele, wo ich früher mit stiller Hoffnung, indem alle Wirklichkeit mich verließ bunte Gärten, und fruchtbare Auen entdeckt hatte, auch nur öde Steppen und traurige Wüsten waren. Unter den drückendsten Gefühlen und in Selbstverachtung hatte ich in Stratford mit Leichtigkeit in wenigen Tagen ein ganzes Schauspiel zu Stande gebracht, Verse und Reden flossen mir so schnell, daß die Feder sie kaum einholen konnte, – und jetzt, aufgemuntert, in ruhiger Lage, von Freunden umgeben, die mich lobten und viel von mir erwarteten, starrte ich wohl Viertelstunden lang das leere weiße Blatt wie blödsinnig an, und kein Gedanke wollte sich finden, und kein richtiges Wort, kein bequemer und passender Ausdruck für diesen, wenn er endlich herbei gezwungen war. Indessen wurde ein Schauspiel, es wurden mehrere Stücke dieser Art fertig, die ohne Gunst der Musen geschrieben waren. Sie wurden dargestellt, und gefielen als Neuigkeit. Die Belohnung, so mäßig sie auch war, erheiterte mein Leben, und wie ich für meinen Rechtsgelehrten Klagen und Citationen ausarbeitete, so zimmerte ich für meine Bekannten Trauerspiele und Comödien, und es fiel mir eben nicht ein, daß ein Schaustück, vom Volk gesehn, auf die Bühne hingestellt, eben anders seyn könne, als die gewöhnlichen. Denn diejenigen, die Kenner bewunderten, welche Gelehrte geschrieben hatten, waren steif und förmlich, und wohl für die Universität, aber nicht für das Theater der Stadt brauchbar. Einige Spiele, die die Knaben der Capelle der Königin und dem Hofe vorgespielt hatten, schienen mir besser und feiner ausgeführt.

Nach zwei Jahren reisete einer dieser Schauspieler nach seiner Heimath zurück und besuchte auch Stratford und meine Eltern. Er erzählte mir, daß diese und die ganze Stadt über mich das Verdammungsurtheil gesprochen hätten, daß man mich aufgebe und nie wieder zu sehen denke. Frau und Kinder waren nach diesem Berichte gesund und blühend.

Als ich nach einigen Wochen das Theater wieder besuchte, stand mir eine große Ueberraschung bevor. Unter verändertem Titel sah ich jenes Stück, welches ich in Stratford geschrieben hatte, zu meinem größten Erstaunen spielen. Ich erschrak und war beschämt, daß dieser ganz kindische Versuch nach Jahren dem Volke vorgeführt werden sollte, und zürnte jenem Schauspieler, der mein Vertrauen so mißbraucht hatte. Aber wie verwundert war ich, wie sehr in andrer Weise beschämt, daß noch keiner meiner Versuche mit so vielem Beifalle war belohnt worden, ja daß mir die Schauspieler versicherten, seit Jahren habe kein Stück ein so entschiedenes Glück gemacht. Sie konnten es auch öfter darstellen als jede andre Comödie, und es blieb ein Lieblingsstück der Stadt.

Und ich will wetten, rief Southampton jetzt, dieses Stück ist der wunderliche *Mucedorus*.

So ist es, erwiederte der Dichter.

Und Du, Böser, sagte der Graf empfindlich, hast mir bis jetzt verschwiegen, daß auch dieses seltsame Gebilde von Dir heraufgeführt ist. Diese Erscheinung habe ich immer geliebt, und fühlte in ihr eine ergreifende Eigenthümlichkeit. Dies Stück, wie alles Alte, mußt du denn doch noch einmal für mich und andre Freunde Deiner Muse drucken lassen.

Ihr wißt, antwortete der Freund, diese Sachen gehören den Theatern, und selbst wenn sie es mehr verdienten, würde es schwer seyn, sie diesen zu entziehen und dem Drucker zu übergeben. Aber von diesem Augenblicke, um in der Erzählung fortzufahren, als dieser Mucedorus so mit unverdientem Beifall war aufgenommen worden, war mir eine zentnerschwere Last vom Busen gefallen. Ich verzweifelte nun nicht mehr an meinem Talent. So schwach jenes erste Stück, ein fast kindischer Versuch ist, so begriff ich doch, daß er darum gelenker, eigenthümlicher war und mehr gefallen hatte, weil er eben frei, leicht und dreist, ohne hemmende Rücksichten und Furcht vor hergebrachter Form war hingeschrieben worden. Jetzt also folgte ich nur meiner eignen Neigung und Lust, und alle jene Arbeiten, die ich nun in meinen Feierstunden ausführte, sind freier und eigenthümlicher.

Jetzt erschien das Buch von Lilly, der bekannte Euphuos, und ich war nicht saumselig, ihm, wie alle meine Zeitgenossen es thaten, nachzunahmen; und um so lieber, weil ich auch seine fein ausgearbeiteten Hofcomödien kennen lernte, die die Kinder der Capelle am Hofe mit großem Beifalle spielten. Der alte Munday gab viele Stücke der Bühne, schwach geschrieben, aber gut erfunden; einige Georg Peele, der wundersame heitre Mann, der eben so gern Schelm, als Schauspieler und Dichter ist. Ich lernte in Uebersetzung den Seneca, Plautus und Terenz kennen, nahm mein Lateinisch wieder vor und studirte, so viel ich konnte, die Originale. Ich bemerkte bald. daß jede geistreiche und neue Manier mich so anzog, daß ich mich ihr mit Leichtigkeit anschloß und in dem angeklungenen Ton fortsprechen konnte. Dieses Talent, wodurch ich gleichsam selbst zur Person des gelesenen Dichters in meiner Nachahmung wurde, förderte und hemmte mich. Ich versuchte nach und nach ohne Anstrengung alle Tonweisen unserer reichen und vielseitigen Sprache: die spitze, antithetische des Lilly, die immer mit Bildern und Gleichnissen spielt, die gesucht prächtige, moralisch kurze, die ich dem Seneca nachtönte, die süßfließende und leichtfaselnde des Peele, die dramatische, natürliche Rede des Munday, und hie und da den zornigen Uebermuth der Leidenschaft, die ich in Marlow fand. Denn bald nachher trat dieser Dichter auf, und Robert Green, dessen durchsichtigen Styl und leichten Vers ich immer geliebt habe.

Ohne daß ich es bemerkt hatte, war diese Beschäftigung mit dem Theater meine Haupt-Aufgabe, und meine Arbeit für den Rechtsgelehrten nur Nebensache geworden. Der pünktliche Mann hielt mir meine Nachlässigkeit in etwas zu derber Sprache vor, und da ich nicht ohne Leidenschaft erwiederte, so trennten wir uns auf immer. Jetzt nahm ich den Vorschlag meiner Landsleute, den ich früher abgewiesen hatte, mit Lust an, mich dem Theater ganz zu widmen. Ein reicher Mann, Henslow, hatte einige Theater übernommen und sich für Summen mit den Erbauern und vorigen Eigenthümern abgefunden. Er nahm mich gern auf, weil er seine Unternehmung, die er ganz wie ein kaufmännisches Geschäft betrieb, erweitern wollte. Nach einigen Proben und freundschaftlichen Aufmunterungen meiner Landsleute, da ich mich auch schon für mich geübt hatte, ließ ich mich bei den Gesellschaften dieses Henslow als Schauspieler einschreiben. Mit dieser Unterschrift, indem mir jetzt die Leidenschaft für das Theater die Feder in die Hand gab, hatte ich, das wußte ich, die Aussöhnung mit meinem Vater für immer unmöglich gemacht.

Da meine Stimme nicht stark, mein Wuchs nicht hoch ist, so konnte ich nicht Helden und mächtige Leidenschaften darstellen, das eigentlich Komische schien mir ebenfalls versagt. Die leichte fließende Rede, das Rührende, Zärtliche, eigentlich Schöne, selbst das Würdige schien mir erreichbar. Diese Rollen übernahm ich gern und schrieb mir in meinen eignen Dichtungen manche, die mir Beifall erwarben. Fast Alles, was ich jetzt dichtete, machte Glück. Alte Legenden, Begebenheiten aus der bürgerlichen Welt, große Schicksale und Wundermährchen begeisterten mich abwechselnd und brachten schnell viele Comödien hervor, die Ihr auch zum Theil kennt und liebt, wie den Cromwell, den verlornen Sohn von London, den Perikles, Arden von Feversham und so manches andre Spiel. Doch sollte mein aufsteigender übermächtiger Genius auch wieder einmal gedemüthigt werden. Schon in der Kindheit hatte mir das wunderliche politische Mährchen vom *Hamlet* gefallen, welches Saxo Grammatikus so hübsch erzählt. Ich nahm den seltsamen Stoff auf meine Weise, und versuchte mich in einer fremden Art, eine Staats-Aktion mit leichtem

Witz, mit Anspielungen auf neue Zeit und unsern Sitten innigst zu verbinden, ohne den mährchenhaften Charakter der alten Legende ganz zu zerstören. Es schien mir auch gelungen, nur nahm ich aus Mißverstand, da die Rolle freilich nicht groß war, über mich, das Gespenst des Vaters darzustellen. In der größten Anstrengung, als ich schrie. Hamlet! Rache! (*Revenge!*) lachte das ganze Haus, weil meine Stimme in der Heftigkeit überschlug. Das Stück gefiel übrigens sehr, aber der Ausdruck Hamlet, Revenge! diente den Spöttern zum Sprichwort, und ich höre ihn von Neckern noch jetzt zuweilen. Das Gespenst wurde nach einigen Aufführungen von einem andern Spieler vorgestellt, aber dennoch fehlte das Gelächter der Zuschauer bei jener Stelle niemals. Es gehörte nun schon zum Stück, und es ist fast unmöglich, dergleichen Erinnerung und Gewöhnung wieder zu vertilgen, wenn sie einmal fest steht. Gern hätte ich schon diesen Hamlet, einen meiner Lieblinge, neuerdings wieder in andrer Gestalt bearbeitet, wenn mich nicht die Lächerlichkeit, die ihm anhaftet, zurück hielte.

Indem Green und Marlow viel für die Bühne schrieben, war auch ich fleißig und glücklich, wenn auch, was ich selbst wünschte, mein Name nicht genannt wurde. Da kam, so muß ich es aussprechen, die Muse selbst zu mir in mein kleines Haus. Schon als Kind hatte ich die Geschichte meines Vaterlandes geliebt; mein Vater, der in ihr sehr bewandert war, erzählte uns oft große Begebenheiten und Schicksalswechsel, den Untergang der Regenten oder großen Familien, die sich auf unserer schönen Insel zugetragen hatten. Ich selbst hatte so Großes erlebt, und war bewegt und erschüttert worden. Plötzlich, in einer einsamen Stunde, schlug sich vor mir das unermeßliche Buch der Verhängnisse und der göttlichen Gerechtigkeit lautrauschend aus einander, und mein Geist las anders, als vormals, sah Beziehungen, Prophezeiung und Erfüllung, wo er sie ehemals nie entdecken konnte, und eine unaussprechliche Entzückung durchströmte alle meine Kräfte, und eine Begeisterung, für die ich keinen Namen habe, bemächtigte sich meiner, daß ich mir vornahm, dieses Schauen, welches sich mir in der Ganzheit, in der Fülle der Begebenheiten, in dem göttlichen Strafgericht der Geschichte so verständlich offenbart hatte, in Worten und Figuren wiederzugeben, und dieses Ungeheure, das mir selbst bis dahin fremd gewesen war, der kleinen, häuslichen Bühne zu vertrauen. Diese Bürgerkriege der Rosen so zu zeichnen, daß

Jedem sich mein unnennbares Gefühl mittheilte, war jetzt die Aufgabe meines Lebens. Ich fühlte mich selber groß, indem ich so Großes mit sicherm Muthe unternehmen durfte. Marlows *Tamerlan* hatte die Menge hingerissen, und als Vorbereitung gleichsam stellte ich den *König Johann* hin, den ich mit großer Begeisterung gedichtet hatte. Mein Haß gegen Mönch- und Papstthum, gegen die Anmaßung der Hierarchie, war herbe ausgesprochen, und mir fielen wieder alle Gezänke bei, die ich in bittern Stunden im väterlichen Hause durchgemacht hatte. Auch dieses Werk, welches in zwei Theile zerfällt, war von den patriotischen Zuschauern mit großer Liebe aufgenommen, und die eigentlichen Dichter, die, weil sie Studirte waren, sich bisher um den Comödianten nicht gekümmert hatten, fingen an mit Eifersucht, und selbst mit Neid zu mir hinab zu sehn.

Ja, Freund, es war eine glückliche, eine überaus glückliche Zeit, als ich, die ganze Welt vergessend, meine Bürgerkriege dichtete. Oft war mir, als wenn eine unsichtbare Hand meine fliegende Feder regierte. Weit vorgerückt, fast fertig war ich mit dem ganzen Gedicht, als der erste Theil, die Kindheit Heinrichs des Sechsten, aufgeführt wurde. Aus Erinnerung an meine frühe Jugend und an den Ritter Lucy, den ich sehr geliebt hatte, spielte ich, nebst einigen andern kleinern Rollen, jenen Lucy, der klagend den Leichnam des Helden Talbot fordert. Mit welcher Rührung, Freude, Entzücken, wurde aber der Tod des Talbot, sein Abschied von seinem jungen Sohn, diese Scenen, die ich mit aller Liebe gedichtet hatte, aufgenommen. Ein Weinen, ein Schluchzen, das allgemein war, störte fast die Spielenden, und nachher und am Schluß ein so lauter, so tobender Beifall, wie er noch niemals war gehört worden. Der Sage gemäß hatte ich den Talbot selbst für jenen kleinen, unvergleichlichen Schauspieler gedichtet, der auch in der alten Tragödie vom Hieronymus so einzig erscheint. Er theilte mit mir den Beifall, wie er zumeist das Glück der Darstellung gefördert hatte. Nun, noch ehe alle Theile dieser Bürgerkriege gespielt waren, erschienen viele Schauspiele aus der englischen Geschichte, und selbst Marlow verschmähte es nicht, seinen Eduard den Zweiten zu dichten. Ein merkwürdiges und schönes Werk, aber jener Geist und Sinn für das Vaterland und dessen Wohl und Weh, den ich hatte poetisch aussprechen wollen, klingt in diesem Schauspiel nicht. Richard der Dritte, welcher die Reihe der Bürgerkriege schloß, erwarb mir wieder viele Freunde. Jetzt war mein Name schon nicht mehr unbekannt, und wenn ich zurück sah, wie ich das Theater angetroffen, und aus welcher Unmündigkeit es durch meine Bemühung vorzüglich war genommen und zum Edlen gereift worden, so fühlte ich mich zufrieden gestellt, und meinte wohl, wenn ich nur meine Kinder sähe, alle meine frühern Leiden vergessen zu können. –

Es war Mittag geworden, und der Graf ließ im Garten in der Laube auftragen. Southampton erzählte, wie er wünsche, den Cuffe, der ihm vorzüglich lieb geworden sei, wenn auch erst in Zukunft, in irgend einer Stelle, wo er politisch wirken möge, anzubringen, um ihn der gelehrten Beschäftigung zu entziehn, die ihm verhaßt geworden sei. Man will, antwortete Shakspeare, daß dasjenige, was man Sympathie und Antipathie nannte, nicht gelten soll, und gewiß ist es unbillig, einem ersten Eindruck zu viel einzuräumen, und nach diesem den Menschen zu hassen, oder zu lieben. Euch hat dieser Mann so schnell gewonnen, und ich kann nicht leugnen, er ist angenehm und liebenswürdig, er scheint Kenntnisse zu besitzen und sein lebhafter Geist reißt in der Unterhaltung hin. Und dennoch hat mich, wenn ich ihn ansah, oder wenn er sprach, ein unheimliches Gefühl erfaßt, von dem ich mir keine Rechenschaft geben kann, als daß es ein mir unerklärliches Einwirken ist, wie ein Vorahnden, dieser Mann könnte mir, oder gar Euch, schädlich oder selbst verderblich werden.

Ich möchte fast sagen, erwiederte Southampton, ich hätte etwas Aehnliches empfunden, und Du wirst spotten, wenn ich hinzufüge, daß diese kleine Furcht, dieses Abstoßende in seinem bestechenden Wesen, mich gerade gereizt hat, seine Bekanntschaft zu suchen. Ich war heute Morgen noch bei ihm, und sprach mit ihm über viele wichtige Gegenstände. Er sehnt sich so sehr aus seiner jetzigen Lage, daß ich sehn will, ob ich mit meinen Freunden und Bekannten nicht so viel auswirken kann, ihm eine andre Stellung zu geben.

Als das Mittagsmahl geendigt war, sagte der heitere Jüngling zum ältern Freunde: Du hast mir heut viel, und viel Trauriges erzählt, beginne jetzt die fröhliche Vorlesung, die Du mir versprachst, den Anfang Deines neuesten Theaterstückes.

Wenn ein Theil, antwortete Shakspeare, da es noch nicht geendigt ist, nur Vergnügen gewähren kann. Doch wünsche ich, daß dieses Spiel des Witzes gefallen möge, weil ich noch niemals Etwas mit so vieler Lust und Freude gedichtet habe.

Er holte die Blätter und las das Lustspiel, so weit er es gedichtet hatte, das den Namen führt: Der Liebe Mühen sind verloren (Love's labour's lost). Der Dichter hatte einen Zuhörer, wie jeder Poet ihn sich wünschen möchte, denn der Graf empfand jeden Scherz, verstand jede Anspielung, fühlte die Beziehung und Spaltung eines jeden witzigen Einfalls und war während der Vorlesung entzückt. Vieles mußte der Dichter ihm zwei- oder auch dreimal lesen, damit er den Doppelsinn und die Lieblichkeit der Poesie recht genießen und schmecken könne.

Als die Vorlesung geendigt war, umarmte der Begeisterte seinen geliebten Dichter und sagte: Freund Willy, ich habe es nicht für möglich gehalten, daß dergleichen in unsrer, oder in irgend einer Sprache möglich sei. So haarscharf den Witz spalten, so unerschöpflich seyn in Spaß und Laune, wenn Andere glauben, Alles sei schon gesagt; so lieblich und süß von der Liebe sprechen, und so anmuthig und fein sie liebend verspotten können, diese Figuren der Höflinge, der Mädchen, und die bäurischen Narren und der majestätische Spanier dazwischen, Alles dies ist Dir nur, einzig Dir nur möglich. Dies ist die ächte Urbanität, die Feinheit des Geistes, die unsre Poesie und Sprache dem Allerhöchsten gleich stellen muß, was nur je in der schönsten Zeit von den Griechen ist gedichtet worden. O mein Geliebter, diese zarte Frucht muß Dir die Herzen aller Verständigen gewinnen. dies Werk muß für alle Zukunft ein Denkmal seyn, ein Musterbild, wie sich Laune und Witz, Poesie und Scherz über sie, Liebe und Ironie auf das Innigste vermählen, und im Kampf am einigsten sind.

Ich habe es gewagt, antwortete Shakspeare, ein Lustspiel ohne Inhalt zu dichten, alle die gewöhnlichen Interessen, die schon im Stoff liegen, völlig zu entfernen, und nur in der Klarheit des Scherzes und Witzes alle diese Gedanken, die sich begegnenden und widersprechenden Empfindungen, leicht schwimmen zu lassen, wie Schwäne bei heitrer Frühlingswärme auf dem blauen Teiche, während Ulme und Weide sich in der leise bewegten Flut abspiegeln und der Gesang der Vögel aus den Büschen sich wie ein goldnes Netz über die ruhige Landschaft spreitet. Ich war selbst entzückt, als der Gedanke in mir aufging, und die Freude am Werke hat mich auch während der Arbeit keinen Augenblick verlassen.

Das sieht man jedem Verse an, rief der Graf aus: wo ist die Sprache schon je so lieblich erklungen? Meint man nicht, es sind nackte Liebesgötter, die im Bade plätschern und sich mit Blüthen werfen?

O die Reden dieses Biron! Diese Rosaline! Woher Schauspieler nehmen, die diesen Goldton würdig auszusprechen wagen?

Die unsrigen, sagte Shakspeare, sind jetzt vortrefflich zu nennen, aber ich lasse doch, wie Ihr mir auch gerathen habt, dies Gedicht noch einige Zeit liegen, um noch mehr auszuarbeiten, damit wir etwas später mit mannichfaltigen Stücken neu auftreten können.

Diese Einrichtung scheint mir die beste, fügte Southampton hinzu. Da Ihr aber, Freund, im Titel der Comödie selbst schon eine allerliebste Allitteration angebracht habt, so wundert mich nur, daß dieser altfränkische Ton nicht im Gedichte selbst, das so mannichfaltige Melodieen spielt, ebenfalls wiederklingt. Er fehlt, dünkt mich, geradezu: und warum wollt Ihr da nicht noch unsern vortrefflichen Schulmeister Florio mit aller seiner pedantischen Affektation auftreten lassen? Er verdient es um so mehr, weil er so ungewaschenes Zeug über unsre Bühne und Deine historischen Schauspiele gesprochen hat.

Es sollten, antwortete Shakspeare, hier, wo wir abgebrochen haben, noch zwei andre Figuren auftreten, um den Schluß zu heben und allerdings neue Töne herein zu bringen. Ich will mir überlegen, ob wir den guten Florio brauchen können; denn allerdings ist er mir ein Musterbild für sehr viele Pedanten, die sich einbilden, im steifen eckigen Wesen eine Grazie errungen zu haben, die sie von allen übrigen Sterblichen absondert. Wenn sie einzelne Verse, aus dem Zusammenhange gerissen, auswendig gelernt haben, so meinen sie, sie verstehn die Dichter und können sie beurtheilen. Ja sie halten sich für mehr, als jene großen oder kleinen Dichter, die zu bewundern sie sich doch die Miene geben.

Wenn ich, fing Southampton nach einer Pause wieder an, Deine Gedichte im Zusammenhange denke, die sonderbare Verschiedenheit in Sprache, Ausdruck und Absicht, das Schwerfällige und langsam Ausgearbeitete mancher, dann wieder den raschen Leichtsinn in andern, die Du nur so schnell hingeworfen hast, die Vollendung in den meisten, die Alterthümlichkeit mancher, – und ich sehe Dich an, wie jung und hoffnungsreich Du vor mir stehst, wie viel und wie Mannichfaltiges Du noch dichten kannst, so weiß ich für meine Bewunderung und Liebe kein Maß, und ich träume und denke oft, unsre ganze Nation müsse in Zukunft eben so stolz als entzückt seyn, Dich hervorgebracht zu haben.

Shakspeare ruhte sinnend in der Umarmung seines jungen, tiefbewegten Freundes, nahm dann dessen Hand und sagte: Du machst mir bange, Heinrich, wenn Du auf diese Weise mit mir sprichst: ich kann Dir Nichts erwiedern, indem eine zu erhitzte Freundschaft Dich verblendet und weit über alles Maß hinaus führt.

Kann man denn das Schöne, erwiederte Jener, kann man denn den Dichter, den man ganz versteht und ihn sich ausgewählt hat, zu innig lieben? – Nun erzähle mir noch, Geliebtester. – Wenn ich dieses heutige Lustspiel, die Muse der Liebe, den Romeo und die Veroneser in mein Gemüth fasse, und ich denke dann mit aller Kraft der Seele an jene Bürgerkriege zurück, so kann ich mich kaum, so genau ich Dich kenne, überreden, daß so verschiedene Werke von demselben Dichter herrühren. Aber dies ist nicht das Sonderbarste noch. Ein Fremder, wenn er auch glaubt, Alles rührt von einem Verfasser her, möchte schwören, Romeo, die Liebesmüh, die Veroneser und Deine Geschichte der Helena und des Grafen Bertram seien von der Jugend des Autors, und sein Kampf der Rosen von seinem reifen Alter gedichtet worden: solche Kluft, solche unterschiedene Ansicht des Lebens und seiner Verhältnisse liegt zwischen beiden. Der prüfende Blick sieht nun freilich wohl bei tieferem Forschen, daß in den früheren Gedichten hie und da eine jugendliche Ungeschicktheit sich zeigt, wie in den späteren eine Reife, die man Anfangs wohl übersieht, aber dennoch ist Gesinnung, Sprache und Darstellung in diesen Perioden so verschieden, daß es auch zu den Seltsamkeiten Deines Lebens gehört, so zu beginnen und auf diese Weise fortzufahren. Erzähle mir noch darüber Einiges, dann reite ich sogleich nach Stratford hinüber.

Geliebter Freund, begann der Dichter wieder, ich muß Deiner Liebe einigermaßen genügen, wenn es mir schon ängstlich ist, so viel von mir selber zu sprechen. Ich sagte, wie jene Begeisterung, das vaterländische Gedicht auszuarbeiten, mir von selbst kam. Diese Dichtung war die Erfüllung aller Ahndung und Freude meiner Jugend, aller Gespräche mit meinem Vater, jener frühen Träume, in welchen alle diese Gestalten so nahe und lebendig vor mir standen. So verwickelt die Aufgabe ist, so kann ich doch sagen, daß die Lösung mich kaum angestrengt, viel weniger je selber verwirrt. Als die Dichtung vollendet und mit Liebe von der Stadt aufgenommen ward, fühlte ich mich in der Befriedigung von Trauer niedergedrückt, denn mir war, als sei mein Leben nun erfüllt, und ich könne nichts Neues,

Bedeutendes mehr hervorbringen. Acht und zwanzig Jahre hatte ich nun durchstrebt, fast acht Jahre hatte ich schon in London zugebracht, und ich erschien mir in manchen Augenblicken wie ein alter Mann. Um nur Gegenstände für meine Dichtung zu finden, blätterte und las ich in den Italienern. Die sonderbaren Novellen, von denen viele so schon geschrieben sind, zogen mich an und stießen mich wieder durch ihr herbes Wesen ab; die Süßigkeit des Ariost war jetzt meinem Ohre eindringlicher, als vormals; aber mein Gemüth konnte sich nicht genug hingeben, sondern strebte immer, die mir vertrauten großen Verhältnisse fast gewaltsam auch hier wieder zu erschaffen, und so erstand unter Anstrengung und Kampf jene Legende vom Grafen Bertram und Helena, der Tochter des Arztes, die ich dem herrlichen Boccaz entwendet habe. Meine Seele suchte nach einer Empfindung, nach einer Gegend gleichsam, deren sie sich bemächtigen wollte, ohne die Richtung ihrer Reise entdecken zu können. Eine sonderbare Wehmuth und Sehnsucht bemeisterte sich meiner, und ich verwunderte mich, daß ich jetzt die Welt und die Natur mit andern Augen betrachtete. Alles rührte mich innig; die Musik, die ich vernachlässiget hatte, am meisten; aber auch jeder Spaziergang, Wiese, Wald und Hügel, und der schöne breite Strom. Auch meine Jugend erschien mir in einem andern Lichte, und viele Erinnerungen tauchten wieder auf, die bis dahin verdunkelt waren. Das Gefühl zu meiner Mutter, die seltsame, fürchtende Liebe zum Vater erwachte wieder, am meisten die gleichsam unmündige zu meinen Kindern, die, wie sie gestaltlos war, um so sehnsüchtiger anwuchs. Mein Schmerz über Johanna und ihre Rohheit durchschnitt von Neuem meinen Busen, und ein himmellliebliches Bildniß schwamm wie ein Abendwölkchen am Horizont meiner Vergangenheit empor. Ein Mädchen, Emmy, die Tochter eines Nachbars in Stratford, hatte vor meiner unglücklichen Heirath mein Gemüth erweckt; sie stand immer vor meinen Augen, und ich war nur zu furchtsam gewesen, jemals die Bekanntschaft zu einer vertrauteren zu erhöhen. Es hatte mein Herz durchschnitten, als ich hörte, daß sie auch über meine Heirath gespottet hatte; doch grüßte sie mich noch den Tag vor meiner Flucht mit süßer Anmuth. Ich schwelgte in allen diesen Erinnerungen und verweichlichte recht pflegend mein thörichtes Herz. So sehnsuchtskrank oder liebesschwanger ließ ich auf kurze Zeit alle meine Arbeiten ruhen, weil mich kein Plan reizte, weil es mir unmöglich gewesen wäre, in dieser Stimmung irgend Etwas, wie meine früheren Stücke, zu schreiben. Schon seit lange kannte ich vom Ansehn eine junge Frau in der Lombardstraße, die hier ein hübsches Haus bewohnt, und da sie reich ist, mit einigem Glanze lebt. Sie ist vom Vater her mit mir verwandt, und an einen großen Kaufmann verheirathet, der sich aber, weil er ihre Launen nicht erdulden konnte, bald wieder von ihr trennte, um in Frankreich, Deutschland und Italien zu reisen und seine Handelsverbindungen zu erweitern. Ich habe ihn nie gesehen, auch scheint er nicht die Absicht zu haben, jemals wieder nach England zurückzukehren. Das Haus dieser Frau, die schon seit zwei Jahren als Wittwe lebte, wird zuweilen von angesehenen Männern und Frauen besucht, und ich hatte immer gewünscht, daß ich öfter und vertrauter hingehn dürfte; aber mein Stand machte mich schüchtern, denn ich besorgte, daß sie den jungen Schauspieler nur ungern zu ihrer Gesellschaft zählen möchte. Als jetzt Richard der Dritte so allgemein gefallen und viele Gespräche über das Gedicht verursacht hatte, lud sie mich eigen zu einem Mittage ein, wo ich Kaufleute mit ihren Frauen, Squires und selbst Ritter fand, die sie sämmtlich so geistreich, und mit so witziger Liebenswürdigkeit zu behandeln wußte, daß sich Alle in ihrer Gesellschaft geehrt fühlten. Ich glaubte sie zu kennen, aber sie erschien mir in dieser Umgebung ganz neu. So viel Reiz, Schalkheit, Scherz, der Alles wagen durfte und sich niemals Etwas vergab, ein Uebermuth des Lebens, der immerdar in phantastischen Reden und poetischen Einfällen überschäumte, war auch mir nie in der Phantasie als mögliche Erscheinung aufgegangen. Man kann bezaubert seyn, ohne es zu wissen, ja diese Verzauberung ist wohl allein die unzerbrechliche. So ging ich von ihr, mit vollem, aber frohem Herzen. Sie hatte mich wieder zu sich beschieden, denn ich sollte ihr von meiner neuen Comödie, Bertram und Helena, vorlesen. Sie war heut ganz ernst und züchtige Bescheidenheit. Ihre Bemerkungen waren verständig, ihr Tadel traf und ihr Lob begeisterte. Wie habt Ihr mich nur, fing sie nach einiger Zeit an, so lange, und wie ich glauben muß, vorsätzlich vernachlässigen können? Ihr seid mein Vetter, aber die Verwandtschaft gilt Euch Nichts, und doch hat sich wohl kein Mensch hier in der Stadt Eures herrlichen Talentes so sehr erfreut, als ich. Ich mußte versprechen, sie oft zu sehen, und diesen lieblichen dunkeln Augen gegenüber gab ich dies Versprechen nur allzugern. Neulich, sagte sie, haben mir alle meine Besucher viel Schönes gesagt, und Ihr ward der Einzige, der kein verständiges Wort auffinden konnte. Schickt sich das für einen Dichter? Als ich mit Euch in das Spiegelzimmer ging, als ich Euch jenes kostbare Kästchen zeigte, von dem wir gesprochen hatten, und wir uns Antlitz gegen Antlitz allein befanden, als ich Euch lächelnd anblickte, meinte ich, Ihr würdet mir nun etwas recht Hübsches, Witziges. Geistreiches sagen. es geschah aber nicht, so schön auch Euer Auge glänzte; was dachtet Ihr denn in dem Augenblick? – Wie süß es seyn müsse, erwiederte ich, einen Kuß auf diese vollen Lippen drücken zu dürfen, und wie gern hätte ich es versucht. – Und warum habt Ihr es denn nicht gethan? rief sie lachend. – Diese freundliche Erlaubniß blieb nicht unbenutzt. Aber so gütig sie war, so verständig war sie auch, und hemmte meine Leidenschaft, die sich ihr jetzt erklärte. – Mein Freund, sagte sie hierauf, Eure Liebe, die Ihr mir geben wollt, ist mir ein sehr angenehmes Geschenk, denn, daß Ihr es nur wißt, ich habe Euch schon seit lange geliebt, längst vorher, ehe Ihr nur an mich dachtet. Wir dürfen uns, so sonderbar ist unser Schicksal, Beide als frei ansehen, und Keiner ist, der von uns Rechenschaft fordern dürfte. Aber ums Himmels willen nur keine Liebe und Leidenschaft, wie die Raufbolde sie gern haben, daß die ganze Stadt Etwas zu sprechen hat, und die jungen Stutzer mit Fingern auf uns weisen. Die ächte Liebe, wie ich sie mir denke, muß lange von sich selbst, von Sehnsucht, Lächeln, Scherz, Vertrauen und süßen Thränen leben können, und doch satt und befriedigt seyn. – So schlossen wir den Bund, ohne daß sie mir an diesem Tage mehr, als eine Umarmung und einige Küsse vergönnt hätte.

Selig, trunken, taumelnd ging ich nach meinem Hause. So unerwartet war ein neuer Zustand, ein Lebensverhältniß, eine Leidenschaft in meine Seele und Herz geworfen worden, indem ich es nicht suchte, und doch fand. Ich fühlte mich ihr ganz hingegeben und doch im Gefangensein frei; ich glühte für sie und konnte sie doch nicht anbeten; ich war ihr Sklav, und durch ihre Erklärung, durch Alles, was sie mir gesagt hatte, doch ihr Gebieter. Ich ahndete nun wohl, wie diese Leidenschaft, die allgemeinste und der die Dichter immer dieselben Farben und Worte geben, doch nach den Umständen und Charakteren sich in unzähligen eigenthümlichen Formen zeigen könne. Oft dachte ich, ich hätte im Leben noch niemals geliebt, und zweifelte, ob ich auch jetzt liebe. Dann fühlte ich plötzlich wieder, wie meine Leidenschaft mich schon so beherrschte, daß ich dieses theure, wunderbare Wesen nicht mehr entbehren konnte. Dann war es ein freudiges Empfinden, daß sie mir sicher sei, wie ich gesehn hatte, und daß ich aus der Ferne drohen dürfe, ob sie auf meine Treue auch immerdar rechnen könne. In diesen Träumen und Spielen der Phantasie verlor ich mich und ergriff nun wieder die alte Geschichte von Romeo und Julia. Eine ganz neue Welt ging in mir auf, indem mein Talent jetzt an diesen Gestalten vorüber streifte. Die unbestimmten Nebel gerannen in dichte, greifliche Figuren; das süßeste Leid, der wildeste Schmerz gesellten sich mit der Laune und gingen mit den Scherzen Hand in Hand; der Uebermuth des Lebens steigt lachend in die Kammern des Todes, und wird dort am flüchtigen Worte festgehalten; die Schauder küssen sich mit der Wollust, und nur besonnene Trauer, die Thräne über alles Glück und des Lebens dunkle Bestimmung, die Wehklage über die flüchtige Jugend bleiben aufrecht und kenntlich über allen zertrümmerten Bildungen stehn.

Schnell wuchs mir die Tragödie unter den Händen. Eben so schnell meine vertraute Leidenschaft und Liebe zu der blassen Schönen mit den dunkeln Locken. Da sie niemals die Weichliche spielte, so war jedes Wort, jeder Blick von ihr wahr und erfüllte sich. Nach einiger Zeit waren wir ganz einander hingegeben. und ich hatte Nichts mehr von ihr zu fordern; aber sie wußte dennoch jedem Blick, jedem Druck der Hand, jedem Kuß dieselbe Würze der Süßigkeit zu geben, den nehmlichen Zauber mitzutheilen, der bei der ersten Bekanntschaft mein Herz so unauflöslich gebunden hatte. Was war mir jetzt das Dichten? Nur ein Freigeben der Geister, die in meinem Innern walteten und mich beherrschten: war mir doch zuweilen, so bewußtvoll ich auch das Ganze zusammenhielt, als würde ich erst durch mein Gedicht erschaffen, und mein eigenstes Wesen zum Leben gebracht. — O vergieb, mein Geliebter, daß ich Dir diese Gefühle, von denen Du Dich mit Widerwillen abwendest, so ausmale. Du siehst aber, wie weder die Leidenschaft, noch der Scherz und Uebermuth in der Tragödie, die Liebe und der Hohn über das Gefühl ohne diese Rosaline sich auf diese Art in meinen Versen gemeldet hätte. Jetzt, in meinem Lustspiel, das ich Dir heut vorlas, habe ich versucht und gewagt, selbst unter ihrem Namen ein Bild dieser liebenswürdigen Seltsamkeit, dieses bezaubernden Wunders zu entwerfen.

Sehr recht, mein Freund, sagte Southampton, lässest Du auch alle Uebrigen es aussprechen, daß sie Keiner so, wie der verzückte Biron, ansehn kann. Und so würde es wohl auch mit mir seyn, wenn ich sie einmal sollte kennen lernen. Jeder Lebenslauf hat aber wirklich, wenn man ihn nur recht genau kennen lernt, etwas Wunderbares. Diesen Gedanken äußertest Du, und ich finde die Wahrheit desselben bestätigt. Wir sind wohl nur zu stumpf und gleichgültig, daß wir nicht aus der Geschichte eines jeden Menschen, der uns nahe tritt, ein wundersames Mährchen herauslesen.

Wie aber, geliebter Heinrich, erhöhte sich dieses Wunder, als Du mich nach der Aufführung von Romeo in Deine Arme nahmst, und Dich mit dieser Herzlichkeit meinen Freund nanntest und mir Deine Liebe erklärtest! Alles, was der Himmel dem Menschen gewähren kann, war mir jetzt gegönnt. Am seltsamsten (ich hatte Dich schon längst gesehn und beobachtet, Du hattest mich schon begeistert und ich wünschte Dich zu kennen), daß, wenn ich nun von meiner Empfindung zu Dir zu jenem Gefühl für Rosalinen hinabstieg, dieses mir, gegen jenes gehalten, nur gering und matt erschien. Dein Wesen war mir von diesem Augenblick das – Höhere und Göttlichere, und meine Empfindung für Dich die wahre liebende Liebe. Konnte ich es mir auch nicht denken, lag Tod in der Vorstellung, daß Rosaline mich nicht mehr liebe, so war doch Dein Bild wie das Morgenroth, vor dem die Sterne erbleichen. Ich habe niemals gehört oder gelesen, daß die Freundschaft sich zu dieser allerhöchsten Leidenschaft emporschwingen, sich zu dieser Anbetung verklären, und in dieser Gluth der Sehnsucht schmachten könne. Dein Blick, Dein Wort war mir jetzt Alles, Dein Beifall der Nachruhm selbst und Unsterblichkeit. –

Jetzt muß ich sagen, Freund, rief Southampton aus, mäßige Dich! Diese Hingebung verdiene ich nicht: kein Mensch ist ihrer werth. Wie ernüchtert wirst Du einmal vor dem Götzenbilde stehen, wenn die Zeit die glänzenden Farben abgelöst, mit denen Du es überstrichen hast!

Nein, rief Shakspeare aus, diese meine liebende Freundschaft ist meine Tugend und Kraft; ich bin kein unbestimmter Jüngling, der zum ersten Male in das Leben tritt, und vor allen Gestalten seine Besinnung verliert. Aber Du, Du wirst mir entrinnen und entschwinden; ich werde Dich und Deine Liebe müssen fahren lassen, denn Dein Stand, die Welt, Geschäfte und große Schicksale werden Dich mir entreißen. Ich rechne auch nur auf diesen jetzigen Frühling unserer Bekanntschaft, und genieße ihn deshalb so schwelgerisch mit allen geistigen Sinnen. Aber ich bleibe Dir und diesem Gefühle immerdar treu.

Es war schon spät geworden. Die Freunde trennten sich, denn der Graf wollte nach Stratford am Avon, um die Eltern seines Freundes zu besuchen und diesem seine Familie zu versöhnen. Er versprach, von dort einen Boten zu senden, sobald ihm seine Bemühung gelungen sei, damit der Dichter am folgenden Tage seinen Geburtsort nach so langer Zeit wieder besuchen könne.

Shakspeare blieb im einsamen Hause zurück und versuchte weiter zu dichten. Seine Einbildung war von Neuem beflügelt, und er schrieb noch bis spät in die Nacht. Er verwunderte sich, daß es so spät geworden, und erschien sich in seiner Liebe und Freundschaft, in seinem Streben und Wollen, in dieser poetischen Dunkelheit seines Wesens, so jung und unmündig, so sehr er auch eben erst das Gegentheil behauptet hatte, daß er sich dieser jugendlichen Heftigkeit schämte, und im Gefühl dieses räthselhaften Waltens zugleich höchst glücklich war.

*

Der junge Southampton war in Stratford angelangt. Im Gasthofe erkundigte er sich nach der Familie Shakspeare, und fand das bestätigt, was er schon wußte, wie sie zurückgekommen, jetzt fast arm sei, und sich auch keine Gelegenheit finde, ihre Lage wieder zu verbessern. Sie hatten nur wenige und nicht einmal reiche Freunde.

Als der Graf das Haus des Bürgers betrat, fand er die Mutter, die beschäftigt war, den kleineren Kindern ihre Mahlzeit auszutheilen. Der Vater war über Land gegangen, und seine Rückkehr wurde spät am Abend erwartet. Der Graf nannte sich einen jungen Edelmann aus London, der den Sohn des Hauses, welcher in der Stadt lebe, genau kenne, und deshalb, da ihn eine Reise in diese Gegend geführt habe, könne er es sich nicht versagen, die Eltern seines Freundes kennen zu lernen.

Die Mutter, heftig bewegt, fing an zu weinen, indem sie mit großem Auge den Fremdling betrachtete, und sagte. Ach! so kommt uns doch endlich einmal Nachricht von meinem lieben Kinde, von meinem ältesten, und Nachricht, daß es ihm gut geht. Wir haben ihn hier zu Lande schon ganz verloren gegeben, und einige schlechte Menschen haben die abscheulichsten Dinge von ihm erzählt. Wie tröstlich, daß Sie, lieber junger Herr, die Mühe über sich nehmen, uns des Bessern zu versichern.

Southampton erzählte, wie er gesund und fleißig sei, von Vielen und Guten geachtet, und daß er selbst die Aussicht habe, wohlhabend zu werden. Er fragte dann nach der Frau Johanna und ihren Kindern, und die Mutter erzählte mancherlei, und sagte unter andern: Ach! lieber freundlicher Herr, dieses Frauenzimmer ist eben das größte Unglück meines Sohnes gewesen. Er war immer ein gutes, liebes Kind, aber von besonderer Art, so daß die Leute, selbst sein eigener Vater, sein Wesen nicht verstanden, und ihn darum gleichsam immer gegen den Strich behandelten. Er war fleißig. aber nicht auf die gewöhnliche Art der Kinder; er lernte auch viel, aber wenn sie es ihm auf ihre Art abfragen wollten, so sahe es immer aus, als ob er gar Nichts begriffe. William hatte eine außerordentliche Ambition, aber, daß ich so sage, auf eine stille, weiche Weise, nicht so schreiend und tobend, wie manche Kinder, und darum glaubten die Lehrer, ihm sei Lob und Tadel gleichgültig. Es war erst unsre Absicht, ihn studiren zu lassen und nach Oxford zu schicken, das war aber bald unmöglich, und der Vater glaubte auch, daß er dazu nicht passe. Wäre es aber nur geschehen, hätte das Kind nur etwa einen großen Mann, wie es Einigen gelingt, zum Beschützer gehabt, so hätte er als Gelehrter gewiß den richtigen Weg gefunden, und sein Schicksal wäre ein ganz anderes geworden.

Als von der möglichen Aussöhnung die Rede war, und der Jüngling seine Vorschläge machte, sagte die verständige Frau: das wird schwer, wenn nicht ganz unmöglich seyn. Der Vater ist so erbittert, daß er seinen Namen selbst nicht will nennen hören. Und diese Johanna, die am wenigsten zu seinem Wesen paßt, und die ihn nie hätte sollen kennen lernen, ist nun auf dem Dorfe unter ihren Eltern und Verwandten so verbauert, daß es ihm gewiß unmöglich würde, mit ihr wieder umzugehn. Es ist auch gut, daß die Ehe, so wie es schon geschehen ist, getrennt bleibt. Die Kinder wachsen gesund auf und werden ziemlich gut erzogen. Sie besuchen uns oft, und ich erwarte sie auch heute.

In der That kam Johanna bald mit ihren Kindern. Der Knabe schien schwächlich, die jüngste Tochter war stark und derb, die älteste fein gebaut. Southampton überzeugte sich, wie sehr die Mutter Recht habe, daß Johanna auch nicht auf die fernste Weise mit seinem Freunde je hätte übereinstimmen können. Ihre Sprache war bäuerisch und schreiend, ihr Wesen und ihre Geberden heftig. Man sah, daß sie sich in ihrer Umgebung gefiel, nichts Andres, als das Gewöhnlichste erstrebte, und sich ganz in die Gemeinheit des alltäglichen Lebens hatte fallen lassen.

Southampton nahm Abschied, um die Familie am andern Morgen recht früh wieder zu besuchen und mit dem Vater irgend eine Abrede zu treffen.

Dieser hörte von dem fremden Gast und war sehr unzufrieden mit diesem Besuch. Er hatte sich schon gewöhnt, von seinem Sohne Nichts zu vernehmen, und so war er fast aus seinem Gedächtnisse verloschen, da überdies seine täglichen Sorgen ihn so beschäftigten, daß ihm eben nicht Zeit übrig blieb, seine Gedanken auf ferne Gegenstände über die nächsten hinweg zu richten. Er setzte sich also in die Verfassung, da ihm überdies nicht gelungen war, weshalb er gestern sich entfernt hatte, den aufdringenden Fremdling, von dessen Jugend er mit Verachtung sprach, unfreundlich und geringschätzig aufzunehmen. Als aber der junge Graf mit seinem freundlichen liebenswürdigen Wesen zu ihm in das Zimmer trat, konnte er diesen lachenden Augen gegenüber seinen Vorsatz nicht durchführen, sondern sein schroffes Wesen brach von selbst zusammen und verwandelte sich in Milde und Höflichkeit. Er nöthigte den Fremden zum Sitzen, und als sie beide allein waren, nahm er das Wort: mein junger Herr, der Ihr uns die Ehre gebt, uns zu besuchen, und der sich bemüht, meinen ungerathenen Sohn, wie ich von der Mutter gehört habe, wieder in seine Familie einzuführen, ich bin gerührt und beschämt, daß ein wohlerzogener Jüngling so vielen Antheil an uns und jenem Unglückseligen nimmt, allein Ihr vergebt mir auch gewiß, wenn ich Euch erkläre, daß Eure Bemühungen vergeblich seyn werden. Ich bin nicht mehr so wohlhabend, als ich es in früheren Jahren war, aber ich kann und darf doch nicht vergessen, was mein Geschlecht ist und wer meine Vorfahren waren. Mag dies einem Edelmanne aus einem alten Hause, wie Ihr es vielleicht seid, nicht wichtig genug dünken, um mit einem Sohne mich nicht wieder vereinigen zu wollen, der mich so schwer gekränkt hat, so werden mir doch alle meine Mitbürger vollkommen Recht geben. Denn erfahrt, mein edler junger Herr, daß mein Urgroßvater auf dem Schlachtfelde zu Bosworth von jenem Heinrich dem Siebenten, der den Tyrannen Richard besiegte, wegen seines tapfern Streitens den Adel empfing. Heinrich schenkte diesem Kriegsmanne, der ihm so tapfer beigestanden hatte, auch Geld und Gut, und so war er ein wohlangesehener Mann geworden, von dessen Vater in unserer Familie sich keine Sage oder Nachricht mehr befindet. Das hat aber wohl Wahrscheinlichkeit, daß unsre Vorfahren ehemals Green sind genannt worden, deren viele noch in Warwikshire, einige sogar in Stratford leben. Es sind davon einige Greens hier im Orte so dreist, sich ebenfalls mit dem zweiten Namen Shakspeare zu nennen, obgleich es ihnen nicht zukommt, da sie nur Seitenverwandte sind, und nur die unmittelbare Descendenz den Namen führen soll. Denn es scheint wohl, wie es auch die Sage berichtet, daß dieser Name Schüttel-Speer, Shakspeare, als ein bezeichnender, weil er sich wahrscheinlich mit dem Lanzenkampf ausgezeichnet hatte, meinem Urgroßvater vom Könige selbst ist gegeben worden. So war mein Großvater ein angesehener Mann, auch mein Vater, und als ich diesen beerbte, habe ich dieses Haus hier gebaut, und nachher durch Unglück und eine immer anwachsende Familie Vieles von meinem Vermögen eingebüßt. Das Hauptunglück aber ist, daß ich mich auf Anrathen meines seligen Vaters dem Handel gewidmet habe, weil er den Stand eines Soldaten haßte, für den ich eigentlich gewiß geboren bin. Noch wallt mein Blut, wenn ich von Kriegesthaten höre oder lese, und wäre meine Familie nicht, so hätte ich gern jene See-Expeditionen, oder die Kämpfe in den Niederlanden, Frankreich und Spanien mitgeschlagen, und als jene Armada landen sollte, hoffte ich wenigstens als Freiwilliger für mein Vaterland streiten zu können; doch der Himmel und unsre Seehelden zerstreuten dieses furchtbare Geschwader. Habe ich also auch meinen Beruf, und den edelsten, verfehlt, so darf und kann ich nicht meine Familie vergessen, und daß ich selber Friedensrichter hier war, und noch seyn könnte, wenn ich reicher geblieben wäre. Und nun ist mein ältester Sohn, der Erbe meines Standes und Namens, drin in der großen Stadt ein verruchter Comödiant geworden, hat sich unter Banden begeben, auf denen der Fluch Gottes und die Verachtung der Menschen liegt, die den Falschmünzern, Zigeunern und Banditen zugezählt werden, die ihren Beifall und Unterhalt beim Pöbel suchen, indem sie ihnen Unzüchtigkeiten vorsprechen, und schändliche Posituren gaukeln und spielen. Zu Menschen gehört er, die eigentlich vogelfrei sind, und die das Gesetz nicht in Anspruch nehmen dürfen. Darum, junger Mann, darf er, dieser entartete William, diese Schwelle seines väterlichen Hauses nicht mehr betreten, wenn er sich auch sonst nicht hier an mir, seinem Vater, seiner Frau und seinen drei Kindern, die er wie ein flüchtiger Landläufer verlassen hat, so schwer versündigt hätte.

Southampton, der sich zwar vorgenommen hatte, mäßig und bescheiden zu verfahren, konnte nach dieser Rede seine heftige, auffahrende Natur nicht unterdrücken, sondern er sprang auf, schloß den unzufriednen Mann in seine Arme, und als dieser ihn fragend ansah, sprach er: verzeiht, alter lieber Herr, meinen jugendlichen Ungestüm; vorerst seid Ihr mir schon unendlich werth als der Vater meines liebsten Freundes, und dann durch Eure Rede habt Ihr mein ganzes Herz gewonnen, daß Ihr den Stand des Soldaten so liebt, daß Ihr wünscht, Ihr hättet ihn wählen und kämpfen und für Euer Vaterland und die Ehre bluten können. Seht, so, gerade so denke und fühle ich auch, und nur Soldat, Kriegesmann will ich werden, mögen meine Angehörigen auch sprechen, was sie wollen. Und nun begreife ich auch, wie Euer herrlicher Sohn in seinen Gedichten Krieg, Tapferkeit, das Gefühl der Ehre, den Durst nach Blut und Rache so kräftig und groß hat schildern können. Das ist Euer edles Blut, was in ihm sein Wesen treibt, und ihn zu so edlen Gedanken und Empfindungen erregt, das ist noch der uralte Kämpe, der wackre Schüttelspeer von Bosworth, der noch in unsern William herüber wirkt und in ihm arbeitet. Ja, alter Freund, könnte ich Euch nur als meinem Kriegskameraden die Hand schütteln, so solltet Ihr mich schon lieb gewinnen! Nicht wahr?

Der Jüngling drückte die Hand des Mannes herzlich, und diese unverhoffte Anrede hatte den alten Shakspeare völlig entwaffnet. Wie? sagte er, mein Sohn schreibt und dichtet sogar Verse, die zu Muth und Vaterlandsliebe begeistern können? die redliche Menschen und selbst brave Kriegsmänner sich möchten zu Herzen nehmen?

Ja! ja! rief der Jüngling begeistert; o Ihr lieber, alter, verdrüßlicher Herr, der Ihr Euch um das Schönste gar nicht bekümmert habt, was seit einigen Jahren die Menschen in London in Bewegung setzt! Und um so schlimmer und böser, da dieses Schöne von seinem eignen Sohne ausgeht, den er lieber verkennt und ihn sich als einen armseligen Sünder denkt! O Ihr sollt, Ihr müßt die großen Sachen lesen, die Schlacht, in der Talbot umkommt, den Abschied vom Sohn, den Tod des großen Warwick, – und jetzt gleich, – ein Schauspiel, das noch nicht ganz fertig ist, über unsern unglücklichen Richard den Zweiten. Seht, der sterbende große Held Gaunt, der riesenhafte Ritter, hält folgende begeisternde Rede, die ich gleich auswendig gelernt habe.

Southampton sagte sie begeistert her:
Der Königsthron hier, dies gekrönte Eiland,
Dies Land der Majestät, der Sitz des Mars,
Dies zweite Eden, halbe Paradies,
Dies Bollwerk, das Natur für sich erbaut,
Der Ansteckung und Hand des Kriegs zu trotzen,
Dies Volk des Segens, diese kleine Welt,
Dies Kleinod, in die Silbersee gefaßt,
Die ihr den Dienst von einer Mauer leistet,
Von einem Graben, der das Haus vertheidigt,
Vor weniger beglückter Länder Neid;
Der segensvolle Fleck, dies Reich, dies England,
Die Amm' und schwangre Schooß von Königen,
Furchtbar durch ihr Geschlecht, hoch von Geburt,
So weit vom Haus berühmt durch ihre Thaten,
Für Christen-Dienst und ächte Ritterschaft,
Als fern im starren Judenthum das Grab
Des Weltheilandes liegt, der Jungfrau Sohn:
Dies theure, theure Land so theurer Seelen,
Durch seinen Ruf in aller Welt so theuer,
Ist nun in Pacht, – ich sterbe, da ich's sage, –
Gleich einem Landgut oder Meierhof.
Ja, England, ins glorreiche Meer gefaßt,
Deß Felsenstrand die neidische Belag'rung
Des wäßrigen Neptunus schlägt zurück,
Ist nun in Schmach gefaßt, mit Dintenflecken
Und Schriften auf verfaultem Pergament.
England, das Andern obzusiegen pflegte,
Hat schmählich über sich nun Sieg erlangt.
O, wich' das Aergerniß mit meinem Leben,
Wie glücklich wäre dann mein naher Tod.
Nun! wie ist Euch dabei? rief der Rezitirende.

Der Vater konnte in Begeisterung seine Thränen nicht zurück halten.
Ja, fuhr Southampton fort, diese herrlichen Gedichte sind freilich etwas
Anderes, als Ihr früher mögt von den elenden Gauklern gesehen haben,
die noch wohl von Zeit zu Zeit das Land durchziehen. Und ich meine
überhaupt, nach dem Stande des Soldaten, des Helden, ist der eines

Dichters der allerglückseligste. Des wahren Dichters, nicht jedes Bänkelsängers, oder Skriblers. Denn auch der Soldat wird nicht geachtet, der in der Schenke prahlt, und berauscht pöbelhaft zankt, und im Kampfe selbst als Nichtswürdiger den Rücken wendet und flieht. Der steht um nichts höher, als der schändliche Gaukler, nicht wahr? Und daß Dein Sohn, alter Mann, ein ächter, großer Dichter ist, darfst Du mir auf mein Wort glauben, denn nur seine Werke haben mich zu seinem Freunde gemacht. Und scheine ich Dir zu jung, so komme nach London, und Du wirst dasselbe von ältern Männern hören, wenn sie anders Kenner sind und sich um das Theater bekümmern. Und daß er selbst Schauspieler ist? Sein Wesen, seine Person hindern ihn schon daran, den Lustigmacher zu übernehmen; aber sieh ihn nur mit seinem liebenswürdigen Wesen einen edlen Mann der Geschichte, oder den Heinrich den Sechsten in seiner Würde und seinem Unglück darstellen, vernimm nur dann diese sanfte, schöne, eindringliche Stimme, und Du wirst gerührt seyn, wie wir Alle, und ihn bewundern, wie wir Alle. Auch bringt ihn diese seine Kunst, indem er selber spielt, in die Paläste der Großen, ja in das Haus unsrer Königin.

Ihr habt gewonnen, rief Shakspeare aus, und meinen Sinn, den ich für so fest und unerschütterlich hielt, völlig umgewandelt. Ja er soll kommen, sobald er kann und will: meine Arme, mein Haus sollen ihm wieder offen stehn. Er soll auch seine Kinder sehen, nur wird sich seine Frau niemals wieder so mit ihm aussöhnen, daß sie mit ihm leben könnte. Sie ist Bäuerin geworden und als solche glücklich; ihre Geschwister und Verwandten haben ihr Herz von allen höhern Dingen, am meisten aber von meinem Sohne abgewendet.

Wie ich meinen Freund verstanden habe, antwortete Southampton, wird er dies weder wünschen, noch von Euch oder ihr annehmen, wenn Ihr es fordern solltet. Diese Ehe war eine Verirrung seiner Jugend und das größte Unglück seines Lebens. In welcher Gestalt sollte diese Frau, die Ihr selbst eine Bäuerin nennt, in London auftreten? Sie würde Euren Sohn in allen Dingen nur hemmen und seinen Genius unterdrücken. Anders ist es mit seinen Kindern, die er nur wenig oder gar nicht kennt. Er wünschte auch, seine innigst verehrten und geliebten Eltern jährlich einmal, wenn es die Gelegenheit giebt, zweimal besuchen zu können; daß Ihr ihn wieder als Sohn annehmt, und nicht verachtet; daß er seine Geschwister wieder kennen lernt und sie ihn als Bruder, und daß, wenn es sich so fügen will, Johanna mit ihren Kindern in Eurem Hause, oder doch in der Stadt lebe, damit Ihr, als edler, verständiger Mann, damit Eure Frau, als zärtliche Großmutter, ihre Augen auf seine Kinder haben, daß Ihr deren Erziehung lenken mögt, damit sie nicht verwildern. Seht, dies nur sind die bescheidenen Wünsche Eures Sohnes.

Gewährt! Alles gewährt! rief der Vater in der tiefsten Bewegung, umarmte jetzt freiwillig den Jüngling, und eilte hinaus, um seine Erschütterung und seine Thränen zu verbergen, deren er sich schämte, weil er meinte, sie entehrten den festen Mann. Die Mutter, die während der Verhandlung hinzugekommen war, zerfloß in Thränen. Sie erhob jetzt ihr mildes, schönes Antlitz, faßte die Hand des jungen Mannes und bedeckte sie mit inbrünstigen Küssen. Southampton wollte sie verlegen zurückziehen, sie aber sagte. nein! nein! verehrtester Jüngling! der so schön und groß, wahrhaft wie ein Engel in unsre demüthige Hütte tritt; ich muß Euch wie einen Wunderthäter verehren, denn ein Wunder habt Ihr heut vollbracht. So oft ich nur in meinem Mutterschmerz ganz von fern und leise auf meinen William anspielte, und ihn nur einmal wieder zu sehn wünschte, gerieth mein Mann jedesmal in die fürchterlichste Wuth, und vermaß sich hoch und theuer, den gottlosen Bösewicht, wie er ihn nannte, niemals nur in der Stadt zu dulden, so lange seine Augen offen ständen. Ach! wie wohl ist mir, daß dieses mein allerschlimmstes Leiden von mir genommen ist, nun kann ich alles Andere leichter tragen.

Der Vater trat, nachdem er sich gesammelt hatte, wieder zu den Sprechenden. Ihr seid doch, junger Squire, fing er an, heut Mittag unser Gast? Ihr findet das Mahl bürgerlich und nicht so, wie Ihr es wohl gewohnt seid, aber ich wünsche, daß Ihr meine Einladung nicht abschlagen mögt, da ich meinen Freund und Wohlthäter gern an meinem Familientische sehen möchte.

Und wenn der Oberkämmerer, sagte der Jüngling, oder der Schatzmeister, Lord Burleigh, mich eingeladen hätten, so würde ich es abschlagen, wenn Eure Einladung nachher erfolgte, denn hier zu seyn, in Eurem Hause, mit Euch an Eurem Tische zu essen, ist mir die größte Ehre und Auszeichnung, die mir dermalen widerfahren könnte, so viel seid Ihr, hochgeehrter Mann, in meinen Augen, nicht nur als Vater des Freundes, der jetzt in meiner Meinung der erste aller Sterblichen ist, sondern auch als wackrer Friedensrichter, Bürger, Edelmann und, wenn es das Schicksal erlaubt hätte, wie schon gesagt, als Kriegskamerad.

Der Vater lächelte freundlich, selbst schalkhaft und sagte: die Jugend übertreibt, schöner Herr, die Worte kosten Euch nichts, aber so viel ich auch vom Lord Schatzmeister und dem ersten aller Sterblichen und dergleichen mehr abziehe, so glaube ich doch und sehe es, daß Ihr es gut mit uns und meinem Sohne meint, und ich hoffe, wir bleiben auch länger gute Freunde.

Da wir so weit sind, erwiederte Southampton, so schafft mir einen Boten, den ich mit einem kleinen Briefe an meinen Freund senden kann. Er wartet sechs oder sieben Meilen von hier, und kann dann auch noch, nach so langer Zeit, unser Tischgenosse wieder seyn.

Die Mutter fuhr vor Freuden auf, denn so nahe hatte sie die Ankunft des Sohnes, so wenig wie der Vater, geglaubt. Sie eilte fort, um auch Johanna mit ihren Kindern nach der Stadt zu laden, und Southampton schickte den reitenden Boten mit dem freudigsten Briefe an seinen geliebten William.

Nun aber, theurer Freund, wenn Ihr mich als solchen annehmen wollt, laßt uns die Spielplätze Eures Wilhelm besuchen, jene Schule in der Gildenhalle, von der er mir zuweilen erzählt hat, Orte, wo er als Kind oft war, denn Alles ist mir wichtig. Ich will diesen Tag ganz so hier leben, als wäre ich selber ein Sohn Eurer Familie. Aber wie Reisende die Gegend Italiens sehn, und jeden Fußstapfen ihres verehrten Horaz oder Virgil wieder finden möchten, so ist mir dieses kleine Stratford – ja, ich irre mich gewiß nicht, – so wird es Vielen, Vielen in ferner Zukunft noch ein Heiligthum seyn, ein geweihter Platz, wo jede Gasse, jedes Haus, Gebüsch, jeder Baum, das Wasser, die Brücke, wie geweiht, und in einem andächtigen Glanze dem Pilger, der dann auch wohl aus ferner Gegend hieher wallfahrtet, erscheinen wird. Dieses Euer Haus wird so gekannt und besucht seyn, wie das Grab Virgils.

Der Alte nahm Hut und Mantel und lächelte wieder, indem er sagte: nur nicht zu viel, lieber, heftiger Freund, bleibt mäßig, um wahr zu bleiben. Kommt jetzt, ich will mit Euch wandeln, und Euch alles Unmerkwürdige dieses kleinen Ortes zeigen, da Ihr es einmal so begehrt. Kein Mensch noch, sagte er schon in der Thüre, hat eine solche Gewalt über mich ausgeübt, als dies hübsche Jungfrauengesichtchen mit den himmelblauen Augen. Gehn wir, meine liebe Alte wird heut in der Küche etwas mehr, als sonst zu thun haben, da uns ein so hoher Festtag erwartet.

Die Mutter tummelte sich auch schon, und sendete die Magd aus, um mehr einzukaufen, und der alte, bedächtige Mann schritt mit dem hastigen Jünglinge aus der Thüre, um die heitre Stadt in Augenschein zu nehmen.

Als sie durch die Stadt gingen, besuchten sie zuerst die Schulstube, die der Graf mit Aufmerksamkeit betrachtete, um sich in die frühe Jugend seines Freundes hinein zu denken. Als sie später von ihrem Spaziergange zurück kamen, hörten sie, als sie sich dem Markte näherten, viel Geräusch und Stimmen der Menschen. Was giebt es? fragte Southampton. Es wird der Groß-Admiral Howard seyn, antwortete Shakspeare, der gestern schon der Stadt gemeldet wurde, er reist, um die Häfen zu besuchen und ist in Warwick gewesen. Es war nicht mehr möglich, dem Gedränge des Zuges auszuweichen, denn viele Diener zu Pferde, Edelleute und Ritter folgten einem ältlichen Mann, der mit edlem Anstande auf seinem Rosse saß und die Einwohner der Stadt, die ihn mit Freudengeschrei begleiteten, freundlich begrüßte. Der Graf wollte sich an den Häusern vorbei drängen; da ihn aber einige junge Leute aus dem Gefolge begrüßten, wandte sich Howard um, und rief: ei! der junge Graf Southampton! – Dieser näherte sich dem Rufenden, und Howard sagte: wie kommt Ihr, junger Herr, in die Gesellschaft dieses Bürgers, mit dem ich Euch gehen sehe? Ich bitte, speiset mit mir, und erzählt mir von London, das ich seit drei Wochen nicht gesehn habe.

Verehrter Lord, sagte Southampton freundlich, Ihr erzeigt mir zu viele Ehre, die ich aber für heute ablehnen muß, denn ich bin schon der Gast dieses vortrefflichen Mannes, des Vaters meines werthen Freundes, des Shakspeare, den Ihr gewiß auch dem Namen nach kennt, jenen Dichter, dem wir Richard den Dritten und die Tragödie von Romeo, wie so manches Schöne verdanken. In London, wenn Ihr zurückgekehrt seid, werde ich Euch meine Ehrfurcht beweisen.

Der Groß-Admiral lächelte, und sagte: Ihr handelt immer in Eurer Weise. Genießt der Jugend und seid froh. – Er ließ den verlegnen Shakspeare näher treten und sagte: ich kenne Euren Sohn nur vom Theater her, denn ich sah ihn spielen, er wird mir aber von Vielen gelobt, und die Königin hat schon befohlen, daß seine neue Tragödie, sobald die Krankheit in London ausgetobt hat, in ihrem Palaste soll gespielt werden. Sagt das, Graf, Eurem Freunde, wie Ihr ihn nennt, denn er wird sich dieser Ehre gewiß erfreuen.

Howard verneigte sich freundlich und zog weiter, um in dem sogenannten großen Hause mit seinem Gefolge abzusteigen und das Mittagsmahl einzunehmen. Shakspeare begab sich, von dem, was vorgefallen war, betäubt, in seine bürgerliche Wohnung. Ihr habt mich beschämt, sagte er hier: mein hochverehrter Lord, daß Ihr mir nicht sogleich Euren Namen sagtet, damit ich wußte, welche Gnade meinem Hause widerführe.

Alter Freund, sagte Southampton sehr heiter, wenn Ihr jetzt verlegen werdet und Euch mit Complimenten quält, so ist es mir sehr verdrüßlich, daß wir jenem alten Herrn dort begegnet sind, der mein Gesicht wieder erkannte. Es freut mich nur, daß ich mein früheres Wort wahrmachen konnte, indem ich Euern Tisch dem seinigen vorgezogen habe. Wenn Euch aber mein Titel und Rang irgend an diesem fröhlichen Tage in Verlegenheit setzt, so glaube ich nimmermehr von Euch, daß Ihr je ein ächter Soldat geworden wäret. Schätzt Ihr es aber hoch, und vielleicht auch über das Maß, daß ein junger, fast unmündiger Graf in Euerm Hause ist, daß Euch so ein würdiger Held, wie der Groß-Admiral, begrüßt und angeredet hat, so vergeßt dabei nicht, daß Ihr Alles dies Eurem Sohne zu danken habt, und zwar deswegen, weil er Poet und Schauspieler ist.

Mit der liebenswürdigsten Freundlichkeit setzte sich der schöne Jüngling nach diesen Worten zu den beiden jüngsten Kindern des Hauses nieder und spielte mit ihnen so unbefangen, als wenn er nur deswegen gekommen wäre. Den Vater des Dichters überraschten alle diese Erscheinungen, die er sich nie als möglich hatte denken können, so sehr, daß er sich vornahm, über Nichts mehr zu erstaunen, und still befriedigt jetzt seine Frau aufsuchte, die für die Wirthschaft im obern Zimmer beschäftigt war. Er setzte sich zu ihr und sagte fast flüsternd: ja, Margaretha, uns ist heute großes Heil widerfahren, und wir wollen es auch künftig zu verdienen suchen. Auf keinen Fall aber, liebes Weibchen, ändre den Tisch, laß ihn so bestehn, wie er angeordnet war, wenn auch unser Gast, statt eines Squires, der Graf Southampton, und ein Pair des Reiches ist. Es ist mit unserm Sohne doch ganz anders beschaffen, als wir es uns eingebildet haben, denn der Groß-Admiral weiß auch von ihm. O Theure, eine sonderbare Wehmuth und weiche Heiterkeit hat sich meiner bemächtigt, denn ich habe ihm doch, seit er auf der Welt ist, Unrecht gethan. Und ich kann es nun nie wieder gut machen.

Die Mutter war ebenfalls tief bewegt. Indem kam Johanna mit ihren Kindern, und man ging in das Zimmer zurück, wo Southampton sich immer noch mit den Kleinen beschäftigte, die mit ihm in ihren Spielen Händel angefangen hatten, so daß sie ihn schon ganz wie einen ältern, seit Jahren gekannten Bruder behandelten.

Die Mutter nahm die Gattin des Dichters, eine große starke Frau, sogleich bei Seite, um ihr mitzutheilen, was in der Familie ausgemacht sei, und welchen Besuch sie zu erwarten habe. Man sah, wie während dieser Erzählung die Frau, die schon früh alt geworden war, immer verlegner wurde, sie sah mit scheuem Blick nach Southampton, ward roth und schlug dann wieder die Augen nieder. Endlich sagte sie: ich bin mit Allem zufrieden, was so ein vornehmer Herr für gut findet, Alles soll so seyn, wie Ihr es, liebe Mutter, und der Schwiegervater anordnet. Ich wohne gerne hier in der Stadt, wo die Kinder freilich besser erzogen werden können. Southampton sprach freundlich mit ihr und gewann bald ihr Vertrauen, wie es ihm mit Jedem gelang, dem er sich nähern wollte. Sie schwatzte und erzählte von der Haushaltung und ihren Kindern. Der Graf nahm den Sohn, der über acht Jahr alt seyn mochte, auf seine Kniee und suchte das furchtsame Kind zu erheitern. Der Knabe war blaß und zart, und seine Organisation war nur schwach, dagegen schien die ältere Tochter stark und munter. Die Eltern des Dichters waren in einem glücklichen Taumel und Rausch, die Mutter, daß sie ihren geliebten Sohn, mit Allen versöhnt, wieder sehen sollte, und der Vater, daß ein vornehmer Graf so in seinem Hause einheimisch sei, als wenn er eben auch zu seinen Kindern gehöre.

Johanna hatte sich indessen an das Fenster gesetzt und schaute auf die Straße; plötzlich rief sie aus: O Jesus! da kommt noch ein andrer vornehmer Herr zu uns! Alle erhoben sich in Erwartung und der Dichter trat mit Stiefeln und in feiner Reitkleidung in das Zimmer. Die Mutter erkannte ihn sogleich und schloß ihn weinend, mit einem freudigen Ausruf, in ihre Arme. Der Vater trat hinzu, und nahm den erschütterten Sohn, der im Begriff war, sich vor ihm niederzuwerfen, an seine Brust. Ihr verzeiht mir, geliebte Eltern? rief der Dichter und hielt seine Thränen nicht mehr zurück. Verzeihe Du mir, sagte der Vater, ganz weich, Du hast uns nur wenig, ich Dir sehr viel Unrecht gethan. Jetzt trat auch Johanna hinzu und gab dem Gatten die Hand, indem sie verlegen sagte: Du bist älter – Ihr habt Euch sehr verändert, lieber Wilhelm. Shakspeare betrachtete sie und sie war ihm ganz fremd geworden. Sie ertrug seinen Blick nicht, sondern schlug die Augen nieder, indem sie sagte: waret Ihr doch fast nur ein Bursche, als Ihr dies Haus verließet, und jetzt kommt Ihr als ein mächtiger Squire wieder herein, so daß man sich vor Euch fürchten möchte. Die Stuben sind Euch zu klein und Eure Augen sind so klug geworden, daß Eure alten Bekannten nicht mehr mit Euch werden reden können.

Shakspeare sagte nur Weniges, indem er sich nach seinen Kindern umsah, die seine Mutter ihm jetzt entgegenführte. Sie betrachteten den fremden Mann mit großen Augen, der sie Alle mit Herzlichkeit und Rührung küßte; die ältere Tochter sagte dann: Du bist also unser Vater aus London? Man denkt sich doch einen Vater anders. – Wie das? fragte der Dichter. – Du bist so fremd, sagte das Kind, so ausländisch, auch sprichst Du nicht, wie die hiesigen Väter. Vor Dir würde ich mich nimmermehr fürchten, und das müssen doch die Kinder, sonst gerathen sie nicht.

Und Du, mein Sohn? wendete sich Shakspeare zum kleinen Hamnet. Mir ist es lieber, sagte dieser, wenn ich mich nicht fürchte. Furcht haben wir schon hier und auch haußen bei uns genug. So ist es ganz recht, daß sie uns mal einen Vater von andrer Manier schicken. – Die Zwillingsschwester des Knaben rief: Hamnet! sei nicht grob: der Herr Vater, der vornehme Vater ist ja gegen uns höflich genug.

Shakspeare saß so beglückt, tief betrübt, gedankenvoll und erschüttert im Kreise der Seinigen, daß er seines schönen jugendlichen Freundes für einige Zeit ganz vergessen hatte. Endlich warf er sein thränendes Auge auf ihn, der mit den Eltern diesem Schauspiele zugesehn hatte, und rief: o vergieb, mein Heinrich! mein Glück, mein Schicksal, mein ganzes Leben bedrängt mich in diesem Augenblick so sehr, daß ich meiner selbst vergesse! Wie soll ich Dir danken?

Der Vater trat erschreckt zurück, als er vernahm, mit welchem vertraulichen Ausdruck sein Sohn den vornehmen Grafen benenne, und Shakspeare erfuhr jetzt erst, daß der Stand seines Freundes seiner Familie schon bekannt sei. Laß Dich nicht stören, antwortete der Graf, wir beide haben noch künftig Zeit genug, uns zu sprechen. Das ist mein Glück, daß ich so gute Menschen wieder vereinigt habe, die nur durch Mißverständnisse getrennt waren.

Bis die Tischzeit heran gekommen war, ordnete es der Vater so an, daß seine eignen jüngern Kinder, die noch im Hause waren, in einem andern Zimmer aßen, um die Tafel nicht zu groß zu machen. Bei Tische bemühte sich Shakspeare, die Rührung, die Alle ergriffen hatte, zu zerstreuen; er erzählte deshalb viel von London und den dortigen Merkwürdigkeiten, von den Begebenheiten, die er dort erlebt hatte, von seinen Bekanntschaften, und von allen Dingen, die, wie er glaubte, seiner Familie wichtig seyn konnten. Er vermied es, vom Theater zu sprechen, um seinen Vater nicht auf diese oder jene Weise zu kränken. So oft es sich fügte, daß Johanna sprach, zeigte es sich dem beobachtenden Freunde des Dichters immer deutlicher, welch ein sonderbares, fast lächerliches Mißverständniß es gewesen, welches sie in der Ehe mit dem Dichter vereiniget habe; denn er glaubte einzusehn, daß die Natur niemals zwei Wesen erschaffen habe, die sich in allen Dingen so ungleich, deren Bestrebungen so völlig im Widerspruch wären. Er fühlte, wie sie ihrem vormaligen Gatten in keinem seiner Gedanken folgen konnte, wie sie ihn immerdar mißverstand, und, ehemals wohl schwach in Begriffen, jetzt da sie sich in ihrer bäuerischen Umgebung so ganz hatte fallen lassen, in der Familie selbst als ein ungehöriges Mitglied erschien, das seine Verlegenheit nur schlecht verbergen konnte. Der Graf freute sich, daß alle nähere Verbindung zwischen dieser gealterten Bäuerin und seinem Freunde völlig aufgehoben sei.

Das Bestreben des Dichters war, sich mit seinen Kindern bekannt zu machen, sie an sich zu gewöhnen und ihr Vertrauen zu wecken. Die älteste Tochter kam ihm am meisten mit Verstand und Liebe entgegen; der kränkliche Knabe schmiegte sich freundlich an ihn und dessen Schwester wurde ihm durch Munterkeit und Lachen zugethan.

In dieser vergnügten Tischgesellschaft ward beschlossen, daß der Dichter im Herbst noch einmal nach seiner Geburtsstadt kommen solle, um einige Wochen mit seiner Familie zu leben, in Zukunft sie aber jährlich besuchen, um ihnen Allen, den Kindern wie den Eltern, nie wieder fremd zu werden. Nachher erfreuten sich die drei Kinder der bunten Geschenke, die ihnen der Vater so wie der Graf aus London mitgebracht hatten.

Als Alle mehr beruhigt waren, ging William mit dem Vater in dessen Stube und sagte zu ihm, als sie sich allein sahen: mein geliebter, verehrter Vater, Ihr habt viel Sorge und Kummer in diesem Leben getragen, und ich selbst habe diese Leiden, wenn auch ohne Willen oder Bosheit, vermehrt. Auch haben Eure Kinder, und ich, da ich ebenfalls Euern Haushalt erschwerte, Euer Vermögen verringert. Die Mutter sagt mir, daß Ihr gestern ausgewesen seid, um dreißig Pfund, die Ihr höchst nöthig braucht, aufzunehmen, und daß es Euch nicht gelungen ist, von Euern bekannten Handelsleuten dieses Darlehn zu erhalten. Nehmt hier vorerst diese hundert Pfund von mir freundlich an, nur ein geringer Ersatz für so Vieles, was ich Euch gekostet habe. Diese Summe, die ich durch meine Thätigkeit redlich erworben habe, dürft Ihr dreist von mir empfangen, denn ich kann sie entbehren und habe sie für Euch zurück gelegt, es wird mir in Zukunft, wenn ich leben bleibe, nicht fehlen, Euch besser unterstützen zu können, vorzüglich wenn Ihr es einrichten könnt, daß Eure Geschäfte einfacher werden, indem Ihr manche aufgebt, die Euch Sorge und Mühe machen, ohne eigentlich Nutzen zu gewähren.

Mein Sohn, sagte der Alte, ich habe Dich in jeder Hinsicht verkannt, und bitte noch einmal, daß Du mir aus vollem Herzen vergeben mögest. Ich habe es heut Mittag wohl bemerkt, daß Du von Deinen Arbeiten, dem Theater und allen Dingen, die mit diesem zusammen-hängen, nicht sprechen mochtest; aber auch, was diese Gegenstände betrifft, habe ich jetzt allen meinen alten Irrthümern entsagt. Ich sehe wohl, daß die Zeit vorgerückt ist und sich ganz anders gestaltet hat, als ich sie in meiner Jugend zu kennen glaubte. Da die Großen des Landes von Dir wissen, da unsre große Königin nach Deinen Gedichten verlangt, und Du auch, wie man mir sagt, den Besseren und Klügeren des Volkes gefällst, so bist Du jetzt mein Stolz, meine Freude, die Stütze meines Alters. Ich fühle es nun wohl, daß es allerdings einen Mittelweg giebt und geben muß, auf dem sich die heitre Poesie dem finstern Leben einfügt und es gewissermaßen ergänzt. Ich hätte mir in jüngeren Tagen nicht einbilden können, daß das Comödienspielen ein Gewerbe würde, das einträglich und ehrenvoll sei: habe ich doch auch nachher niemals daran gedacht, daß so viel Talent und Kraft in Dir wäre, wie der Herr jetzt in Dir entwickelt hat. Mein theurer Sohn, Du bringst mir eine Summe in mein Haus, die mich auf lange glücklich und sorgenfrei macht, ich glaube Dir, daß Du sie entbehren kannst, und nehme sie von Dir mit meinem herzlichsten Dank.

Ihr sollt, fuhr der Dichter fort, mein guter, trefflicher Vater, in Eurem Alter noch glücklich seyn und Euch aller Sorgen entschlagen können.

Ja, mein Theurer, Träume des Knaben sollen in Erfüllung gehn und dazu hilft mir mein edler Freund, der junge Graf. Er ist binnen Kurzem mündig, und schon vor einiger Zeit hat er es mir freiwillig, indem ich kein Wort darüber gegen ihn verlor, angetragen, mir mit einer bedeutenden Summe zu helfen. Ich darf sie, ohne mich zu erniedrigen, ohne mir Etwas zu vergeben, ja ohne mich nur zu Etwas verbindlich zu machen, von ihm annehmen. So werde ich im Stande seyn, mich beim Theater dort in neue Verhältnisse zu setzen, und mich gewissermaßen unabhängig zu machen. Durch andere Freunde in London ist es mir möglich geworden, über das, was mein Freund mir geben wird, schon jetzt zu verfügen, und so begleitet mich denn, mein Vater, dorthin nach dem sogenannten großen Hause, der Kapelle gegenüber. Die Vormünder, die jetzt über die Verlassenschaft, Haus und Garten, zu schalten haben, nehmen für die Erben die Summe, über die ich, durch Unterhändler, mit ihnen schon überein gekommen bin. Wenn ich alsdann im Herbste wieder zu Euch komme, wohnt Ihr schon in diesem geräumigen Hause und gebt in ihm Eurem Sohn ein Zimmer. Meine Kinder und Frau wohnen dann hier in dieser kleinern Behausung, und die beiden Familien fallen sich nicht zur Last. Nach einigen Jahren, wenn Ihr Euch ganz von Euren verwickelten Geschäften losgemacht habt, laßt Ihr auch, was Ihr Euch schuldig seid, Euern Adel erneuern, und seid nächst den Lucys der bedeutendste Einwohner von Stratford.

Der überraschte Vater war vor Freude schwach in einen Sessel gesunken. Er bedeckte für einige Augenblicke sein Gesicht mit beiden Händen, dann sprang er auf, umarmte stürmisch den Sohn, und rief: Sohn! Du bist ein Mann! ein vollständiger Mann! durch und durch und ganz ein Shakspeare! Du thust viel und der Himmel hat Dich zu großen Dingen auserwählt. Nun muß ich Dich verehren, und ganz Stratford muß es, denn Keiner wird sich einbilden, daß ich dergleichen, und allein durch Dich, ausrichten kann. Verstehe mich nur, mein Sohn. Ich ehre Dich und verehre Dich darum, daß Du mich durch Alles dies, wovon Du wohl weißt, daß es meine allerhöchsten Wünsche umfaßt, nicht hast bestechen wollen. Dein Freund hat Dich mir versöhnt, und ohne sich zu nennen, viel weniger von allen diesen Dingen ein Wort fallen zu lassen. Nein, er hat mich nur gerührt, – meine Vaterliebe zu Dir aus ihrem Schlummer geweckt, meine Vorurtheile wie ausgelichtet, und er wird Dir sagen können, daß wir schon Ein Herz und Sinn waren, bevor der Großadmiral seinen Namen nannte, den er, wie ich mir einbilde, wohl würde gebraucht haben, da Du meine Verehrung des hohen Adels kennst, wenn keine Vernunft hätte bei mir anschlagen wollen. Das ist edel von Dir, mein Sohn, ein wahres Kindesstück eines herrlichen Gemüthes, daß Du mir auf keine Weise diese unsre Versöhnung hast abkaufen, oder, wie ich schon sagte, mich bestechen wollen. Durch diese Größe Deines Herzens stehe ich Dir wie ein freier Mann, wie ein wahrer Vater, gegenüber, und nicht die kleinste Bitterkeit, nicht die allergeringste Beschämung kann mir, so lange ich auch noch leben mag, die Erinnerung an diesen herrlichen Tag kränken und schmälern. Daß Du mich als ein solches Wesen behandelst, Sohn, dem Du ebenfalls Adel der Gesinnung zutraust, dadurch schenkst Du mir mehr, als Du durch Millionen könntest, und das ist nun mein Stolz, einen solchen Sohn zu besitzen; denn hierin eben habe ich Dein tiefstes Herz und die Schönheit Deines Gemüthes erkannt.

Er warf sich wieder nieder, und weinte so bitterlich, daß es schien, er könne sich in diesen Schmerzen nicht ersättigen, und kein milderndes Gefühl wolle sich erheben, um seine in Wehmuth ringende Seele wieder aufzuheitern. Als der Sohn ihn erheben wollte, wies der Alte die helfende Hand zurück, indem er, von Schluchzen unterbrochen, sagte: Laß, Wilhelmchen, das sind Freudenthränen, wie ich sie noch niemals in meinem Leben vergossen habe, und mir ist nun in alle Fasern meines Herzens hinein so wohl, daß Du mir so Vieles, so Bitteres, so unsäglich Schmerzliches zu vergeben hattest. Auch das Alles schenkst Du mir, Alles Gaben Deiner Großmuth: und alle diese Deine volle Liebe, diese Schönheit Deines Wesens ist doch auch zugleich mein, weil ich Dein Vater bin, und das Bewußtsein dieses Glücks erregt in diesem unendlichen Schmerz, im Jubel der Freude diese Todeswehmuth. Ja, was ich noch nie erlebt habe, das Alles ist Eins, und mir ist, als wäre ich zum eigentlichen Leben erst jetzt erwacht.

Als der Vater mehr beruhigt war, sagte der Sohn: liebster Vater, Ihr seid viel zu gut; wahrlich, ich habe mir alles dieses nicht so vorgesetzt, wie Ihr Euch jetzt denkt: Ihr stellt mich viel zu hoch, ich handelte, ohne zu überlegen.

Das ist es eben, sagte der Alte, das ist das Herrlichste dabei, daß Du nur so hin handeltest, nach einfachem Gefühl, daß Du nicht denkst und grübelst, und Vorsätze fassest, sondern nur so ganz einfach Deinem Wesen folgst. Freilich hast Du es Dir nicht künstlich ausgerechnet. Ach! ich bin unaussprechlich glücklich! und Du mußt es auch seyn!

Vater und Sohn begaben sich jetzt zu jenen Vormündern, und in Gegenwart des Magistrats wurde dieser Kauf des Hauses berichtigt, und das Eigenthum desselben vorläufig dem edeln John Shakspeare, Bürger und Einwohner von Stratford, vormals Friedensrichter, übergeben.

Am Abend, als die beiden Ehegatten allein waren, sagte der Alte zur Frau: O Mutter, wie ich beschämt bin, unsern William so gar nicht gekannt zu haben, kann ich Dir nicht aussprechen. Er ist gesetzter, männlicher, sicherer und klarer in Geschäften als ich, und dabei in allem seinem Thun so heiter und leicht; er findet für Alles das Wort, für jede Schwierigkeit den Ausweg. Ich meinte immer, alles Ernste müsse mit finstrer Anstrengung, mit mürrischem Verdruß getrieben werden, und er löset das Schwerste wie ein Spiel. Er erzählte ihr von dem Kauf, und welche sichre Aussicht sie nunmehr hätten, ihre letzten Tage in Ruhe und Wohlhabenheit zu verleben, und bei ihren Landsleuten dieselbe Achtung zu genießen, deren sie sich in der ersten Jugend erfreuten.

*

Als am folgenden Tage Southampton und Shakspeare ohne Begleitung wieder nach jenem einsam liegenden Gasthof zurück ritten, fing der Graf zu seinem Begleiter also an: Wenn man in einer Familie so bekannt wird, wie ich es durch Dich so schnell mit der Deinigen geworden bin, und beobachtet unbefangen und ernst, so entwickelt sich eigentlich Alles, bis auf die Kleinigkeiten hinab, wie ein gutes dramatisches Gedicht. Ich war im Stande, fast im Voraus zu bestimmen, was jeder von den Deinigen bei jeder Veranlassung sagen würde. Nur möchte ich glauben, daß Du mir Deinen Vater nicht ganz richtig geschildert hast, der viel besser und umgänglicher ist, als ich ihn erwartete.

Es ist wohl möglich, antwortete der Dichter, denn ich verließ noch jung das väterliche Haus, in welchem ich nicht viel Erfreuliches erlebt hatte. Immer war mir der Vater ein Gegenstand der Furcht, sein finstres, mürrisches, oft zorniges Wesen stieß mich zurück, so daß ich kein Vertrauen zu ihm fassen konnte, und wenn man Jemand fürchtet, kann man ihn nicht kennen lernen. Es ist aber auch möglich, daß Dein

Erscheinen, und Alles was daraus erfolgte, ihn geändert hat, oder vielmehr Ursach gewesen ist, daß eine andere Natur, die auch in ihm liegt, sich nun hervor hob, und auf eine Zeit lang den Meister spielte. Denn darin irren manche dramatische Dichter, daß sie den Menschen, wenn sie ihm einmal einen Character beigelegt haben, nur einzig und allein in dieser Hülle oder Gewohnheit erscheinen lassen. Der Ungesellige ist zu Zeiten freundlich und zuthulich, der Rohe, Verwilderte auf Stunden fein und höflich, der Menschenfeind nachgebend und human. Sehr oft ist die rauhe Außenseite nur eine bequeme Maske, um ein leicht wechselndes Gemüth, dessen Regungen von gewöhnlichen Menschen oft verkannt werden, zu verbergen. Es giebt viele willkührlich angenommene Charactere, die oft durch Fortspielen zu wirklichen werden.

Aber wie war Dir, fragte der Graf, als Du Dich in der Umgebung Deiner Kindheit, im Hause wo Du geboren wurdest, wieder sahst? Ich fand Dich so träumerisch, dann schnell aus Deiner Zerstreutheit auffahrend, auf hastige Weise heiter und erzählend, und wieder unruhig fragend, und zuweilen so wechselnd unbestimmt, wie ich Dich sonst niemals gesehen habe.

Mein Geliebter, antwortete der Dichter, mein Zustand an diesem Tage war unendlich beklemmend; ich fühlte mich glücklich und unglücklich zugleich, ich mußte mich erinnern, daß ich wache, und doch überdrängte mich von allen Seiten eine solche Wirklichkeit und Wahrheit, daß ich mich gern wieder an der Phantasie von diesen Schmerzen erholt hätte. Diesem Gefühle nicht unähnlich mag unser erstes Besinnen nach dem Tode seyn. Ich war beglückt, meine Eltern wieder zu sehn, nach zehn langen Jahren die mir Versöhnten in meine Arme zu schließen, meine geliebten Kinder kennen zu lernen, deren Anblick mich mit unendlicher Wehmuth durchdrang. Wie ist im Angesicht und Auge des Kindes, in diesem hoffnungsreichen Blick, der noch Alles anstaunt, das ganze Räthsel des Lebens so sprechend wundersam abgebildet! Da stehn die Kleinen in süßer Unbefangenheit, nur Freuden und Spiel erwartend, an des Lebens bunt ausgeschmückter Pforte, und der Erfahrne, in dieser Schule Auferzogne sieht schon die dunkeln Larven, die sich hinter dem Vorhang rühren: Krankheit, Leiden, Armuth, das Elend der Leidenschaft, verkannte Liebe und Freundschaft, die Vorwürfe, das Verzweifeln an sich selbst, den Jammer des Aberglaubens, die wilde Verruchtheit und die unzähligen

Frevel. Welches Ungethüm wird die Kleinen ergreifen, die meinem Herzen und Leben verwachsen sind? Ich habe ihnen bis daher meine Obhut und Liebe entziehn müssen, ich habe ihre unschuldigen Freuden nicht gesehn, ihre Spiele nicht mit ihnen getheilt. Die arme Johanna! Eine große Last ist von meiner Seele gefallen, daß unsre Trennung von beiden Seiten so freiwillig geschehn ist, daß auch die Eltern ihre Nothwendigkeit begreifen. Aber hat sie nicht ihr Leben verloren? Ich habe ihrem Herzen Nichts seyn können, aber sie hätte doch wohl den Gatten gefunden, der ihr wahrhaft Freund seyn konnte, an dessen Seite ihre Seele erwachte. Die engen, niedrigen Zimmer, die ganze Armuth des Lebens umdrängte und preßte mich wieder wie in meiner Jugend und Kindheit, dieselbe Gespensterfurcht vor dem Dasein, die mich damals so oft überschlich, quoll wieder aus den trüben Wänden. Wie erschienen mir hier meine poetischen Plane, meine phantastischen Entwürfe, meine Entzückungen für die Bühne, und jene Begeisterung, die so weit in die Zukunft hinein schon vorbereitet, ja mein Leben in London selbst, das diesem Familienwesen gegenüber sich so seltsam, möchte ich doch sagen, unwahr und unwirklich ausnimmt. Ich fühlte, ich könne in der engumschränkten Gegenwart, in der Nähe dieser wackern, redlichen Menschen, die ich so innig liebte, niemals etwas Poetisches arbeiten, und doch konnte ich mich in diesen Stunden so wenig nach London zurück sehnen, daß ich vielmehr vor dem Leben dort ein gewisses Zagen, eine Angst empfand. In diesem Zwiespalt aller Empfindungen ward mir das Bewußtsein, wie die Gegenwart sich so gar nicht erfassen lasse, wie wir immer nur zwischen Vergangenheit und Zukunft leben, und nur die Momente der Begeisterung die wirklichen sind. Nun sah ich in Gedanken diese Kinder schon erwachsen, mich alt, meinen Vater gestorben, und Dich, Jüngling, den schönen, zum Manne gereift, mir entfremdet, der mich und alle meine Liebe, mein Entzücken an ihm und meine Schmerzen um ihn vergessen hat, – und ich schaute, wie mit Seherblick, voraus und zurück, wie viele Leiden und traurige Zustände ich alsdann durchlebt, wie viele Irrthümer ich überstanden hatte, – ach! mein Freund! so verwirrte sich mir Alles in Haupt und Herzen zu einem Chaos voll Wehmuth, Hohn und Schmerz, unnützem Entzücken und lächerlicher Qual, und die Wahrheit wollte mir ganz und immer untergehn, indeß ich den Klaren und Sichern spielte, und die juristischen Geschäfte zur Freude meines Vaters so verständig abmachte.

Ich habe eine Ahndung davon, sagte Southampton, daß das oft und viel allen reichen Geistern, allen poetisch bewegten Gemüthern so begegnet. Können sie es abweisen, ja, sollen sie es nur? Das Große und Edle ist es, diese Verwirrung, die in sich selbst, nach Gestalten ringend, gährt, zu beherrschen, den höchsten, stärksten Geist noch übrig zu haben, der die übrigen Kräfte regiert, und sie mit stiller Gewalt, im Aufruhr selbst, wieder in ihre Aemter einsetzt.

Wahr und schön, erwiederte der Dichter: aber auch in mir spricht eine Ahndung, daß ich nach zu kümmerlicher Jugend mein Leben mit zu kühnem Uebermuth emporgerissen habe, und daß das scheu gemachte Roß mit mir durchgehn und mich zerschmettern wird. Es lehrten die Alten warnend, es sagen alle Geschichten und Mährchen mit Bangigkeit aus, der irdische Mensch, der Sterbliche, solle und dürfe nicht zu glücklich seyn! Diese Ausbeugung vom gewöhnlichen Leben und dessen Geschäften, Deine Freundschaft und Güte macht es mir möglich, meinen Vater zu beglücken, und der finstere Ernst muß dankend die Gaben der Muse erkennen. Deine Liebe, die Du mir so rein, so freiwillig und göttlich geschenkt hast, ist mein höchstes Glück, ich fühle mich dadurch erhoben, als wandelte ich, ein Neuaufgenommener, unter den olympischen Göttern. Die Zärtlichkeit eines Weibes, im Jugendglanz der Jungfrau, kommt mir eben so freiwillig entgegen, und windet sich mit süßer Wollust und allem Zauber der Liebe um mein Herz, es wie mit goldnem Netz umschlingend, in dem aus jedem Faden Schalkheit, Zier, Witz, Heiterkeit, Scherz und lieblich Kosen neckend und winkend schauen, alle in die Lüfte flatternd, und auf den kleinsten Wink wie Schmetterlinge und Nachtigallen, wie gaukelnde Amorskinder wieder zu meinen Füßen und um meinen Busen spielend. Alles dies will meine Phantasie besitzend, beherrschend umfassen. Und aus allen Gegenden und Dämmerlauben meines Innern treibt die Begeisterung die mannichfachsten Gestalten hervor, die wie grüßend vorüberrauschen. Helle Freudigkeit des Lustspiels, Witz und Thorheit, zarte Frühlingsträume, die Heldenjugend unsers fünften Heinrich, der große Tag bei Agincourt, und ein spaßhafter dicker Schelm, die seltsame Figur eines grausamen Juden, die ergötzlichsten Narren, Alles sehe ich schon so nahe vor mir, daß ich es mit den Händen abreichen kann. Ich frage mich oft, wo ich nur die Zeit hernehmen soll, allen den Gebilden, die mich mit Fragen bestürmen, Rede zu stehn, ihnen Seele einzuhauchen, und sie mit Form zu umkleiden. Und darf, fragt meine innere Furcht, der Mensch so glücklich seyn? Ist es möglich, daß dieses Glück lange währe? Ist es nicht ein Frevel, jenen Nektar, den wohl die begünstigtsten Sterblichen in kleinen Tropfen, in wenigen auserwählten Stunden nippen durften, den Goldbecher von der himmlischen Tafel wegzurauben, um ihn in einem hastigen Zuge auszuleeren?

Sei ohne Sorge, sagte Southampton lachend und doch gerührt, die Altklugheit der Welt, der Neid und die Schadenfreude werden Dir schon Unkraut unter Deinen Waizen säen. Die Klätscherei wird bald Dein Verhältniß zu jener Frau erspähn und bekritteln, die Moral wird Deine lustige Liebschaft und alle ihre schwärmerischen Gefühle auf ihren Prüfstein legen, und an dem Glänzendsten und Lichtesten so lange putzen und fegen, bis Alles dunkel, thöricht, unmoralisch und gottlos wird, und Du selbst wirst dann, eben weil Dein Talent so groß ist, zu den allerschlimmsten Menschen, zu jenen Elenden hingeworfen, an denen die hochmüthige Verachtung der Schwachen sich weidet, damit sie ihre eigne schwankende und ungewisse Tugend um so sicherer empfinden, und sie fromm am Wohlgeschmack ihrer eignen Süßigkeit nutschen und naschen können.

Und doch, erwiederte der Dichter, sagt mir mein Empfinden, dieses reizende Band, das mein Leben umschlingt, ist nicht aus den besten Fäden gewebt. Zwar meine ich gegen Johanna nicht mehr in Treue verpflichtet zu seyn; es scheint, daß ihr Mann alle Rechte auf sie verloren hat, und doch ist mein Herz in mancher Stunde beunruhigt. Die Liebe zu Dir ist die hohe, heilige; von ihr angezogen, festgehalten, dulde ich im Rausch fast mehr ihre Leidenschaft für mich, als daß diese Empfindung eine innere Nothwendigkeit meines Lebens wäre.

Am Mittage blieben sie wieder in dem einsamen Gasthause an der Landstraße. Nach dem Mittagessen las der Dichter seinem Freunde vor, was er neulich noch seinem neuen Lustspiele »der Liebe Müh« hinzugefügt hatte. Seht, mein Freund, sagte er, so erscheint hier der liebenswürdige Florio als Schulmeister Holofernes, in seiner Art und Weise, mit seinen Redensarten und Sprichwörtern. Jetzt werde ich aber in einigen Tagen Nichts dichten können, weil mein Gemüth sich erst wieder von den vielen Erschütterungen erholen muß.

Gegen Abend trafen sie wieder in Oxford bei dem Gastwirth zur Krone ein. Unterwegs scherzte Southampton viel über seinen Freund, der sich seiner Schwermuth immer noch nicht erwehren konnte. Ja freilich, antwortete der Dichter, kann ich meinen vorigen Lebenslauf noch nicht wieder finden. Ich erstaune, wie über eine Unmöglichkeit, wenn ich daran denke, daß ich auf der Bühne wieder meine Rollen mit jener Leichtigkeit und Sicherheit darstellen soll, die ich mir schon längst zu eigen gemacht habe. Diese Schwerfälligkeit, die mich bedrückt, wie verschieden ist sie von jenem vielleicht zu jugendlichen Uebermuth, mit dem ich die Tänze meiner Bekannten und Freundinnen anordne, daß ich wegen meiner Gewandheit in Wendungen und künstlichen Tanzweisen gepriesen werde. Oder wenn ich an den Fechtboden denke, wo man mein sichres Auge und meine schnelle Hand ebenfalls lobt. Allen diesen Dingen, so wie dem Gesange zur Laute, habe ich mich von Zeit zu Zeit mit Leidenschaft hingegeben, und meinte in manchen Stunden, ich könne diese Ergötzungen nicht entbehren.

Der Wirth zur Krone empfing die Reisenden mit vielen Ceremonien, und Baptista wie Florio, die unterdessen genauere Bekanntschaft mit einander gemacht hatten, kamen ebenfalls herbei, um den Grafen zu begrüßen. Dieser sagte zum Sprachmeister: jetzt könnt Ihr mich, Herr Gelehrter, in allen Sprachen und Mundarten Denen nennen, die neugierig sind, meinen Namen zu erfahren.

Er ordnete das Abendessen an, und ging aus, seinen Freund Cuffe, wie er ihn schon nannte, so wie den gelehrten Camden zu sich einzuladen. Als er zurück kam, trat Baptista mit großer Verlegenheit zu ihm, indem er sagte: Hochgeborner Herr Graf, meine Kunst der Physiognomik hat neulich eine große Blöße gegeben, indem ich in Euch eine vornehme Dame zu erkennen glaubte. Späterhin hat mich die Gluth des Weines noch zu einigen Unziemlichkeiten hingerissen, die ich zu vergessen bitte. Auch der weise Mann kommt sich von Zeit zu Zeit abhanden.

Wie ist es Euch denn, fragte der Graf, mit dem ausbündigen Florio ergangen?

Er ist, antwortete Jener, ein merkwürdiger, auch wohl ein großer Mann, eine gewisse Sympathie hat uns sehr schnell mit einander verbunden: aber – er ist allzueitel, er hört sich immer nur selber reden, und vernimmt das Gespräch des antwortenden Freundes niemals. Es ist wahr, er spricht schön, liebt aber dennoch das Alterthümliche übermäßig, und hält zu strenge auf die Reinheit der Sprache. Es ist daher, selbst in der Liebe, schwer mit ihm umzugehn und sich ihm zu verständigen.

Wer meint Ihr nun, fragte Southampton, indem er auf Shakspeare deutete, der neben ihm stand, daß dieser treffliche Mann sey? Ich kann Eurer Wissenschaft nicht vertrauen, wenn Ihr so oft, so gröblich irrt, und so selten das Rechte erkennt.

Dieser edle Herr, antwortete der Physiognomist, hat mir schon neulich unendliche Verwirrung zubereitet, denn sein Flug geht hoch über mein Einsehn und gewöhnliches Verständniß hinaus. Er dürfte wohl in Ansehung des Standes Euch, verehrter Graf, ziemlich nahe kommen, denn sein Auge, Gang und seine Stellung verkündigt Würde.

Ihr trefft es ziemlich, sagte Southampton, neulich erst wurde ihm in Gegenwart von unzähligen Zuschauern von seinen Vasallen gehuldigt. –

Baptista trat erschreckt einen Schritt zurück, verbeugte sich so tief, als wenn er zur Erde fallen wollte, und entfernte sich verlegen, weil er Nichts mehr zu sagen wußte. Southampton lachte, und bevor noch der Dichter bitten und ermahnen konnte, den Scherz nicht so weit zu treiben, trat schon der feierliche Florio mit erhabner Miene und wundersamem Gange herzu, verbeugte sich langsam und erhob sich spät, indem er sagte: gnädiger Herr Graf und hochverehrter, unbekannt seyn wollender Herr und Gönner, Mäcenas, ohne Zweifel atavis edite, wenn auch nicht regibus, doch hocherlauchter Ahnen, soll der Wirth des Hauses, zur Krone, corona, benamset, im großen Saal das Mahl anrichten? Dieses zu vernehmen, zu hören, zu observiren, abzulauschen, sende ich mich selbst anhero, um es dem unwissenden Manne nachher, späterhin, will sagen, in einigen Momenten zu berichten, mitzutheilen, anzukündigen, zu referiren, oder gleichsam zu insinuiren, wie auch nicht weniger ihn deshalb, da er zweifelt, zu rectificiren.

Vortrefflich! Ihr kundiger Mann, antwortete der Graf: so war meine Meinung, weil dieser sogenannte große Saal gleichsam groß ist, das heißt, eine Art von Ausdehnung hat, die, ohne zu übertreiben, gewissermaßen einen ansehnlichen Raum bildet, figurirt, oder darstellt, so daß es an dem, was die Menschen in ihrer gewöhnlichen Sprache Platz zu nennen pflegen, nicht gebrechen wird.

Zierlich, nicht unpassend und mit Eleganz habt Ihr gesprochen, sagte Florio, würdiger Schüler Ihr eines nicht ganz unwürdigen Lehrers, und Beweis gegeben, theurer Jüngling, juvenis, Infant so zu sagen, Conte, daß Ihr, will der Wille nur, der freilich zu Zeiten gegenwillig ist, ein überflüssiges Ingenium besitzet, oder Euch zu eigen ist, um die Bäume, arbores, der Erkenntniß mit den Blumen, Guirlanden der Wohlredenheit, elegantia, zu umwinden und selbst zu umwickeln.

Ich bedanke mich, erwiederte der Graf, denn schon hielt ich mich für Einen, der ganz aus der Art geschlagen ist. Aber wie gefällt Euch Euer Spielkamerad Baptista?

Es ist nicht ohne, antwortete Jener, daß er gleichsam, so zu sagen, fast aus der Ferne und in schräger Richtung eine scheinsame, wenn auch nicht in die Augen fallende Aehnlichkeit mit mir selber haben möchte, und unsre Freundschaft und Liebe ist insofern kein bloß natürlicher thierischer Instinkt, sondern im Gegentheil eine Uebereinkunft in Maß und Kräften, eine edle sympathia, Einklang, Harmonie, Freundschaft und amicitia, Hermandad, nicht ohne Zusatz von Begeisterung, Inspiration und hingebender Inclination. Aber, wenn ich mich bestrebe, Wahrheit in der Redeweise, Philosophie im Baum der Sprache und seinem Wurzelgeflecht zu entdecken, zu erspähen und an das Licht, lux, luce, luz, des Tages zu fördern, so hat er sich gegentheils und in contradictione meiner Wesenheit und Studien mit Beflissenheit dem Phantastischen, Unsichern, ganz und gar Willkührlichen, um nicht zu sagen Aberwitzigen, ergeben, indem er aus Lineamenten, Nasen, Kinn und dergleichen Zufälligkeiten menschlicher Formation, selbst den Füßen und Beinen, Stellung, Gang und derlei Kindereien die Lebensverhältnisse, Gesinnungen, Humor und Charakter, Religion und Wissenschaft eines Mannes, Menschen, Helden, Staatskünstlers, Gesetzgebers und so weiter, errathen, erkennen, erforschen und ergründen will, dem obbenannte kleine Zufälligkeiten körperlich angehören. Diese scientia ist keine solche zu nennen. Er selbst aber, als denkendes Wesen, ist allzueitel: spricht er ichteswann mit Andern, vernimmt er sich nur selber, beantwortet nur seine eigenen Einwürfe, ohne Kenntniß, Anhörung und Aufachtung seines Gegenredners. Dieses ist auch das obstaculum, Hinderniß, der Anstoß oder die Hemmung, die ihn zurückhält, von andern Geistern Etwas zu lernen und die Nichtigkeit seines Treibens einzusehen, was ihm doch hoch von Nöthen, da er die Jugend schon überschritten.

Vollkommen habt Ihr Recht, sagte Southampton sehr heiter, und Ihr solltet nur mit allen Euern Kräften den alten Sünder zu bekehren suchen, denn er lebt ja augenscheinlich im albernsten Aberglauben.

Das Nöthige, antwortete Florio, werde nicht verabsäumen, denn meiner eigenen Ehre liegt zuviel daran, daß ein Freund von mir, den die Welt fortan auch als einen solchen ansehn, betrachten und wahrnehmen wird, nicht zu sehr an der Ignorantia, dunklem, unverständlichem Wissen und der Albernheit laborire, denn: sage mir, mit wem Du verkehrt, so weiß ich, wie Du selbst bekehrt. Also auskehren, wegfegen, fortstäuben werde ich, mit Hülfe der Musen und der Minerva, allen unnützen Kehricht aus dem Wesen des Mannes, mit festem Auge und gesichertem Blicke werde ich Selbigem alle diese Motten und Schaben aus seinen Kleidungen heraus suchen, die ihm ohne derlei Hülfe seine besten Röcke zerfressen, zerbeißen, zernagen. – Aber Ihr, Verehrtester (fuhr er fort, indem er sich an den Dichter wendete), vergönnt mir jetzt, Euch Rede an- und, wo möglich, Eure hohe Gunst Euch abzugewinnen. Mir liegt daran, Mäcenaten, Beschützer, große Männer für die Wissenschaft zu gewinnen, und jener seichte Geist, der astrologische Nasenbeobachter, hat mir schon Euern hohen Stand kund gethan. Die nächsten Früchte meiner Forschung werde nicht ermangeln, wenn mir so Großes vergönnt, Euch zu widmen.

Shakspeare wollte antworten, so sehr ihm auch der übermüthige Southampton durch Winke abredete, als Camden herzutrat und jede Erörterung für jetzt unmöglich machte. Man ging in den Saal, um sich an den Tisch zu setzen. Camden, der Southampton schon höflich begrüßt hatte, nahm Shakspeare, dessen Gespräche ihn angezogen hatten, neben sich, Southampton saß auf der andern Seite des Dichters, Cuffe, der eben kam, mußte sich neben den Grafen setzen. Als es ruhig genug war, sagte der Dichter mit lauter Stimme, damit es Florio und Baptista, die ihm gegenüber waren, vernehmen möchten: verehrter Herr Camden, Ihr wart schon neulich begierig zu erfahren, wer ich sei, so wißt denn: ich bin aus Stratford am Avon gebürtig, mein Name ist William Shakspeare, und obgleich von guter Familie, bin ich doch durch den Verfall des väterlichen Vermögens und verschiedene Schicksale dahin gekommen, daß ich jetzt in London als Schauspieler lebe, indem ich mich zugleich, und nicht ohne Beifall, als Dichter versucht habe. Die Stücke, von denen neulich mein verehrter Gönner, der Graf, mit zu großem Lobe sprach, sind auch Arbeiten meines Geistes.

Camden sagte, indem er die Hand des Redenden faßte: recht so, wenn dergleichen verständige Männer sich unsrer Volksbühnen annehmen, so müssen sie gut und vortrefflich werden. Ihr seid mir noch lieber, seitdem ich diese Eure Bestimmung kenne.

Florio aber sah mit übermüthigem und höhnischem Lächeln seinen Freund Baptista an, indem er zu Diesem mit gedämpfter Stimme sagte: Nascitur ridiculus mus; da schrumpft unser so hochgeachteter Mäcen und fremder Prinz in einen Comödianten hinein und zusammen.

Baptista erwiederte eben so leise: Ich habe es gleich, wenn Ihr Euch noch erinnert, aus seiner Physiognomie heraus gelesen, daß wohl etwas Sonderliches, aber doch nichts Besonderes hinter ihm stecken müsse.

Die Uebrigen vernahmen diese Bemerkungen nicht, weil sie durch den lebhaften Cuffe in ein politisches Gespräch waren verwickelt worden. Camden bemühte sich vergebens, die Uebertreibungen des stürmischen Mannes zu mildern, und sagte endlich halb im Verdruß: Wenn denn nun das Aeußerste in allen Dingen das Geistreiche seyn soll, so lohnt es sich nicht mehr der Mühe, zu fragen und zu forschen; das Gespräch vorzüglich aber wird dadurch getödtet, denn dies besteht ja eben nur darin, daß es immer ermitteln, Zweifel aufwerfen und lösen will, die Gegend aufsuchen, wo ein gemeinsames Recht der Widersprüche liegt, die immer nur in weitgetriebner Consequenz an einander rennen.

Southampton wollte seinen neu erworbenen Freund rechtfertigen; doch Camden fuhr ruhig fort: findet sich Gelegenheit, daß eine solche Gesinnung und Denkweise im Leben und Handeln sich geltend machen kann, so sehn wir eben auch hier das einseitig Uebertriebne, was immerdar Unglück und Zwiespalt hervor bringt. Erzeugen doch die Leidenschaften des Ehrgeizes, der Habsucht, des Neides und vieler andern Elend genug, noch schlimmer, wenn auch ein falscher Enthusiasmus seine philosophischen und politischen Lehrsätze einmal durch Einrichtungen, Umsturz, oder Gesetze will geltend machen. Das hat unsern Burleigh, und durch ihn unsern Staat und die Königin so groß gemacht, daß er stets alles Ausschweifende und Leidenschaftliche von sich abwies und dadurch Jenes, was in der Mitte liegt, und den gewöhnlichen Augen ein Unsichtbares, oder, wenn sie es wahrnehmen, ein Unbedeutendes bleibt, so kräftig empor wachsen ließ.

Ihr mögt Recht haben, antwortete Cuffe, Recht in Ansehung der verflossenen Tage: aber ändern sich die Zeiten niemals? Fordert eine neuere Zeit, ganz andere Umstände, nicht das oft als Tugend, was noch vor dreißig Jahren von Patrioten mochte Laster genannt werden?

Und wer, fragte Camden, soll es entscheiden, daß dergleichen eingetreten ist?

Die That, rief Cuffe, die Begeisterung, die neue Zeit, die sich selbst aus dem Schoos der alten hervordrängt!

Aber jeder Schwärmer, erwiederte der ältere Mann, jeder Unzufriedene und Unruhstifter kann wähnen, daß es ihm obliege, ihr zur Geburt zu verhelfen, und so stehn wir denn immer wieder an jenem Punkte, von dem man ausgeht: daß Glück oder Unglück, Gelingen oder Mißlingen die That als verwerflich oder lobenswerth stempelt. Diese Lehre ist aber nicht so neu, als Ihr sie machen wollt.

Cuffe ließ sich nicht widerlegen, und weder Camden, der das Gegentheil erweisen, noch Shakspeare, der Beider Meinung vermitteln wollte, wurde gehört, um so weniger, da der heftige Southampton sich mit aller Lebhaftigkeit der Jugend zu den Gesinnungen des heftigen Cuffe hinneigte. Man brach endlich auf, ohne sich verständigt zu haben.

Florio, der sich in stillen Gesprächen mit Baptista erbaut und erhitzt hatte, ohne auf die Uebrigen hinzuhören, trat jetzt an Shakspeare und sagte lächelnd: so seid Ihr also, Herr Schauspielverfertiger, jener sich so nennende Dichter, oder richtiger Poetaster, von dem ich jene Fabel von den Kriegen der Rosen habe ansehen müssen? Junger Mann, Ihr seid auf einem ganz falschen Wege, und es wäre dienlicher, Ihr unterließet dergleichen Lasten zu heben, die Euern schwachen Schultern zu schwer sind. Seid Comödiant, und damit gut, setzet Euch nicht in die Phantasie, dichten zu wollen, denn dieses Gelüst führt Euch nur in die Irre; Ihr seht zu spät ein, daß Ihr Papier und Zeit verdorben und Mühe und Oel verloren habt. Diesen meinen väterlichen Rath habe ich Euch nicht entziehen wollen, sondern Euch im Gegentheil dieses freundliche Wort gerne gegönnt.

Narr und kein Ende! rief Southampton erhitzt aus; was bemengt Ihr Euch mit der Poesie und den Künsten? Bleibt doch bei Eurer Wortklauberei und schreibt Eure Wörterbücher!

Florio wollte auf sein Alter und seine Einsichten pochen und antwortete dem Grafen, der früher sein Schüler gewesen war, im hohen Ton, worauf Southampton, der von Wein und den Gesprächen erhitzt war, den Alten bei der Halskrause ergriff, und ihn heftig schüttelte.

Camden beruhigte den jungen Mann, und Shakspeare war verstimmt, daß sich seinetwegen dieser ungeziemende Auftritt ereignet hatte, und als er dem erzürnten Freunde einige begütigende Worte sagte, rief Dieser, laut lachend: Ich bin schon wieder gut, und kann ja auch dem alten Wunderlich nicht böse seyn, der meine Geduld immerdar auf die Probe stellt. Kommt, Florio, gebt mir die Hand zur Aussöhnung und vergebt mir diesen fliegenden Zorn, der mich so oft unterjocht. Macht Euch bereit, alter Wortforscher, morgen mit mir zu meiner Mutter zu reiten, die mich Euretwegen tüchtig ausschelten wird, denn Ihr unterlaßt es doch nicht, ihr Alles weitläuftig vorzuklatschen.

Die übrigen Gäste beurlaubten sich und Shakspeare und der Graf blieben noch eine Weile beisammen. Ist es nicht toll, sagte Southampton, daß ich diesen meinen einfältigen Jähzorn nicht bezähmen lerne, so viele Mühe ich mir auch gebe? Man ist und bleibt doch immer ein doppelter Mensch, denn der thörichte Geist, der alle meine Kräfte auf Augenblicke unterjocht, ist doch ein ganz andrer, als jener ernste, der sich dieser Schwäche schämt.

Geliebtester Freund, sagte Shakspeare, welcher von diesen Geistern ist es nun, der mich liebt und schätzt? Wird der zweite, sei es der bessere oder schlimmere, auch nicht einmal diese Zuneigung als einen Irrthum verweisen? Wird diese Hast und Eil, die Euch zu mir trieb, Euch nicht einmal eben so plötzlich von mir entfernen? Wechselt doch Alles im Leben, es muß so seyn, aber dieser Wechsel würde mich elend machen. Was ist überhaupt diese Selbstständigkeit des Mannes, von der ich so oft reden höre? In Euch, in Eurer Liebe, in diesem Herzen, das mir leuchtet, in dieser Schönheit, die so hell strahlt, ist all mein Wünschen, mein Seyn, meine Zukunft umfangen und beschlossen. Ueber den Verlust dieser Freundschaft könnte nicht Frauenliebe, nicht Poesie und Ruhm, nicht Reichthum und Wohlhabenheit mich jemals trösten.

Und was zagst Du, was klagst Du denn? rief Southampton: ich bin Dir ja so gewiß, wie Du Dir selbst.

Es giebt keine Liebe und Freundschaft ohne Eifersucht, erwiederte der Dichter: so wie ich wünsche, daß alle Welt Euch lieben und verehren soll, so möchte ich doch wieder mit jedem dieser Blicke geizen, und ich fühle einen stillen Neid und einen Schmerz, wenn dies Auge nur auf einem andern Antlitz freundlich ruht. Ach! vergieb mir, mein Geliebter, vergieb mir, daß Du mir allzukostbar bist, daß ich Dich zu innig liebe; zu unnatürlich, würden die meisten Menschen sagen, zu übertrieben, krankhaft, wahnsinnig. Und es mag so seyn, denn sehe ich doch diese Freundschaft nirgend unter den übrigen Menschen. – Er faßte die Hand des Jünglings und fuhr mit bewegter Stimme fort: Sehe ich denn nicht die Möglichkeit dieser Untreue, Verstoßung, oder wie soll ich es nennen? Es war mein höchstes Glück, daß mir Deine Liebe so schnell und unaufgefordert entgegen kam: ich meinte eben, es sei eine Begebenheit, ein Gefühl, das sich nicht wiederholen könne; sehe ich nicht aber, daß Du Dich diesem Cuffe fast mit derselben Hastigkeit näherst? Ja wohl regt sich Neid, Eifersucht in meiner Seele: doch auch Schmerz und trübe Ahndung. Scheint mir doch in diesem Cuffe Dein böser Genius neben Dir zu stehn, ich fürchte von dieser Annäherung Unheil. Dunkle Wolken schweben am Horizont herauf und trüben den klaren leuchtenden Himmel. Mit Thränen muß ich von Dir scheiden.

Southampton beruhigte den tief bewegten Freund, sie umarmten sich herzlich, und am folgenden Morgen ritt der Dichter nach Bath, um sich in der schönen freien Landschaft zu erholen, indessen der Graf sich auf den Weg zum Schlosse seiner Mutter machte.

*

Es giebt für Denjenigen, der frei und innig liebt, Empfindungen, die, gestanden, ein matteres Herz, oder der einfachere, aber gröbere Sinn einen Widerspruch gegen die Liebe, Leichtsinn, Kälte, ja das Lieblose selbst nennen würde. So sehr dem Dichter die liebliche Gestalt seines Freundes immerdar vor Augen schwebte, mit welcher süßen Innigkeit er seiner auch immerdar gedachte, so fühlte er sich doch jetzt, nach der Trennung, in der schönen Landschaft, der grünen Natur hingegeben, gleichsam frei, und von allen Ketten und Bedrängnissen der Liebe, Eifersucht und Wehmuth abgelöst. Ihm war, als gehöre er nach langer Zeit sich wieder einmal selber an, als käme in diesem Leichtsinn und der Ungebundenheit des Herzens eine frühere und schönere Jugend ihm zurück. Indem er tiefer nachsann, fühlte er wohl, daß das Bewußtsein seines Glücks, das Gefühl, wie ihm der Freund angehöre, die Landschaft nur so licht färbe und allen Gestalten die frische Heiterkeit verliehe, und daß dies scheinbare Entferntsein nur innigere Nähe, diese Entfremdung nur tiefere, sehnsüchtigere Befreundung herbei führe und schon sei. So sah er seinen Empfindungen zu und spielte mit ihnen, indem er sich an der Pracht der Hügel und Bäume ergötzte, Lieder dichtete und seine Plane, fast ohne Etwas dazu zu thun, reifen ließ; denn Lieder, Gestalten und Farben fanden sich wie freiwillig ein, um in seinem klaren Innern sich zu Bildnissen und Geschichten zusammenzufügen.

Viele Menschen, manche Familien waren der Seuche aus London entflohen und erfreuten sich in Bath der gesunden Luft und der heitern Landschaft. Der Dichter fand einige Bekannte, und unter diesen einen jungen, reichen Lord, der sich ihm schon in der Stadt zuweilen mit vornehmer Herablassung und unverständiger Beschützung aufgedrängt hatte. Der junge Franz war aus einem der vornehmsten und angesehensten Häuser, aber seine Eltern und Verwandten waren mit ihm unzufrieden, weil er zu wenig der Art und Weise seiner Vorfahren folgte, vielmehr in Leichtsinn und ohne Verstand und Genuß seine Zeit und sein Vermögen verschwendete. Als er den Dichter sah, gesellte er sich sogleich zu ihm, um die Langeweile, die ihn quälte, zu verscheuchen. Er erzählte ihm von Italien, wo er sich lange aufgehalten hatte, von den dortigen Schönen und Moden, Gebäuden und Gemälden, Ruinen und Kunstsachen. So kam er auch auf die Theater, die er verachtete, und sagte: Glaubt mir, Freund, so wenig ich auch übrigens unser Vaterland erheben mag, so kann doch London mit Recht behaupten, daß sie die einzige Stadt in Europa sei, die eine Bühne besitzt. In Paris und Venedig, wo noch am meisten der Art geschieht, ist es doch nur kläglich gegen unsre Anstalt. Und wie habt Ihr, mein Freund, seit kurzem unser Theater empor gehoben! Euer Richard der Dritte, was sind für schöne, wilde Reden in dem Trauerspiel! Nur mir zu Liebe, so herrlich der Tyrann geschildert ist, laßt künftig die seltsamen Verse aus, – Ihr kennt sie wohl:

Was fürcht' ich denn? mich selbst? Sonst ist hier Niemand.
Richard liebt Richard: das heißt, Ich bin Ich.
Ist hier ein Mörder? Nein. – Ja, ich bin hier.
So flieh. – Wie? vor dir selbst? Mit gutem Grund:
Ich möchte rächen. Wie? mich an mit selbst?
Ich liebe ja mich selbst. Wofür? für Gutes,
Das je ich selbst hätt' an mir selbst gethan?
O leider, nein! Vielmehr hass' ich mich selbst,
Verhaßter Thaten halb, durch mich verübt.
Ich bin ein Schurke, – doch ich lüg', ich bin's nicht.
Thor, rede gut von dir! – Thor, schmeichle nicht!

Seht, lieber Mann, da hat Euch die Sucht, recht tragisch zu seyn, zu baarem Unsinn verleitet, und ich kann mir auch wohl denken, wie das geschieht. Man will etwas Unaussprechliches aussprechen, es schwebt vor dem innern Geist ein hohles Bild, das, weil es so nichtig und ausgedehnt ist, nach etwas recht Großem aussieht, man jagt diesem nichtigen Gespenst mit Worten nach, und eh man es sich versieht, sitzt man, wie der Hänfling, im Netz gefangen, oder gar wie die Amsel und Drossel auf der Leimruthe fest, und muß noch froh seyn, wenn man mit Verlust der besten Federn nur die Freiheit wieder erlangt. Dagegen Eure Helena, in der gewonnenen Liebe, und ihr der adliche Bertram gegenüber, wie sie so liebreizend und demüthig um ihn wirbt, und der vornehme junge Mann sie so hochherzig verschmäht, das ist fast die Scene, die mir von allen Euren Arbeiten am besten gefällt. Man kann es, wie es auch der König in demselben Lustspiel thut, nicht genug einprägen, daß Adel Adel sei, und daß jene Anmaßungen der bürgerlichen und niedern Stände, die sich so oft vernehmen lassen, ohne Grund und Philosophie sind. Die Welt kann überhaupt wohl nur bestehn, wenn diese alten Ueberzeugungen unerschüttert bleiben. Aber, nicht wahr? Nun dichtet Ihr auch Nichts mehr von York und Lancaster, oder dem Aehnliches? Ei bewahre! das war für Eure Jugend gut genug, nun seid Ihr aber den altfränkischen, vergessenen Geschichten entwachsen. Heiter soll die Bühne seyn, denn das Leben selbst ist finster und trübsinnig genug. Solche Comödie von Irrungen noch einmal! Köstlich! Aber jetzt muß ich Euch verlassen, denn eine schöne, muntre und aufgeweckte Dame aus London hat meine ganze Zeit in Anspruch genommen, ich muß sie spazieren führen, auf Nachmittag und am Abend bin ich bei ihr in Gesellschaft und soll ihr singen; sie hat von meiner Stimme gehört, wie denn von der auch in London viel zu viel gesprochen wird, und bei der Gelegenheit werde ich auch einige von Euern Liedern vortragen, damit das geistreiche Weib doch Eure Verdienste auch kennen und schätzen lernt.

Ohne auf Antwort zu warten, entschlüpfte er behende mit einem leichten Gruß, und überließ den Dichter, der kaum auf ihn gehört hatte, seinen Betrachtungen. Die letzte Erinnerung an seine Comödie der Irrungen hatte ihm jene luftigen Gebilde wieder näher gescheucht, die sein Haupt, bevor er nach Stratford ging, so bunt umflatterten. Eine seltsame Erfindung, voll Poesie und Humor, Scherz und Lust, von zwei ähnlichen Geschwistern, von denen das schöne Mädchen verkleidet die

Liebe eines jungen Fürsten gewinnt, und der Knabe die Hand des reichsten und schönsten Fräuleins im Lande erobert. Er ging nach den Bergen, um seinen Träumen nachzuhängen, und dann in seine Wohnung, wo er die ersten Scenen dieses poetischen Lustspieles entwarf. Am Nachmittage, indem er auf dem Spaziergange die wandelnden Gestalten mit froher Laune betrachtete, fiel ihm aus der Ferne ein weibliches Wesen auf, das durch die schwarzen Locken des Hauptes und die dunkeln Augen unter der Menge sich auszeichnete. Als er näher kam, unterschied er, daß sie am Arme des jungen Lords schäkernd und lachend wandelte, und bald erkannte er in ihr seine geliebte Rosaline. Sie erblickte ihn zu gleicher Zeit, machte sich von Francis Arme los, sprang ihm entgegen und rief: Ah! Gottlob, mein William! Mein Dichter! O ich Glückliche, nun wird mir die Zeit hier in diesem Neste nicht mehr so lange währen! Wo kommst Du her? Wie geht es Dir, Liebster? Warum hast Du mich nicht gleich aufgesucht? – So, fragend, ohne Antwort zu erwarten, nahm sie liebkosend den Arm des Dichters, indem sie mit ihm lachend durch die Haufen der gaffenden Menge hindurch eilte, ohne sich im mindesten darum zu kümmern, ob man ihnen nachsähe oder nicht. Franz, der Lord, kam auch wieder herbei, indem er verlegen und empfindlich sagte: Man sollte über den einen Freund nicht den andern vergessen; ich habe auch ein Recht auf Eure Aufmerksamkeit, schöne Frau, ohne daß ich den Herrn kränken will, den ich auch zu meinen Freunden zähle.

Ihr? sagte Rosaline laut lachend; o ja, Ihr habt ein Recht, gewiß, denn Ihr habt mich, edler Herr, heut fast den ganzen Tag begleitet, und mir so viele schöne und verständige Sachen vorgesagt, daß ich das einfältige Geschwätz der Andern habe überhören können, oder nicht vernommen habe. Darum ist es auch billig, daß ich Eure Herrlichkeit von dieser Anstrengung ausruhen lasse, und dazu ist mein Poet, mein Willy, gut genug, der schwatzt selbst, und nicht immer so gründlich, wie Ihr, er dahlt, er macht Verse und singt sie. O Du guter William! Wie ein Traum, daß ich Dich wieder sehe!

Shakspeare sprach nur wenig, auch ließ sie in ihrem kecken Uebermuthe ihm nicht viele Zeit, indem sie aus einer Frage, aus einer Geschichte in die andere überging, ohne Verbindung und Zusammenhang. Franz war offenbar beleidigt, was er ihr auch in allen Wendungen, so oft er zur Rede kam, merken ließ. Nur ein Wort! rief der Lord aus, als sie im Freien standen und sich von den Menschen entfernt hatten, nur ein Wort, das ich Euch, schöne Dame, im Vertrauen sagen muß. – Nun? fragte sie mit ganz ernsthafter Miene, indem sie still stand, und ihm erwartend in die zürnenden Augen sah. – Im Vertrauen, stotterte er, nicht, daß es Euer Freund hört, folgt mir nur auf einen Augenblick zu jenem Baum. – Wie Ihr wollt, antwortete Rosaline; warte hier, mein William, nur einen Augenblick auf mich, ich bin sogleich wieder bei Dir.

Sie ging mit dem Verdrüßlichen, der sogleich anfing: Wodurch habe ich es um Euch verdient, daß Ihr mich also Preis gebt? Als mich der Baronet, mein Vetter, gestern mit Euch bekannt machte, wart Ihr freundlich und zuvorkommend; wir sprachen, wir scherzten, Ihr nahmt meinen Arm an, und erlaubtet mir, Euch heut auf Eurem Zimmer zu sehn, um mit Euch zu singen.

Und – sagte sie – was mehr? Was folgt aus dem Allen?

Folgen? erwiederte der Lord, ich dächte, ich dürfte, meinem Stande und meiner Person nach, soviel daraus folgern, daß ich Euch nicht zuwider, daß ich Euch vielleicht nicht ganz gleichgültig sei.

Ei, seht! welche hastigen Schlüsse, antwortete Rosaline; – wenn ich Euch also recht verstehe, so meintet Ihr, die Erlaubniß, mich heut Abend zu sehn und mir Etwas vorzusingen, sei eine zärtliche Bestellung, eine schon eingestandene Liebe, und Ihr führtet mich durch alle die Gaffenden als eine so schnell errungene Beute? Nicht wahr?

Ihr seid boshaft, erwiederte Franz sehr erbittert, und vergeßt jetzt so ganz, mit wem Ihr sprecht.

Kann ich es vergessen, erwiederte sie schnippisch, da Ihr hier, an diesem Baume, vor mir steht?

Nein, rief er, Ihr opfert mich einem Elenden, einem Menschen, der nicht nur von mir, sondern von jedem Matrosen und Karrenschieber abhängig ist, die ihn für ihre Pfennige nach Herzenslust auszischen und verlachen können. Preis bin ich einem Meerwunder gegeben, das im trüben Wasser seiner schlechten Verse hin und wieder plätschert, und seine armen Reime und schlechten Redensarten für weniges Geld an den Mann zu bringen sucht.

Von welchem Meerwunder sprecht Ihr? fragte sie; ich bin neugierig, es kennen zu lernen.

Dort steht ja der Bänkelsänger, sagte Franz, dem Ihr so heftig, allen Anstand vergessend, vor tausend Augen in die Arme sprangt!

Dieser? rief sie verwundert aus; ei, hoher Mann, würdiger Lord, Pair des Reichs, Ihr nanntet ihn ja eben Euern Freund. – Als der Lord verstummte, fuhr sie fort: Nun kenne ich Euch ganz, Vortrefflichster! Ich hätte Euch vielleicht noch verziehn und Euch den Besuch heut Abend gestattet, nun aber verbitte ich mir Eure Bekanntschaft für jetzt und immer. Armer Mensch! so wenig habt Ihr noch von Eurem sogenannten Freunde begriffen, daß Ihr Euch nicht schämt, so von ihm zu sprechen, und ihn doch aufgesucht, ihn gelobt, gepriesen habt? Ich werde Euch sehen, rief Franz, ich muß Euch heut Abend sehn! Ich werde meine Thüren für Euch verschlossen halten, antwortete sie kurz, sprang von ihm hinweg, und eilte wieder zum Dichter, der über diese geheimnißvollen Gespräche verwundert war. Sie erzählte ihm die Geschichte ihrer Bekanntschaft und schloß mit diesen Worten: Ich will nicht wiederholen, Geliebter, in welchen Ausdrücken der eifersüchtige Narr von Dir gesprochen hat, komm jetzt, daß ich Dein verständiges Gespräch genieße, daß ich Dich dann in meiner Wohnung bewirthe, wir Beide Einer dem Andern und nur für einander lebend.

Sie gingen aus der Stadt und besuchten die nahen Hügel, von wo man die schönen Blicke über die Thäler, zu Bath hinunter, nach Bristol hin und in weitere Ferne hat. Die schöne Landschaft war schon vom Abendlicht vergoldet, als sie immer noch verweilten, vom Anschauen bezaubert und in Erzählung und Gespräch vertieft, von Witz und Lachen aufgeregt und erheitert. Es war schon spät und finster, als sie zur kleinen Stadt zurück kehrten. Rosaline führte ihren Liebling zu ihrer schön geschmückten Wohnung und bestellte ein Abendessen. Sie war nicht wenig verwundert, als sie einen ziemlich langen Brief vom Lord vorfand, der schon früher abgegeben war, und in welchem er sich ihren sie bis in den Tod liebenden Freund und Verehrer nannte.

In diesem Sendschreiben entdeckte der junge Mann seine Liebe und Leidenschaft, versprach reiche Geschenke, wollte erfüllen, was man nur fordern könne, und beschwor endlich, ihm wenigstens für diesen Abend den versprochenen Zutritt zu gönnen. Sie las den Brief für sich und lachte, gab ihn dann dem Dichter und fragte: Nun, was soll ich thun, William? Dieser antwortete, daß sie sich selber rathen müsse. Einfältiger Mensch! rief sie in komischem Unwillen, es kommt fast so heraus, als wenn ich Dir gleichgültig sei, als wenn Du gar keine Liebe für mich fühltest.

Du könntest ihn doch auf ein Stündchen Dir Etwas vorsingen lassen, antwortete der Dichter, denn darin scheint er ja seine größte Eitelkeit zu setzen.

Nein! sagte sie und stand auf, Du kennst ihn so wenig wie mich: er hat von Dir auf eine Art gesprochen, wenn auch im Zorn, daß ich ihn nicht wieder sehen mag. Solch ein reicher vornehmer Mensch muß sich nicht einbilden, daß ihm seines Standes wegen Alles erlaubt sei. Er meint, ich, als Frau, ohne Schutz und Verbindung, über welche die Verleumdung und Bosheit oft genug in Gesellschaften sich ergehn, müsse mich glücklich schätzen, wenn er die herablassende Güte so weit treibt, sich für meinen Liebhaber zu erklären. Und wenn ich ihn anders nicht ganz verkenne, so steckt er gewiß schon unten irgendwo im Hause.

Sie ließ ihr Kammermädchen kommen. Und diese, bedroht und geängstigt, dann wieder abwechselnd geliebkost, gestand, nachdem sie das Versprechen der Vergebung erhalten hatte, der Lord sei in der That unten im Vorzimmer, er habe so geschmeichelt und gebeten, auch so ansehnliches Geschenk gegeben, daß sie ihm nicht habe widerstehen können. Sie entließ die Weinende, ohne ihr eine bestimmte Antwort zu geben, verschloß aber das Zimmer. Man hörte bald den Herauf-schreitenden, der dann furchtsam an die Thüre pochte. Nach einer Weile rief Rosaline, sie sei allein und krank, und wolle sich nieder-legen, um sich zu erholen. Der junge Mann bat, nur auf wenige Zeit eingelassen zu werden. Sie aber, nach einigem Streit, öffnete die Thür, stellte sich dicht vor ihn und sagte: Warum glaubt Ihr denn nicht, daß ich der Erholung und Einsamkeit bedarf? Ich bin heut für Niemand sichtbar und fühle mich so unwohl, daß ich nicht aufdauern, am wenigsten mit Jemand sprechen kann.

Der junge, erzürnte Liebhaber verbeugte sich und ging hinunter. Sie verschloß wieder die Thür, nahm die Laute, und gab sie dem Dichter mit den Worten: Nun singe eins Deiner schönen Lieder, aber recht laut, daß er es vernimmt, und ein andermal Unterschiede machen lernt. Shakspeare folgte nur ungern und sagte, als er geendigt hatte: Warum so muthwillig seinen Zorn aufregen? Ist er nicht durch Dein Betragen schon gedemüthigt genug?

Du hältst Dich, antwortete sie, für einen Menschenkenner, und kennst doch diese Wesen noch nicht. Was gilt's, er hat vielen Andern, so gut wie Dir, erzählt, daß er heut Abend bei mir seyn würde! Wer weiß, mit welchem Zusatz, mit welchen Worten, die ein verliebtes Geheimniß mehr verrathen als verschweigen. Nun ist seine Eitelkeit gekränkt, daß er seinen Gefährten als Prahler erscheinen wird. Das ist sein Schmerz, nicht daß ich von seiner Leidenschaft Nichts wissen mag. Komm ans Fenster!

Sie öffnete laut den Fensterschlag, und ihr Freund, mit dem sie absichtlich laut redete und lachte, mußte sich neben sie stellen. Nicht lange, so öffnete sich die Thür des Hauses und der junge Lord schritt herauf. Rosaline rief ihm ein Lebewohl nach und zwang anstoßend den Dichter, dasselbe zu thun. Zugleich hörte man ein lautes Gelächter, das von jungen Leuten herrührte, die spottend und scherzend den Lord in Empfang nahmen.

Nun? sagte Rosaline, indem sie das Fenster wieder verschloß, habe ich nicht Recht gehabt? – Aber Du bist verdrüßlich, Willy, verstimmt! Und doch habe ich eigentlich Dir nur diese Genugthuung gegeben, die Du nicht erkennst.

Liebste, antwortete William, Du mein böser, guter, muthwilliger Genius; es kleidet Dich in Deinem Reize Alles, magst Du auch thun, was Du willst; edel erscheint in Dir, was jedes andre Mädchen entstellen würde; das weißt Du auch, und darum wagst Du so viel. Ich würde Dich lieben, wenn ich Dich auch hassen müßte. Aber freilich ist mir die Scene, die Du, wie Du sagst, meinetwegen gespielt hast, und in welcher ich wider meinen Willen auch habe mitspielen müssen, sehr empfindlich. Warum soll er jetzt anders von mir denken, als wie Du von ihm urtheilst? Du hast mir einen Triumph über ihn bereiten wollen, und stellst mich doch ihm gleich. Er muß mich nun verachten, eben so wie ich ihn gering schätze.

O Du schwerfälliger Mensch! rief sie schmollend, und ihr reizend schalkhaftes Gesicht verfinsternd; weißt Du denn auch wohl, daß Du dadurch unausstehlich wirst, weil Du immer und in allen Dingen Recht hast? Ein Mensch, den man recht durch und durch liebt und lieben muß, der muß auch zu Zeiten albern und thöricht seyn können. Ich weiß und fühle aber, daß ich Dich wohl schmerzlich und herzlich liebe, aber Du liebst mich kaum herzlich; Du hast mir nur nachgegeben, als ich Dir so zärtlich und ohne Falsch entgegen kam, und das ist Dein Stolz, daß ich Dir meine Seele und meine Fülle von Liebe fast habe antragen müssen; Du hochmüthiges, kaltes Herz, hast sie eben nur so angenommen. – Nun komm, sei gut, mein Liebchen, mein Herzchen, mein alter Sittenprediger! Lies mir noch aus Deinem himmlischen Adonis vor. Gelt, da bist Du nicht so gar übertrieben moralisch? Das ist ein Buch, Du meine Seele, was die Menschen, die noch Gemüth und Sinn haben, bezaubert. Ich habe hier nur von diesem Gedicht reden hören.

Wenn Du es nicht moralisch genug findest, antwortete Shakspeare, so will ich Dir ein andres von Tarquin und Lucretia nächstens vorlesen, das ich schon begonnen habe.

Ich will es niemals hören, rief sie aus, wenn es moralisch ist. O dieses Lied von Venus und Adonis, ich kann in meiner Liebe für diese süße Schilderung kein Ende finden. Weich, wie italienisch, ist die Sprache; ein Frühlingsodem weht frisch durch die neu begrünten Wälder, die noch den ersten balsamischen Geruch des Lenzes aushauchen. Was Sehnsucht und Reiz, Ueppigkeit und Unschuld träumen und sagen möchten, tönen hier die lichten Reime aus, als wenn Tulpen, Maiglöckchen, Rosen und Lilien bezauberte Glocken wären, und der Zephyr der Musikant, der zwischen allen hindurch trippelnd bald diese, bald jene zum Klingen und Blumengesange mit dem Stabe der Harmonie anrührt. Und wie der Kuß geschildert ist! das Ohr wird zur Lippe, indem man sich die Strophe laut vorlieset. Aus welchem klaren Brunnen, in welchem unsterbliche Feen wohnen, nimmst Du alle die hellen Gedanken und perlenden Worte und krystallnen Bilder? O Du, der Glücklichen Glückseligster, dem alle diese reinen, lieblichen Geister dienen, und auf einen Wink Indiens Düfte, den Nektar der Seligen, die Träume der Venus und Thränen der Liebe und Lächeln des verschmitzten Amor zu Dir bringen? Was ist die Sprache der Sterblichen für ein goldenglänzendes Wundernetz, in welchem diese fliegenden Töne, die aus dem Himmel selbst hernieder ziehn, gefangen werden! Die hohen Thürme, Paläste, die Malereien des Raphael und Julio, die steinerne Bilderwelt der Griechen, sind alle doch nur arm gegen den unübersehbaren Reichthum der Sprache. Ja, Liebster, dichte, dichte nur fort; von Deinen Tönen angerührt müssen Felsenwände und Steinklüfte zu liebeschwärmenden Musikanten werden.

Thörin! sagte der Dichter: dieser Scherz, ich weiß es, ist Dein Ernst. Soll aber, kann die Liebende wohl vom Werke ihres Geliebten sprechen?

Und wer sonst? rief sie mit der größten Lebhaftigkeit aus. Nicht wahr? Wohl gar Eure gelehrten Grammatiker, Eure Bücherwürmer, die an einem x oder y hängen bleiben, und korrigiren, seciren, anatomiren und rectificiren? Nein, Freund, nur Derjenige hat ein Recht über den Dichter zu sprechen, der ihn wahrhaft liebt, aus Begeisterung in ihn verliebt ist, und durch und durch ihn fühlt, ihn küßt, sich ihm mit ganzer Seele hingiebt. Diese Wesen, wie ich eins bin, können Euch nur belohnen, Ihr Dichter. Die Reden der übrigen Menschen sind nur Kauderwelsch. Nur wer dem Dichter so von ganzem Herzen zugethan ist, darf ihn tadeln, darf seine Fehler sehn. O, und glaube mir, der Tadel eines solchen Liebenden wird ebenfalls auch schärfer und eindringlicher seyn, oft wohl auch bittrer, als die Ausstellungen jener kalten Herzen, die durch Nichts ihr langweiliges Gleichgewicht verlieren können. Denn das weiß ich wohl, ohne gelehrt zu seyn, weil ich es erlebt hatte, daß nur in dieser wahren innigen Liebe mir ein Gedicht in allen seinen Theilen gegenwärtig wird, denn nur durch die Lebhaftigkeit, die mir aus der Liebe kommt, kann ich es nach allen Richtungen durchdringen und beseelen. Was soll da das Mäkeln hie und dort, ein Gesetzchen loben, zwanzig Verse tadeln und dreißig gar nicht beachten? – Ich küsse Dich lieber, als daß ich weiter streite. – Und mit wem streite ich denn? –

Sie umarmte ihn heftig, streichelte seine Wangen und strich ihm die feinen Haare von der hohen Stirn. Kahl, mein Sohn, sagte sie dann, wirst Du früh werden: ist es vom Denken, Dichten, Gram, oder frühzeitiger Liebe? Wie der Schalk so ehrbar aussieht mit der erhabnen Stirn! Ja, wenn der schalkhafte Mund nicht wäre! Und dazu die Kinderaugen! so braun, klar und durchsichtig! Sie erregen unmittelbares Vertrauen, man möchte ihnen Alles sagen, man dünkt sich klüger und gewitzigter in ihrer Nähe, und doch, wenn man nun plötzlich recht tief hinein schaut, erschrickt man vor dem ungeheuern Abgrund, aus dem alles Große und die Weisheit selbst heraus steigt. – Um mich vom Schreck zu erholen, muß ich Dich küssen. Das ist recht das Wesen des Kusses, daß es dabei eben Nichts zu denken giebt.

Aber zu träumen, sagte der Dichter, was doch auch ein Denken ist. Der Kuß ist selbst der süßeste Traum, der aus den Rosenlippen knospet, schnell aufblüht, und wie ein Gedanke der seligen Götter dann schnell nach seiner Heimath eilt, dort mit den schwirrenden Flügeln am Himmelsthor anklopft, bis ihm Hebe aufthut: nun fühlen die Götter, indem er wieder in ihrer Wohnung flüstert, daß ihre Seligkeit hat vermehrt werden können.

Und neu, und immer neu erblühen diese Rosen, sagte sie, fliegen und gaukeln wie die leuchtenden Johanniswürmchen, bis die Lippe des Mädchens matt und blaß wird, und das Alter Furchen und Todeslinien in das Antlitz schreibt. Selig, wer in der Jugend stirbt und nicht der Liebe entsagen darf.

Shakspeare wurde sehr ernst bei diesen Worten, und sagte dann: Ja wohl ist uns Sterblichen Schönheit und Vergänglichkeit dasselbe; Glück muß zerrinnen, wie das Wasser durch ein Sieb gleitet, nur scheinbar festgehalten; Begeisterung ist ein Blitz, der kaum gesehn schon wieder entschwunden ist, und immer kann ich nur seufzen: ich war, – ich hatte. – Der Mund erdürstet im Trinken, die Sehnsucht lechzt in der Erfüllung. übersättigt sind wir oft, aber niemals satt: wir Armen setzen unsre geringe Habe im Spiele immer gegen das Nichts. Verlust ist wohl, Gewinn niemals möglich.

Das wird, das muß sich Alles finden, sagte sie scherzend, denn noch ist nicht aller Tage Abend. Solche Gedanken, meine edler Freund, sind das schlimmste Nichts, wenn wir ihnen unsre besten Karten, die buntesten Bilder entgegen spielen. Mir ist lieber, und wichtiger selbst, die allerliebste Schilderung des armen gejagten Hasen hier in Deinem Adonis. Man muß selbst diesen schwachen Burschen in den Versen lieben, indem man ihn bedauert, wie viel mehr das so schön geschilderte edle Roß. Wie ausdrucksvoll ist der Eber, wie sehn wir ihn, als den bösen, verderblichen vor uns. Aber hier, lies, die Darstellung ihrer Liebkosungen, die sie an das gefühllose Bild der Schönheit verschwendet.

Du liebst dies Büchlein auch deshalb so sehr, bemerkte der Dichter, weil in der Schilderung der Venus Vieles von Dir entlehnt ist.

Aber Du, versetzte sie, bist nicht der Adonis. Wenigstens warst Du nicht so kalt, unbeholfen und unwissend, als ich Dich kennen lernte. Wie hat es Dich nur freuen können, diesen unempfindlichen Klotz Adonis zu nennen.

Ich wollte nicht das volle Glück einer erfüllten Liebe darstellen, erwiederte der Dichter, wenn auch die alte griechische Fabel den Adonis so schildert. Es schien mir elegischer und für diese Poesie ein mehr ergiebiger Gegenstand, Venus als die Liebende, Auffordernde zu malen, die seine Sprödigkeit und blöde Jugend, selbst seine Kälte zu bekämpfen hat. Auch habe ich das Bild eines schönen Jünglings, der im Arm der schönsten Göttin noch Knabe ist, für reizend gehalten. Diese Unwissenheit und Schüchternheit in der Liebe, ja sein Widerwille gegen sie hat etwas Wunderbares, und indem er fast lächerlich wird, wirkt der Untergang dieser unschuldigen Jugend nachher um so tragischer.

Begriffe man nur, versetzte sie schalkhaft, wie er allen diesen Reizen widerstehn kann, die sie ihm so leutselig und süßberedt, schmachtend und liebkosend zeigt und schildert. Ach! Du Muthwilliger, Gottloser: da hast Du einige Strophen geschrieben, die mich an die Io und Leda des Correggio erinnern, was ich mir von diesen habe erzählen lassen.

Einige ernsthafte Männer, antwortete der Dichter, haben mir vorgeworfen, daß ich in diesen lüsternen Strophen weit über die Gränze des Erlaubten hinaus gegangen sei. Ich konnte sie aber nicht ausstreichen, wenn ich nicht das Gedicht verderben wollte, ich hätte lieber das Ganze aufgegeben. Und warum auch nicht so sich versuchen? Müßtest Du nicht, Du Holdselige, Verführerische, Ueppige und Witzige, meine Muse seyn, wenn ich nüchtern bleiben sollte. Gewissermaßen ist das Lied auch durch Veranlassung, eine äußere, entstanden, und hie und da auf eigne Art gewendet. Die Mutter, so wie die Anverwandten des jungen Grafen Southampton wünschen, da er der einzige Sohn und Erbe ist, daß er sich früh vermählen möge; sie dringen in ihn, ob er gleich noch nicht zwanzig Jahre erreicht hat, und alle Freunde des Jünglings werden aufgefordert, ihn zu diesem Entschluß zu ermuntern, weil die Familie mit ihm ausstirbt, wenn ihm ein Unglück begegnen sollte. So hatte sich die Mutter durch andere Freunde auch an mich gewendet, weil sie erfahren hatte, daß er mich liebe und schätze, und wohl auf meine Worte höre. Der junge Graf ist so schön wie Adonis, der herrlichste Jüngling, den ich jemals gesehn habe, ja den sich meine Phantasie nur denken könnte. Er ist ein vortrefflicher Reiter, und zähmt das wildeste Roß, er ist ein großer Freund der Jagd, und alle Vollkommenheiten, die den Mann zieren, wie Fechten und Tanzen, Sprachen, edles Betragen, Alles ist an ihm glänzend, und erheischt unsre Bewunderung. Nur in einem Gefühl scheint er noch ganz Knabe, und eben so spröde, als dieser von mir besungene Adonis. Er ist gegen die Weiber ganz gleichgültig, ja mehr als gleichgültig, er vermeidet sie, so sehr er nur kann, obgleich alle entzückt sind, die ihn erblicken. Er aber verlacht die Liebe und glaubt nicht an ihre Macht. So habe ich ihn als Adonis geschildert, den die Göttin der Liebe selbst ohne Erfolg in die Schule nimmt.

Du hast mir so oft, sagte die Reizende, von diesem Deinem kindischen Freunde erzählt, daß Du mich nicht durch wiederholtes Lobpreisen von Andern eifersüchtig machen solltest. Wenn er von Natur so kalt ist und bleibt, so ist er wahrlich nicht liebenswürdig: ändert er sich aber noch einmal, so mögen seine Freunde, die ihn jetzt unvorsichtig tadeln und reizen, in Zukunft wünschen, daß er wieder gefühllos würde, denn diesen Nüchternen ist am wenigsten zu trauen.

Der Dichter las der Geliebten noch die schönsten Stellen des Gedichtes, dann bedeckte die Nacht die Glücklichen auf dem gemeinsamen Lager. –

*

Die Gesellen des jungen Lords hatten diesen indessen mit seiner erdichteten verliebten Zusammenkunft geneckt und verspottet. Andre junge Leute hatten die lächerliche Geschichte erfahren, und sorgten dafür, daß sie allgemein bekannt wurde. Sie ward mit Zusätzen weiter erzählt, und vergrößerte und verschlimmerte sich bei jeder Wiederholung. Nach einigen Tagen hörte man ein Gassenlied singen, welches als komische Ballade diesen Vorfall erzählte. Man kannte den Verfasser des Liedes nicht, doch waren viele Menschen gutwillig und voreilig genug, es Shakspeare zuzuschreiben; der Lord, der im Verdruß abreisete, war am ersten dieser Ueberzeugung. Dies verstimmte den Dichter, der gern ohne Störung seine angefangenen Arbeiten weiter geführt hätte.

Als er sein Haus an einem Morgen verließ, um seine Geliebte zu besuchen, fand er sie in ihrem Sessel sitzend, im anscheinenden Schlummer, denn das schöne Haupt war gesenkt, indem die dunkeln Locken über die Stirn hinunter fielen; die schwarzen Augen waren geschlossen. Ein seidenes Gewand umfloß in weiten Falten den schönen Leib, und ein purpurnes Mieder umspann den Busen, der ziemlich entblößt war, denn die eine Schulter und ein Theil des Oberarms war völlig nackt. Wie der reinste Marmor quoll die Fülle des glänzenden Körpers aus dem Gewande, und der Dichter stand entzückt, als sie plötzlich den schlanken Hals aufrichtete, mit dem Kopf die schweren Locken nach dem Nacken schüttelte, die dunkeln lachenden Augen aufschloß und mit süßer Stimme sagte: gefalle ich Dir in der Stellung? Meine Kammerjungfer, die ihren neulichen Fehler wieder gut machen, und sich gern einschmeicheln will, hat mir beim Aus- und Ankleiden seitdem immer geschworen, daß ich die allerschönsten Schultern habe, die man nur sehn könne. Als ich den Spiegel zu Rathe zog, fand ich, daß sie wenigstens nicht so ganz meineidig sei, und um Dich aufzuheitern, da Du mir immer noch wegen der dummen Geschichte böse bist, habe ich Dich so, wie Du mich sahst, überraschen wollen.

Der trunkne Dichter küßte die schöne, volle Schulter, und setzte sich dann zu ihren Füßen nieder. Warum, fragte sie, sich zärtlich niederbeugend, sprecht Ihr Poeten so selten von den Schönheiten einer weiblichen Schulter? An Gemälden und Bildsäulen hat mich oft dieser Schwung, diese Beugung vom Nacken zum Arm, durch ihre Fülle und Zartheit entzückt.

Süßestes Geschöpf, himmlische Rosaline, sagte der entzückte Dichter, Du mir immer neu, in jeder Gestalt eine andre, und in jeder Verwandlung die schönste: welcher Zaubergürtel der Venus is es, der mich so innig an Dich bindet? Ich lebe nur ganz, wenn ich in Deine wunderbaren Augen schaue, in diese Geisterbraunen, in denen sich Scherz und Trost und Zorn so lieblich baden.

Alter Freund, erwiederte sie plötzlich, wie verstimmt, Du hast einige Sonette an mich gerichtet, die gar nicht so schöne Sachen enthalten, wie Du mir so oft mündlich sagst. Die Gedichte an Deinen kindischen Freund lauten viel süßer und inniger, und ich muß fast fürchten, daß Du mir die schönsten noch gar nicht gezeigt hast. So verdreht oder verkehrt bist Du in manchen Dingen, denn die Geliebte müßte Dir doch höher stehn, als der Freund.

Kein Messen, kein Höher oder Niedriger findet statt, antwortete Shakspeare halb verlegen, es ist nur ein Andres, ein Gefühl anderer Art. Warum nehmen denn die Menschen die Freundschaft immer so kalt und unbedeutend. Verlieren doch die meisten in der Ehe das Gefühl ihres Glücks, wenn sie auch vorher noch so leidenschaftlich waren. Soll der Poet, der sich doch ein Besserer dünkt, auch alle diese Irrthümer theilen? Die Poesie sollte wohl alle diese Gefühle, die in den meisten Menschen stumm bleiben, oder nur eine verwirrte Sprache reden, verklären, und dem Schmerz wie der Freude die Zunge lösen. Soll denn die Freundschaft weniger ein Geheimniß seyn, als die Liebe? Nein, mein edler Falke, sagte sie, macht und singt es, wie Ihr wollt. Am Ende ist mir auch Alles recht, was Du thust, und Alles, bis auf

Deine wunderlichen Launen, gefällt mir an Dir. Dein Ernst ist nicht altklug und verdrüßlich, Dein Spaß nicht geckenhaft, aus Deinem Scherz lernt man, und über Deinen Tiefsinn kann man oft zugleich lächeln. Auch wenn Du Dich ganz in Liebe hingiebst, ist Etwas in Deinem Wesen, daß ich Dich, wie ich Dich als den Liebsten auf Erden halte und fasse, verehren muß. Denkt man doch auch bei der Nachtigall, wenn sie Entzücken in unser Herz singt, daß sie von Würmchen lebt. An das Armuthsel'ge sind wir ja Alle gekettet, und das macht unser Dasein so rührend, wenn es uns einfällt.

O Julie! rief der Dichter, Rosaline, Helena, Cleopatra, Olympia und Armida, und Alles mir, was die alte und die neue Welt nur schön genannt hat, – wirst Du mir denn immer so bleiben?

Immer! sagte sie küssend, und das soll mein und Dein letztes Wort seyn. – –

Man hatte Nachrichten von London, daß die Krankheit nachgelassen habe, und der Dichter fuhr mit Rosalinen zurück. Das Pferd ritt ein Diener der Dame.

*

Als Shakspeare sich in London wieder eingerichtet hatte, ging er zu Henslow, dem reichen Bürger, der der Vorsteher einiger Theater war, deren Einkünfte er genoß und dafür die Häuser unterhielt, die Schauspieler besoldete und die Arbeiten der Dichter bezahlte. Als Shakspeare zu ihm eintrat, war er eben im Streit mit einem ernsten, ansehnlichen Mann begriffen, der sich aber, beim Eintritt des Dichters, in eine Ecke des Saales zurückzog, ein Buch aufnahm und zu lesen schien. Ei! rief Henslow, seid Ihr auch wieder gekommen, mein Herr Schicksalbär? Wir haben schon lange auf Euch gewartet, denn wir brauchen neue Comödien.

Ihr wißt selbst, antwortete der Dichter, geehrter Herr Henslow, wie ich Euch schon vor meiner Abreise eröffnete, daß ich mich von Euern Theatern trennen würde.

Recht! sagte Jener, ich weiß recht gut, ich dachte aber, es solle nur Spaß vorstellen, denn Ihr könnt Euch doch niemals besser, als unter meiner Regierung befinden. Ich bin gut, nachgebend, nehme es nicht so genau, verstehe mich auf die Arbeiten, wie auf das Spiel, und an der Zahlung fehlt es niemals, bin selbst, wenn Noth an Mann geht, zu Vorschüssen bereit, denn ich weiß wohl, daß Poesiemänner selten gute Oekumenen sind. Ihr nun besonders, Herr Shikkebue, habt bei mir viel verdient, mehr als irgend ein Andrer, denn Ihr seid sehr fleißig gewesen, auch haben alle oder die meisten Eurer Comödien Beifall gefunden, so daß wir sie oftmals haben spielen können, zum Beispiel der Papst Johannes, Tizius und Andronakmus. York und Lancaster, die Schnurre von Richard, dem tyrannischen Eroberer, vorzüglich aber die weinerliche Geschichte von Muntekkel und Caplet, oder der Romero, die venetianische Sache; warum, Herr Shuckelbier, wollt Ihr mich also verlassen?

Ich habe Euch, erwiederte der Dichter, schon neulich meine Gründe vorgetragen. Es fügt sich, daß wir, durch Beschützung einiger Großen, uns für ein andres Theater vereinigen, bis es uns erlaubt und möglich wird, ein neues und größeres zu bauen.

Das ist es eben, sagte Jener etwas heftiger, daß Ihr mir auch meine besten Comödienspieler rebellisch und aufsässig gemacht habt, die nun auch ihren Grillen folgen und mir den Handel aufsagen. Seht, Herr Schicklichbär (verzeiht, ich kann Euern schweren Namen immer nicht behalten), Euch und Eure Geschichten könnte ich zur Noth wohl noch entbehren, ich würde die Poesiesachen verschmerzen und Eure Tragispielerei noch leichter, denn Ihr habt keine starke Stimme, Ihr seid mehr für die sanfte Spielmethode, aber das andre Volk, dem Ihr den Kopf verwirrt habt, – selbst der lustige Kempe will mir fortlaufen, der große Burbatsch, der dicke Condel, wo kriege ich so schnell solch gutes Volk wieder? Und ein neues Theater wollt Ihr bei erster Gelegenheit bauen? O mein lieber Schicklaspir, Ihr wißt nicht, was das kostet, dazu gehören Münzen, die Ihr doch gewiß nicht im Ueberfluß habt: denn woher solltet Ihr sie nehmen? Ich kann ja doch ungefähr überschlagen, was Ihr bei mir verdient habt. Der Herr da wird sich wundern, wenn er hört, daß noch mehr Theater gebauet werden sollen: er schilt mich eben aus, daß für eine christliche Stadt schon zu viele in London sind: er sähe es am liebsten, wenn wir kein einziges hätten. Das sind denn freilich so Religions-Speculationen, die mit dem parnassischen Wesen nicht ganz übereinstimmen wollen, denn diese Herren Puritaner, Pietisten, und wie sonst noch ihre Titulatur ist, wollen von Helden, Gespenst, Geist und Narrenspossen Nichts wissen.

Der Fremde kam näher. Ein großer Mann, im einfachen Kleide, mit schlichten, kurz geschnittenen Haaren und strengem Blick. Ja, Herr Ellis, was meint Ihr nun, da Ihr doch seht, daß immer mehr von diesen Theatern entstehn, die Ihr so sehr verachtet, und die doch alle ihr

Auskommen finden? Da zeigt sich doch, daß die Stadt und Nation anders denken, als Euresgleichen, die Ihr viel zu strenge seid, und am liebsten sähet, wenn die Welt gar keinen Zeitvertreib hätte.

Der ernste Mann erwiederte: Zeitvertreib, da uns das Leben so kurz gemessen ist, und wir so große Aufgaben zu lösen haben, sollte es wohl gar nicht geben, und das Wort selbst ist schon eine Lästerung. Wie ist es nur möglich, daß so viele Gemüther sich, wie im erregten Taumel-Wahnsinn, dem Ernst des Lebens entziehn, um wie in Rausch im Nichtigen und Verächtlichen die Krone des Daseins zu suchen?

Wenn Ihr, erwiederte der Dichter, so unbedingt den Ernst des Lebens nur im Trübsinn, in der Entfernung von allen heitern Künsten und unschuldigen Freuden finden könnt, so steht Ihr doch, geehrter Mann, jenen Leichtsinnigen, von denen Ihr eben sprecht, eben so schroff und beschränkt gegenüber, wie jene Euch. Soll denn das Leben sich nicht in so vielen Adern, und nach so mannichfaltigen Richtungen ausbreiten, daß jede Kraft und Anlage des Menschen sich kräftigt und ausbildet, und ist es nicht um so mehr Leben, Schönheit, Tiefsinn, als dieser Kreis sich immer weiter und weiter ausstreckt, um so in sich aufzunehmen, was noch unsichtbar dem Auge verdeckt ist, und ihm Gestalt zu geben?

Das sind die Gedanken, antwortete der ernste Puritaner, die Staat und Kirche aufzulösen drohen. Ist denn der Mensch zu dieser sogenannten Ausbildung, von welcher Ihr sprecht, berufen? Mich dünkt, das, worauf es ankommt, was wir thun und lassen sollen, ist uns in den heiligen Geschichten genau angewiesen. Ihn erkennen, der sich für uns geopfert hat, durch Liebe und Entsagung ihm erwiedern. Kann unser Leben etwas Anderes seyn, als ein fortwährendes Opfer, durch welches wir uns seiner Gnade würdig machen? Dieses Räthsel, das uns vorgelegt ist, ist ein sehr ernstes, und kein lustiges und scherzhaftes. Schlagt unsre heiligen Schriften auf, wo Ihr wollt, und aus dem Munde der Propheten, der Gesetzgeber und Weisen und seinem Munde selbst, werdet Ihr vernehmen, daß wir entsagen, der Welt und ihren Reizen absterben sollen, um ihm leben zu können. Das was Ihr die Ausbildung nennt, jener Kreis, der sich nach Eurer Meinung ins Unendliche ausdehnen kann und soll, ist eben der Tod, dem wir entfliehen müssen. In diesen Künsten, Anreizungen, vielfachen Gedanken und Genüssen zersplittert sich unsre Seele, um verloren zu gehen. Das Böse, das sich durch Zulassung des Herrn in die Schöpfung eingedrungen hat, nimmt eben diese verführende Gestalt an, um wie ein Diener und Bothe des Lichtes auch die besseren Geister zum Abfall zu locken. Es ist immer derselbe Götzendienst, zu dem sich Israel so oft verführen ließ und gegen den der Herr eifert und ihn in seinem Zorne bestraft.

Ich weiß wohl, würdiger Mann, antwortete Shakspeare, daß Jeder die heiligen Schriften auslegen kann, wie er will, daß Jeder das in ihnen findet, was er darin sucht: aber unmöglich kann uns noch das Wort gelten, das zu den starren Juden gesprochen wurde, oder die Freiheit ist durch die neue Lehre nicht gegeben. Ich mag die Stellen der Schrift nicht anführen, die auch für uns sprechen, denn ich weiß schon im voraus, was Ihr mir antworten und welche Sprüche Ihr dagegen aufführen würdet. Was der Sinn einmal im Erkennen der Wahrheit erwählt hat, daran hält er fest, und wollen Zweifel die Ueberzeugung erschüttern, so werden Eigensinn und Leidenschaft zu Hülfe gerufen, damit sie ersetzen, was in Kraft der Sache selber fehlt. Und so sehn wir denn freilich das Judenthum wiederum in das Christenthum eindringen, und nach und nach das uns gewonnene Reich wieder erobern. Die Allgegenwart der göttlichen Kräfte wird geleugnet, die Süßigkeit der Religion vergällt und die Liebe in Haß verwandelt. Der arme Mensch, welcher Schönheit, Natur und Freiheit aufgegeben hat, zittert dann in seinem engen dunkeln Gefängniß vor einem Tyrannen, den er seinen Gott nennt. Wie anders findet das reine liebende Herz in tausend Spuren den Ewigen, der nicht im Gewitter, im Sturm und Orkan sich dem Ohr des gläubigen Propheten verkündet, sondern im linden Säuseln, im Lobgesange des Waldes und der balsamischen Frühlingsluft, im Gesang und Duft, im Gedanken des Weisen und im blühenden Gemälde, im Gedicht und der schönen edlen That, im Auge des Kindes und in der großen Geschichte der Welt.

Ihr sprecht fast, erwiederte der ernste Mann, wie ein Papist. Diese Gesinnungen sind es freilich, die in dem gottlosen Italien, um die Zeit der Reformation, die Künste hervorbrachten und zu einer glänzenden Höhe erhoben, die Religion aber auch völlig stürzten und einen fast allgemeinen Atheismus hervorbrachten. Und freilich, diesem ausgelassenen italienischen Wesen strebt nun unser England schon seit lange nach. Die Sitten lösen sich auf, Feste, Tänze, Aufzüge füllen die Tage und Stunden, Jagd, Maskenspiel, Musik, Dichtkunst und Theater beschäftigen Alles, bis zu dem Bürger und Handwerksmann hinab. Die Fähigkeit zu berauschen ist nicht bloß dem Weine mitgetheilt, diese weltliche Ausgelassenheit, die Freude, die Zerstreuung reißen die Seele ebenfalls zum wilden Taumel hin, die Sinnlichkeit wird aufgeregt, das Thierische im Menschen, um die göttliche Hälfte zu vernichten, und die sogenannten Künste bemächtigen sich dieses Sinnentriebes, um dieser Verworfenheit einen vornehmen Schein zu geben und dem Scheusal ein glänzendes Kleid umzulegen.

Ich kann nicht darauf ausgehn wollen, erwiederte der Dichter, Euch zu widerlegen, oder Euch gar zu meiner Meinung herüberkehren zu wollen, denn wer mit so starker Willkühr in einer Ueberzeugung Posto gefaßt hat, dem ist nicht mehr beizukommen, denn seine Meinung und sein Leben ist ein und dasselbe. Ein Solcher sieht allenthalben das Böse und den Satan, wo Diejenigen, die mit mir das Auge frei und unbefangen erhalten haben, nur das Leben wahrnehmen, und in diesem unschuldigen Leben allenthalben Gott und das Göttliche, wo Euch und Euresgleichen der böse Geist entgegen tritt. Die Begeisterung erfaßt alle diese Verhältnisse des Lebens, alle Verwicklungen des Schicksals, die Bewegungen des Gemüthes, die Schönheit der Natur, Liebe, Größe, Alles faßt sie in der Kunst und Poesie auf, um den Sterblichen das Geheimniß aufzuschließen, und Furcht und Angst vom Herzen zu lösen. Ja diese Poesie verschmäht es nicht, das Geringe, Possierliche, Alberne und Gemeine in seinen richtigen Zusammenhang mit dem Besseren zu bringen, und durch Witz und Geist, indem sie diese ganz verlornen und widrigen Erscheinungen erhebt, deutlich zu machen, daß auch hier etwas Höheres walte, welches der moralische Sinn nicht unbedingt verwerfen soll. Ihr nanntet den Wein, als berauschende Kraft. Ich will nicht an die Geheimnisse der christlichen Parteien erinnern, aber wie heilig wird auch die Wirkung desselben, ob wir gleich Alle seine betäubende Kraft kennen, von den alten Griechen gehalten. Die Tempel, die Feste, die dem Bacchus gewidmet waren, die Anerkennung dieses Geschenkes als eines göttlichen zeigen, wie tief es in der Natur des freien und ausgebildeten Menschen liegt, nicht des Schadens und des Mißbrauchs wegen die Gabe des Himmels zu verwerfen, und wir sollen daraus lernen, daß Alles, richtig gebraucht, heilsam sei. Und ist denn in Eurem starren Sinn, in Eurem finstern Glauben nicht ebenfalls Rausch? Wie könntet Ihr sonst so übertreiben, Euch vorsätzlich verhärten, den Gegner leidenschaftlich mißverstehn, und die ehrwürdigen Institutionen der Kirche und des Staates lästern? Trunkenheit, und die schlimmere, ist es, daß Ihr, wohin Ihr das entzündete Auge richtet, nur Satan und seine Werke seht, daß Ihr den Untergang der Welt nicht nur prophezeit, sondern mit Ingrimm herbei wünscht, daß Ihr Jeden verdammt, der nicht Eures Glaubens ist.

Ellis erwiederte mit scharfer, aber ruhiger Stimme: Erst sprecht Ihr als Papist und jetzt gar als Heide, und freilich, wenn Euch der Götzendienst nicht mehr anstößig ist, oder das Vergöttern der blinden Naturkräfte, so habt Ihr auch keine Gemeinschaft mit dem Christenthum mehr, mögt Ihr Euch auch anstellen und drehen und winden, wie Ihr wollt. Wer Nichts mehr fürchtet, was ihm geistig oder im glänzenden Schein entgegen tritt, in Solchem ist mit der Furcht auch die Liebe schon erloschen. Dann ist es freilich natürlich und nothwendig, daß Ihr die Gebrechen, an welchen Staat und Kirche kranken, gar nicht mehr seht, und daß es Euch ein Greuel seyn muß, wenn der Arzt die Hand zur Heilung anlegen will. Und glaubt mir nur, dies, was Ihr verlachen möchtet, ist keine vorübergehende Thorheit, nein, es ist ein großer und würdiger Kampf, den viele Jahre noch nicht ausfechten werden, es ist die Fortsetzung jener heilsamen Reformation, die wir erst vollenden werden. Nach vielen Jahren erst, mein Freund, wird das Schicksal entschieden haben, wer von uns beiden Recht behält. Was Luther, Melanchthon, und unsre eifernden Lehrer thaten, darf nicht wieder so einschlafen, darf nicht so bloß, wie eine Wolkenerscheinung vorüber gezogen seyn, nein, dies große löbliche Werk muß in noch größerm Sinn und mit stärkerm Eifer fortgesetzt werden. Die Regierer des Staates sind irre geführt und geblendet, indem sie dieser Reinigung widerstehn, aber das, was die Bestimmung der Zeit ist, kann wohl aufgehalten, aber niemals vernichtet werden. – Und Ihr, mein guter, theurer junger Mann, von dem jetzt in der Stadt so viel gesprochen wird, dessen Talente die Aufmerksamkeit von Hoch und Niedrig auf sich richten, Ihr seid zu beklagen. So wenig ich sonst mein Gemüth auf dergleichen ganz weltliche Dinge richte, so hat mich dennoch die Neugier getrieben, einige von Euren Sachen anzusehn. Schade, ewig Schade um Euren Geist, daß Ihr ihn nicht einer heilsameren Beschäftigung zuwenden wollt.

Der Dichter war nach dieser langen Rede etwas unwillig geworden und fragte. Und welcher? Muß denn das Talent, wenn es ein solches ist, nicht der Laufbahn folgen, in welcher es sich einzig und allein zeigen kann? Oder meint Ihr, daß der, der für Euern Sinn ein gutes Andachtsbuch schreibt, darum auch im Stande sei, eine Comödie zu dichten? Denkt Ihr wirklich, ich könnte ein Buch des Zanks und Kampfes hervorbringen, um Eure Secte zu erbauen?

Wie Euch der Herr anstellen möchte, erwiederte Ellis, weiß ich nicht zu sagen: aber, da Ihr verständig seid, könnt Ihr Euch unmöglich, wie so viele schwache Köpfe, über die Armseligkeit Eures Berufs täuschen. Ihr seht ja täglich Eure Bühne selbst, welche Abgeschmacktheiten, Gaukelpossen, unziemliche Späße, Zweideutigkeiten, Zoten und unsittliche Dinge aller Art täglich auf ihr getrieben werden. Und Ihr meint wirklich, wenn Ihr selbst dergleichen gelinder abfaßt, oder Manches vermeidet, wenn Ihr mehr Geist und Fleiß auf diesen albernen Zeitvertreib wendet, daß irgend ein Tugendhafter Euch diesen unbedeutenden Aufschwung anrechnen werde? Ihr könnt Euch nicht einbilden, daß Ihr die Anstalt besser machen wollt und werdet, ja, Ihr wollt dergleichen auch gar nicht einmal: denn wo bliebe Euch nachher das geringe Volk, die vornehmen Müßiggänger, die üppigen Reichen und das verdorbene Gesindel, von denen Ihr doch leben müßt? Wenn Ihr also den Irrthum hegt, daß das Geringe, Niedrige, Anstößige durch Euern Witz und Genie geadelt werden können, so thört Euch nur nicht so sehr, daß Ihr wähnt, diese Eure Zuschauer stiegen mit Euch hinauf. So wenig ist das der Fall, daß sie die nackte Niedrigkeit in Euren Scherzen bloß allein sehn und sehen können, und Eure etwanige Moral, oder das Ernste Eurer Schauspiele in den nehmlichen Sumpf ihrer verdorbnen Gemüther herunter reißen. O Ihr Aermster! Glaubt mir nur, das Unglück, die Strafe wird Euch gewiß, vielleicht bald ereilen. Eure Freunde, die jetzt gestorben sind, und manche andre, die noch leben, sind und waren glücklicher als Ihr, indem sie selbst um ihre Lüge wußten und sie sich dreist gestanden. Diese Ehebrecher, die sie lustig schildern, die verbuhlten Mädchen, die liederlichen Jünglinge gelten ihnen für Nichts weiter, als Mittel, das Volk anzukörnen, um Geld zu verdienen. In dieser Schlechtigkeit ist noch eine Art von Unschuld. Ihr aber verfeinert mit Eurer Begeisterung das Laster, Ihr sucht in der Verworfenheit, um Euer Herz zu täuschen und zu sättigen, das Höchste, und darum muß Euch, in diesem ungeheuern Irrthum, in diesem schnöden Götzendienst, über lang oder kurz die Verzweiflung ergreifen. Dabei vergeßt Ihr, daß Eure Bühne ganz anders wirkt, als ein geschriebnes Buch, eine Erzählung oder Libell, weil sie durch Schmuck und Kleider, durch die gute Recitation, durch Alles, was die Sinne verführt, durch Eure jungen, zarten Burschen, die sich als

Mädchen und Weiber sündlicher Weise und gegen Gottes ausdrückliches Gebot verkleiden, den Pöbel mit Macht aufregt und hinreißt. Und deshalb sollte der Staat diese Theater zerstören und ihre Abscheulichkeit nicht zulassen. Aber nicht genug, daß Ihr von den Brettern herab auf die verkehrte Menge wirkt, Ihr bildet Euch auch ein, die Dichterfreunde, die vornehme und feine Welt zu gewinnen, und habt kürzlich Eure Venus und Adonis in den Druck gegeben. Dies soll wohl nicht durch und durch unsittlich, lüstern und verderblich seyn? Meint Ihr denn, Ihr habt hier auch das Schändliche zum Schönen erhoben?

Verzeiht mir, sagte Shakspeare heiter und lächelnd, wenn ich vorher auf dem Wege war, Euch zu zürnen, ich vergaß auf einen Augenblick, daß ich Euer Wesen und Eure Meinung ganz verstehe. Man kann immer nur streiten wollen, wenn man sich noch irgend annähern möchte; wo dies nicht mehr möglich ist, wird der Disput Thorheit, und kann nur aus Leidenschaft entstehn und durch diese entschuldigt werden. Ich brauche Euch nicht zu widersprechen, da Welt, Geschichte, Leben, Kunst und Wissenschaft es thun.

Ellis war betroffen, daß der Dichter die Sache so leicht nahm, da er sich einbildete, ihn erschüttert zu haben, und verließ den Saal nach einigen unbedeutenden Worten. Der alte Henslow freute sich und sagte: Ihr habt, Herr Shuckelbier, den Mund am rechten Flecke sitzen, da Ihr den redseligen Propheten so habt zum Schweigen bringen können, der sonst über die besten Redner und Schreier mit seinen Worten und heiligen Redensarten hinfährt. Man soll seinem Nächsten nichts Böses gönnen, aber ich wünschte, daß über das scharfe Maul einmal von Staatswegen Gericht gehalten würde, denn der alte Sünder spricht ja alle Augenblicke wie der beste Hochverräther. Ja, Herr Schicklichbär, den Mann solltet Ihr so in einer hübschen Comödie, da er sie doch nicht leiden kann, selber einmal aufführen, die Zuschauer würden Euch für den Spaß Dank sagen, und ich wollte Euch das Stück noch besser als die vorigen Sachen bezahlen.

Herr Henslow, erwiederte der Dichter, daß er in seinem Schelten auf die Bühne nicht so ganz Unrecht hat, wißt Ihr recht gut, viele Scenen und Stücke verdienen kein Lob, wie ich Euch schon gesagt habe. Aber viele Eurer Dichter bessern sich nicht, und es hat wohl den Anschein, daß es in Zukunft noch schlimmer wird. Man kann zwar Spaß, Muthwillen und Witz nicht abstecken, und wie einen Park umzäunen, aber da ich, so viel ich selber wage, Vieles nicht billigen kann, so ist dies auch eine der Ursachen, weshalb ich mich von Euch trennen werde.

Und Ihr wollt, sagte der Alte, ein tugendhaftes Theater aufbauen?

Nur ein solches. erwiederte Shakspeare, was man vielleicht ein verbessertes nennen könnte, ein reformirtes, ein solches, dem der Beifall des Volkes nicht unmittelbar zum Gesetzgeber diente.

Da werdet Ihr verhungern, sagte Henslow lachend. Ja, Ihr werdet, Herr Sheckigper, noch magrer werden, als Ihr schon seid. – Es thut mir leid, daß Ihr mir aufsagt und von mir geht, denn Ihr wart mein bester Skribent, auch fein und ordentlich, und Ihr machtet mir und allen meinen Theatern Ehre. Ihr kommt wohl noch einmal wieder.

Sie trennten sich höflich und unter Versicherungen gegenseitiger Freundschaft. –

*

Der Dichter hatte schon länger mit seinem Freunde gehadert, daß dieser, taub für alle seine Bitten, niemals mit ihm Rosalinen hatte besuchen wollen. Warum, sagte der Graf, quälst Du mich mit dieser Anforderung? Du weißt es ja, wie gleichgültig mir die Weiber sind, und wie wenig ich mich für ihre Grillen, ihre Liebenswürdigkeit, ihre Launen und alle Ziererreien des Geschlechtes interessire. Ich beneide Dir Dein Glück nicht und begreife es kaum.

Nur ein einzigmal müßt Ihr sie sehn, antwortete Shakspeare, um zu erfahren, welcher Liebreiz es ist, der mich an dieses wunderbare Wesen fesselt. Eben so wünsche ich, daß sie Euch kennen lernt, von dem ich ihr so oft, von dem ich immer spreche, an den ich immerdar denke. Sie spricht eben so gleichgültig von Euch, und will sich ebenfalls dieser Bekanntschaft entziehn. Aber mein Wunsch ist, diese beiden schönsten Gestalten einmal in demselben Zimmer sich gegenüber zu sehn; sie hat schon nachgegeben, seid Ihr darum nicht mehr so eigensinnig.

Es sei! rief Southampton, obgleich mein Gemüth dieser Bekanntschaft widerstrebt. – Am folgenden Tage war bei Rosalinen eine kleine Gesellschaft, in der sich einige Männer ihrer Bekanntschaft, so wie einige junge Mädchen befanden. Rosaline war sehr geschmückt, ein reizendes leichtes Kleid zeigte den schönen Wuchs, Hals und Busen waren frei, und die weißen vollen Schultern glänzten aus der grünen seidnen Umhüllung blendend hervor. Man sang zur Laute und ihre muthwillige Weise bezauberte alle Anwesenden. Sie war artig gegen Jedermann, nur um den Grafen schien sie am wenigsten sich zu kümmern, der sich mehr mit einem jungen blonden Mädchen beschäftigte, die wunderbar durch ihr einfaches Wesen, den hohen Wuchs und die süße Unschuld, die noch an die Kindheit gränzte, auffiel. Als man viele Lieder gesungen, viel gescherzt und gelacht hatte, fing man an zu tanzen. Southampton, der der Stillste in der Gesellschaft gewesen war, ließ sich nur schwer bewegen, an den lebhaften Tänzen Theil zu nehmen, er schien mißgelaunt, und die Bewunderung Aller, die seine Schönheit und Leichtigkeit der Bewegungen nicht genug erheben konnten, erfreute ihn nicht. Er wollte auch beim Bankett, wo man Zuckerwerk mit süßem Wein genoß, nicht bleiben, sondern entfernte sich, fast unmuthig, so sehr ihn der Dichter auch überredete, zu verweilen.

Als sich Alle entfernt hatten, sagte Rosaline zu Shakspeare, der, ohne zu wissen weshalb, auch schwermüthig geworden war: Nun, fängst Du auch an zu träumen? dies also war Dein hochgepriesener Freund, die einzige Schönheit der Welt? aus dessen Augen Du Deine Begeisterung nimmst? O Willy, Willy, was seid Ihr Dichter für sonderbare Menschen! Unbegreiflich würde ich sagen, wenn der Widerspruch, Mangel des Zusammenhangs, Schwäche nicht gerade das Verständliche in der menschlichen Natur wäre. Stärke, Consequenz, Ausdauer, dies sind im Gegentheil die Eigenschaften, die an das Wunderbare gränzen.

Wie ist es nur möglich, erwiederte der Dichter, daß er Dir nicht hat gefallen können? daß er Dir nicht, wie die Erfüllung eines schönen Traumes, erschienen ist?

Es möchte geschehn seyn, antwortete Rosaline, wenn ich ein Dichter wäre, aber so, da ich mich nicht auf poetischen Schwingen von Wahrheit und Wirklichkeit entfernen konnte, sahe ich in dem zierlichen Püppchen nur ein verzogenes Muttersöhnchen, dem seine Lehrer in allen Dingen den Willen gelassen haben. Es kann eine große Schönheit im klaren, heitern Auge eines unschuldigen Jünglings glänzen. Aber dann muß in diesem offnen, staunenden Blick doch ein Träumendes schwimmen, wie eine süße Zukunft, wie der Schlummer der Liebe. Dieses Staunen war aber bei Deinem Abgott ein kaltes Anstarren, Hohn lag in seinem Lächeln, denn seinen frischen Lippen fehlt die Grazie, die Witz und Schalkheit mit dem Zauber der Unschuld so siegreich machen. Man kann selbst nicht sagen, er sei schön gewachsen, denn sein Betragen, seine Geberde ist noch so unreif, wenn man beides gleich überdreist nennen möchte. Kurz, Freund, Dein Götze, dem Du den größten Theil Deines thörichten Herzens widmest, ist mir, wie von einer neu entdeckten Insel, wie vom Nordpol her, herein geschritten und mein Auge ist dieser gerühmten Schönheit satt. Dagegen Du, mit Deinem leichten, sinnigen Wesen –

Nein, sagte Shakspeare, ganz verstimmt, laß diese Vergleichung, die mich nur demüthigen würde. Es macht mir ein schmerzliches Gefühl, daß die beiden Wesen, die mir die nächsten sind, durch eine weite Kluft getrennt seyn sollen. Ich könnte an mir selber irre werden, als wenn in mir etwas Unverständliches verborgen läge, das, sich entwickelnd, mich in Zukunft oder bald zu einem andern Wesen machen könnte, als ich mich jetzt mit Sicherheit zu seyn fühle.

Wunderlicher Geist! rief sie lachend aus, warum willst Du mich denn zwingen, ihn zu lieben? Habe ich nicht mit Dir selbst der Leiden genug? Laß uns doch unser einfaches und sichres Glück nicht durch dergleichen Wünsche verkümmern, die auf keine Weise in unser Leben hinein gehören. Du willst als Lustspieldichter eine Verwicklung einflechten, aber bist Du denn auch sicher, daß es Dir mit der Entwicklung nach Wunsch gelingen wird? Sei damit zufrieden, wie es nun gerade ist.

Als der Dichter am folgenden Tage seinen Freund besuchte, kam ihm dieser heiter lachend entgegen und rief: Sei mir gegrüßt, liebster, freundlichster Willy! Ja, Freund, Du bist ein Dichter, das kann Dir auch Dein Feind nicht leugnen, denn Alles, was nur in Deine Nähe kommt, verwandelst Du in sein Gegentheil. Welche Kraft der Phantasie gehört dazu, um diese Deine Geliebte so schön zu finden, wie Du sie geschildert hast! Diese braune wilde Zigeunerin hat Dich also so bezaubert? Freilich, Du erst setzest den Glanz auf ihre Stirne und die Rose auf ihren Mund. Ich aber, der Nüchterne, sah nur, was die Natur auf Kauf zu machen pflegt, um es in Dutzenden auf dem Markt auszustellen. Da aber war das blonde junge Kind, Emmy wurde sie genannt, von der ließe sich begreifen, wie sie einen verständigen Mann, wie Dich, entzückte. Denn Stimme, Geberde, Haltung, Kleidung, Alles war viel schöner, als an Deiner gepriesenen Rosaline.

Als Shakspeare seinen Freund verlassen hatte, schien es ihm in der Einsamkeit, nachdem er den kleinen Verdruß überwunden hatte, ein

Glück zu seyn, daß diese beiden Wesen sich nicht gefielen. Im Theater und mit seinen Arbeiten beschäftiget, hatte er Rosalinen einige Tage nicht besucht, als er zu seinem Erstaunen, indem er wieder in ihr Zimmer trat, den wunderlichen Florio dort fand. Sie bemerkte seine Verwunderung, und sagte: ja, ja, William, Du hast Dir immer eingebildet, wir beide verstünden das Italienische ganz vortrefflich, aber seit ich diesen tiefsinnigen Lehrer angenommen habe, sehe ich erst, wie viel mir noch fehlt. Er läßt die Blüthen der Dichtkunst sich vor meinen Augen sichtlich entfalten, und haben wir uns an ihrem Glanz und Duft erfreut, so zeigt er mir die Blätter und Wurzeln, und so lesen wir Tasso und Ariost, daß ich oft denken muß, die Poesie sei das tiefsinnigste, aber auch das langweiligste Wesen in der ganzen Natur. So ist es, sagte Florio mit kunstrichterlicher Miene, die Welt, das Volk, der Mensch, uomo, hombre, weiß im Allgemeinen nicht, weshalb die Poesia, der Vers, Reim, erfunden worden ist, daher sie auch ebenfalsig die Süßigkeiten der Dichtenden so wenig zu genießen wissen, wie der Fuchs, vom Storche dazu eingeladen, aus der enghalsigen Flasche ichtes aus dieser in sich ziehen konnte. Gerathen wir aber auf den eigentlichen Quell, Ursprung, die Entstehung der Phantasia, Imagination, des Mysterii unsers Verstandes, so fallen, wie die Blätter im Herbst, tausend und aber tausend Dinge dürr und verwelkt nieder, die wir früherhin irrigerweise für Gedichte, oder Schauspiele, seien sie traurigen oder komischen Inhaltes, gehalten haben. Derlei Untersuchungen, Forschungen, Elaborationen möchten aber freilich wohl manchen Poetastern nicht so allerdings anmuthig und erfreulich seyn, deren Einbildung schon des Parnasses Höhe meint erstiegen zu haben. Er ging mit einer höhnischen Verbeugung gegen den Dichter, welcher zu bemerken glaubte, daß Rosaline nicht so unbefangen und heiter sei, wie sonst. Sie schien Etwas zu suchen, sie kramte unter Briefen und Papieren, und war weniger freundlich, als es der verwöhnte Geliebte ertragen konnte. Er entfernte sich nach einem kurzen Streit, und sagte zu sich selbst: Sonderbar! Was ist vorgefallen? Wohin strebt und denkt mein Gemüth? Sollte ich sie wohl leidenschaftlicher lieben, wenn sie sich zurück zöge? Oder ist es nur ein Spiel von ihr, eine von den vielen Launen, die ihr eben so natürlich, als künstlich von ihr angenommen sind? Will sie mich vielleicht quälen, um meine Neigung zu steigern? Es ist wahr, bis jetzt war mir ihre Liebe mehr wie ein freies Geschenk zugefallen, als daß ich sie errungen hätte. Ich nahm sie dankbar an, und glaubte, selbst in den glücklichsten Stunden, sie wohl auch entbehren zu können. Sollte ich es nicht vermögen? Sollte der Verlust dieses seltsamen Wesens mich wahrhaft unglücklich machen können?

Um sich zu zerstreuen, besuchte er seinen Freund, den er nicht zu Hause fand. Sinnend ging er an das Ufer der Themse, wo ihm Baptista entgegen schritt, den er in Oxford hatte kennen lernen. Sie begrüßten sich, und Shakspeare kehrte mit dem sonderbaren Manne um, um seines Gespräches zu genießen. Seht Ihr noch Florio oft? fragte er ihn nach einigen Reden. Nicht viel, antwortete Baptista, er ist mir bei weitem zu schwärmerisch, und beneidet jede Größe, von der er Kunde empfängt. Mag seyn, daß er ein großes Licht der Welt ist, aber er leuchtet doch wahrlich nicht so, wie die Sonne, daß er allein jeden andern Schein entbehrlich machte. Wer sich fühlt, wie ich, kann in seiner Nähe nicht ausdauern. Aber ohngeachtet dieser Eifersucht lieben wir uns, wie dergleichen, was der gemeine Mensch nicht könnte, unter großen Geistern wohl möglich ist. Dieser gegenseitige Neid mag vielleicht unsre Liebe noch erhöhen, nur gehen wir einander aus dem Wege, um nicht doch vielleicht in den Haß zu gerathen. Denn mit dem Ruhm ist es fast, wie mit dem Besitz des schönen Weibes, man mag den Nebenbuhler nicht dulden, wenn man auch noch so sehr Philosoph ist.

Sie gingen durch die Straße, in welcher Rosaline wohnte. Ich muß jetzt darüber selbst lachen, fing Baptista an, daß ich den schönen, liebenswürdigen jungen Grafen damals für ein verkleidetes Mädchen halten konnte. Mein Auge, das sonst so scharf ist, wurde gröblich, und mir noch selber unbegreiflich, getäuscht. Aber der junge wilde Mensch ist selbst verliebt, wie es mir scheint, denn er ging neulich hier mit einem Frauenzimmer in dieses große Haus, und er bemerkte meinen Gruß gar nicht einmal, so sehr war er mit ihr in ein Liebesgespräch vertieft.

Sie standen so eben vor Rosalinens Hause, und wie eine schwarze Nacht fiel es vor dem Dichter nieder, und wie ein Donnerschlag betäubte es sein Ohr. Hier? sagte er endlich, ein Liebesgespräch? So schien es mir, schwatzte Baptista weiter, denn er sagte ihr, indem ich vorüber ging, sehr zärtliche Sachen, und pries, wie begeistert, ihre Schönheit, worauf sie nur lustig und mit Lachen erwiederte. Aber das schönste schwarze, wahrhaft italienische Auge sah ihn dabei so zärtlich an, daß er doch wohl Hoffnung fassen konnte, erhört zu werden. Als ihr das schwarze, schwere Lockenhaar über die Stirn, und vom weißen Halse in das Gesicht vorstürzte, schlug er ihr die herrlichen Haare zurück, indem sie die Thür aufschloß und dann mit ihm hinein ging. Mich dünkt, sie steht oben am Fenster, vielleicht ist er auch wieder oben, denn es schien, daß Jemand schnell ins Zimmer zurück sprang. Ohne hinaufzusehn, und ohne von dem Redenden Abschied zu nehmen, ging Shakspeare betäubt und ohne Gedanken nach seiner Wohnung. Er sah im Fortschreiten die Menschen und die Gebäude nicht, er wußte nicht, daß er ging und wo er war. Er hörte nur die Worte Baptista's, bald wie in weiter Ferne, dann wieder wie ganz nahe und überlaut an seinem Ohr. Die Brust schmerzte ihm empfindlich, er konnte kaum Athem schöpfen. In seinem Zimmer angelangt, warf er sich auf sein Bett, nachdem er die Thür verriegelt hatte. –

Wie ist mir denn? sprach er zu sich selber; noch gestern, wenn Rosaline gestorben, entflohen wäre, glaube ich, den süßen poetischen Schmerz abgerechnet, Nichts wäre mir entrissen, und heute, da ich noch gar nicht einmal weiß, ob es Wahrheit ist, was ich vernommen habe, dünkt mich, ohne ihre Liebe sei kein Leben für mich. Achte ich sie denn? Niemals habe ich sie verehrt; jener Zauber einer ahndungsreichen Liebe, wo Unschuld die Unschuld mit den süßesten Ketten bindet, war es ja niemals, was mich ihr ergeben machte. Sinnenreiz, Lust, Schalkheit, Witz und Uebermuth des Lebens, sie waren es ja, die dieses Bündniß schlossen, und mein Leben in einen eben so süßen als wilden Traum verwandelten. Aber freilich, Er, Er hat diesen Zauber gebrochen. Er, der Einzige in aller weiten Welt, Er, die Wahrheit, Treue, Unschuld selbst, er hat mich betrogen, und seitdem giebt es keine Wahrheit mehr. Kann ich noch leben? Verlohnt es sich noch der Mühe, zu athmen? – Weiß ich denn aber auch, ob der Schwätzer recht gesehn und recht gehört hat? Soll sein Zeugniß mehr gelten, als die lang bewährte Freundschaft und Treue des edelsten der Menschen? Soll seine Aussage gelten gegen die Leidenschaft und Liebe eines Wesens, das um mich Vornehme, Jünglinge, Reiche und Hochbegabte abgewiesen hat? Ich kann es, ich will es nicht glauben. Er hat sich getäuscht, mein Ohr vernahm das Unrechte, ich war betäubt, meine voreilige Leidenschaft hat das Unwahre, Lügenhafte, Unsinnige vernommen.

Er stand auf, öffnete das Fenster und erquickte sich an der frischen Luft. Er setzte sich nieder und überlas die Blätter seines neuen

Schauspiels. Wie sonderbar erschienen sie ihm, wie von einer fremden Hand, aus einer Gegend der Seele, die er niemals wieder zu finden glaubte. Er fühlte lebhaft, daß, wenn auch Alles nur Irrthum, Täuschung und Traum sollte gewesen seyn, er doch einen Theil seines Herzens verloren habe, und viele Geister seines Innern entflohen wären, die niemals zurück kehren würden. Jetzt erfuhr er es erst, in diesen furchtbaren Stunden, wie sehr er Rosalinen, wie unaussprechlich er seinen Freund Heinrich geliebt habe. Nichts konnte ihm diesen verlornen Schatz ersetzen, Nichts, auch das höchste Glück nicht, die Lücke ausfüllen, die er jetzt in seinem Herzen fühlte. Nichts war vermögend, jene heitern Stunden zurück zu führen, in denen er bis dahin geschwelgt hatte. So hängt das Kostbarste, das Unersetzlichste im Leben der feinern Menschen an unsichtbaren Fäden, und jeder Windstoß kann es ihnen auf immerdar rauben, wie vielmehr die Bosheit niedriger Menschen, oder ein unerbittliches Schicksal, das auf seltsamen Wegen und Umwegen das zerstört und höhnend zertritt, was Liebe und Phantasie so sorglich aufgebaut hatten.

*

Es ist die Art der Menschen, die unserm Dichter ähnlich sehn, daß sie die Empfindungen, die ihnen die heiligsten sind, in sich verschließen, und sich scheuen, selbst den Vertrauten ihrer Seele von jenen Empfindungen zu sprechen, durch welche sie zerstört werden. Eine heilige Schaam zwingt sie, ihr liebstes Geheimniß, den Inhalt ihres Lebens, den wahren Schmerz, der ihre Seele spaltet, zu verschweigen, weil sie fühlen, Keiner versteht sie, oder will sie verstehn, oder auch weil das höchste Glück wie Elend so geistig und verletzlich sind, daß jedes Geständniß, auch gegen den vertrautesten Freund, die zarte Erscheinung entweiht, und die Seligkeit zur gemeinen Freude, oder die Verzweiflung der Seele zum gemeinen Verdruß herabwürdigen, die noch Trost, oder den eitlen Glückwunsch zulassen. Und mit wem sollte der verletzte Dichter sprechen, in wessen Busen weinen und klagen, da der, der ihm der Liebste auf Erden war, jetzt auf der Seite seiner Feinde stand?

Wie bereute er es, daß er den spröden Jüngling zu seiner reizenden, verführerischen Geliebten geführt hatte. Wenn sie ihm gefällt, dachte er, wenn er ihren Umgang wünscht, warum sagt er es mir nicht, warum verschweigt er es mir so geflissentlich? Und sie, – warum hat sie ihn verleugnet und gescholten? Alles ist so gestaltet, als wenn es so böse und verderblich wäre, daß es sich verhüllen müßte.

Diejenigen, die im Unglück, oder im Zwiespalt ihrer Seele zu Freunden oder Bekannten sprechen, klagen und erzählen können, sind nicht so ganz elend, denn in der lebhaften Rede, in den Thränen, die die vertraute Hand abtrocknet, gewinnt das Leiden allgemach die Gestalt eines fremden; es wird, so wie es sich in Worten vom Herzen ablöset, eine Geschichte und Erzählung, die als ein Fernes, aber Rührendes, den Erzähler selber bewegt, und ihm in den Thränen selbst den Trost zuführt. Wer aber alle zermalmenden Empfindungen in sich verschließt, der wird im Kampf der Leidenschaft an sich selber irre; wie an ein Mährchen, wie an ein Unmögliches steigt die Erinnerung an seine Schmerzen in ihm auf, und wie er auch verletzt und von Andern gemißhandelt ist, so dünkt ihm in der Verwirrung der Seele, ihm sei recht geschehn, er habe nur das Wohlverdiente erfahren.

In der Nacht schlief William nur wenig, und in diesen Minuten ängstigten ihn schwere Träume. Am Morgen fühlte er sich zerstört und irre, doch ging er aus, um Southampton zu besuchen. Der Diener sagte ihm wieder, sein Herr sei nicht zu Hause, und der Gekränkte hatte diesmal die Empfindung, der Freund seiner Seele lasse sich vor ihm verleugnen. Am Nachmittage ging er zu Rosalinen. In der Straße begegnete ihm Southampton, er rannte dem Dichter mit einigen flüchtigen Worten vorüber, hochroth im Gesicht; Dieser glaubte, ihn aus Rosalinens Thür kommen zu sehen. Sie war wieder verlegen, klagte über Kopfschmerz und Fieber, und bat den Dichter, sie in einer glücklichern Stunde zu besuchen.

Sein Leben war wie ein Traum. Er konnte sich nicht beschäftigen. Wenn er dichten wollte, schwebte ihm nur der Refrain einer alten Ballade vor, die er vor langer Zeit gehört hatte: »Die Freundschaft ist falsch, und die Liebe nur Träumen.« – Es schien ihm eine Art von Glück, daß er in dieser Zeit auf der Bühne, die er erst in vier Monaten verlassen konnte, sehr beschäftigt war. Und doch schämte er sich seines Berufs und Standes, und wünschte wieder wie ehemals Schreiber bei einem Advokaten zu seyn. Wenn seine Stücke, oder sein Spiel beklatscht wurden, so hätte er laut lachen mögen, denn ihm war, als wenn es ihm gar nicht gelten könne. Auch war ja jede Tirade von der Treue der Liebe, von dem Göttlichen der Freundschaft, indem die zuhörende Menge sie fühlte und verstand und ihren Beifall bezeugte, wie ein Hohn auf ihn selbst. Das Edle, Große erschien ihm in diesen trübseligen Momenten als das Abgeschmackte, und er konnte es nicht begreifen, wie er sich nur jemals dafür hatte erwärmen können. Da dachte er an die neuliche Prophezeiung des strengen Ellis, des Puritaners, und weinte bitterlich. –

In dieser Verwirrung des Gemüthes rief er den Beistand der Musen – und dichtete die schmerzlichsten Sonette, die er aber verborgen hielt und verschloß, daß sie niemals ein andres Auge als das seinige sehen solle. Die früheren auf seinen schönen Freund hatte er wohl Denen, die ihm näher standen, mitgetheilt. Er begegnete diesem Freunde zuweilen auf der Gasse, sprach aber nur wenige Worte mit ihm, denn Jener schützte immer große Eile vor. Er ging auch wieder zu Rosalinen, aber nur auf kurze Zeit, denn sie war immer verlegen, indem sie Krankheit vorgab, oder Verdruß mit ihrer Familie, um ihre Verstimmung, ihm gegenüber, zu entschuldigen.

So waren einige Wochen verflossen, und Shakspeare war von der doppelten Untreue des Freundes wie der Geliebten überzeugt, und dennoch suchte seine Imagination mit quälendem Scharfsinn Möglichkeiten auf, die ihm beweisen sollten, daß Alles nur Täuschung sei. Er stritt sophistisch mit sich selber, um sich alle seine Erfahrungen abzuleugnen.

An einem Abend, indem er wie gedankenlos durch die Stadt schlenderte, war er wieder, ohne es zu wissen, in die Straße Rosalinens gerathen; es fing schon an finster zu werden, und er sahe deutlich, wie der Graf in das Haus seiner treulosen Geliebten schlüpfte. Er wollte sich nochmals überzeugen, klopfte, und der Diener betheuerte, daß seine Gebieterin nicht daheim sei, auch nur sehr spät zurückkommen werde.

Habe ich sie denn je geliebt? rief der Dichter, von Neuem der Verzweiflung hingegeben. Aber so ist der thörichte Mensch, der unsinnige! Ich hätte sie verlassen können, vielleicht mit Leichtsinn, vielleicht mit Schmerz, aber daß sie mich aufgibt, deren Besitz ich als sichres, leicht errungenes Eigenthum ansah, das quält mein Herz. Und daß Er, Er, o, o! dieser liebe, einzige, gehaßte und angebetete Mensch sie mir raubt, daß er sich mir von dieser Sirene entziehen läßt, ja dieser Schmerz ist über allen Schmerz. Ich kann es mir nicht abstreiten, der Jammer, den ich jetzt erlebe, diese Zerrissenheit, die Selbstverachtung ist schneidender, als Alles, was ich bisher überstanden habe. Ja, ich ward geboren, um zu empfinden, um zu durchleben, daß ich für ein Weib rase, die ich im innersten Herzen verachte, die ich stets verachtet habe. Ist sie nicht die Cleopatra für die ich Alles, was ich besitze, vergeude, die mein Dasein vernichtet, und mir meine theuersten Gefühle, meinen liebsten Freund ermordet vor die Füße wirft?

Ein wilder Zorn bemächtigte sich seiner. Raschen Schritts ging er auf die Wohnung zu, um noch einmal zu pochen und dann mit Gewalt in die innern Zimmer der Ungetreuen zu dringen. Indem er sich heftig wendete und fühlte, wie seine Augen Zorn und Feuer sprühten, war ihm plötzlich, als riefe ihn Jemand und faßte ihn von hinten am Mantel. Er sah sich um, und Alles war dunkle Nacht und die Straße leer. Da trat ihm das Bild Marlows, und dessen schrecklicher Untergang vor die Augen. Eine sonderbare Rührung überfiel ihn, ein kalter Schreck rieselte den Rücken hinab und zitterte durch alle Nerven fort. Ihm war, als wenn er sich selber als Gespenst wahrgenommen hätte.

Ja wohl, sagte er zu sich, nachdem er sich von diesem Entsetzen erholt hatte, wohl bin ich nicht anders, als dieser verblendete Unglückliche. Ich erlebe seine Empfindungen, diese Wuth, die Zerstörung des innern Wesens: aber dieser feierliche Augenblick macht es mir möglich, sein Ende zu vermeiden und mich selber wieder zu finden. War es nicht eine himmlisch süße, eine zauberhaft lockende Empfindung, die mich in diese Liebe, in diese Freundschaft führte? Und in welche Hölle haben mich diese täuschenden Engel gestürzt, die den Schein des Lichtes an sich nahmen!

Er kehrte in der kühlen Nacht in sein stilles Zimmer zurück. Eine wundersame Seligkeit des tiefsten Schmerzes strömte durch seinen Busen. Er fühlte sich glücklich, daß er seinem Freunde so viel zu vergeben und er diesen nicht gekränkt hatte. Er sah ein, wie wenig dessen unerfahrne Jugend der klugen Zauberin hatte widerstehn können. Wie etwas seltsam Thörichtes überschlich es ihn, daß er Treue von dieser Sirene hatte erwarten können, der er, seltsam genug, den Freund mit Gewalt zugeführt hatte. Mit diesem Gefühl des Lächerlichen mischte sich innigst Schmerz der Liebe, und die Wehmuth, wie vergänglich alle irdischen Güter, Schönheit und Reiz sind, und wie vielen Täuschungen die Freundschaft unterworfen sei.

Er konnte, von diesem sanften Schmerz begleitet, seine Arbeiten wieder vornehmen. Diese und die Welt selbst erschienen ihm freilich seit dieser Verwandlung in einem andern Lichte. Als er nach einigen

Tagen nach dem Theater ging, begegnete ihm Florio, der diesmal sehr zornig war. Da seid Ihr ja, rief er ihm entgegen, Ihr Poetaster! Neuerdings und wiederum beweiset es sich klar und augenfällig. daß alle solche verdrehte Ingenia, die dem Klassischen nicht zu huldigen verstehn, auch mit dem Mangel des Geschmackes Moral, Tugend und Charakter einbüßen. Treffliche Sachen, Entführungen, Verführungen habe ich erfahren müssen. Jene Cleopatra ist mit meinem Zöglinge, dem jungen Grafen Heinrich, davon gegangen, wohin, weiß kein Mensch zu sagen. Aber die verruchte Verführerin war von Eurer poetischen Bekanntschaft. Die Mutter des Grafen ist außer sich, deren jetziger Gemahl erzürnt, und hier soll ich Euch, der Ihr von Allem die Schuld tragt, ein Sendschreiben des Poeten Daniel einhändigen, eines wirklichen und wahrhaftigen Poeten, der aber auch freilich nicht für die Bühnen der Stadt seine Muse anzurufen pflegt. Mich und meine Würde hat der Graf am allerschlimmsten verletzt. Unter dem Vorwande, jener Lalage Unterricht im Italienischen zu geben, wurde ich zum Briefträger gemißbraucht; beide erzählten mir, daß sie einander Exercitia, oder Sonette und dergleichen zusendeten, über die sie die gegenseitige Meinung erfahren wollten, und diese anmaßlichen, vorgeblichen Sonette waren nichts anders als Liebes-Episteln, in welchen sie sich Bestellungen gaben, allwo und an welchen Orten sie sich finden und treffen möchten. Dergleichen hat der Jüngling nun wohl aus Euern Comödien gelernt.

Der Zürnende entfernte sich mit majestätischen Schritten. Als Shakspeare den Brief des Dichters las, ward er von Unmuth ergriffen, denn Daniel, den er achten mußte, und der bei allen Ständen als ein rechtlicher Mann und vorzüglicher Geist in Ansehn stand, im Hause Southamptons aber einer vorzüglichen Gunst genoß, meldete ihm, daß man die Verirrung des Grafen, seine plötzliche Abreise mit einer Frau, die nicht im besten Rufe stände, hauptsächlich ihm zuschriebe, weil er, fast mit Gewalt, den Jüngling zuerst zu Rosalinen geführt habe. Die Mutter des Grafen, so wie die übrigen Mitglieder der Familie, seien deshalb über ihn erzürnt, weil man sich keine verständige Ursache eines solchen Benehmens denken könne. Ein zweites Unglück sei aber noch hinzu gekommen, daß ein junges unerfahrnes Mädchen, Emmy, in die Netze des Jünglings, die er von der erfahrnen Buhlerin erst habe stricken lernen, gefallen sei; von ihren Verwandten aufgegeben und verstoßen, habe die Mutter des Grafen sich der armen Verführten annehmen müssen. Alle diese traurigen und verdrüßlichen Vorfälle schreibe man nun dem Schauspieldichter zu, als dem schlimmen Veranlasser, und der Briefsteller selbst könne die Sache auch aus keinem andern Gesichtspunkte ansehn.

Im Uebermuth des Lebens hatte Shakspeare freilich diese traurigen Begebenheiten, und was sich von übelwollenden Gemüthern daraus folgern lasse, nicht vorher gesehn. Diese Verwicklungen, so frei er sich von Schuld wußte, kränkten und ängstigten ihn. Sollte er in weitläufiger Auseinandersetzung, wie Alles geschehn, den sanften, schwachen Daniel zum Richter über sich setzen? Er unterließ es, Diesem zu antworten, obgleich er wußte, daß man daraus wieder schlimme Folgerungen ziehen würde. So rächte sich die Vieldeutigkeit des Lebens an ihm zu empfindlich dafür, daß er im fröhlichen Gefühl seines Glücks jene Rücksichten und Aengstlichkeit übersehn hatte, von denen sich kältere Menschen lenken und regieren lassen.

Er machte auf der andern Seite die sonderbare Erfahrung, daß seine Arbeiten leichter und schneller vorrückten, als jemals, daß er geistreicher und witziger schreiben konnte, als früher, und daß es ihm gelang, noch schärfer seine dramatischen Personen zu zeichnen. Denn da er sich gern aller früheren Erinnerungen entschlagen wollte, so versenkte er sich so ganz und völlig in die Welt seiner Dichtung, daß es ihm wirklich gelang, auf Stunden die wirkliche zu vergessen. So ward das, was Anfangs nur hatte Zerstreuung seyn sollen, Trost und Arznei für ihn, und er erfuhr an sich, was schon die Alten von der hülfreichen Gegenwart der Musen ausgesagt hatten.

Schmerzlich war es freilich, aus diesem Zustand der Seligkeit wieder zu erwachen, wieder aus seinen glänzenden Träumen aufzublicken, um zu sehn, wie die dürre Gegenwart, die finstern Schmerzen ihm wieder näher schritten. Dann, vorzüglich am Abend und in der Nacht, ergab er sich wieder den Träumen und den Thränen der Sehnsucht.

So saß er wieder einmal am Abend, indem der Vollmond in sein Zimmer schien, und ließ alle Schmerzen wieder sein Herz besuchen. Da hörte er mit leichtem Gange Jemand die Treppe zu sich hinauf steigen. Dieser Schritt war ihm nur zu wohl bekannt, nur sein Freund Southampton bewegte sich so leicht im Gehn. Erschreckt sprang er auf, und schob den Riegel vor seine Thür, indem er zugleich das Licht auslöschte. Der Fremde klopfte an, versuchte dann zu öffnen, klopfte wieder, und stand eine Weile horchend. Shakspeare war tief erschüttert, und wagte kaum zu athmen. Nach einer Weile klopfte der Besuchende wieder, und da keine Stimme antwortete, sagte er mit leisem, freundlichem Ton. Willy! – Mein Willy! – Mein liebster William! – Alles blieb still, dann hörte der Dichter, wie sein Freund draußen herzlich weinte, indeß ihm selbst die heißen Thränen über die Wangen strömten. Doch konnte er sich nicht entschließen, die Thür zu öffnen, oder nur einen Laut hören zu lassen, und so schied ein dünnes Brett mehr wie eine unermeßliche Kluft dieselben Menschen, die sich vor wenigen Wochen noch die nächsten und unentbehrlichsten gewesen waren. Als Southampton sah, daß der Freund unerbittlich war, ging er von Thränen erschöpft schwer und langsam die Stufen hinunter, die er so leicht und schwebend erstiegen hatte.

Der Dichter, nachdem er sich in seinem Schmerze gesättigt, begriff sich und seine Grausamkeit nicht, da er ja dem Freunde schon Alles verziehen hatte. Er brachte die Nacht schlaflos auf seinem Lager zu, und nahm sich vor, den klagenden bereuenden Freund mit der Frühe des Morgens aufzusuchen. Aber wie? sagte er zu sich selbst; wenn er mir nun auch hartherzig seine Thüre verschließt? Habe ich dies nicht um ihn verdient? Wenn nun diese seine Thränen das letzte Opfer seiner Freundschaft waren? Wenn er sich nun auf ewig abwendet?

Mit klopfendem Herzen ging er am Morgen zum Freunde. Der Diener wies ihn in den Garten, und so wie der Graf des Freundes ansichtig wurde, sprang er ihm schnell wie ein Reh entgegen, und warf sich ihm lachend und laut weinend an die Brust. Da bist Du ja doch! rief er aus; ich glaubte schon, Du wolltest mich niemals wieder sehn. O, Bester, gestern, gestern bist Du schlimm mit mir gewesen; nein, das war zu viel, denn ich wußte ja doch, daß Du in Deinem Zimmer warst. Ja, ich habe Dir freilich auch wohl weh gethan, ach! auf so vielfache Weise; ja, Du hast viel um mich gelitten, und ich kann nicht aussprechen, wie es mein Herz zerschnitt, wenn wir uns begegneten, und Du warst so blaß, und sagtest doch kein Wort. Nein, kein Mensch kann so, wie Du, den Schmerz in sich verschließen. Diese Größe des Gemüths erhebt Dich auch noch über alle übrigen Menschen.

Die Freunde sprachen sich aus unter Thränen und Versicherung neuer, ewig fester Freundschaft. Nun das reizende Gespenst uns nicht mehr stören kann, sagte Southampton, sind wir inniger als jemals vereinigt. Welcher Zauber liegt und herrscht in solchem Weibe, welcher Wahnsinn tobt in der sogenannten Liebe. Du weißt ja, wie ich es vermied, sie zu sehn, wie sie mir mißfiel, als ich sie gesehen hatte. Und doch zog mich mein Gefühl, im Widerstreit mit sich selbst, wieder zu ihr hin. Ich hatte nicht den Muth, Dir diese Tollheit zu gestehn, war dies wilde Gelüste doch auch schon eine Treulosigkeit gegen Dich. Sie hatte mich eben so ungeduldig erwartet, als es mich heftig zu ihr getrieben hatte. Wir verstanden uns sogleich, und Alles, was mir an ihr mißfallen hatte, verwandelte sich unbegreiflich in eben so viel Reiz. Sie verhärtete mich gegen Dich und lachte und lehrte, in der Liebe müsse alle Treue zum Freunde aufhören, diese Probe könne kein Sterblicher bestehn, auch dürfe kein Freund dergleichen erwarten. Die Leidenschaft der Liebe löse alle Verbindungen und Eide. Ich glaubte der schönen Circe nur gar zu leicht, und war durchaus von ihr verwandelt, denn mein voriges Leben hatte allen Reiz für mich verloren. In manchen Stunden erkannte ich mich selbst nicht wieder. Ich konnte ohne die Verderbliche nicht leben, jede Stunde, in der ich sie nicht sah, war mir eine Angst, und doch liebte ich sie nicht, mir war, als wenn ich sie zuweilen haßte, nicht bloß, weil sie mich von Dir getrennt hatte, sondern weil mir ihre Gesinnung, ihr Wesen, ihre Geberde zuwider waren. In diesem Taumel der aufgereizten Sinne sah ich jenes liebliche blonde Kind, die zarte aus der Knospe blühende Emmy wieder, mir schien, ich liebte Diese, wie zum Trotz jener herrschsüchtigen Rosaline; mit immer stärkerer Begier sah und verfolgte ich sie, und die Aermste glaubte meinen Schwüren und traute meiner scheinbaren Liebe. Ich machte mir die bittersten Vorwürfe und freute mich doch meines Triumphs. So erzählt man vom gezähmten Löwen, daß er, wenn er wieder Blut gekostet, auch den eignen Wärter zerreißt. So war ich plötzlich, der noch kurz zuvor kein Auge für den Reiz des Weibes gehabt hatte, plötzlich den wildesten Leidenschaften hingegeben und war unersättlich in meinem Wahnsinn. So war mir, aus Schaam vor Dir, aus Reue und durch tausend bittre Empfindungen, London lästig geworden. Rosaline wünschte sich auch hinweg, und so zogen und flohen wir plötzlich nach Bristol, von da nach Wallis. Aber hier in der Einsamkeit erwachte mein besseres Herz. Meine Ungeduld war ihr lästig und mir wurde ihre Heftigkeit verhaßt. Wir stritten, wir zankten und versöhnten uns. Ich kann nicht leugnen, daß ich nun auch gegen sie schlecht und undankbar wurde, aber sie hatte es freilich verschuldet. Wir trennten uns im Zorn. Sie ging nach Paris, um dort ihren alten Mann aufzusuchen. Ich hörte seitdem, sie ist nach einer wild durchschwärmten Nacht, an den Folgen des zu heftigen Tanzes gestorben.

Shakspeare setzte sich in der Laube nieder und war in tiefen Gedanken.

So ist denn, sagte er endlich, auch dieses schöne, wundersame Spielwerk so schnell von der Natur zerbrochen, und der kalten Erde zurück gegeben worden. Ja freilich mußte in Deiner ungestümen Hand, mein Heinrich, diese zu künstliche Harfe zerbrechen. Durch diese Leidenschaft, die sie vorsätzlich und gewaltsam in sich erregte, hat sie selbst ihren Untergang herbei gerufen, da sie außerdem wohl noch lange die Zier der Stadt und die Lust aller Augen gewesen wäre. Doch in der Jugend schnell und tragisch zu enden, ist auch schön.

Southampton sah ihm freundlich in die treuen Augen und fuhr dann fort: ich bin Dir ganz zurück gegeben, mein einziger Freund, aber eine Kränkung, nicht bloß die gestrige, habe ich auch nicht verschmerzen können. Mein Geschenk hast Du mir in einem kurzen, bittern Briefe zurück senden wollen, weil es Dir nun nicht mehr zieme, daß Du das früher angenommene behieltest. Der Gedanke ist, hoffe ich, ganz vergessen und untergegangen. Sollte Dein Vater, Deine Familie unter unserm vorübergehenden Zwiste leiden, auch wenn Du im Recht wärest? Solltest Du deshalb Deine Laufbahn, die Du ehrenvoll erweitern kannst, wieder verkürzen? Ein Zweites war der Widerwille, den meine Familie, der gutmeinende Daniel und selbst der unkluge Florio auf Dich geworfen hatten. Bei Allen habe ich Dich schon entschuldigt und gerechtfertigt, und hier ist ein andrer Brief Daniels, in welchem er Dich um Verzeihung bittet, und hier eine Einladung meiner Mutter, sie wieder einmal auf ihrem Schlosse zu besuchen. Nichts Lächerlicheres auf der Welt, als wenn ein junger Mensch, so wie ich, dumme und schlechte Streiche macht, daß sie nicht seine eigne Kraft, sein Talent und seine Verderbtheit beweisen sollen. Da muß ein Freund ihn verführt und alles Unglück veranlaßt haben.

Der Dichter blieb bei dem Grafen, er speiste mit ihm, und die beiden Versöhnten feierten glücklich und zufrieden das Fest ihrer erneuerten Freundschaft.

Sie liebten sich wie sonst und Shakspeare fühlte sich glücklich, aber dennoch empfand er auch, wie ihm ein Theil seiner Seele entrissen und verloren sei. Derjenige, der die Hand einbüßte, verschmerzt und vergißt den Verlust, er lebt heiter und froh, aber bei Gefahr, wo ihm die Kraft helfen soll, entbehrt er das verlorne Glied, und oft, wenn ihn

Leiden treffen und Krankheit, schmerzt jene längst verwesete Hand ihm, sonderbar genug, am empfindlichsten. Und so war es dem Dichter von jetzt für seine ganze Lebenszeit. Der jetzige Heinrich konnte ihm niemals wieder zum früheren werden.

Bd. 90 *Gefährliche Liebschaften*, Pierre-Ambroise-François Choderlos de Laclos, Bd. 91 *Gegen den Strich*, Joris-Karl Huysmany, Bd. 92 *Geschichte des Fräuleins von Sternheim*, Sophie v. La Roche, Bd. 93 *Geschichte vom braven Kasperl und dem Annerl*, Clemens Brentano, Bd. 94 *Geschichten aus dem Wienerwald*, Ödön v. Horváth, Bd. 95 *Glanz und Elend der Kurtisanen*, Honore de Balzac, Bd. 96 *Glück und Unglück der berühmten Moll Flanders*, Daniel Defoe, Bd. 97 *Götz von Berlichingen*, Johann Wolfgang v. Goethe, Bd. 98 *Gullivers Reisen*, Jonathan Swift, Bd. 99 *Heidis Lehr und Wanderjahre*, Johann Spyri, Bd. 100 *Heinrich von Ofterdingen*, Novalis, Bd. 101 *Hiob Roman eines einfachen Mannes*, Joseph Roth, Bd. 102 *Immensee*, Theodor Storm, Bd. 103 *Iphigenie auf Tauris*, Johann Wolfgang v. Goethe, Bd. 104 *Italienische Märchen*, Clemens Brentano, Bd. 105 *Ivannhoe*, Walter Scott, Bd. 106 *Jahrmarkt der Eitelkeiten*, William Makepaece Thackeray, Bd. 107 *Jane Eyre*, Charlotte Brontë, Bd. 108 *Jugend ohne Gott*, Ödön v. Horvath, Bd. 109 *Jürg Jenatsch*, Conrad Ferdinand Meyer, Bd. 110 *Kabale und Liebe*, Friedrich v. Schiller, Bd. 111 *Kasimir und Karoline*, Ödön v. Horvath, Bd. 112 *Kinder- und Hausmärchen*, Gebrüder Grimm, Bd. 113 *Kleiner Mann, was nun*, Hans Fallada, Bd. 114 *König Alkohol*, Jack London, Bd. 115 *Krambambuli*, Marie Ebner-Eschenbach, Bd. 116 *Lausbubengeschichten*, Ludwig Thoma, Bd. 117 *Lavinia - Pauline - Kora*, George Sand, Bd. 118 *Leben und Lüge*, Detlev von Liliencron, Bd. 119 *Lebensansichten des Katers Murr*, ETA Hoffmann, Bd. 120 *Lenz. Der hessische Landbote*, Georg Büchner, Bd. 121 *Lieutenant Gustl*, Arthur Schnitzler, Bd. 122 *Lord Jim*, Joseph Conrad, Bd. 123 *Luise*, Johann Heinrich Voß, Bd. 124 *Madame Bovary*, Gustave Flaubert, Bd. 125 *Märchen*, Wilhelm Hauff, Bd. 126 *Maria Stuart*, Friedrich v. Schiller, Bd. 127 *Max Havelaar*, Multatuli, Bd. 128 *Meister Floh*, ETA Hoffmann, Bd. 129 *Michael Kohlhaas*, Heinrich v. Kleist, Bd. 130 *Minna von Barnhelm*, Gotthold Ephraim Lessing, Bd. 131 *Moby Dick*, Hermann Melville, Bd. 132 *Nathan, der Weise*, Gotthold Ephraim Lessing, Bd. 133-1 und 133-2 *Nils Holgersson wunderbare Reise*, Selma Lagerlöf, Bd. 134 *Niels Lyne*, Jens Peter Jacobsen, Bd. 135 *Nußknacker und Mausekönig*, ETA Hoffmann, Bd. 136 *Oliver Twist*, Charles Dickens, Bd. 137 *Onkel Toms Hütte*, Herriett Beecher Stowe, Bd. 138 *Peter Schlemihls wundersame Geschichte*, Adalbert v. Chamisso, Bd. 139 *Peterchens Mondfahrt*, Gerdt v. Bassewitz, Bd. 140 *Pinocchio*, Carlo Collodi, Bd. 141 *Reinecke Fuchs*, Johann Wolfgang v. Goethe, Bd. 142 *Rheinmärchen*, Clemens Brentano, Bd. 143 *Rinaldo Rinaldini*, Christian August Vulpius, Bd. 144 *Robinson Crusoe*; Daniel Defoe, Bd. 145 *Romeo und Julia*, William Shakespeare Bd. 146 *Schach von Wuthenow*, Theodor Fontane, Bd. 147 *Schachnovelle*, Stefan Zweig, Bd. 148 *Schatzkästlein des rheinischen Hausfreundes*, Johann Peter Hebel, Bd. 149 *Schelmuffskys Reisebeschreibung*, Christian Reuter, Bd. 150 *Schloss Gripsholm*, Kurt Tucholsky, Bd. 151 *Siebenkäs*, Jean Paul, Bd. 152 *Sternstunden der Menschheit*, Stefan Zweig, Bd. 153 *Tao te king*, Laotse, Bd. 154 *Till Eulenspiegel*, Hermann Bote, Bd. 155 *Tolldreiste Geschichten*, Honorè de Balzac, Bd. 156 *Tom Jones, Geschichte eines Findelkindes*, Henry Fielding, Bd. 157 *Tom Sawyers Abenteuer und Streiche*, Mark Twain, Bd. 158 *Troquato Tasso*, Johann Wolfgang v. Goethe, Bd. 159 *Traumnovelle*, Arthur Schnitzler, Bd. 160 *Trost der Philosophie*, Boethius, Bd. 161 *Über den Umgang mit Menschen*, Adolph Freiherr v. Knigge, Bd. 162 *Uli der Knecht*, Jeremias Gotthelf, Bd. 163 *Uli der Pächter*, Jeremias Gotthelf, Bd. 164 *Ungeduld des Herzens*, Stefan Zweig, Bd. 165 *Ut oler Welt*, Wilhelm Busch, Bd. 166 *Vater Goriot*, Honorè de Balzac, Bd. 167 *Väter und Söhne*, Ivan Sergejeviç Turgenev, Bd. 168 *Verlorene Illusionen*, Honorè de Balzac, Bd. 169 *Von der Freiheit eines Christenmenschen*, Martin Luther – Bd. 170 *Von der Ursache, dem Prinzip und dem Einen*, Bruno Giordano, Bd. 171 *Vor Sonnenuntergang*, Gerhard Hauptmann, Bd. 172 *Walden oder Leben in den Wäldern*, Henry D. Thoreau, Bd. 173 *Wilhelm Meisters Lehrjahre*, Johann Wolfgang v. Goethe, Bd. 174 *Wilhelm Meisters Wanderjahre*, Johann Wolfgang v. Goethe, Bd. 175 *Wilhelm Tell*, Friedrich v. Schiller

Lob und Tadel an tessitore@web.de